Trilogía de la Ocupación

Trilogía de la Ocupación

El lugar de la estrella, La ronda nocturna, Los paseos de circunvalación

Prólogo de José Carlos Llop

Traducción de María Teresa Gallego Urrutia

EDITORIAL ANAGRAMA

BARCELONA

Título de la edición original:
La place de l'étoile, La ronde de nuit, Les boulevards de ceinture
© Éditions Gallimard
París, 1968, 1969, 1972

Ilustración: París, 1940, foto © Ullstein Bild / Alinari Archives

Primera edición: enero 2012
Segunda edición: octubre 2014
Tercera edición: noviembre 2014
Cuarta edición: diciembre 2014

Diseño de la colección: Julio Vivas y Estudio A

© Del prólogo, José Carlos Llop, 2012

© De la traducción, María Teresa Gallego Urrutia, 2012

© EDITORIAL ANAGRAMA, S. A., 2012
Pedró de la Creu, 58
08034 Barcelona

ISBN: 978-84-339-7580-5
Depósito Legal: B. 36812-2011

Printed in Spain

Liberdúplex, S. L. U., ctra. BV 2249, km 7,4 - Polígono Torrentfondo
08791 Sant Llorenç d'Hortons

CHEZ MODIANO

El *Journal inutile,* de Paul Morand, comienza en 1968, año en que Patrick Modiano obtiene el Premio Roger Nimier por *El lugar de la estrella,* su primera novela. En el jurado está Paul Morand, pero el *Journal inutile* comienza el 1 de junio y el jurado se ha reunido en abril. O sea que no queda referencia morandiana de las deliberaciones o de la impresión que le causa la novela de Modiano. Pero como nada es casual en Morand, este diario, al que será fiel hasta la grafomanía, surge en plena resaca de Mayo del 68. Por otro lado, Mayo del 68 es uno de los símbolos de la generación de Modiano. Cuando estalla, él tiene veintitrés años.

El 8 de enero de 1969, Morand escribe una antipática nota sobre los judíos (Morand escribirá bastante sobre los judíos en el *Journal inutile* y lo hará también con la larga resaca del Mayo del 68 de su propia generación; es decir, el antisemitismo). Al día siguiente tiene invitados a comer en casa: uno de ellos es Patrick Modiano, la nueva estrella parisina. Nada apunta al respecto; sólo un poco del *name-dropping* habitual en tantos diarios. Más adelante, en abril, escribe sobre el Premio Nimier: «No todos los años tendremos un Modiano entre nosotros para hincarle el diente.» Se refiere, aquí sí, a *El lugar de la estrella*, premiado el año anterior, y en cierto modo se equivoca: ese mismo año, aunque ya no pueda participar en el premio, Modiano publica *La ronda nocturna*. («Entre el realismo y la realidad poética», apuntará, cuando lo lea, Morand en el *Journal...*) Ambas novelas, junto con *Los paseos de circunvalación* –publicada en 1972–, forman lo que ha venido en llamarse la *Trilogía de la Ocupación*. Escrita –escritos los tres libros, deslumbrantes todos– entre los veinte y los veintiséis años. Algo que hoy está olvidado, pero que –más frecuente en un poeta– no deja de ser prodigioso en un novelista.

En este caso, una obertura fulgurante: como si Scott Fitzgerald y Dostoievski salieran juntos de correría nocturna y en vez de bares hubieran visitado varios círculos del infierno con un espíritu entre la frescura fitzgeraldiana y el fatalismo nihilista del ruso, mezclado con cierta atmósfera a lo Simenon. Su Virgilio burlón es, sin duda, Céline. Y del equilibrio entre todos surge Modiano. ¿Su estilo?: una respiración lenta e hipnótica, con el dring cristalino y el swing jazzístico de los felices veinte, desplazado hacia la luz negra de un fragmento de los primeros cuarenta europeos, que aporta el ingrediente delirante. Sin olvidar ni el chic morandiano, ni la cosificación del *Nouveau Roman*, ni las listas a lo Perec, por supuesto. De esa literatura surgirá un adjetivo nuevo: *modianesque*, modianesco. Que utilizarán todos los *connaisseurs* de su mundo, tan particular, empezando por uno de sus primeros exégetas: el gran cronista y crítico Bernard Frank, su inventor.

Pero no todo es tan fácil. Francia, a finales de los sesenta, principios de los setenta, no ha digerido todavía la Ocupación. Los impecables efectos del bálsamo De Gaulle persisten. Y surgen voces –también entre la crítica– que dicen no entender por qué Modiano, nacido en 1945, escribe sobre una época que no ha vivido. El argumento, tanto literaria como filosóficamente –hablo de un pensamiento literario–, es absurdo; de tan débil que es, se derrumba sobre sí mismo y cae. Pero han de pasar años para que esa caída lo volatilice. Es utilizado una y otra vez, y no es difícil imaginar la perplejidad del novelista al leerlo. ¿Desde cuándo, Stendhal aparte, la novela es sólo un espejo a lo largo del camino? O mejor: ¿desde cuándo ese camino tiene la obligación de ser estrictamente contemporáneo de la vida de su autor? ¿Desde cuándo la vida de un escritor es *sólo* la experiencia vivida? Experiencia, por otro lado, que aparecerá camuflada –también una y otra vez– en el resto de sus novelas hasta llegar a ese puerto de arribada, ya sin velas que ensombrezcan la cubierta, que es *Un pedigrí*.

La segunda acusación –que se extenderá al lector español de finales de los setenta, los ochenta y parte de los noventa– será la repetición. Que se resume en un falso apotegma: Modiano ha vuelto a escribir el mismo libro. Mientras sus fieles esperábamos, precisamente, ese «mismo libro» que no lo era. Y resulta curioso que sea con otra novela referida en su totalidad a la Ocupación –*Dora Bruder*, publicada en 1997 y aquí en 1999– cuando regrese la fiebre Modiano –tanto en España como en Francia–, surgida en nuestro país entre quienes no lo habían frecuentado con anterioridad e instalada, parece, definitivamente. Se ve que hay ocasiones en que las modas pueden contribuir a la justicia poética.

Pero dejemos eso. La *Trilogía de la Ocupación* –expresión de la crítica francesa Carine Duvillé– representa el despliegue del *Angst* modianesco, el tapiz desde el cual se desprenderán distintas figuras y distintos motivos a lo largo de toda su obra, pero que en estas tres novelas se despliega

9

con un talento de gran potencia –recordemos una vez más su extrema juventud en el momento de escribirlas– y con la vivencia de la culpa del pasado inmediato y, por tanto, familiar, en el doble sentido de la palabra. Su densidad –pese a su aparente ligereza narrativa– se hace a veces irrespirable. La Ocupación –y repito: su culpa– se convierte así en un territorio mítico, en el espacio de los mitos, mientras que la familia –su falta de normalidad, la heterodoxia del raro e intermitente juego de ausencias y presencias paterna y materna, como si al narrador lo hubieran arrojado, solo, al mundo– se convierte en la novela de una vida. En la novela, también, de la identidad, ese eje modianesco alrededor del que bailan *El libro de familia, Calle de las Tiendas Oscuras, Tan buenos chicos, Domingos de agosto* o *Villa Triste*. De ahí que lo autobiográfico, en Modiano, tenga idéntica importancia que la turbiedad de lo social y uno y otro sean lugares de conflicto y paisajes de la desolación. Lugares equívocos donde nadie pisa con seguridad; paisajes de donde surge la literatura.

La Ocupación, «su olor venenoso», escribirá Modiano. Pero como quien aspira un opiáceo y se adentra en la memoria y su delirio. Una memoria, la modianesca, que no funciona con meticulosidad proustiana, sino a través de la niebla, lo que configura una particular narrativa de atmósferas. Una narrativa sonámbula entre el día y la noche –entre *chien et loup*, llaman los franceses a ese momento donde confluyen la luz y la oscuridad–. Y, en esa luz neblinosa y oscura, la figura del padre: Alberto Modiano, un judío de familia procedente de Salónica, que sobrevivió en los negocios del mercado negro de la Francia ocupada relacionándose con distintos sujetos de la Gestapo. No alemanes, sino *collabos*. Tampoco su madre, una actriz belga, está al margen: amistades de la noctambulía cómplice con el ocupante –su vecina Arletty y otras– y sesiones de doblaje en La Continental. La Ocupación, su olor venenoso. Lo que se disfrazaba narrativamente en *El libro de familia*, aparece con todas sus letras autobiográficas en *Un pedigrí*. O sea que mientras Modiano nos cuenta una época no vivida por él –por ceñirnos al reproche–, nos está hablando de una época donde centra su propio origen, la voluntad de perfilar una identidad tan borrosa como esa época, y en esa voluntad, su destino. Rimbaud escribió: «Par délicatesse j'ai perdu ma vie.» En Modiano sería al revés: «Par délicatesse j'ai sauvé ma vie.» Haciendo de esa salvación toda una literatura. Una de las mejores del siglo XX francés.

El título de *El lugar de la estrella* es un equívoco. *La place de l'étoile* indica tanto un lugar de la topografía parisina (ahí donde el Arco de Triunfo) como el lugar donde los judíos debían llevar la estrella de David amarilla prendida a la ropa. De ese equívoco, la voz delirante de su protagonista, un joven judío rico, amigo de ocupantes y colaboracionistas, que arma, a lo largo de la novela, el soporte ideológico del antisemitismo y su carácter de traición a la humanidad. Será tiroteado por sus propios amigos y despertará en el diván del doctor Freud, que le asegura que él no es judío y que lo suyo son alucinaciones.

Sin abandonar el deambular alucinado, la protagonista de *La ronda nocturna* no es una idea, sino una ciudad; la ciudad: París, distrito XVI. París asediado: tantos pisos vacíos por asaltar. París sonámbulo. París a punto de ser ocupado por los nazis. París noctámbulo. París hipnótico, sus calles desiertas. París de gángsters y prostitutas. París del vicio y la delación y el pillaje y la traición. Siempre la traición como actitud cínica ante la vida. ¿Por qué no? Como

11

si nada. Hasta el horror, como si nada. Y al fondo la voz del narrador, frío transcriptor en medio de la agonía de un modo de vida y el latir del mal debajo. Y en París, los nombres –falsos o no– que la retratan. Máscaras de Ensor. En esa época, todo era falso menos la muerte. Y la ciudad, el primer capítulo de una vasta topografía de París, que es otra forma de contemplar su obra.

En *Los paseos de circunvalación* se nombra una de las claves principales de Modiano: el padre. Se le nombra en la primera línea de la primera página: «El más grueso de los tres es mi padre.» A partir de aquí el relato de esas tres personas se combina y permuta con muchas más, exiliados todos de la época en que de verdad *fueron*, pudieron ser como *son* en verdad: entre el ventajismo y el crimen. El padre como fantasmagoría. El padre traficante y judío acorralado. Y la voluntad de comprensión del hijo –la búsqueda de la figura paterna– como una forma de perdón. Como una forma de reconciliación con sus orígenes. «Siempre tuve la sensación», dirá Modiano, «por oscuras razones de orden familiar, de que yo nací de esa pesadilla. No es la Ocupación histórica la que describo en mis tres primeras novelas, es la luz incierta de mis orígenes. Ese ambiente donde todo se derrumba, donde todo vacila...»

Donde todo vacila... Yo también escribo ahora de esas tres novelas a la modianesca acudiendo sólo a lo que recuerdo entre la niebla de la memoria: su extraordinaria e inquietante galería de personajes como una genealogía de la soledad, el deambular por el nocturno XVI parisino como siniestros emperadores de esa misma soledad, el territorio de lo imaginario que se mezcla con la sombra de lo real. En la biblioteca de Patrick Modiano –y eso se advierte en las fotografías del autor junto a sus estantes– abundan los ensayos –tanto históricos como biográficos– y el periodismo

–crónicas, revistas, diarios– sobre la Segunda Guerra Mundial y sus personajes. Es imposible desligar la narrativa de Modiano de esos personajes mundanos, atrabiliarios, huidizos, falsificadores de vida –la propia y la de los demás–, infames a veces, derrotados siempre. Esos personajes copan los tres libros que conforman esta *Trilogía de la Ocupación*, y en esos personajes está también la búsqueda de un pasado desheredado que late en todas sus páginas.

En estos últimos años ha surgido en Francia una nueva hornada de críticos jóvenes que lo reivindican con entusiasmo desde la prensa literaria, obviando todas las pejigueras de antes. Pienso en Alexandre Fillon, en Olivier Mony, en Delphine Peras... Pero hay muchos más. Se mantiene vivo –y creciendo día a día– en la red un inmenso *Diccionario Modiano* que recopila Bernard Obadia y que recoge cualquier texto sobre el escritor que se publique, donde sea que lo haga. También en internet se encuentra la minuciosa y enciclopédica web *Le réseau Modiano*, que coordina Denis Cosnard y cuya destilación ha sido el apasionante ensayo *Dans la peu de Modiano*. Han aparecido variados estudios críticos como las *Lectures de Modiano*, coordinado por Roger-Yves Roche, *Modiano ou les Intermittences de la mémoire*, dirigido por Anne-Yvonne Julien, el ejemplar de Autores/CulturesFrance dedicado a él –entre otras obras de referencia publicadas con anterioridad– y recientes números monográficos en *Le Magazine Littéraire, Lire* y otras. *Un pedigrí* –o las claves de una autobiografía nada imaginaria– y *En el café de la juventud perdida* han sido verdaderos éxitos, tanto de crítica como de ventas, y el nombre de Modiano lleva varios años apareciendo en la lista de nobelables. No descubrimos nada. Todo empezó con la Ocupación –los premios Roger Nimier, Fénéon, de la Academia, Goncourt..., hace ya tantos años– y se revitalizó con la aparición de *Dora Bruder*, un testimonio real que devuelve la evidencia al equívoco terreno de las sombras, de la literatura. Entre medio, todos sus otros libros –la huella de la *Nouvelle Vague*, las canciones de la Hardy, la sombra de Argelia, la Costa Azul, Ginebra o Tánger...–, donde sus lectores de siempre hemos sido felices. Y después el café de La Condé como puerto de arribada. Al revés de lo que creía Morand, siempre hemos tenido un Modiano donde hincar el diente.

Precisamente uno de esos críticos literarios citados más arriba, el bordelés Olivier Mony, visitó a Modiano, hace unos meses, en su piso del barrio de Saint-Germain, muy cerca del parque de Luxemburgo. Al entrar en su estudio-biblioteca, descubrió la edición francesa de mi novela *París: suite 1940*, entre otros libros sobre la Ocupación y sus personajes. Así lo escribió en su reportaje-entrevista sobre *El horizonte*, publicado en Sud-Ouest. No me parece un mal broche para alguien que leyó *La ronda nocturna* en 1979, a los veintitrés años, absolutamente hipnotizado. Tampoco para alguien que en ese libro sobre las andanzas parisinas de González-Ruano durante la Ocupación hace aparecer en sus páginas a Modiano mismo, como quien cierra un círculo. Pues eso.

JOSÉ CARLOS LLOP

El lugar de la estrella

Para Rudy Modiano

En el mes de junio de 1942, un oficial alemán se acerca a un joven y le dice: «Usted perdone, ¿dónde está la plaza de la Estrella?» Y el joven se señala el lado izquierdo del pecho.[1]

(Chiste judío)

1. *Place* en francés es plaza urbana y también sitio, lugar. *La place de l'étoile* es, pues, la plaza de la Estrella de París y el lugar que corresponde a la estrella (en este caso a la estrella amarilla que debían llevar los judíos en la ropa para identificarse). En francés el juego es evidente y perfecto. Y la traductora siente mucho no haber sido capaz, pese a sus cavilaciones, de reproducirlo en castellano y tener que estropearlo con una explicación. *(N. de la T.)*

I

Era la época en que andaba dilapidando mi herencia venezolana. Había quien no hablaba más que de mi radiante juventud y de mis rizos negros; y había quien me colmaba de insultos. Vuelvo a leer por última vez el artículo que me dedicó Léon Rabatête en un número especial de *Ici la France:* «... ¿Hasta cuándo tendremos que presenciar los desatinos de Raphaël Schlemilovitch? ¿Hasta cuándo va a andar paseando ese judío impunemente sus neurosis y sus epilepsias desde Le Touquet hasta el cabo de Antibes y desde La Baule hasta Aix-les-Bains? Lo pregunto por última vez: ¿hasta cuándo la gentuza forastera como él va a seguir insultando a los hijos de Francia? ¿Hasta cuándo tendremos que estar lavándonos continuamente las manos por culpa de la mugre judía?...» En ese mismo periódico, el doctor Bardamu soltaba, al hablar de mí: «... ¿Schlemilovitch?... ¡Ah, qué moho de gueto más apestoso!..., ¡soponcio cagadero!... ¡Mequetrefe prepucio!..., ¡sinvergüenza libano-guanaco!..., rataplán... ¡Vlam!... Pero fíjense en ese gigoló yiddish..., ¡ese jodedor desenfrenado de niñas arias!..., ¡aborto infinitamente negroide!..., ¡ese abisinio frenético joven nabab!... ¡Socorro!..., ¡que le saquen las tripas..., que lo capen!... Ahorradle al doctor ese espectáculo..., ¡que lo crucifiquen, me cago en Dios!... Rastacuero de los cócteles infames..., ¡judiazo de los hoteles de lujo internacionales!..., ¡de las juergas *made in Haifa!*... ¡Cannes!... ¡Davos!... ¡Capri y *tutti quanti!*... ¡enormes burdeles de lo más hebreos!... ¡Que nos libren de ese petimetre circunciso!..., ¡de sus Maserati rosa asalmonado!..., ¡de sus yates al estilo de Tiberíades!... ¡De sus corbatas Sinaí!..., ¡que sus esclavas arias le arranquen el capullo!... con esos lindos dientecillos suyos de este país... y con esas manos suyas tan bonitas... ¡que le saquen los ojos!..., ¡abajo el califa!... ¡Motín en el harén cristiano!... ¡Pronto! Pronto... ¡Prohibido lamerle los testículos!... ¡y hacerle dengues a cambio de dólares!... ¡Liberaos!..., ¡a ver ese temple, Madelón!... ¡Que si no el doctor llorará!..., ¡se consumirá!..., ¡espantosa injusticia!... ¡Complot del Sanedrín!... ¡Quieren acabar con la vida del doctor!..., ¡creedme!..., ¡el Consistorio!..., ¡la banca Rothschild!... ¡Cahen de Amberes!... ¡Schlemilovitch!..., ¡ayudad a Bardamu, chiquillas!..., ¡socorro!...»

El doctor no me perdonaba mi *Bardamu desenmascarado*, que le había enviado desde Capri. En ese estudio contaba yo mi maravillado estupor de judío joven cuando, a los catorce años, me leí de un tirón *El viaje de Bardamu* y *Las infancias de Louis-Ferdinand*. No silenciaba sus panfletos antisemitas, como hacen las piadosas almas cristianas. Escribía al respecto: «El doctor Bardamu dedica buena parte de su obra a la cuestión judía. No hay de qué extrañarse; el doctor Bardamu es uno de los nuestros, es el mejor escritor judío de todos los tiempos. Y por eso habla apasionadamente de sus hermanos de raza. En sus Obras puramente novelescas, el doctor Bardamu recuerda a nuestro hermano de raza Charlie Chaplin por su afición a los detallitos lastimeros, por sus conmovedores prototipos de perseguidos... Las frases del doctor Bardamu son aún más "judías" que las frases enrevesadas de Marcel Proust: una música tierna, lacrimosa, un poco buscona, un poco comedianta...» Y terminaba diciendo: «Sólo los judíos pueden entender de verdad a uno de los suyos; sólo un judío puede hablar con conocimiento de causa del doctor Bardamu.» Por toda respuesta, el doctor me envió una carta insultante: según él, yo dirigía a golpe de orgías y de millones la conspiración judía mundial. Le hice llegar en el acto mi *Psicoanálisis de Dreyfus* en donde afirmaba sin andarme con paños calientes que el capitán era culpable: menuda originalidad por parte de un judío. Había desarrollado la siguiente tesis: Alfred Dreyfus sentía un amor apasionado por la Francia de San Luis, de Juana de Arco y de los chuanes, lo cual explicaba su vocación militar. Pero Francia no quería saber nada del judío Alfred Dreyfus. Así que él la traicionó, de la misma forma que se venga uno de una mujer desdeñosa que lleve espuelas con forma de flor de lis. Barrès, Zola y Déroulède no entendieron en absoluto ese amor no correspondido.

Esta interpretación debió de dejar desconcertado al doctor. No volvió a darme señales de vida.

Los elogios que me dedicaban los cronistas de sociedad ahogaban las vociferaciones de Rabatête y de Bardamu. La mayoría de ellos citaban a Valery Larbaud y a Scott Fitzgerald: me comparaban con Barnabooth, me apodaban «The Young Gatsby». En las fotografías de las revistas me sacaban siempre con la cabeza ladeada y la mirada perdida en el horizonte. Mi melancolía era proverbial en las columnas de la prensa del corazón. A los periodistas que me hacían preguntas delante del Carlton, del Normandy o del Miramar, les declaraba incansablemente mi condición de judío. Por lo demás, mis hechos y mis dichos contradecían esas virtudes que cultivan los franceses: la discreción, el ahorro y el trabajo. De mis antepasados orientales he sacado los ojos negros, el gusto por el exhibicionismo y por el lujo fastuoso y la incurable pereza. No soy hijo de este país. No he tenido esas abuelas que le preparan a uno mermeladas, ni retratos de familia, ni catequesis. Y, sin embargo, no dejo de soñar con las infancias de provincias. La mía está llena de ayas inglesas y transcurre monótonamente en playas falsas: en Deauville, Miss Evelyn me lleva de la mano. Mamá me da de lado por atender a unos cuantos jugadores de polo. Viene por las noches a darme un beso a la cama, pero a veces ni se molesta en venir. Entonces me quedo esperándola, y no hago caso ya ni a Miss Evelyn ni a las aventuras de David Copperfield. Todas las mañanas, Miss Evelyn me lleva al Poney Club, en donde me dan clases de equitación. Voy a ser el jugador de polo más famoso del mundo para darle gusto a mamá. Los niños franceses se saben todos los equipos de fútbol. A mí sólo me interesa el polo. Me repito estas palabras mágicas: «Laversine», «Cibao la Pampa», «Silver Leys», «Porfirio Rubirosa». En el Poney Club me hacen muchas fotos con la princesita Laila, mi novia. Por las tardes, Miss Evelyn nos compra paraguas de chocolate en la Marquise de Sévigné. Laila prefiere los pirulíes. Los de la Marquise de Sévigné son alargados y tienen un palito muy mono.

A veces me escapo de Miss Evelyn cuando me lleva a la playa, pero sabe dónde encontrarme: con el exrey Firouz o con el barón Truffaldine, dos personas mayores que son amigas mías. El exrey Firouz me invita a sorbetes de pistacho mientras exclama: «¡Tan goloso como yo, Raphaël, hijito!» El barón Truffaldine siempre está solo y triste en el Bar du Soleil. Me acerco a su mesa y me quedo plantado delante de él. Este señor anciano me cuenta entonces historias interesantes cuyas protagonistas se llaman Cléo de Mérode, Otero, Émilienne d'Alençon, Liane de Pougy, Odette de Crécy. Deben de ser hadas, seguramente, como las de los cuentos de Andersen.

Los demás accesorios que se acumulan en mi infancia son las sombrillas naranja de la playa, el Pré-Catelan, el colegio Hattemer, David Copperfield, la condesa de Ségur, el piso de mi madre en el muelle de Conti y tres fotos de Lipnitzki en donde estoy junto a un árbol de Navidad.

Llegan los internados suizos y mis primeros flirteos en Lausana. El Duizenberg, que mi tío venezolano Vidal me regaló cuando cumplí dieciocho años, se desliza por el atardecer azul. Entro por una portalada, cruzo un parque que baja en cuesta hasta el lago Lemán y aparco el coche delante de la escalinata exterior de una villa iluminada. Unas cuantas jóvenes con vestidos claros me están esperando en el césped. Scott Fitzgerald describió mejor de lo que sabría hacerlo yo estos «parties» en que son demasiado suaves los crepúsculos y tienen demasiada viveza las carcajadas y el resplandor de las luces para que presagien nada bueno. Os recomiendo, pues, que leáis a ese escritor y os haréis una idea exacta de las fiestas de mi adolescencia. En el peor de los casos, leed *Fermina Márquez* de Larbaud.

Aunque compartía las diversiones de mis compañeros cosmopolitas de Lausana, no me parecía del todo a ellos. Iba con frecuencia a Ginebra. En el silencio del Hotel des Bergues, leía a los bucólicos griegos y me esforzaba por traducir con elegancia *La Eneida*. En uno de esos retiros, conocí a un joven aristócrata de Touraine, Jean-François Des

25

Essarts. Teníamos la misma edad y su cultura me dejó estupefacto. Ya en nuestro primer encuentro, me aconsejó, todas revueltas, la *Délie* de Maurice Scève, las comedias de Corneille y las *Memorias* del cardenal de Retz. Me inició en la gracia y la lítotes francesas.

Descubrí en él virtudes valiosísimas: tacto, generosidad, una grandísima sensibilidad, una ironía incisiva. Recuerdo que Des Essarts comparaba nuestra amistad con la que unía a Robert de Saint-Loup y al narrador de *En busca del tiempo perdido*. «Es usted judío como el narrador», me decía, «y yo soy el primo de Noailles, de los Rochechouart-Mortemart y de los La Rochefoucauld, igual que Robert de Saint-Loup. No se asuste, la aristocracia francesa lleva un siglo sintiendo debilidad por los judíos. Le daré a leer unas cuantas páginas de Drumont en las que el buen hombre nos lo reprocha amargamente.»

Decidí no volver a Lausana y renuncié sin remordimientos a mis compañeros cosmopolitas en favor de Des Essarts. Rebusqué en los bolsillos. Me quedaban cien dólares. Des Essarts no tenía un céntimo. Le aconsejé no obstante que dejase su empleo de cronista deportivo en *La Gazette de Lausanne*. Acababa de acordarme de que, durante un fin de semana inglés, unos cuantos compañeros me habían llevado a una mansión cerca de Bournemouth para enseñarme una colección de automóviles antiguos. Localicé el nombre del coleccionista, Lord Allahabad, y le vendí mi Duizenberg por catorce mil libras esterlinas. Con esa cantidad podíamos vivir holgadamente un año sin echar mano de los giros telegráficos de mi tío Vidal.

Nos instalamos en el Hotel des Bergues. Conservo de aquellos primeros tiempos de nuestra amistad un recuerdo deslumbrador. Por la mañana, andábamos dando vueltas por las tiendas de los anticuarios de la parte antigua de Ginebra. Des Essarts me contagió su pasión por los bronces 1900. Compramos unos veinte, un estorbo en nuestras habitaciones, sobre todo una alegoría verdosa del Trabajo y dos preciosos corzos. Una tarde, Des Essarts me comunicó que había adquirido un futbolista de bronce.

–Los esnobs parisinos no tardarán en pelearse por estos objetos y pagarán su peso en oro. ¡Se lo predigo, mi querido Raphaël! Si sólo dependiera de mí, el estilo Albert Lebrun volvería a estar a la orden del día.

Le pregunté por qué se había ido de Francia.

–El servicio militar –me explicó– no le resultaba conveniente a mi constitución delicada. Así que deserté.

–Vamos a arreglar eso –le dije–; le prometo que encontraré en Ginebra algún artesano mañoso que le haga una documentación falsa: podrá regresar a Francia cuando quiera sin preocuparse de nada.

El impresor falsario con quien entramos en contacto nos entregó una partida de nacimiento y un pasaporte suizos a nombre de Jean-François Lévy, nacido en Ginebra el 30 de julio de 194...

–Ahora soy hermano suyo de raza –me dijo Des Essarts–. Esto de ser un goy[1] me resultaba aburrido.

Decidí en el acto enviar un comunicado anónimo a los periódicos parisinos de izquierdas. Lo redacté como sigue:

«Desde el mes de noviembre pasado, soy reo de deserción, pero a las autoridades militares francesas les parece más prudente guardar silencio en lo que a mí se refiere. Les he hecho saber esto mismo que hago saber hoy en público. Soy JUDÍO y el ejército que desdeñó los servicios del capitán Dreyfus tendrá que prescindir de los míos. Me condenan porque no cumplo con mis obligaciones milita-

1. Cristiano. *(N. de la T.)*

res. Hace tiempo ese mismo tribunal condenó a Alfred Dreyfus porque él, un JUDÍO, había osado escoger la carrera de las armas. A la espera de que me aclaren esa contradicción, me niego a servir como soldado de segunda clase en un ejército que, hasta el día de hoy, no ha querido contar con un mariscal Dreyfus. Animo a los judíos jóvenes franceses a que hagan lo mismo que yo.»

Firmé: JACOB X.

La Izquierda francesa se adueñó febrilmente del caso de conciencia de Jacob X, tal y como yo deseaba. Fue el tercer caso judío de Francia después del caso Dreyfus y del caso Finaly. Des Essarts se enganchó a este juego y redactamos juntos una magistral «Confesión de Jacob X» que salió publicada en un semanario parisino: a Jacob X lo había acogido una familia francesa cuyo anonimato deseaba amparar. La componían un coronel partidario de Pétain, su mujer, excantinera, y sus tres hijos varones: el mayor había optado por los cazadores alpinos; el segundo, por la marina; y al menor acababan de admitirlo en Saint-Cyr.

Esa familia vivía en Paray-le-Monial, y Jacob X pasó la infancia a la sombra de la basílica. Los retratos de Gallieni, de Foch, de Joffre y la cruz militar del coronel X adornaban las paredes del salón. Por influencia de sus deudos, el joven Jacob X brindó un culto frenético al ejército francés: él también preparaba el ingreso en Saint-Cyr e iba a ser mariscal como Pétain. En el internado, el señor C., el profesor de historia, habló del caso Dreyfus. El señor C. ocupaba antes de la guerra un puesto importante en el Partido Popular Francés. Estaba al tanto de que el coronel X había denunciado a las autoridades alemanas a los padres de Jacob X y que la adopción del niño judío le había permitido salvar la vida por los pelos al llegar la Liberación. El señor C. despreciaba el petainismo beato y ñoño de los X: le alegró la idea de sembrar la discordia en esa familia. Al acabar la clase, le hizo una seña a Jacob X para que se acercase y le dijo al oído: «Estoy seguro de que el caso Dreyfus lo apena mucho. A un judío joven como usted lo afecta una injusticia así.» Jacob X se entera, espantado, de que es judío. Se identificaba con el mariscal Foch y con el mariscal Pétain y cae en la cuenta, de repente, de que es como el capitán Dreyfus. No obstante no intenta recurrir a la traición para vengarse, como Dreyfus. Le llegan los papeles para el servicio militar y no ve más salida que desertar.

Esta confesión introdujo la discordia entre los judíos franceses. Los sionistas aconsejaron a Jacob X que emigrase a Israel. Allí podría aspirar legítimamente al bastón de mariscal. Los judíos vergonzantes e integrados aseguraron que Jacob X era un agente provocador al servicio de los neonazis. La izquierda defendió apasionadamente al joven desertor. El artículo de Sartre «San Jacob X, comediante y mártir» puso en marcha la ofensiva. Quién no recuerda el párrafo más pertinente: «A partir de ahora querrá ser judío, pero judío con abyección. Bajo las miradas severas de Gallieni, de Joffre, de Foch, cuyos retratos están en la pared del salón, va a comportarse como un vulgar desertor, él, que lleva desde la infancia venerando al ejército francés, la gorra del compadre Bugeaud y las franciscas, ese emblema de Pétain. En pocas palabras, va a notar la vergüenza deliciosa de sentirse el Otro, es decir, el Mal.»

Circularon varios manifiestos que pedían el regreso triunfal de Jacob X. Hubo un mitin en La Mutualité. Sartre suplicó a Jacob X que renunciase al anonimato, pero el silencio obstinado del desertor desanimó las voluntades más fervientes.

Almorzamos en Les Bergues. Por la tarde, Des Essarts escribe un libro sobre el cine ruso anterior a la Revolución. Y yo traduzco a los poetas alejandrinos. Hemos escogido el bar del hotel para entregarnos a esas nimiedades. Un hombre calvo con ojos como brasas se sienta regularmente en la mesa de al lado. Una tarde, nos dirige la palabra mientras nos mira fijamente. De pronto, se saca del bolsillo un pasaporte viejo y nos lo alarga. Leo, estupefacto, el nombre de Maurice Sachs. El alcohol le afloja la lengua. Nos cuenta sus desventuras desde 1945, fecha de su supuesta desaparición. Fue sucesivamente agente de la Gestapo, soldado norteamericano, tratante de ganado en Baviera, corredor de comercio en Amberes, encargado de un burdel en Barcelona, payaso en el circo de Milán con el apodo de Lola Montes. Se estableció por fin en Ginebra, donde regenta una librería pequeña. Bebemos hasta las tres de la mañana para celebrar el encuentro. A partir de ese día no nos separamos ya de Maurice ni a sol ni a sombra y le prometemos guardar el secreto de que ha sobrevivido.

Nos pasamos el día sentados detrás de los montones de libros de su trastienda y oímos cómo resucita para nosotros el año 1925. Maurice recuerda, con voz que enronquece el alcohol, a Gide, a Cocteau, a Coco Chanel. El adolescente de los años locos no es ya sino un señor grueso que gesticula al acordarse de los Hispano-Suiza y del café Le Bœuf sur le Toit.

–Soy mi superviviente desde 1945. Tendría que haberme muerto en el momento oportuno, como Drieu la Rochelle. Pero, claro, es que soy judío, y tengo el aguante de las ratas.

Tomo nota de esta reflexión y al día siguiente le llevo a Maurice mi *Drieu y Sachs: adónde conducen los caminos tor-*

cidos. Muestro en ese estudio cómo a dos jóvenes de 1925 los perdió su falta de carácter: Drieu, un joven alto que estudiaba Ciencias Políticas, un pequeñoburgués a quien tenían fascinado los coches descapotables, las corbatas inglesas, las muchachas americanas y que se hizo pasar por un héroe de 1914-1918; Sachs, un judío joven encantador y de costumbres poco claras, el producto de una guerra que empieza a oler a podrido. Alrededor de 1940, la tragedia cae sobre Europa. ¿Cómo van a reaccionar nuestros dos petimetres? Drieu se acuerda de que nació en Cotentin y se pasa cuatro años cantando el *Horst Wessel Lied* con voz de falsete. Para Sachs, París ocupado es un edén por el que se extravía frenéticamente. Ese París le aporta sensaciones más intensas que el París de 1925. Se puede traficar con oro, alquilar pisos para vender luego los muebles, cambiar diez kilos de mantequilla por un zafiro, convertir el zafiro en chatarra, etc. Con la noche y la niebla se ahorra uno tener que darle cuentas a nadie. Pero, sobre todo, ¡qué dicha comprarse la vida en el mercado negro, robar todos y cada uno de los latidos del corazón, sentirse la presa perseguida de una montería! Cuesta imaginarse a Sachs en la Resistencia, luchando con funcionarios franceses de poca monta para que vuelvan la ética, la legalidad y las actuaciones a la luz del día. Allá por 1943, cuando nota que lo amenazan la jauría y las ratoneras, se apunta como trabajador voluntario en Alemania y llega luego a miembro activo de la Gestapo. No quiero que Maurice se enfade: lo mato en 1945 y silencio sus reencarnaciones varias desde 1945 hasta el día de hoy. Concluyo como sigue: «¿Quién habría podido suponer que a aquel joven encantador de 1925 lo iban a devorar, veinte años después, unos perros en una llanura de Pomerania?»

Tras leer mi estudio, Maurice me dice:

–Queda muy bien, Schlemilovitch, ese paralelismo entre Drieu y yo, pero, vamos, preferiría un paralelismo entre Drieu y Brasillach. Ya sabe que, comparado con esos dos, yo sólo era un bromista. Escriba algo para mañana por la mañana, ande, y le diré lo que me parece.

A Maurice le encanta aconsejar a un joven. Debe de acordarse seguramente de cuando iba a ver, con el corazón palpitante, a Gide y a Cocteau. Mi *Drieu y Brasillach* le gusta mucho. He intentado responder a la pregunta siguiente: ¿por qué fueron colaboracionistas Drieu y Brasillach?

La primera parte del estudio se llama: «Pierre Drieu la Rochelle o la eterna pareja de SS y la judía». Había un tema que volvía con frecuencia en las novelas de Drieu: el tema de la judía. Gilles Drieu, ese altanero vikingo, no tenía inconveniente en chulear a las judías, a una tal Myriam por ejemplo. Podemos también explicar esa atracción por las judías de la siguiente forma: desde Walter Scott, es algo admitido que las judías son unas cortesanas afables que se doblegan ante todos los caprichos de sus amos y señores arios. Con las judías, Drieu conseguía la ilusión de ser un cruzado, un caballero teutónico. Hasta ahí, no había nada original en mi análisis, pues todos los comentaristas de Drieu insisten en el tema de la judía en ese escritor. Pero ¿y el Drieu colaboracionista? No me cuesta nada explicarlo: a Drieu lo fascinaba la virilidad dórica. En junio de 1940, los arios auténticos, los guerreros auténticos irrumpen en París: Drieu da de lado a toda prisa el disfraz de vikingo que había alquilado para maltratar a las muchachas judías de Passy. Recobra su naturaleza auténtica: cuando lo miran los ojos de azul metalizado de los SS, se afloja, se derrite, le entra de pronto una languidez oriental. No tarda en desfallecer en brazos de los vencedores. Tras la derrota de éstos, se inmola. Tanta pasividad, un gusto tan grande por el nirvana extrañan en este normando.

La segunda parte de mi estudio se titula: «Robert Brasillach o la señorita de Núremberg». «Fuimos unos cuantos quienes nos acostamos con Alemania», admitía, «y siempre conservaremos de ello un tierno recuerdo.» Esta espontaneidad suya recuerda a la de las jóvenes vienesas durante el Anschluss. Los soldados alemanes desfilaban por el Rin y ellas se habían puesto, para tirarles rosas, unos vestidos tiroleses muy coquetos. Luego, se paseaban por el Prater con esos ángeles rubios. Y después venía el crepúsculo encantado del Stadtpark donde besaban a un joven SS Totenkopf susurrándole unos *lieder* de Schubert. ¡Dios mío, qué hermosa era la juventud en la otra orilla del Rin...! ¿Cómo era posible no enamorarse del joven hitleriano Quex? En Núremberg, Brasillach no se podía creer lo que estaba viendo: músculos del color del ámbar, miradas claras, labios vibrantes de los Hitlerjugend y sus vergas, cuya tensión se intuía en la noche ardorosa, una noche tan pura como la que vemos caer sobre Toledo desde lo alto de los cigarrales... Conocí a Robert Brasillach en la Escuela Normal Superior. Me llamaba cariñosamente «su buen Moisés» o «su buen judío». Descubríamos juntos el París de Pierre Corneille y de René Clair, cuajado de tabernas simpáticas en donde tomábamos vasitos de vino blanco. Robert me hablaba con picardía de nuestro buen maestro André Bellessort e ideábamos algunas bromas sabrosas. Por la tarde «desasnábamos» a unos cuantos zotes judíos, tontos y presumidos. Por la noche, íbamos al cine o saboreábamos con nuestros amigos ya «titulados» brandadas de bacalao muy abundantes. Y en torno a la medianoche bebíamos esos zumos de naranja helados que tanto le gustaban a Robert porque le recordaban a España. En todo esto consistía nuestra juventud, la honda mañana que nunca más recuperaremos. Robert inició una brillante carrera de periodista. Recuerdo un artículo que escribió acerca de Julien Benda. Paseábamos por el parque de Montsouris y nuestro Gran Meaulnes estaba denunciando con voz viril el intelectualismo de Benda, su obscenidad judía, su senilidad de talmudista. «Disculpe», me dijo de repente. «He debido de ofenderlo. Se me había olvidado que era israelita.» Me puse encarnado hasta la punta de las uñas. «¡No, Robert, soy un goy honorífico! ¿Acaso no sabe que un Jean Lévy, un Pierre-Marius Zadoc, un Raoul-Charles Leman, un Marc Boasson, un René Riquier, un Louis Latzarus, un René Gross, todos ellos judíos como yo, fueron vehementes partidarios de Maurras? ¡Pues yo, Robert, quiero trabajar en *Je suis partout!* ¡Presénteme a sus amigos, se lo ruego! ¡Me haré cargo de la sección antisemita en vez de Lucien Rebatet! ¿Se imagina qué escándalo?» A Robert le encantó esa perspectiva. No tardé en simpatizar con P.-A. Cousteau, «bordelés, moreno y viril»; con el cabo Ralph Soupault; con Robert Andriveau, «fascista pertinaz y tenor sentimental de nuestros banquetes», con el jovial Alain Laubreaux, oriundo de Toulouse; y, finalmente, con el cazador alpino Lucien Rebatet («Es un hombre, coge la pluma igual que cogerá el fusil cuando llegue el día»). Le di enseguida a ese campesino de Le Dauphiné unas cuantas ideas adecuadas para guarnecer su sección antisemita. Más adelante, Rebatet me pedía consejos continuamente. Siempre pensé que los goyim son demasiado burdos para entender a los judíos. Incluso su antisemitismo es torpe.

Usábamos la imprenta de *L'Action française*. Me subía a las rodillas de Maurras y le acariciaba la barba a Pujo.

Maxime Real del Sarte tampoco estaba mal. ¡Qué ancianos tan deliciosos!

Junio de 1940. Me voy del grupito de *Je suis partout* echando de menos nuestras citas en la plaza de Denfert-Rochereau. Me he cansado del periodismo y me tientan halagüeñas ambiciones políticas. He resuelto ser un judío colaboracionista. Me lanzo primero al colaboracionismo de salón: asisto a los tés de la Propaganda-Staffel, a los almuerzos de Jean Luchaire, a las cenas de la calle de Lauriston y cultivo celosamente la amistad de Brinon. Evito a Céline y a Drieu la Rochelle, excesivamente enjudiados para mi gusto. No tardo en convertirme en indispensable; soy el único judío, el buen judío del Colaboracionismo. Luchaire me presenta a Abetz. Concertamos una cita. Le expongo mis condiciones: quiero 1.º sustituir en el Comisariado para la Cuestión Judía a Darquier de Pellepoix, ese innoble francés de poca monta; 2.º contar con libertad de acción total. Considero que es absurdo cargarse a 500.000 judíos franceses. Abetz parece interesadísimo, pero no da salida a mis propuestas. Aunque sigo en excelentes relaciones con él y con Stülpnagel. Me aconsejan que hable con Doriot o con Déat. Doriot no me agrada demasiado, por su pasado comunista y los tirantes que lleva. Me huelo en Déat al maestro radical-socialista. Un recién llegado me impresiona al verle la boina. Me estoy refiriendo a Jo Darnand. Todos los antisemitas tienen su «judío bueno»: Jo Darnand es mi francés bueno de estampa popular «con esa cara de guerrero que escruta la llanura». Me convierto en su brazo derecho y hago en la milicia amistades sólidas: hay mucho bueno en estos muchachos azul marino, créanme.

En el verano de 1944, tras varias operaciones en Vercors, nos refugiamos en Sigmaringen con nuestros cuerpos francos. En diciembre, durante la ofensiva Von Rundstedt, me alcanza el disparo de un soldado norteamericano que se llama Lévy y se me parece como si fuera hermano mío.

He descubierto en la librería de Maurice todos los números de *La Gerbe*, de *Au Pilori*, de *Je suis partout* y unos cuantos opúsculos petainistas dedicados a la formación de los «jefes». Con la excepción de la literatura pro alemana, Maurice tiene todas las obras de escritores olvidados. Mientras leo a los antisemitas Montandon y Marques-Rivière, a Des Essarts lo absorben las novelas de Édouard Rod, de Marcel Prévost, de Estaunié, de Boylesve, de Abel Hermant. Escribe un breve ensayo: *¿Qué es la literatura?*, y se lo dedica a Jean-Paul Sartre. Des Essarts tiene vocación de anticuario, propone devolver a la palestra a los novelistas de la década de 1880, que acaba de descubrir. Estaría dispuesto a defender por igual el estilo Luis Felipe o el estilo Napoleón III. El título del último capítulo de su ensayo es: «Instrucciones de uso para algunos autores» y va dirigido a los jóvenes ansiosos por cultivarse: «A Édouard Estaunié», escribe, «hay que leerlo en una casa de campo, a eso de las cinco de la tarde, con un vaso de armañac en la mano. El lector deber llevar un terno sobrio de O'Rosen o de Creed, una corbata de rayas y un pañuelo de bolsillo de seda negra. A René Boylesve, aconsejo leerlo en verano, en Cannes o en Montecarlo, a eso de las ocho de la tarde, con traje de alpaca. Las novelas de Abel Hermant requieren mucho tacto: hay que leerlas a bordo de un yate panameño, fumando cigarrillos mentolados...»

En lo que a Maurice se refiere, sigue redactando el tercer tomo de sus Memorias: *El aparecido*, que vienen tras *El aquelarre* y *La montería*.

En lo que a mí se refiere, he tomado la decisión de ser el mejor escritor judío francés después de Montaigne, Marcel Proust y Louis-Ferdinand Céline.

Yo era un auténtico joven, airado y apasionado. Hoy en día tamaña ingenuidad me hace sonreír. Creía que llevaba a cuestas el porvenir de la literatura judía. Volvía la vista atrás y denunciaba a los farsantes: el capitán Dreyfus, Maurois, Daniel Halévy. A Proust lo encontraba excesivamente integrado por culpa de su infancia en provincias; a Edmong Fleg, demasiado amable; a Benda, demasiado abstracto. ¿Por qué andar jugando a los espíritus puros, Benda? ¿A los arcángeles de la geometría? ¿A los excelsos desencarnados? ¿A los judíos invisibles?

Spire tenía versos hermosos:

¡Ay, calor; ay, tristeza; ay, violencia; ay, locura;
ay, genios invencibles a quienes me destino,
¿qué sería sin vosotros? Venid a defenderme
contra la razón seca de esta tierra dichosa...

Y también:

Querrías cantar la fuerza y la audacia,
sólo querrás a los soñadores inermes ante la vida.
Intentarás escuchar la canción jubilosa de los
    campesinos,
las marchas brutales de los soldados, los corros
    armoniosos de las niñas.
Sólo te será hábil el oído para los llantos...

Yendo hacia el este, aparecían personalidades más rotundas: Henri Heine, Franz Kafka... Me gustaba ese poema de Heine que se llama «Doña Clara»: en España, la hija del inquisidor general se enamora de un apuesto caballero que se parece a San Jorge. «No os parecéis en nada a los judíos, esos infieles», le dice. El apuesto caballero le revela entonces su identidad:

> *Ich, Sennora, Eur Geliebter,*
> *Bin der Sohn des vielbelobten*
> *Grossen, schriftgelehrten Rabbi*
> *Israel von Saragossa.**

Mucho escándalo han metido con Franz Kafka, el hermano mayor de Charlie Chaplin. Unos cuantos patanes arios se calzaron los zuecos para pisotear su obra: ascendieron a Kafka a profesor de filosofía. Lo confrontan con el prusiano Immanuel Kant; con Søren Kierkegaard, el inspirado danés; con el meridional Albert Camus; con J.-P. Sartre, polígrafo, a medias de Alsacia y a medias de Périgord. Me pregunto cómo aguanta Kafka, tan frágil y tan tímido, esa sublevación rústica.

Des Essarts, al pedir la naturalización judía, hizo suya sin reservas nuestra causa. En cuanto a Maurice, le preocupaba mi racismo rabioso.

–Le anda dando vueltas a historias antiguas –me decía–. ¡Ya no estamos en 1942, muchacho! ¡Si no, le habría aconsejado vehementemente que siguiera mi ejemplo y

---

* «Yo, señora, galán vuestro, soy el hijo del ilustre, del grande y docto rabino Israel de Zaragoza.»

entrase en la Gestapo para animarse algo! Uno tarda muy poco en olvidarse de sus orígenes, ¿sabe? Un poco de flexibilidad. ¡Se puede cambiar de pellejo cuando apetezca! ¡De color! ¡Vivan los camaleones! ¡Mire, me convierto en chino ahora mismo! ¡En apache! ¡En noruego! ¡En patagón! ¡Basta con unos pases mágicos! ¡Abracadabra! No le hago caso. Acabo de conocer a Tania Arcisewska, una judía polaca. Esa joven se autodestruye despacio, sin convulsiones, sin gritos, como si fuera algo que cae por su propio peso. Utiliza una jeringuilla de Pravaz para pincharse en el brazo izquierdo.

–Tania tiene en usted una influencia nefasta –me dice Maurice–. Más bien debería escoger a una aria jovencita y cariñosa que le cante nanas del terruño.

Tania me canta la *Oración por los muertos de Auschwitz*. Me despierta en plena noche y me enseña el número de matrícula indeleble que tiene en el hombro.

–¡Mire lo que me hicieron, Raphaël, mire!

Va a trompicones a la ventana. Por los muelles del Ródano desfilan unos batallones negros que se agrupan ante el hotel con admirable disciplina.

–¡Fíjese bien en todos esos SS, Raphaël! ¡Hay tres policías con abrigo de cuero ahí, a la izquierda! ¡La Gestapo, Raphaël! ¡Van hacia la puerta del hotel! ¡Nos buscan! ¡Van a volvernos a llevar al redil!

Me apresuro a tranquilizarla. Tengo amigos muy bien situados. No me conformo con zánganos colaboracionistas de París. Tuteo a Goering; a Hess, a Goebbels y a Heydrich les parezco muy simpático. Estando conmigo no corre ningún peligro. Los policías no le tocarán ni un pelo. Si se ponen cabezotas, les enseñaré mis condecoraciones:

soy el único judío que ha recibido de manos de Hitler la Cruz al Mérito.

Una mañana, aprovechando que no estoy, Tania se corta las venas. Y eso que tengo buen cuidado de esconder mis cuchillas de afeitar, porque noto un vértigo curioso cuando me tropieza la mirada con esos menudos objetos metálicos: me entran ganas de tragármelos.
A la mañana siguiente me interroga un inspector que viene exprofeso de París. El inspector La Clayette, si no estoy equivocado. A la mujer que respondía al nombre de Tania Arcisewska, me dice, la buscaba la policía francesa. Tráfico y consumo de estupefacientes. De esos forasteros puede uno esperárselo todo. De esos judíos. De esos delincuentes Mittel-Europa. ¡Pero bueno, muerta está, y más vale así!
La diligencia del inspector La Clayette y el gran interés que demuestra por mi amiga me extrañan: debe de haber sido de la Gestapo.

He conservado, en recuerdo de Tania, su colección de títeres: los personajes de la *commedia dell'arte*, Karagöz, Pinocho, Guiñol, el Judío Errante, la Sonámbula. Los colocó a su alrededor antes de matarse. Creo que fueron sus únicos compañeros. De todos esos títeres, prefiero a la Sonámbula, con los brazos estirados hacia adelante y los párpados cerrados. Tania, perdida en una pesadilla de alambradas y torres de vigilancia, se le parecía.

También Maurice nos dejó plantados. Llevaba mucho soñando con Oriente. Me lo imagino jubilándose en Macao o en Hong Kong. A lo mejor está recordando su experiencia del STO[1] en un kibutz. Ésa es la hipótesis que me parece más verosímil. Des Essarts y yo nos pasamos una semana muy desvalidos. Ya no tenemos fuerza para interesarnos por las cosas de la mente y miramos el porvenir con temor: sólo nos quedan sesenta francos suizos. Pero el abuelo de Des Essarts y mi tío venezolano se mueren el mismo día. Des Essarts hereda un título de duque y senador; yo me contento con una fortuna colosal en bolívares. El testamento de mi tío Vidal me deja asombrado: seguramente basta con jugar a los cinco años en las rodillas de un señor anciano para que lo nombre a uno heredero universal.

Decidimos regresar a Francia. Tranquilizo a Des Essarts: la policía francesa busca a un duque y senador desertor, pero no a un tal Jean-François Lévy, ciudadano de Ginebra. Tras cruzar la frontera, hacemos saltar la banca del casino de Aix-les-Bains. Doy mi primera rueda de prensa en el Hotel Splendid. Me preguntan qué pienso hacer con mis bolívares. ¿Mantener a un harén? ¿Construir palacios de mármol rosa? ¿Hacerme protector de las artes y las letras? ¿Dedicarme a obras filantrópicas? ¿Soy romántico o cínico? ¿Voy a convertirme en el play-boy del año? ¿Voy a ocupar el lugar de Rubirosa? ¿De Faruk? ¿De Ali Khan?

Voy a interpretar a mi aire el papel de millonario joven. He leído, desde luego, a Larbaud y a Scott Fitzgerald, pero no pienso hacer un pastiche de los tormentos espirituales de A. W. Olson Barnabooth ni del romanticismo infantil de Gatsby. Quiero que me quieran por mi dinero.

---

1. *Service du Travail Obligatoire:* reclutamiento de trabajadores en la Francia ocupada para enviarlos a trabajar a Alemania en fábricas, en el campo, etc. *(N. de la T.)*

Caigo en la cuenta, espantado, de que estoy tuberculoso. Tengo que ocultar esta enfermedad intempestiva que me haría aún más popular en todas las chozas de Europa. Las arias jovencitas hallarían en sí una vocación de santa Blandina al verse ante un hombre joven, rico, desesperado, guapo y tuberculoso. Para desalentar a personas de buena voluntad les repito a los periodistas que soy JUDÍO. Por lo tanto, sólo me interesan el dinero y la lujuria. A la gente le parezco muy fotogénico: haré muecas infames, me pondré caretas de orangután y me propongo ser ese arquetipo de judío que los arios acudían a ver, allá por 1941, en la exposición zoológica del palacio Berlitz. Les traigo recuerdos a Rabatête y a Bardamu. Sus artículos injuriosos me compensan de las molestias que me tomo. Por desgracia, ya no lee nadie a esos dos autores. Las revistas de la buena sociedad y la prensa del corazón se empeñan en elogiarme: soy un joven heredero encantador y original. ¿Judío? Como Jesucristo y Albert Einstein. ¿Pasa algo? Sin saber ya a qué recurrir, compro un yate, *El Sanedrín*, y lo convierto en burdel de lujo. Lo anclo en Montecarlo, en Cannes, en La Baule, en Deauville. Tres altavoces en cada mástil difunden los textos del doctor Bardamu y de Rabatête, mis relaciones públicas favoritos: sí, estoy al frente del contubernio mundial judío a golpe de orgías y de millones. Sí, la guerra de 1939 la declararon por mi culpa. Sí, soy algo así como un Barba Azul, un antropófago que se come a las arias jovencitas después de violarlas. Sí, sueño con arruinar a todos los labriegos franceses y que se vuelva judía toda la comarca de Cantal.

No tardo en cansarme de tanta gesticulación. Me retiro, en compañía del fiel Des Essarts, al Hotel Trianon de Versalles para leer a Saint-Simon. Mi madre se preocupa porque tengo muy mala cara. Le prometo que escribiré una tragicomedia en la que tendrá el papel principal. Luego, la tuberculosis me consumirá tranquilamente. También podría suicidarme. Me lo pienso bien y decido que no tendré un final airoso. Me compararían con el Aguilucho o con Werther.

Aquella noche, Des Essarts se empeñó en llevarme a un baile de máscaras.

–Sobre todo no se disfrace de Shylock o del judío Süss, como suele. Le he alquilado un espléndido traje de noble de la corte de Enrique III; y para mí, un uniforme de cipayo.

Rechacé la invitación, pretextando que tenía que acabar cuanto antes la obra de teatro. Se fue con sonrisa triste. Tras salir el coche por el portalón del hotel, sentí un vago remordimiento. Poco después, mi amigo se mataba en la autopista del Oeste. Un accidente incomprensible. Llevaba el uniforme de cipayo. No estaba desfigurado.

No tardé en acabar la obra de teatro. Tragicomedia. Urdimbre de insultos contra los goyim. Estaba convencido de que molestaría al público parisino; nadie me perdonaría que hubiera subido a un escenario mis neurosis y mi racismo de forma tan provocadora. Tenía puestas grandes esperanzas en la escena *di bravura* final: en una habitación de paredes blancas, se enfrentan el padre y el hijo: el hijo lleva un uniforme remendado de SS y una gabardina vieja de la Gestapo. El padre, un bonete y tirabuzones y barba de rabino. Parodian un interrogatorio; el hijo hace de verdugo y el padre de víctima. Aparece la madre y va hacia ellos con los brazos tendidos y ojos alucinados. Vocifera la balada de Marie Sanders, la furcia judía. El hijo le atenaza

43

la garganta al padre entonando el *Horst Wessel Lied*, pero no consigue cubrir la voz de su madre. El padre, medio asfixiado, gime el *Kol Nidre*, la plegaria del Gran Perdón. Se abre de pronto la puerta del fondo: cuatro enfermeros rodean a los protagonistas y les cuesta mucho reducirlos. Cae el telón. Nadie aplaude. Todos me miran con ojos desconfiados. Esperaban mayor amabilidad por parte de un judío. Soy un ingrato de verdad. Un auténtico patán. Les he robado esa lengua suya, clara e inteligible, para convertirla en gorgoteos histéricos.

Esperaban otro Marcel Proust, un judiazo al que hubiera pulido el contacto con su cultura, una música suave, pero los han dejado sordos unos tantanes amenazadores. Ahora ya saben qué opinar de mí. Puedo morir en paz.

Las críticas del día siguiente me decepcionaron mucho. Eran condescendientes. Tuve que rendirme a la evidencia. No hallaba hostilidad alguna a mi alrededor, salvo la de unas cuantas damas de ropero y unos señores ancianos que se parecían al coronel de La Rocque. La prensa se interesaba a más y mejor por mis reacciones afectivas. Estos franceses sienten todos un apego desmesurado por las putas que escriben sus memorias, los poetas pederastas, los chulos árabes, los negros drogados y los judíos provocadores. Está visto que ya no se lleva la moralidad. El judío era mercancía apreciada, nos respetaban demasiado. Podía ingresar en Saint-Cyr y llegar a ser el mariscal Schlemilovitch: el caso Dreyfus no se repetiría.

Tras semejante fracaso, lo único que me quedaba por hacer era esfumarme como Maurice Sachs. Irme de París definitivamente. Le legué a mi madre parte de mi fortuna. Recordé que tenía un padre en América. Le rogué que viniera a verme si quería heredar trescientos cincuenta mil dólares. La respuesta no se hizo esperar: me citó en París, en el Hotel Continental. Me propuse cuidarme la tuberculosis. Convertirme en un joven formal y circunspecto. Un muchacho ario de verdad. Pero no me gustaban los sanatorios. Preferí viajar. Mi alma de meteco exigía extrañamientos hermosos.

Me pareció que la Francia de provincias me los proporcionaría mejor que México o que las islas de la Sonda. Renegué, pues, de mi pasado cosmopolita. No veía la hora de saber del terruño, de las lámparas de petróleo, de la canción de los sotos y los bosques.

Y luego me acordé de mi madre, que salía de gira por provincias con frecuencia. Las giras Carinthy, teatro de bulevar garantizado. Como hablaba francés con acento balcánico, interpretaba papeles de princesas rusas, de condesas polacas y de amazonas húngaras. Princesa Berezovo en Aurillac, condesa Tomazoff en Béziers, baronesa Gevatchaldy en Saint-Brieuc. Las giras Carinthy recorren Francia entera.

II

Mi padre llevaba un traje de alpaca azul nilo, una camisa de rayas verdes, una corbata roja y calzado de astracán. Acababa de conocerlo en el salón otomano del Hotel Continental. Cuando hubo firmado unos cuantos documentos merced a los cuales iba a disponer de parte de mi fortuna, le dije:

–En resumidas cuentas, sus negocios neoyorquinos iban de capa caída, ¿no? A quién se le ocurre ser presidente y director general de la Kaleidoscope Ltd. ¡Debería haberse dado cuenta de que los caleidoscopios se venden cada vez menos! ¡Los niños prefieren los cohetes portadores, el electromagnetismo, la aritmética! El sueño ya no da dinero, hombre. Y, además, voy a hablarle con sinceridad: es judío y, por lo tanto, no tiene sentido ni del comercio ni de los negocios. Hay que dejarles ese privilegio a los franceses. Si supiera usted leer, le enseñaría el estupendo paralelismo que he establecido entre Peugeot y Citroën: por una parte, el provinciano de Montbéliard, ahorrativo, discreto y próspero; por otra, André Citroën, aventurero, judío y trágico, que se gasta fortunas en las salas de juego. ¡Vamos, que no tiene usted madera de capitoste de la industria! ¡Es un funámbulo y pare de contar! ¿Para qué andar haciendo teatro, llamando febrilmente por teléfono a Madagascar, a Liechtenstein, a la Tierra de Fuego? Nunca dará salida a su stock de caleidoscopios.

Mi padre quiso reencontrarse con París, en donde había pasado la juventud. Fuimos a tomar unos cuantos ginfizz al Fouquet's, al Relais Plaza, a los bares del Meurice, del Saint-James et d'Albany, del Élysée-Park, del George V y del Lancaster. Ésas eran sus provincias. Mientras se fumaba un puro Partagas, yo pensaba en Turena y en el bosque de Brocéliande. ¿Qué iba a escoger para el exilio? ¿Tours? ¿Nevers? ¿Poitiers? ¿Aurillac? ¿Pézenas? ¿La Souterraine? Sólo conocía las provincias francesas por la guía Michelin y por algunos autores como François Mauriac. Un texto de aquel hombre de las Landas me había llegado especialmente al alma: *Burdeos o la adolescencia.* Recordé la sorpresa de Mauriac cuando le recité fervorosamente esa prosa suya tan hermosa: «Esa ciudad en donde nacimos, en donde fuimos niños, y adolescentes, es la única que deberían prohibirnos que juzgásemos. Se confunde con nosotros, es nosotros mismos, la llevamos dentro. La historia de Burdeos es la historia de mi cuerpo y de mi alma.» ¿Entendía mi viejo amigo que le envidiaba su adolescencia, el instituto Sainte-Marie, la plaza de Les Quinconces, el aroma de los brezos recalentados, de la arena tibia y de la resina? ¿De qué adolescencia podría hablar yo, Raphaël Schlemilovitch, como no fuera de la adolescencia de mísero judío de poca monta y apátrida? No iba a ser ni Gérard de Nerval, ni François Mauriac, ni tan siquiera Marcel Proust. Ningún Valois para caldearme el alma, ninguna Guyena, ningún Combray. Ninguna tía Léonie. Condenado al Fouquet's, al Relais Plaza, al Élysée-Park, en donde bebo espantosos licores anglosajones en compañía de un señor

47

grueso y judeo-neoyorquino: mi padre. El alcohol lo mueve a hacer confidencias, igual que a Maurice Sachs el día de nuestro primer encuentro. Tienen destinos iguales, con esta única diferencia: Sachs leía a Saint-Simon y mi padre, a Maurice Dekobra. Nacido en Caracas en una familia judía sefardita, salió precipitadamente de América huyendo de los policías del dictador de las islas Galápagos a cuya hija había seducido. En Francia, fue el secretario de Stavisky. A la sazón, tenía buena facha: estaba entre Valentino y Novaro, con un toque de Douglas Fairbanks; bastaba con eso para trastornar a las arias jovencitas. Diez años después, su foto aparecía en la exposición antijudía del palacio Berlitz con el aditamento de este pie: «Judío solapado. Podría pasar por sudamericano».

Mi padre no carecía de sentido del humor: fue una tarde al palacio Berlitz y propuso a unos cuantos visitantes hacerles de guía. Cuando se detuvieron delante de su foto, les gritó: «Cucú, soy yo.» Nunca se hablará lo suficiente de ese aspecto fanfarrón de los judíos. Por lo demás, sentía cierta simpatía por los alemanes porque habían escogido sus lugares predilectos: el Continental, el Majestic, el Meurice. No perdía ocasión de codearse con ellos en Maxim's, en Philippe, en Gaffner, en Lola Tosch y en todas las salas de fiestas recurriendo a documentación falsa a nombre de Jean Cassis de Coudray-Macouard.

Vivía en un cuarto para el servicio en la calle de Les Saussaies, enfrente de la Gestapo. Leía hasta bien entrada la noche *Bagatelas para una matanza*, que le hizo mucha gracia. Para mayor asombro mío, me recitó páginas enteras de ese libro. Lo había comprado por el título, pensando que era una novela policíaca.

En julio de 1944, consiguió venderles el bosque de Fontainebleau a los alemanes usando como intermediario a un barón báltico. Con el dinero que sacó de esa delicada operación emigró a los Estados Unidos y fundó una sociedad anónima: la Kaleidoscope Ltd.

—¿Y usted? —me dijo, echándome en la cara una bocanada de Partagas—. Cuénteme su vida.

—¿No ha leído los periódicos? —le dije con voz hastiada—. Creía que el *Confidential* de Nueva York me había dedicado un número especial. En pocas palabras, he decidido renunciar a una vida cosmopolita, artificial y manida. Voy a retirarme a provincias. La provincia francesa, el terruño. Acabo de escoger Burdeos, en Guyena, para cuidarme las neurosis. También es un homenaje que le hago a mi viejo amigo François Mauriac. Ese nombre no le dice nada, claro.

Tomamos la última copa en el bar del Ritz.

—¿Puedo acompañarlo a esa ciudad de la que me hablaba antes? —me preguntó de repente—. ¡Es mi hijo, debemos hacer al menos un viaje juntos! ¡Y, además, gracias a usted resulta que ahora soy la cuarta fortuna de América!

—Sí, acompáñeme si quiere. Luego regresará a Nueva York.

Me besó en la frente y noté que se me llenaban los ojos de lágrimas. Aquel señor grueso, vestido con ropa abigarrada, era muy enternecedor.

Cruzamos del brazo la plaza de Vendôme. Mi padre cantaba fragmentos de *Bagatelas para una matanza* con hermosa voz de bajo. Yo me acordaba de las malas lecturas de mi infancia. Sobre todo de aquella serie de *Cómo matar al propio padre*, de André Breton y Jean-Paul Sartre (colección «Lisez-moi bleu»). Breton aconsejaba a los jóvenes que se apostasen, empuñando un revólver, en la ventana de su domicilio, en la avenida de Foch, y que despachasen al primer peatón que pasara. Aquel hombre era necesariamente su padre, un prefecto de policía o un industrial textil. Sartre dejaba por un momento los barrios elegantes y elegía los suburbios rojos: había que elegir a los obreros más cachas disculpándose por ser un hijo de buena familia; se los llevaba uno a la avenida de Foch, rompían las porcelanas de Sèvres y mataban al padre; y, después, el joven les pedía cortésmente que lo violasen a él. Este segundo procedimiento daba fe de una perversidad mayor, ya que la violación venía tras el asesinato, pero era más grandioso eso de recurrir a los proletarios del mundo para zanjar un conflicto familiar. Se recomendaba a los jóvenes que insultasen a su padre antes de matarlo. Algunos, que se distinguieron en literatura, utilizaron expresiones deliciosas. Por ejemplo: «Familias, os odio» (el hijo de un pastor protestante francés); «Lucharé en la próxima guerra con uniforme alemán»; «Me cago en el ejército francés» (el hijo de un prefecto de policía francés); «Es usted un CERDO» (el hijo de un oficial de marina francés). Le apreté con más fuerza el brazo a mi padre. No teníamos diferencias. ¿Verdad que no, chicarrón? ¿Cómo iba yo a poder matarlo? Si le tengo cariño.

Cogimos el tren París-Burdeos. Detrás de la ventanilla del compartimiento, Francia era muy hermosa. Orléans, Beaugency, Vendôme, Tours, Poitiers, Angoulême. Mi padre no llevaba ya un terno verde pálido, una corbata de ante rosa, una camisa escocesa, una sortija de sello de platino y sus zapatos con polainas de astracán. Yo no me llamaba ya Raphaël Schlemilovitch. Era el hijo mayor de un notario de Libourne y regresábamos al hogar provinciano. Mientras un tal Raphaël Schlemilovitch malgastaba la juventud y las fuerzas en Cap-Ferrat, en Montecarlo y en París, mi nuca tozuda se inclinaba sobre traducciones del latín. Me repetía continuamente: «¡La calle de Ulm! ¡La calle de Ulm!», y me ardían las mejillas. En junio aprobaría el ingreso en la Escuela.[1] «Subiría» a París definitivamente. En la calle de Ulm compartiré el cuarto con otro provinciano joven como yo. Nacerá entre nosotros una amistad indestructible. Seremos Jallez y Jerphanion.[2] Una noche subiremos las escaleras de la Butte Montmartre. Miraremos París a nuestros pies. Diremos con vocecilla resuelta: «¡Y ahora, París, vamos a vernos las caras tú y yo!» Les escribiremos bonitas cartas a nuestras familias: «Un beso, mamá. Tu chico que ya es un hombre.» Por las noches, en el silencio del cuarto de estudiantes, hablaremos de nuestras futuras amantes: baronesas judías, hijas de capitanes de la industria, actrices de teatro, cortesanas, que admirarán nuestra genialidad y nuestras capacidades. Una tarde, llamaremos con el corazón palpitante a la puerta de Gaston Gallimard: «Somos alumnos de la Escuela Normal, señor Gallimard, y le traemos nuestros primeros ensayos.» Luego, el Colegio de Francia, la política, los honores. Formamos parte de la élite de nuestro país. Nuestro cerebro funcionará en París, pero nuestro corazón seguirá en provincias. Entre el torbellino de la capital, sólo pensaremos en nuestro Cantal y en nuestra Gironda. Todos los años iremos a deshollinarnos los pulmones en casa de nuestros padres, por la zona de Saint-Flour y de Libourne. Nos volveremos con los brazos cargados de quesos y de Saint-Émilion. Nuestras mamás nos habrán tejido chalecos de punto: en invierno hace frío en París. Nuestras hermanas se casarán con boticarios de Aurillac, con aseguradores de Burdeos. Seremos un ejemplo para nuestros sobrinos.

1. L'École Normale Supérieure. *(N. de la T.)*
2. Protagonistas de *Los hombres de buena voluntad* de Jules Romains. *(N. de la T.)*

En la estación de Saint-Jean nos espera la oscuridad de la noche. No hemos visto nada de Burdeos. En el taxi que nos lleva al Hotel Splendid le cuchicheo a mi padre:

—Es muy probable que el taxista sea de la Gestapo francesa, chicarrón.

—¿Usted cree? —me dice mi padre, entrando en el juego—. Pues va a ser un engorro. Me he dejado la documentación falsa a nombre de Coudray-Macouard.

—Me da la impresión de que nos lleva a la calle de Lauriston, a casa de sus amigos Bonny y Laffont.

—Creo que se equivoca: más bien nos lleva a la avenida de Foch, a la sede de la Gestapo.

—O a lo mejor a la calle de Les Saussaies para una comprobación de identidad.

—En el primer semáforo en rojo nos escapamos.

—Imposible; las portezuelas llevan echada la llave.

—¿Y entonces?

—Esperar. No perder los ánimos.

—Siempre podemos hacernos pasar por judíos colaboracionistas. Véndales barato el bosque de Fontainebleau. Yo les confesaré que trabajaba en *Je suis partout* antes de la guerra. Con un telefonazo a Brasillach, a Laubreaux o a Rebatet salimos del avispero...

—¿Cree que nos dejarán llamar por teléfono?

—Qué le vamos a hacer. Nos alistaremos en la LVF[1] o en la Milicia, para que conste nuestra buena voluntad. El uniforme verde y el gorro alpino nos permitirán luego llegar a la frontera española. Y después...

1. *Légion de Volontaires Français contre le Bolchevisme:* Legión de voluntarios Franceses contra el Bolchevismo. *(N. de la T.)*

–Después seremos libres...

–Ssshhh... El taxista nos está escuchando...

–¿No cree que se parece a Darnand?

–Eso sería un fastidio. Tendremos que vérnoslas con la Milicia.

–Pues creo que he acertado, chico... Nos hemos metido por la autopista del Oeste..., la sede de la Milicia está en Versalles... ¡Estamos apañados!

En el bar del hotel, estábamos bebiendo un café irlandés y mi padre fumaba su puro Upmann. ¿En qué se diferenciaba el Splendid del Claridge, del George V y de todos los caravasares de París y de Europa? ¿Los hoteles de lujo internacionales y los coches cama Pullman me seguirían protegiendo de Francia por mucho tiempo? Esos acuarios acababan por darme arcadas. Pero las resoluciones que había tomado me permitían sin embargo conservar ciertas esperanzas. Me matricularía en el curso superior de Letras del liceo de Burdeos. Cuando aprobara las oposiciones, me guardaría muy mucho de remedar a Rastignac desde la cima de la Butte Montmartre. No tenía nada en común con ese valeroso francesito. «¡Y ahora, París, vamos a vernos las caras tú y yo!» Sólo los tesoreros pagadores generales de Saint-Flour o de Libourne pueden cultivar un romanticismo así. No, París se me parecía demasiado. Una flor artificial en el centro de Francia. Contaba con Burdeos para revelarme los valores auténticos y aclimatarme al terruño. Cuando apruebe las oposiciones, pediré un puesto de maestro en provincias. Repartiré el día entre un aula polvorienta y el Café du Commerce. Jugaré a la belote con unos coroneles. Los domingos por la tarde oiré mazurcas antiguas en el quiosco de la plaza. Me enamoraré de la mujer del alcalde, nos vere-

53

mos los jueves en un hotel de citas de la ciudad más cercana. Dependerá de cuál sea la capital de provincias. Serviré a Francia educando a sus hijos. Seré miembro del batallón negro de los húsares de la verdad, como dice Péguy, mi futuro condiscípulo. Se me irán olvidando poco a poco mis orígenes vergonzosos, ese apellido ingrato de Schlemilovitch, Torquemada, Himmler y tantas otras cosas.

Por la calle de Sainte-Catherine, la gente se volvía al vernos pasar. Seguramente por culpa del terno malva de mi padre, de su camisa verde Kentucky y de sus eternos zapatos con polainas de astracán. Yo deseaba que nos parase un policía. Habría zanjado las cuentas de una vez por todas con los franceses; habría repetido incansablemente que uno de los suyos, un alsaciano, llevaba veinte años pervirtiéndonos. Afirmaba que no existirían los judíos si los goyim no se dignasen fijarse en ellos. Así que hay que conseguir que se fijen en nosotros vistiendo tejidos abigarrados. Es para los judíos cuestión de vida o muerte.

El director del liceo nos recibió en su despacho. Pareció dudar de que el hijo de semejante meteco quisiera matricularse en el curso superior de Letras. Su hijo –el del director– se había pasado todas las vacaciones empollando la gramática latina de Maquet-et-Roger. Me dieron ganas de contestarle al director que, por desgracia, yo era judío. Y por lo tanto era siempre el primero de la clase.

El director me alargó una antología de los oradores griegos, me pidió que abriera el libro al azar y tuve que comentarle un párrafo de Esquilo. Lo hice magistralmente. Llevé la cortesía hasta el extremo de traducir el texto al latín.

El director se quedó asombrado. ¿Acaso ignoraba la agudeza y la inteligencia judías? ¿Olvidaba que le habíamos dado a Francia escritores muy grandes: Montaigne, Racine, Saint-Simon, Sartre, Henry Bordeaux, René Bazin, Proust, Louis-Ferdinand Céline...? Me matriculó en el acto en el curso preparatorio de la Escuela Normal Superior.

–Enhorabuena, Schlemilovitch –me dijo con voz emocionada.

Tras salir del liceo, le reproché a mi padre su humildad y su untuosidad de *rahat lokum* ante el director.

–¿A quién se le ocurre comportarse como una bayadera en el despacho de un funcionario francés? ¡Podría disculpar los ojos aterciopelados y la obsequiosidad si se hallara en presencia de un verdugo de las SS a quien hubiera que embelesar! ¡Pero bailar la danza del vientre delante de ese buen señor! ¡No se lo iba a comer crudo, demonios! ¡Yo sí que lo voy a hacer sufrir, mire usted por dónde!

Eché a correr de repente. Me siguió hasta el Tourny; ni siquiera me pidió que me parase. Cuando se quedó sin resuello, creyó seguramente que iba a aprovecharme de que estaba exhausto y a largarme para siempre. Me dijo:

–Una carrerita tonifica mucho... Nos abrirá el apetito...

Así que no se defendía. Trampeaba con la desgracia, intentaba ganársela. Seguramente porque estaba acostumbrado a los pogromos. Mi padre se secaba la frente con la corbata de ante rosa. ¿Cómo podía haber pensado que iba a abandonarlo, a dejarlo solo e inerme en esta ciudad de noble tradición, en aquella oscuridad elegante que olía a vino añejo y a tabaco inglés? Lo cogí del brazo. Era un perro infeliz.

Las doce de la noche. Abro a medias la ventana de nuestra habitación. Nos llega el eco de la melodía de moda de este verano, *Stranger on the Shore*. Mi padre me dice:

55

–Debe de haber una sala de fiestas por los alrededores.

–No he venido a Burdeos a hacer el calavera. De todas formas, no espere nada del otro mundo: dos o tres vástagos degenerados de la burguesía bordelesa, unos cuantos turistas ingleses...

Se pone un esmoquin azul cielo. Me anudo ante el espejo una corbata de la casa Sulka. Nos sumergimos en un agua dulzona, una orquesta sudamericana está tocando rumbas. Nos sentamos a una mesa, mi padre pide una botella de Pommery y enciende un puro Upmann. Invito a una inglesa morena de ojos verdes. Tiene una cara que me recuerda algo. Huele bien a coñac. La estrecho contra mí. En el acto le salen de la boca unos nombres pringosos: Eden Rock, Rampoldi, Balmoral, Hotel de Paris: nos habíamos conocido en Montecarlo. Observo a mi padre por encima de los hombros de la inglesa. Sonríe, me hace señas de complicidad. Está enternecedor; seguramente le gustaría que me casase con una heredera eslavo-argentina, pero, desde que estoy en Burdeos, me he enamorado de la Santísima Virgen, de Juana de Arco y de Leonor de Aquitania. Intento explicárselo hasta las tres de la mañana; pero fuma un puro detrás de otro y no me escucha. Hemos bebido demasiado.

Nos quedamos dormidos de madrugada. Coches con altavoces recorrían Burdeos: «Campaña de desratización, campaña de desratización. Reparto gratuito de raticidas, reparto gratuito de raticidas. Tengan la bondad de acercarse al coche, por favor. Vecinos de Burdeos, campaña de desratización..., campaña de desratización...»

Mi padre y yo caminamos por las calles de la ciudad. Los coches llegan de todas partes y se abalanzan hacia nosotros con ruido de sirenas. Nos escondemos en una puerta cochera. Éramos unas ratas americanas enormes.

No nos quedó más remedio que separarnos. La víspera del comienzo del curso, arrojé, manga por hombro, toda mi ropa en el centro de la habitación: corbatas de Sulka y de la via Condotti; jerséis de cachemir; fulares de Doucet; trajes de Creed, de Canette, de Bruce O'lofson, de O'Rosen; pijamas de Lanvin; pañuelos de Henri à la Pensée; cinturones de Gucci; zapatos de Dowie and Marshall...

–¡Tenga! –le dije a mi padre–. Llévese todo esto a Nueva York en recuerdo de su hijo. A partir de ahora, la boina y la bata gris de estudiante del curso preparatorio me protegerán de mí mismo. Renuncio a los Craven y a los Khédive. Fumaré picadura. Me he naturalizado francés. Ya estoy definitivamente integrado. ¿Entraré en la categoría de los judíos militaristas como Dreyfus y Stroheim? Ya veremos. De momento, me preparo para ingresar en la Escuela Normal Superior como Blum, Fleg y Henri Franck. Habría sido una torpeza apuntar directamente a Saint-Cyr.

Nos tomamos un último gin-fizz en el bar del Splendid. Mi padre llevaba el atuendo de viaje: una gorra de terciopelo granate, un abrigo de astracán y unos mocasines de cocodrilo azul. En la boca, el Partagas. Le ocultan los ojos unas gafas negras. Estaba llorando; me di cuenta por el tono de voz. Al embargarlo la emoción, se le olvidaba la lengua de este país y mascullaba unas cuantas palabras en inglés.

–¿Vendrá a verme a Nueva York? –me preguntó.

–No creo, amigo mío. Voy a morirme dentro de poco. Me dará el tiempo justo para aprobar el examen de ingreso en la Escuela Normal Superior, la primera fase de la integración. Le prometo que su nieto será mariscal de Francia. Sí, voy a intentar reproducirme.

En el andén de la estación, le dije:

—No se le olvide enviarme una postal de Nueva York o de Acapulco.

Me estrechó en sus brazos. Cuando se fue el tren, mis proyectos en Guyena me parecieron ridículos. ¿Por qué no me había ido en pos de ese cómplice inesperado? Entre los dos habríamos eclipsado a los Hermanos Marx. Improvisamos bufonadas grotescas y lacrimógenas ante el público. Schlemilovitch padre es un señor grueso que viste trajes de mil colores. A los niños les gustan mucho esos dos payasos. Sobre todo cuando Schlemilovitch hijo le pone la zancadilla a Schlemilovitch padre y éste se cae de cabeza en un tonel de alquitrán. O también cuando Schlemilovitch hijo tira de la parte de abajo de la escalera y hace caer a Schlemilovitch padre. O cuando Schlemilovitch hijo le prende fuego arteramente a la ropa de Schlemilovitch padre, etc.

Ahora mismo actúan en el circo Médrano, tras una gira por Alemania. Schlemilovitch padre y Schlemilovitch hijo son unos artistas muy parisinos, pero antes que el público elegante prefieren el de los cines de barrio y los circos de provincias.

Lamenté sinceramente que se marchara mi padre. La edad adulta empezaba para mí. Ya no quedaba en el ring más que un boxeador. Se pegaba directos a sí mismo. No tardaría en desplomarse. Entretanto, ¿tendría la suerte de conseguir —aunque sólo fuera por un minuto— que me prestase atención el público?

Llovía, como todos los domingos de comienzo de curso; los cafés resplandecían más que de costumbre. De camino hacia el liceo, me consideraba muy presuntuoso: un joven judío y frívolo no puede aspirar de repente a esa te-

58

nacidad que les presta a los becarios del Estado la ascendencia de su terruño. Me acordé de eso que escribe mi viejo amigo Seingalt en el capítulo IX del tomo III de sus *Memorias: «Se* me brinda una nueva carrera. Volvía a favorecerme la fortuna. Contaba con todos los medios necesarios para secundar a la diosa ciega, pero carecía de una cualidad esencial, la constancia.» ¿Podré de verdad llegar a ser alumno de la Escuela Normal? Fleg, Blum y Henri Franck debían de tener una gota de sangre bretona.

Subí al dormitorio. Nunca había asistido a las clases de una institución laica desde que fui al centro Hattemer (los internados suizos en los que me matriculaba mi madre los llevaban los jesuitas). Me extrañó que no hubiera oración de la noche. Hice partícipes de esa preocupación a los internos que estaban presentes. Soltaron la carcajada, se rieron de la Santísima Virgen y me aconsejaron luego que les limpiase los zapatos, so pretexto de que habían llegado antes que yo.

Mis objeciones se distribuyeron en dos puntos:

1.º No veía por qué le habían tenido que faltar al respeto a la Santísima Virgen.

2.º No ponía en duda que hubieran llegado «antes que yo», pues la inmigración judía no había comenzado en el Bordelesado hasta el siglo XV. Yo era judío. Ellos eran galos. Me perseguían.

Se acercaron a parlamentar dos muchachos. Un demócrata cristiano y un judío bordelés. El primero me cuchicheó que aquí no había que mencionar en exceso a la Santísima Virgen porque andaba buscando un acercamiento a los estudiantes de extrema izquierda. El segundo me acusó de ser un «agente provocador». Por lo demás, los judíos no existían, eran un invento de los arios, etc., etc.

59

Le expliqué al primero que por la Santísima Virgen valía la pena reñir con todo el mundo. Le hice notar que San Juan de la Cruz y Pascal desaprobaban por completo su untuoso catolicismo. Añadí que, en cualquier caso, no me correspondía a mí, que era judío, impartirle la catequesis. Las declaraciones del segundo me colmaron de infinita tristeza: los goyim habían conseguido hacerle un buen lavado de cerebro.

Todo el mundo se dio por enterado y me pusieron en cuarentena.

Adrien Debigorre, nuestro profesor de Letras, gastaba una barba impresionante y un abrigo cruzado negro; y el pie tuerto le acarreaba los sarcasmos de los alumnos. Aquel curioso personaje había sido amigo de Maurras, de Paul Chack y de monseñor Mayol de Lupé; los oyentes franceses recuerdan sin duda las «Charlas al amor de la lumbre» que daba Debigorre en Radio Vichy.

En 1942, forma parte del entorno de Abel Bonheur, ministro de Educación. Se indigna cuando Bonheur, disfrazado de Ana de Bretaña, le dice con vocecilla equívoca: «Si en Francia hubiera una princesa, habría que metérsela en los brazos a Hitler», o cuando el ministro le alaba «el encanto viril» de los SS. Acaba por reñir con Bonheur y le pone de apodo «la Gestapette»,[1] lo que le hizo muchísima gracia a Pétain. Debigorre se retira a las islas Minquiers e intenta agrupar a su alrededor unos comandos de pescadores para resistir ante los ingleses. Su anglofobia no le iba a la zaga a la de Henri Béraud. De niño, le hizo a su pa-

1. Aparente diminutivo femenino de Gestapo; pero *tapette* quiere decir «marica». *(N. de la T.)*

60

dre, un teniente de navío de Saint-Malo, la solemne promesa de no olvidar nunca la «MALA PASADA» de Trafalgar. Se le atribuye esta frase lapidaria tras la batalla de Mers el-Kebir: «¡Las pagarán!» Durante la Ocupación mantuvo una voluminosa correspondencia con Paul Chack, de la que nos leía fragmentos. Mis condiscípulos no perdían ocasión de humillarlo. Al empezar la clase, se ponían de pie y entonaban: *«Maréchal, nous voilà!»*[1] El encerado estaba lleno de franciscas y de fotografías de Pétain. Debigorre hablaba sin que nadie le hiciera caso. Con frecuencia, se cogía la cabeza con ambas manos y lloraba. Un estudiante de preparatorio de la Escuela Normal, hijo de un coronel, exclamaba entonces: «¡Adrien llora!» Todos se reían a mandíbula batiente. Menos yo, por descontado. Decidí ser el guardaespaldas de aquel pobre hombre. Pese a mi reciente tuberculosis, pesaba noventa kilos, medía un metro noventa y ocho y la casualidad me había hecho nacer en un país de gente de patas cortas.

Empecé por partirle una ceja a Gerbier. Un tal Val-Suzon, hijo de notario, me llamó «nazi». Le rompí tres vértebras en recuerdo del SS Schlemilovitch, muerto en el frente ruso durante la ofensiva de Von Rundstedt. Quedaban por meter en cintura otros cuantos galos de poca monta; Chatel-Gérard, Saint-Thibault, La Rochepot. Me puse a ello. A partir de entonces, fui yo, y no Debigorre, quien leyó a Maurras, a Chack y a Béraud al comienzo de las clases. Todo el mundo recelaba de mis reacciones violentas; se podía oír volar una mosca, imperaba el terror judío y nuestro anciano maestro había recobrado la sonrisa.

1. Himno en honor del mariscal Pétain. *(N. de la T.)*

61

Bien pensado, ¿por qué ponían esa cara de asco mis condiscípulos?

¿Acaso Maurras, Chack y Béraud no se parecían a sus abuelos?

Yo tenía la amabilidad mayúscula de permitirles que descubrieran a los más sanos y más puros de entre sus compatriotas y esos ingratos me llamaban «nazi»...

—Vamos a hacerles estudiar a los novelistas del terruño —le propuse a Debigorre—. Todos esos degeneradillos necesitan fijarse mucho en las buenas prendas de sus padres. Así salen de Trotski, de Kafka y de otros gitanos. Por lo demás, no se enteran de nada de lo que dicen esos autores. Hay que tener a la espalda dos mil años de pogromos, mi querido Debigorre, para embarcarse en su lectura. ¡Si yo me apellidase Val-Suzon no haría gala de tanta fatuidad! ¡Me contentaría con explorar las provincias y beber en las fuentes francesas! Mire, durante el primer trimestre, vamos a hablarles de su amigo Béraud. Ese escritor de Lyon me parece de lo más adecuado. Unas cuantas explicaciones de algunos textos tomados de *Les Lurons de Sabolas*... Luego, empalmamos con Eugène Le Roy: *Jacquou el Rebelde* y *Mademoiselle de La Ralphie* les revelarán las bellezas de Périgord. Una vueltecita por Quercy gracias a Léon Cladel. Una temporada en Bretaña bajo el amparo de Charles Le Goffic. Roupnel nos llevará por la zona de Borgoña. Y el Borbonés no tendrá ya secretos para nosotros después de *La Vie d'un simple* de Guillaumin. Alphonse Daudet y Paul Arène nos traerán los aromas de Provenza. ¡Evocaremos a Maurras y a Mistral! En el segundo trimestre disfrutaremos del otoño de Turena en compañía de René Boylesve. ¿Ha leído usted *El niño en la balaustrada*? ¡Una obra notable! Dedicaremos el tercer trimestre a las novelas psicológicas de Édouard Estaunié, oriundo de Dijon. ¡En pocas palabras, la Francia sentimental! ¿Está satisfecho de mi programa?

Debigorre sonreía y me estrechaba convulsivamente las manos. Me decía:

–¡Schlemilovitch, es usted un auténtico forofo! ¡Ay, si todos los francesitos de pura cepa se le pareciesen!

Debigorre me invita con frecuencia a su casa. Vive en un cuarto atiborrado de libros y de papelotes. En las paredes, fotografías amarillentas de unos cuantos energúmenos: Bichelonne, Hérold-Paquis, los almirantes Esteva, Darlan y Platon. Su anciana ama de llaves nos sirve el té. A eso de las once de la noche, tomamos una copa en la terraza del Café de Bordeaux. La primera vez lo dejé muy asombrado al hablarle de las costumbres de Maurras y de la barba de Pujo: «Pero ¡si aún no había nacido, Raphaël!» Debigorre opina que se trata de un fenómeno de metempsicosis y que en una vida anterior fui un partidario feroz de Maurras, un francés cien por cien, un galo incondicional al tiempo que un judío colaboracionista: «¡Ay, Raphaël, cuánto me habría gustado que estuviese en Burdeos en junio de 1940! ¡Imagíneselo! ¡Un ballet desenfrenado! ¡Unos señores con barbas y chaquetas cruzadas negras! ¡Unos profesores universitarios! ¡Unos ministros de la RE-PÚ-BLI-CA! Se oye cantar a Réda Caire y a Maurice Chevalier, pero, ¡zas!, unos individuos rubios con el torso al aire se presentan en el Café du Commerce. ¡Y organizan un pimpampum! ¡Los señores barbudos salen disparados hacia el techo! ¡Se estrellan contra las paredes y contra las filas de botellas! ¡Chapotean en el Pernod con la cabeza abierta por los cascos rotos! La dueña del establecimiento, que se llama Marianne, corre de acá para allá soltando grititos. ¡Es una puta vieja! ¡LA RAMERA![1] ¡Va perdiendo las faldas! ¡La derriba una ráfaga de metralleta! ¡Caire y Chevalier han callado! ¡Qué espectáculo, Raphaël, para unas inteligencias en alerta como las nuestras! ¡Qué venganza...!»

Acabé por cansarme de mi papel de guardián carcelario. Ya que mis condiscípulos no quieren admitir que Maurras, Chack y Béraud son de los suyos, ya que desdeñan a Charles Le Goffic y a Paul Arène, Debigorre y yo vamos a hablarles de unos cuantos aspectos más universales de la «identidad francesa»: truculencia y procacidad, belleza del clasicismo, pertinencia de los moralistas, ironía a lo Voltaire, sutileza de la novela de análisis, tradición heroica desde Corneille hasta Bernanos. Debigorre refunfuña por lo de Voltaire. También a mí me asquea ese burgués «levantisco» y antisemita, pero si no lo mencionamos en nuestro *Panorama de la identidad francesa* nos acusarán de parcialidad. «Seamos sensatos», le digo a Debigorre. «Sabe muy bien que prefiero a Joseph de Maistre. Pero hagamos pese a todo un esfuerzo para hablar de Voltaire.»

Saint-Thibault vuelve a insubordinarse durante una de nuestras conferencias. Un comentario desafortunado de Debigorre: «El encanto tan esencialmente francés de la exquisita señora de La Fayette», consigue que mi compañero salte, indignado.

–¿Cuándo va a dejar de repetir: la «identidad france-

---

1. *La gueuse:* así llamaban los monárquicos a la República francesa, que los republicanos personificaban en una imagen de mujer llamada Marianne. *(N. de la T.)*

sa», «las tradiciones francesas», «nuestros escritores franceses»? –vocea ese joven galo–. Mi maestro Trotski decía
que la Revolución no tiene patria...
–Saint-Thibault, muchacho –le contesté–, me está irri-
tando. ¡Con esos mofletes y esa sangre gorda que tiene, el
nombre de Trotski es una blasfemia en sus labios! ¡Saint-
Thibault, muchacho, su tío bisabuelo Charles Maurras escribía que no puede entender a la señora de La Fayette ni a
Chamfort quien no haya estado arando mil años la tierra
de Francia! Y ahora me toca a mí decirle esto, Saint-Thibault, muchacho: se necesitan mil años de pogromos de
autos de fe y de guetos para entender el mínimo párrafo de
Marx o de Bronstein... ¡BRONSTEIN, Saint-Thibault, muchacho, y no Trostki, como dice de forma tan elegante!
Cierre el pico para siempre, Saint-Thibault, muchacho, o
si no...

La asociación de padres de alumnos se indignó; el director me hizo acudir a su despacho:
–Schlemilovitch –me dijo–, Val-Suzon y La Rochepot
le han puesto una denuncia por agresión a sus hijos con
lesiones graves. ¡Está muy bien eso de defender a su profesor anciano, pero de ahí a comportarse como un granu-
ja...! ¿Sabe que Val-Suzon está ingresado en el hospital? ¿Y
que Gerbier y La Rochepot padecen trastornos audiovi-
suales? ¡Unos estudiantes de élite de la Escuela Normal!
¡A la cárcel, Schlemilovitch, a la cárcel! ¡Y, de entrada, se
va del liceo esta misma noche!
–Si esos señores quieren llevarme ante los tribunales
–le dije–, así me explicaré de una vez por todas. Me darán
mucha publicidad. París no es Burdeos, ¿sabe? ¡En París
siempre le dan la razón al pobre judío indefenso y nunca a

los animalotes arios! Interpretaré a la perfección mi papel de perseguido. La Izquierda organizará mítines y manifestaciones y puede creerme si le digo que quedará de lo más elegante firmar un manifiesto a favor de Raphaël Schlemilovitch. En pocas palabras, ese escándalo será un gran perjuicio para el ascenso de usted. Piénselo bien, señor director, se está enfrentando a un adversario poderoso. Acuérdese del capitán Dreyfus y, más recientemente, del jaleo que metió Jacob X, un joven desertor judío... En París siempre andan locos por nosotros. Nos disculpan. Hacen borrón y cuenta nueva. ¿Qué quiere que le diga? ¡Las estructuras éticas se fueron al carajo en la última guerra, mejor dicho, se fueron ya en la Edad Media! ¡Acuérdese de aquella hermosa costumbre francesa: todos los años, por Pascua de Resurrección, el conde de Toulouse abofeteaba con pompa y boato al jefe de la comunidad judía; y éste le suplicaba: «¡Otra vez, señor conde! ¡Otra vez! ¡Con el pomo de la espada! ¡Lo que debe hacer es atravesarme! ¡Sacarme las entrañas! ¡Pisotear mi cadáver!» ¡Tiempos dichosos! ¿Cómo iba a poder imaginarse mi antepasado, el judío de Toulouse, que un día yo le rompería las vértebras a un Val-Suzon? ¿Y que les reventaría un ojo a un Gerbier y a un La Rochepot? ¡A todo el mundo le llega la vez, señor director! ¡La venganza es un manjar que se come frío! ¡Y, sobre todo, no vaya a creer que me arrepiento! ¡Haga saber de mi parte a los padres de esos jóvenes cuánto siento no habérmelos cargado! ¡Imagínese la ceremonia en el tribunal de lo criminal! ¡Un judío joven, lívido y apasionado, declarando que quería vengar los insultos sistemáticos del conde de Toulouse a sus antepasados! ¡Sartre rejuvenecería unos cuantos siglos para defenderme! ¡Me llevarían a hombros de la plaza de L'Étoile a La Bastille! ¡Me coronarían príncipe de la juventud francesa!

–Es usted repugnante, Schlemilovitch. ¡REPUGNANTE!
No quiero seguir oyéndolo ni un minuto más.
–¡Eso es, señor director! ¡Repugnante!
–¡Voy a avisar ahora mismo a la policía!
–A la policía no, señor director; a la GESTAPO, por favor.

Dejé el liceo de forma definitiva. Debigorre se quedó consternado al perder a su mejor alumno. Nos vimos dos o tres veces en el Café de Bordeaux. Un domingo por la noche no acudió a la cita. Su ama de llaves me dijo que se lo habían llevado a una casa de salud de Arcachon. Me prohibieron taxativamente que fuera a visitarlo. Sólo podían verlo sus familiares una vez al mes.

Me enteré de que mi anciano maestro me llamaba todas las noches para que fuera a socorrerlo, so pretexto de que Léon Blum lo perseguía con odio implacable. Me envió, por mediación de su ama de llaves, un recado garabateado deprisa y corriendo: «Raphaël, sálveme. Blum y los demás tienen decidida mi muerte. Lo sé. De noche se escurren dentro de mi habitación como reptiles. Se burlan, desafiantes. Me amenazan con cuchillos de carnicero. Blum, Mandel, Zay, Salengro, Dreyfus y los demás. Quieren hacerme pedazos. Se lo ruego, Raphaël, sálveme.»
No volví a tener noticias suyas.

Por lo visto, los señores viejos desempeñan en mi vida un papel capital.
Quince días después de haberme ido del liceo, me estaba gastando mis últimos billetes de banco en el restaurante Dubern cuando un hombre se sentó en una mesa al lado de la mía. Me llamaron la atención el monóculo y la

larga boquilla de jade. Era calvo del todo, lo que añadía un toque inquietante a su fisionomía. Se pasó la comida mirándome. Llamó al maître con un ademán insólito: hubiérase dicho que trazaba con el índice un arabesco en el aire. Vi cómo escribía unas cuantas palabras en una tarjeta de visita. Me señaló con el dedo y el maître se acercó para traerme aquel cuadradito blanco en donde leí:

VIZCONDE
CHARLES LÉVY-VENDÔME

animador, desea conocerlo.

Se sentó enfrente de mí.

–Le pido perdón por este comportamiento tan desenvuelto, pero siempre entro con fractura en la vida de la gente. Un rostro, una expresión bastan para conquistar mi simpatía. Me deja muy impresionado su parecido con Gregory Peck. Dejando eso de lado, ¿cuál es su razón social?

Tenía una voz hermosa y profunda.

–Me contará su vida en un sitio más tamizado. ¿Qué le parecería el Morocco? –me propuso.

En el Morocco, la pista de baile estaba desierta, aunque de los altavoces salían unas guarachas desenfrenadas de Noro Morales. Estaba claro que Latinoamérica se cotizaba mucho en la zona de Burdeos aquel otoño.

–Me acaban de expulsar del liceo –le expliqué–. Por agresión con lesiones graves. Soy un indeseable, y, además, judío. Me llamo Raphaël Schlemilovitch.

–¿Schlemilovitch? ¡Vaya, vaya! ¡Razón de más para que nos llevemos bien! ¡Yo pertenezco a una familia judía muy antigua de Loiret! Mis antepasados eran, de padres a hijos, bufones de los duques de Pithiviers. Su biografía no me interesa. Quiero saber si anda buscando trabajo o no.

—Lo ando buscando, señor vizconde.

—Bien; esto es lo que hay. Soy animador. Animo. Emprendo, erijo, combino... Necesito su colaboración. Es usted un joven de lo más presentable. Prestancia, ojos de terciopelo, sonrisa norteamericana. Hablemos de hombre a hombre. ¿Qué le parecen las francesas?

—Son monas.

—¿Qué más?

—¡Podría hacerse de ellas unas putas guapísimas!

—¡Admirable! ¡Me gusta la forma en que lo dice! ¡Ahora pongamos las cartas boca arriba, Schlemilovitch! Me dedico a la trata de blancas. Y resulta que las francesas se cotizan bien en bolsa. Proporcióneme la mercancía. Soy demasiado viejo para que esa tarea corra a mi cargo. En 1925, las cosas iban como la seda; pero hoy en día si pretendo gustarles a las mujeres las obligo de entrada a fumar opio. ¿Quién iba a imaginarse que el joven y atractivo Lévy-Vendôme iba a convertirse en un sátiro al rondar los cincuenta? Usted, Schlemilovitch, tiene tiempo por delante. ¡Aprovéchelo! Use sus bazas personales y pervierta a las jovencitas arias. Más adelante, escribirá sus memorias. Podrían llamarse «Las desarraigadas»: la historia de siete francesas que no pudieron resistirse a los encantos del judío Schlemilovitch y se encontraron un buen día internadas en burdeles orientales o sudamericanos. Moraleja: no deberían haberle hecho caso a ese seductor judío, sino quedarse en los lozanos prados alpestres y los verdes sotos. Y le dedicará esas memorias a Maurice Barrès.

—Bien, señor vizconde.

—¡A trabajar, muchacho! Se marcha ahora mismo a la Alta Saboya. Tengo un pedido de Río de Janeiro: «Joven

69

montañesa francesa. Morena. Bien plantada.» Luego, a Normandía. Ese pedido me llega de Beirut: «Francesa distinguida cuyos antepasados hayan ido a las cruzadas. Aristocracia provinciana de rancio abolengo.» ¡Seguro que se trata de un vicioso de nuestro estilo! Un emir que quiere vengarse de Carlos Martel...

—O de la toma de Constantinopla por los cruzados...

—¿Por qué no? En pocas palabras, he localizado lo que necesita. En Calvados... Una mujer joven... ¡Excelente nobleza de espada! ¡Palacios del siglo XVII! ¡Cruz y hierro de lanza sobre campo de azur con florones! ¡Monterías! ¡En sus manos queda, Schlemilovitch! ¡No hay ni un minuto que perder! ¡Tenemos mucho tajo por delante! ¡Los secuestros deben ser sin derramamiento de sangre! Venga a tomar el último trago a mi casa y lo acompaño a la estación.

El piso de Lévy-Vendôme está amueblado en estilo Napoleón III. El vizconde me hace pasar a la biblioteca.

—Mire qué encuadernaciones tan bonitas —me dice—. La bibliofilia es mi vicio secreto. Fíjese, cojo un libro al azar: un tratado sobre los afrodisíacos de René Descartes. Apócrifos, sólo apócrifos... Me he vuelto a inventar yo solo toda la literatura francesa. Aquí están las cartas de amor de Pascal a la señorita de La Vallière. Un cuento licencioso de Bossuet. Otro cuento erótico de la señora de La Fayette. No contento con pervertir a las mujeres de este país, he querido prostituir también toda la literatura francesa. Transformar a las heroínas de Racine y de Marivaux en putas. Junia acostándose de buen grado con Nerón ante la mirada espantada de Británico. Andrómaca cayendo en brazos de Pirro en el primer encuentro. Las condesas de Marivaux poniéndose la ropa de sus doncellas y cogiéndoles prestado el amante por una noche. Ya ve, Schlemilovitch, que la trata de blancas no quita de ser un hombre culto. Llevo cuarenta años redactando apócrifos. Dedicándome a deshonrar a los escritores franceses más ilustres. ¡Tome ejemplo, Schlemilovitch! ¡La venganza, Schlemilovitch, la venganza! Me presenta algo después a Mouloud y Mustapha, sus dos esbirros.

–Estarán a su disposición –me dice–. Se los enviaré en cuanto me lo pida. Con las arias nunca se sabe. A veces, hay que recurrir a la violencia. Mouloud y Mustapha no tienen parangón para que se vuelvan dóciles las mentalidades más indisciplinadas. Son ex-Waffen SS, de la Legión norafricana. Los conocí en el local de Bonny y Laffont, en la calle de Lauriston, en los tiempos en que era yo secretario de Joanovici. Unos tíos estupendos. ¡Ya verá!

Mouloud y Mustapha se parecen como si fueran gemelos. La misma cara con costurones. La misma nariz partida. El mismo rictus inquietante. Me dan enseguida muestras de la más vehemente amabilidad.

Lévy-Vendôme me acompaña a la estación de Saint-Jean. En el andén, me alarga tres fajos de billetes de banco:

–Para sus gastos personales. Llámeme por teléfono para tenerme al corriente. ¡La venganza, Schlemilovitch! ¡La venganza! ¡No tenga compasión, Schlemilovitch! ¡La venganza! ¡La...!

–Bien, señor vizconde.

III

El lago de Annecy es romántico, pero un joven que se dedica a la trata de blancas debe evitar pensar cosas de ésas. Tomo el primer autocar para T., una cabeza de partido que elegí al azar en el mapa Michelin. La carretera sube, las curvas me revuelven el estómago. Me noto a punto de olvidar mis estupendos proyectos. El gusto por el exotismo y el deseo de que una estancia en Saboya sea un reconstituyente para mis pulmones no tardan en prevalecer sobre el desánimo. A mis espaldas, unos cuantos militares cantan: «Aquí están los montañeros» y, durante unos momentos, les presto mi voz. Luego me acaricio la pana gruesa de los pantalones, me miro las botas y el *alpenstock*, comprados de segunda mano en una tiendecita de la parte antigua de Annecy. Ésta es la táctica que me propongo adoptar: en T., me haré pasar por un joven alpinista inexperto que no conoce la montaña más que por lo que escribe de ella Frison-Roche. Si me porto con tacto, no tardaré en parecerle simpático a la gente, podré codearme con los indígenas y localizar arteramente a una joven digna de que la exporten al Brasil. Para mayor seguridad, he decidido usurpar la identidad francesa a más no poder de mi amigo Des Essarts. El apellido Schlemilovitch huele a chamusquina. Seguro que estos salvajes han oído hablar de los judíos en la época en que la Milicia tenía asolada su provincia. Por encima de todo no hay que despertar suspicacias. Debo sofocar mi curiosidad de etnólogo a lo Lévi-Strauss. No fijarme en sus hijas con miradas de tratante de ganado, porque en tal caso adivinarán mi ascendencia oriental.

El autocar se detiene delante de la iglesia. Me pongo la mochila de montaña, hago sonar el *alpenstock* en los adoquines y voy con paso firme hasta el Hotel des Trois Glaciers. La cama de cobre y el empapelado de flores de la habitación 13 me conquistan en el acto. Llamo por teléfono a Burdeos para informar a Lévy-Vendôme y silbo entre dientes un minué.

Al principio noté cierta desazón entre los autóctonos. Les preocupaba mi elevada estatura. Yo sabía por experiencia que era algo que acabaría por jugar a mi favor. Cuando crucé por primera vez el umbral del Café Municipal, con el *alpenstock* en la mano y los crampones en las suelas, noté que todas las miradas me tallaban. ¿Un metro noventa y siete, noventa y ocho, noventa y nueve, dos metros? Quedaban abiertas las apuestas. El señor Gruffaz, el panadero, acertó y arrambló con todo. Me demostró en el acto una vehementísima simpatía. ¿Tenía el señor Gruffaz alguna hija? No iba a tardar en saberlo. Me presentó a sus amigos, el notario Forclaz-Manigot y el boticario Petit-Savarin. Los tres me invitaron a un orujo de manzana que me hizo toser. Luego, me dijeron que estaban esperando al coronel retirado Aravis para jugar una partida de belote. Les pedí permiso para unirme a ellos, bendiciendo a Lévy-

Vendôme por haberme enseñado a jugar a la belote inmediatamente antes de emprender viaje. Me acordé de su pertinente observación: «Dedicarse a la trata de blancas, y sobre todo a la trata de francesitas de provincias, no tiene nada de emocionante, se lo aviso desde ahora mismo. Tiene que adoptar costumbres de corredor de comercio: la belote, el billar y la copita son los sistemas mejores para infiltrarse.» Los tres hombres me preguntaron por los motivos de mi estancia en T. Les expliqué, como tenía previsto, que era un joven aristócrata francés a quien apasionaba el alpinismo.

—Va a gustarle usted al coronel Aravis —me dijo en confianza Forclaz-Manigot—. Aravis es un tío estupendo. Excazador alpino. Enamorado de las cumbres. Un fanático de las cordadas. Le aconsejará.

Se presenta el coronel Aravis y me mira de pies a cabeza, pensando en el futuro que podría tener yo en el cuerpo de cazadores alpinos. Le propino un vigoroso apretón de manos y doy un taconazo.

—¡Jean-François Des Essarts! ¡Encantado, mi coronel!

—¡Vaya buen mozo! ¡Apto para el servicio! —les declara a los otros tres.

Se pone paternal:

—¡Me temo, joven, que el tiempo no vaya a permitirnos realizar con bien unos cuantos ejercicios de escalada con los que me habría dado cuenta de sus capacidades! ¡Qué se le va a hacer! Lo dejaremos para otro día. ¡En cualquier caso, voy a convertirlo en montañero curtido! Me parece que tiene buena disposición. ¡Es lo esencial!

Mis cuatro nuevos amigos empiezan una partida de belote. Fuera, está nevando. Me concentro en la lectura de *L'Écho-Liberté*, el diario local. Me entero de que están echando en el cine de T. una película de los Hermanos Marx. Así que somos seis hermanos, seis judíos desterrados en Saboya. Me noto algo menos solo.

Bien pensado, Saboya me gustaba tanto como Guyena. ¿No es acaso la tierra de Henri Bordeaux? A eso de los dieciséis años, leí con reverencia *Los Roquevillard, La Cartuja de Le Reposoir* y *El calvario de Cimiez*. Judío apátrida, respiraba con glotonería el aroma de terruño que se desprende de esas obras de arte. Me cuesta entender que Henry Bordeaux haya caído en desgracia desde hace algún tiempo. Tuvo en mí una influencia determinante y siempre le seguiré siendo fiel.

Por fortuna, encontré en mis nuevos amigos gustos idénticos a los míos. Aravis leía las obras del capitán Danrit; Petit-Savarin tenía una debilidad por René Bazin y el panadero Gruffaz, por Pierre Hamp. En cuanto al notario Forclaz-Manigot, valoraba mucho a Édouard Estaunié. No me decía nada nuevo cuando me cantaba las alabanzas de ese autor. En su libro *¿Qué es la literatura?*, Des Essarts se refería a él de la siguiente forma: «Considero a Édouard Estaunié el escritor más perverso que me haya sido dado leer. A primera vista, los personajes de Estaunié resultan tranquilizadores: tesoreros pagadores generales, empleadas de Correos, jóvenes seminaristas de provincias; pero no hay que fiarse de las apariencias: este tesorero pagador general tiene alma de dinamitero; esa empleada de Correos se prostituye al salir del trabajo; aquel joven seminarista es tan sanguinario como Gilles de Rais... Estaunié opta por camuflar el vicio bajo levitas negras, mantillas e incluso sotanas: un Sade disfrazado de pasante de notario; un Genet travestido de Bernadette Soubirous...» Le leí ese párrafo a Forclaz-Manigot afirmándole que el autor era yo. Me felicitó y me invitó a cenar. Durante la cena, estuve mirando a su mujer de reojo. Me parecía un tanto madura, pero me prometí, si no encontraba nada mejor, no andarme con tiquismiquis. Así que estábamos viviendo una novela de Estaunié: aquel joven aristócrata francés, loco por el alpinismo, no era sino un judío que se dedicaba a la trata de blancas; aquella mujer de notario, tan reservada, podría estar dentro de poco, si a mí me parecía oportuno, en una casa de lenocinio brasileña.

¡Querida Saboya! Del coronel Aravis, por ejemplo, conservaré toda la vida un recuerdo enternecido. Todo francesito tiene, en lo más hondo de su ciudad de provincias, a un abuelo de esa índole. Se avergüenza de él. Sartre quiere olvidar al doctor Schweitzer, su tío abuelo. Cuando voy a ver a Gide, a su domicilio ancestral de Cuverville, me repite como un maniaco: «¡Familias, os odio! ¡Familias, os odio!» Aragon, mi amigo de juventud, es el único que no ha renegado de sus orígenes. Se lo agradezco. Cuando aún vivía Stalin, me decía con orgullo: «¡Los Aragon son polis de padres a hijos!» Le apunto un tanto. Los demás no son sino hijos descarriados.

Yo, Raphaël Schlemilovitch, escuchaba respetuosamente a mi abuelo, el coronel Aravis, igual que había escuchado a mi tío abuelo Adrien Debigorre.

–Des Essarts –me decía Aravis–, ¡métase a cazador alpino, qué demonios! ¡Se convertirá en el capricho de las damas! ¡Un mocetón como usted! ¡De militar haría furor!

Por desgracia, el uniforme de los cazadores alpinos me recordaba el de la Milicia, con el que había muerto hacía veinte años.

–Mi afición a los uniformes nunca me trajo suerte –le

expliqué al coronel–. Allá por 1894 ya me costó un juicio sonado y unos cuantos años en el penal de la isla del Diablo. El caso Schlemilovitch, ¿lo recuerda? El coronel no me escuchaba. Me miraba a los ojos y exclamaba:

–Hijito, por favor, la cabeza erguida. Los apretones de mano que sean enérgicos. Sobre todo, evita la risa tonta. Ya estamos hartos de ver cómo degenera la raza francesa. Queremos pureza. Yo estaba muy conmovido. El jefe Darnand me daba consejos como ésos cuando íbamos al monte a atacar a los maquis.

Todas las noches le hago a Lévy-Vendôme un informe de mis actividades. Le hablo de la señora Forclaz-Manigot, la mujer del notario. Me contesta que las mujeres maduras no le interesan a su cliente de Río. Así que estoy condenado a pasar algún tiempo más aislado en T. Tasco el freno. Nada que esperar del coronel Aravis. Vive solo. Petit-Savarin y Gruffaz no tienen hijas. Por lo demás, Lévy-Vendôme me tiene terminantemente prohibido trabar conocimiento con las jóvenes de pueblo si no es a través de sus padres o de sus maridos: una reputación de mujeriego me cerraría todas las puertas.

EN DONDE EL PADRE PERRACHE
ME SACA DEL APURO

Conozco a ese eclesiástico durante un paseo por las inmediaciones de T. Apoyado en un árbol contempla la naturaleza, a lo Vicario saboyano. Me llama la atención la extremada bondad que se le lee en la cara. Trabamos conversación. Me habla del judío Jesucristo. Yo le hablo de otro judío llamado Judas, del que dijo Jesucristo: «¡Más le valdría a ese hombre no haber nacido!» Nuestra charla teológica prosigue hasta la plaza del pueblo. Al padre Perrache lo apena el interés que muestro por Judas. «Es usted un desesperado», me dice, muy serio. «El pecado de desesperación es el peor de todos.» Le explico a ese hombre de Dios que mi familia me ha enviado a T. para que se me oxigenen los pulmones y se me aclaren las ideas. Le hablo de mi paso demasiado rápido por el curso preparatorio de la Escuela Normal en Burdeos, especificándole que el liceo me asquea por ese ambiente suyo radicalmente socialista. Me reprocha mi intransigencia. «Acuérdese de Péguy», me dice, «que repartía el tiempo entre la catedral de Chartres y la Liga de Maestros. Se esforzaba por presentarle a San Luis y a Juana de Arco a Jean Jaurès. ¡No hay que ser excesivamente exclusivo, joven!» Le contesto que prefiero a monseñor Mayol de Lupé: un católico debe tomarse en serio los intereses de Cristo aunque tenga que ingresar para ello en la LVF. Un católico debe enarbolar el sable, aunque tenga que decir, como Simon de Monfort: «¡Matadlos a todos! ¡Ya reconocerá Dios a los suyos!» Por lo demás, la Inquisición me parece una empresa de sanidad pública. Torquemada y Jiménez eran de lo más atentos al querer curar a esas personas que se refocilaban con complacencia en su enfermedad, en su judería; de lo más atentos, desde luego, al brindarles intervenciones quirúrgicas en vez de dejar que reventasen de su tuberculosis. Le elogio luego a Joseph de Maistre y a Édouard Drumont y le proclamo que a Dios no le gustan los tibios.

—Ni los tibios ni los orgullosos —me dice—. Y usted comete pecado de orgullo, tan grave como el de desespera-

78

ción. Mire, le voy a encomendar un trabajillo. Debería tomárselo como una penitencia, como un acto de contrición. El obispo de nuestra diócesis va a venir de visita al internado de T. dentro de una semana: escribirá usted un discurso de bienvenida que yo haré llegar al padre superior. Se lo leerá a monseñor un alumno pequeño en nombre de toda la comunidad. Manifestará en él ponderación, amabilidad y humildad. ¡Ojalá este modesto ejercicio lo devuelva al camino recto! Sé muy bien que no es sino una oveja extraviada que sólo desea volver al rebaño. ¡Todos los hombres, en su noche, caminan hacia la Luz! ¡Tengo confianza en usted! (Suspiros.)

Una joven rubia en el jardín del presbiterio. Me mira con curiosidad: el padre Perrache me presenta a su sobrina Loïtia. Lleva el uniforme azul marino de un internado.

Loïtia enciende una lámpara de petróleo. Los muebles saboyanos huelen bien a cera. Me gusta mucho el cromo de la pared de la izquierda. El padre me pone con suavidad la mano en el hombro:

–Schlemilovitch, ya puede anunciar a su familia que ha caído en buenas manos. Me hago cargo de su salud espiritual. El aire de nuestras montañas hará lo demás. Ahora, muchacho, va a escribir el discurso para nuestro obispo. ¡Loïtia, por favor, tráenos té y unos cuantos brioches! ¡Este joven necesita reponer fuerzas!

Miro la bonita cara de Loïtia. Las monjas de Santa María de las Flores le recomiendan que se trence el pelo rubio, pero, gracias a mí, dentro de poco lo llevará suelto y por los hombros. Tras haber decidido que voy a hacerle conocer Brasil, me retiro al despacho de su tío y redacto un discurso de bienvenida a monseñor Nuits-Saint-Georges:

«Ilustrísima:

»En todas las parroquias de esta hermosa diócesis que la Providencia tuvo a bien confiarle, está en su casa el obispo Nuits-Saint-Georges y trae consigo la confortación de su presencia y las preciosas bendiciones de su ministerio.

»Pero lo está más que en ningún otro sitio en este pintoresco valle de T., famoso por su abigarrado manto de praderas y bosques... Este valle al que un historiador llamaba no hace mucho "tierra de sacerdotes afectuosamente vinculada a sus jefes espirituales". Aquí mismo, en este internado construido a costa de generosidades a veces heroicas... Su Ilustrísima está aquí en su casa... y todo un barullo de jubilosa impaciencia alteró nuestro limitado universo y precedió y tornó solemne de antemano su llegada.

»Trae consigo Su Ilustrísima la confortación de sus palabras de ánimo y la luz de sus consignas a los maestros, sus abnegados colaboradores, cuya tarea es particularmente ingrata; a los alumnos, les concede la benevolencia de su paternal sonrisa y de un interés del que se esfuerzan por ser merecedores... Y somos dichosos al poder aclamar en Su Ilustrísima a un educador muy consciente, a un amigo de la juventud, a un celoso promotor de todo cuanto puede incrementar la irradiación de la Escuela cristiana, realidad viva y garantía para nuestro país de un hermoso porvenir.

»Para Su Ilustrísima han acicalado el césped bien atusado de las platabandas de la entrada; y las flores que las salpican –pese a los rigores de una estación tan ardua– cantan la sinfonía de sus colores; para vos se puebla nuestra Casa, colmena habitualmente zumbadora y ruidosa, de recogimiento y silencio; para vos ha quebrado su curso habitual el ritmo un tanto monótono de las clases o de los estudios... ¡Es día de fiesta grande, día de serena alegría y buenos propósitos!

»Queremos, Ilustrísima, participar en el gran esfuerzo

de renovación y reconstrucción que levantan en estos momentos los ambiciosos tajos de la Iglesia y de Francia. Orgullosos de la visita que hoy nos hace Su Ilustrísima, atentos a las consignas que tenga a bien darnos, le dedicamos con corazón alegre el tradicional y filial saludo:

»Bendito sea monseñor Nuits-Saint-Georges.

»¡Heil, monseñor y obispo nuestro!»

Quiero que le guste este trabajo al padre Perrache y me permita conservar su valiosa amistad: mi porvenir en la trata de blancas lo exige.

Afortunadamente, rompe en llanto ya en las primeras líneas y me colma de elogios. Irá personalmente a hacerle catar y saborear mi prosa al superior del internado.

Loïtia está sentada ante la chimenea. Tiene la cabeza inclinada y la mirada pensativa de las muchachas de Botticelli. Tendrá mucho éxito el verano que viene en los burdeles de Río.

El canónigo Saint-Gervais, superior del internado, mostró gran satisfacción ante mi discurso. Ya en nuestra primera entrevista me propuso que sustituyera a un profesor de historia, el padre Ivan Canigou, que había desaparecido sin dejar dirección. Según Saint-Gervais, el padre Canigou, hombre muy apuesto, no podía resistirse a su vocación de misionero y tenía el proyecto de evangelizar a los gentiles del Sinkiang; nunca volverían a verlo en T. El canónigo estaba al corriente por Perrache de mi paso por el curso preparatorio de la Escuela Normal y no le cabía duda alguna de mis talentos de historiador.

–Tomará a su cargo el relevo del padre Canigou hasta que encontremos a un profesor de historia nuevo. Así se entretendrá en sus ratos de ocio. ¿Qué le parece?

Fui corriendo a anunciarle la buena noticia al padre Perrache.

–Fui yo quien le rogué al canónigo que le encontrase un entretenimiento. La ociosidad no lo favorece en nada. ¡A trabajar, hijo mío! ¡Ya está en el buen camino! ¡Ante todo, no se salga de él!

Le pedí permiso para jugar a la belote. Me lo concedió de buen grado. En el Café Municipal, el coronel Aravis, Forclaz-Manigot y Petit-Savarin me recibieron cariñosamente. Les hablé de mi nuevo empleo y bebimos aguardiente de ciruelas del Mosa dándonos palmadas en el hombro.

Al llegar a este punto de mi biografía, prefiero consultar los periódicos. ¿Entré en el seminario como me lo aconsejaba Perrache? El artículo de Henri Bordeaux «Un nuevo cura de Ars, el padre Raphaël Schlemilovitch» *(L'Action française* del 23 de octubre de 19..) podría hacérmelo suponer: el novelista me felicita por el celo apostólico de que hago gala en el pueblecito saboyano de T.

En cualquier caso, doy largos paseos con Loïtia. Su adorable uniforme y su pelo pintan las tardes de los sábados de azul marino y de rubio. Nos encontramos con el coronel Aravis, que nos lanza una sonrisa de complicidad. Forclaz-Manigot y Petit-Savarin llegan incluso a proponerme ser testigos en nuestra boda. Se me van olvidando poco a poco las razones de mi estancia en Saboya y los visajes de Lévy-Vendôme. No, nunca entregaré a la inocente Loïtia a los proxenetas brasileños. Me retiraré a T. definitivamente. Ejerceré con sosiego y modestia mi profesión de maestro. Tendré junto a mí a una mujer amante, a un sacerdote anciano, a un amable coronel, a un notario y a un boticario simpáticos... La lluvia araña los cristales, las llamas del hogar lanzan una claridad suave, el padre me habla cariñosamente, Loïtia inclina la cabeza sobre una labor. Nuestras miradas se cruzan a veces. El padre me pide que recite un poema...

> Corazón, sonríe al porvenir...
> Palabras tristes acalladas.
> Sombrías quimeras, desterradas.

Y luego:

> ... El hogar y la luz estrecha de la lámpara...

De noche, en mi cuartito del hotel, escribo la primera parte de mis Memorias para librarme de una juventud tormentosa. Miro con confianza las montañas y los bosques, el Café Municipal y la iglesia. Se acabaron las contorsiones judías. Odio las mentiras que tanto daño me han hecho. La tierra no miente.

Con estas resoluciones tan hermosas hinchiéndome le pecho, alcé el vuelo y me fui a enseñar historia de Francia. Cortejé desenfrenadamente a Juana de Arco delante de mis alumnos. Me alisté en todas las cruzadas, luché en Bouvines, en Rocroi y en el puente de Arcole. Pero, ¡ay!, tardé muy poco en caer en la cuenta de que carecía de la *furia francesa*. Los caballeros rubios me dejaban atrás por el camino y los pendones con la flor de lis se me caían de las manos. La endecha de una cantante yiddish me hablaba de una muerte que no llevaba ni espuelas, ni plumero de casuario, ni guantes blancos.

Al final no pude aguantar más; le apunté con el índice a Cran-Gevrier, mi mejor alumno:

–¡El cáliz de Soissons lo rompió un judío! ¡Un judío, me oye! Me va a copiar cien veces: «¡El cáliz de Soissons lo rompió un judío!» ¡Estúdiese las lecciones, Cran-Gevrier! ¡Tiene un cero, Cran-Gevrier! ¡Y se queda sin salida!

Cran-Gevrier se echó a llorar. Y yo también.

Salí del aula bruscamente y le puse un telegrama a Lévy-Vendôme para anunciarle que le entregaría a Loïtia el sábado siguiente. Le propuse Ginebra como punto de cita. Luego, estuve hasta las tres de la mañana escribiendo mi autocrítica: «Un judío en la campiña», en la que me reprochaba mi debilidad por el mundo francés de provincias. No me anduve con paños calientes: «Tras haber sido un judío colaboracionista, como Joanovici-Sachs, Raphaël Schlemilovitch representa la comedia del "Regreso al terruño", como Barrès-Pétain. ¿Para cuándo está dejando la inmunda comedia del judío militarista, como el capitán Dreyfus-Stroheim? ¿Y la del judío vergonzante, como Simone Weil-Céline? ¿Y la del judío distinguido, como Proust-Daniel Halévy-Maurois? Nos gustaría que Raphaël Schlemilovitch se conformase con ser un judío a secas...»

Concluido ese acto de contrición, el mundo recobró los colores que me gustan. Unos focos barrían la plaza del pueblo, unas botas martilleaban la acera. Despertaban al coronel Aravis; a Forclaz-Manigot; a Gruffaz, a Petit-Savarin; al padre Perrache; al canónigo Saint-Gervais; a Cran-Gevrier, mi mejor alumno; a Loïtia, mi novia. Les hacían preguntas acerca de mí. Un judío que se escondía en la Alta Saboya. Un judío peligroso. El enemigo público número uno. Le habían puesto precio a mi cabeza. ¿Cuándo me habían visto por última vez? Seguro que mis amigos me denunciaban. Ya se estaban acercando los milicianos al

Hotel des Trois Glaciers. Forzaban la puerta de mi habitación. Y yo esperaba, repantigado en la cama; sí, esperaba silbando un minué entre dientes.

Me bebo mi último aguardiente de ciruelas del Mosa en el Café Municipal. El coronel Aravis, el notario Forclaz-Manigot, el boticario Petit-Savarin y el panadero Gruffaz me desean buen viaje.

—Volveré mañana por la noche para la partida de belote —les digo—. Les traeré chocolate suizo.

Le cuento al padre Perrache que mi padre está descansando en un hotel de Ginebra y quiere pasar la velada conmigo. Me prepara un tentempié y me aconseja que no ande perdiendo el tiempo en el camino de vuelta.

Bajo del autocar en Veyrier-du-Lac y monto guardia delante de la institución Santa María de las Flores. No tarda Loïtia en salir por el portalón de hierro forjado. Entonces todo sucede como lo tenía previsto. Le brillan los ojos mientras le hablo de amor, de contigo pan y cebolla, de raptos, de aventuras, de capas y de espadas. Me la llevo a la estación de autocares de Annecy. Luego cogemos el autocar para Ginebra. Cruseilles, Annemasse, Saint-Julien, Ginebra, Río de Janeiro. A las muchachas de Giraudoux les gustan los viajes. Pese a todo, ésta está un poco intranquila. Me dice que no se ha traído la maleta. No importa. Compraremos de todo cuando lleguemos. Le presentaré a mi padre, el vizconde Lévy-Vendôme, que la cubrirá de regalos. Muy cariñoso, ya verá. Calvo. Lleva monóculo y una boquilla de jade muy larga. No se asuste. Ese señor le tiene mucha simpatía. Cruzamos la frontera. Rápido. Nos tomamos un zumo en el bar del Hotel des Bergues mientras esperamos al vizconde. Se nos acerca y lo siguen los matones Mouloud y Mustapha. Rápido. Aspira el humo nerviosamente por la boquilla de jade. Se ajusta el monóculo y me alarga un sobre atiborrado de dólares.

—¡Su sueldo! ¡Ya me ocupo yo de la joven! ¡No tiene tiempo que perder! ¡Después de Saboya, Normandía! ¡Llámeme a Burdeos en cuanto llegue!

Loïtia me lanza una mirada despavorida. Le prometo que enseguida vuelvo.

Esa noche me paseé por las orillas del Ródano pensando en Jean Giraudoux, en Colette, en Marivaux, en Verlaine, en Charles d'Orléans, en Maurice Scève, en Rémy Belleau y en Corneille. Qué burdo resulto al lado de esas personas. Verdaderamente indigno. Les pido perdón por haber visto la luz en Isla de Francia en vez de en Wilna, en Lituania. Apenas si oso escribir en francés: una lengua así de delicada se me pudre bajo la pluma.

Garabateo otras cincuenta páginas. Luego, renuncio a la literatura. Lo juro.

Voy a rematar en Normandía mi educación sentimental. Fougeire-Jusquiames, una ciudad pequeña de Calvados, que orna un palacio del siglo XVII. Cojo una habitación en el hotel, igual que en T. Esta vez me hago pasar por un corredor de alimentos tropicales. Le regalo a la dueña de Les Trois-Vikings unos cuantos *rahat lokums* y le hago preguntas acerca de la castellana, Véronique de Fougeire-Jusquiames. Me dice todo cuanto sabe: la marquesa vive sola, los vecinos del pueblo sólo la ven los domingos en misa mayor. Organiza una montería todos los años. Los sábados por la tarde los turistas pueden visitar el palacio pagando trescientos francos por persona. Gérard, el chófer de la marquesa, hace las veces de guía.

Esa misma noche telefoneo a Lévy-Vendôme para anunciarle que he llegado a Normandía. Me ruega que cumpla con mi misión rápidamente: nuestro cliente, el emir de Samandal, le manda a diario telegramas impacientes y amenaza con romper el contrato si no le llega la mercancía dentro de los ocho días siguientes. Por lo visto, Lévy-Vendôme no se percata de las dificultades con las que tengo que haberme. ¿Cómo voy a poder yo, Raphaël Schlemilovitch, conocer a una marquesa de la noche a la mañana? Tanto más cuanto que no estoy en París, sino en Fougeire-Jusquiames, en pleno terruño francés. No dejarán que un judío, por muy guapo que sea, se acerque al palacio más que el sábado por la tarde, junto con los demás visitantes de pago.

Me paso la noche estudiando el pedigrí de la marquesa, que ha confeccionado Lévy-Vendôme consultando varios documentos. Las referencias son excelentes. Por ejemplo, el anuario de la nobleza francesa, que creó en 1843 el barón Samuel Bloch-Morel, especifica: «FOUGEIRE-JUS-QUIAMES: Cuna: Normandía-Poitou. Cepa: Jourdain de Jusquiames, hijo natural de Leonor de Aquitania. Lema: "Jusquiames, el alma salva; Fougère, no te has de perder." La casa de Jusquiames sustituye en 1385 a la de los primeros condes de Fougeire. Título: duque de Jusquiames (ducado hereditario); cartas patentes del 20 de septiembre de 1603; miembro hereditario de la Cámara Alta, ordenanza del 3 de junio de 1814; duque senador hereditario (duque de Jusquiames), ordenanza del 30 de agosto de 1817. Rama menor: barón romano, breve del 19 de junio de 1819, autorizado por ordenanza del 7 de septiembre de 1822; príncipe con transmisión a todos los descendientes del diploma del rey de Baviera, 6 de marzo de 1846. Conde senador hereditario, ordenanza del 10 de junio de 1817. Armas: de gules sobre campo de azur con estrellas de oro puestas en sotuer.»

Robert de Clary, Villehardouin y Henri de Valenciennes otorgan en sus crónicas de la cuarta cruzada certificados de buena conducta a los señores de Fougeire. Froissart, Commynes y Montluc no escatiman los elogios a los valientes capitanes de Jusquiames. Joinville, en el capítulo X de su historia de San Luis, recuerda la noble acción de un caballero de Fougeire: «Alzó entonces la espada y golpeó al judío en los ojos y lo derribó en tierra. Y escaparon los judíos llevándose a su señor muy malherido.»

El domingo por la mañana, se apostó delante del porche de la iglesia. A eso de las once apareció una limusina negra y el corazón casi se le sale del pecho. Una mujer rubia se le acercaba, pero no se atrevía a mirarla. Entró en pos de ella en la iglesia e intentó contener la emoción. ¡Qué perfil tan puro tenía! Encima de su cabeza, una vidriera mostraba la entrada de Leonor de Aquitania en Jerusalén. Hubiérase dicho que era la marquesa de Fougeire-Jusquiames. La misma melena rubia, el mismo porte de la cabeza, el mismo entronque del cuello, tan frágil. Le iba la mirada de la marquesa a la reina y se decía: «¡Qué hermosa es! ¡Cuánta nobleza! Esta que tengo ante mí es efectivamente una orgullosa Jusquiames, la descendiente de Leonor de Aquitania.» O también: «Famosos desde antes de Carlomagno, los Jusquiames tenían derecho de vida y muerte sobre sus vasallos. La marquesa de Fougeire-Jusquiames desciende de Leonor de Aquitania. Ni conoce ni consentiría en conocer a ninguna de las personas que están aquí.» Y tanto menos a un Schlemilovitch. Decidió abandonar la partida: a Lévy-Vendôme no le quedaría más remedio que entender que habían sido demasiado fatuos. ¡Convertir a Leonor de Aquitania en pupila de un burdel! Uno puede llamarse Schlemilovitch y conservar, pese a todo, en lo hondo del corazón, una pizca de delicadeza. El órgano y los cánticos le despertaban el buen natural. Nunca entregaría a esa princesa, a esa hada, a esa santa a los sarracenos. Haría por ser su paje, un paje judío, pero, en fin, las costumbres han evolucionado desde el siglo XII y la marquesa de Fougeire-Jusquiames no se ofenderá por mor de sus orígenes. Usurpará la identidad de su amigo Des Essarts para que lo admita antes a su lado. Él también hablará de sus antepasados, de aquel capitán Foulques Des Essarts que destripó a doscientos judíos antes de irse a las cruzadas. Foulques hizo bien, aquellos individuos se entretenían cociendo hostias; esa matanza fue un castigo demasiado leve, los cuerpos de mil judíos no valen por descontado lo que vale el cuerpo sagrado de Dios.

Al salir de misa, la marquesa lanzó una mirada distante a los fieles. ¿Fue una ilusión? ¿Sus ojos azul vincapervínca se clavaron en él? ¿Intuía la devoción que sentía por ella desde hacía una hora?

Cruzó a la carrera la plaza de la iglesia. Cuando tuvo la limusina negra sólo a veinte metros, se desplomó en plena calzada y fingió un desmayo. Oyó chirriar los frenos. Una voz dulce moduló estas palabras:

–¡Gérard, que suba este pobre joven! ¡Un mareo seguramente! ¡Está tan pálido! Vamos a prepararle un buen grog en palacio.

Se guardó muy mucho de abrir los ojos. El asiento de atrás, en donde lo tendió el chófer, olía a cuero de Rusia, pero le bastaba con repetirse a sí mismo ese apellido tan dulce, Jusquiames, para que un perfume de violetas y de sotobosque le acariciase las ventanas de la nariz. Soñaba con el pelo rubio de la princesa Leonor hacia cuyo palacio iba deslizándose. Ni por un momento se le vino a la cabeza que, tras haber sido un judío colaboracionista, un judío estudiante de la Escuela Normal, un judío en la campiña, corría el riesgo de convertirse, en esa limusina con las armas de la marquesa (de gules sobre campo de azur con estrellas de oro puestas en sotuer), en un judío esnob.

La marquesa no le hacía ninguna pregunta, como si su presencia le pareciera natural. Se paseaban por el parque, ella le enseñaba las flores y las hermosas aguas corrientes. Luego, volvían al palacio. Él admiraba el retrato del cardenal de Fougeire-Jusquiames, firmado por Lebrun; los tapices de Aubusson; las armaduras y los diversos recuerdos de familia, entre los que había una carta autógrafa de Luis XIV al duque de Fougeire-Jusquiames. La marquesa lo tenía encantado. Tras sus inflexiones de voz le asomaba toda la rudeza del terruño. Subyugado, se susurraba a sí mismo: «La energía y el encanto de una niña cruel de la aristocracia francesa que, desde la infancia, monta a caballo, les parte el espinazo a los gatos y les saca los ojos a los conejos...»
Después de tomar a la luz de las velas la cena que les servía Gérard, se iban a charlar delante de la chimenea monumental del salón. La marquesa le hablaba de sí, de sus antepasados, de sus tíos y de sus primos... Pronto nada de lo que tuviera que ver con Fougeire-Jusquiames le resultó ajeno.

Acaricio un Claude Lorrain colgado en la pared de la izquierda de mi cuarto: *Leonor de Aquitania embarcando hacia Oriente.* Luego, miro el *Arlequín triste* de Watteau. Al andar, rodeo la alfombra de La Savonnerie por temor a mancharlo. No me merezco un cuarto tan espléndido. Ni esta espada corta de paje que está encima de la chimenea. Ni el Philippe de Champaigne que tengo a la izquierda de la cama, esa cama que visitó Luis XIV en compañía de la señorita de La Vallière. Desde la ventana veo una amazona que cruza el parque al galope. Efectivamente, la marquesa sale todos los días a las cinco para montar a Bayard, su caballo favorito. Desaparece por la revuelta de un paseo. Nada turba ya el silencio. Entonces, decido empezar algo así como una biografía novelada. He tomado nota de todos los detalles que la marquesa ha tenido a bien darme acerca de su familia. Los usaré para redactar la primera parte de mi obra, que va a llamarse: *Del lado de Fougeire-Jusquiames,* o *Memorias de Saint-Simon corregidas y ampliadas por Shereza-de y unos cuantos talmudistas.* En los tiempos de mi infancia judía en París, en el muelle de Conti, Miss Evelyn me leía *Las mil y una noches* y las *Memorias* de Saint-Simon. Luego, apagaba la luz. Dejaba entornada la puerta de mi cuarto para que oyera, antes de quedarme dormido, la *Serenata en sol mayor* de Mozart. Aprovechando mi duermevela, Shereza-de y el duque de Saint-Simon le hacían dar vueltas a una linterna mágica. Presenciaba la entrada de la princesa de los Ursinos en la cueva de Alí Babá, la boda de la señorita de La Vallière con Aladino, el rapto de la señora de Soubi-se a manos del califa Harún al-Rashid. El boato de Oriente mezclado con el de Versalles componían un universo de cuento de hadas que intentaré resucitar en mi obra.

Cae la tarde, la marquesa de Fougeire-Jusquiames pasa a caballo bajo mis ventanas. Es el hada Melusina, es la Bella de los Cabellos de Oro. Nada ha cambiado para mí desde los tiempos en que el aya inglesa me leía. Vuelvo a mirar los cuadros de mi habitación. Miss Evelyn me llevaba muchas veces al Louvre. Bastaba con cruzar el Sena. Claude Lorrain, Philippe de Champaigne, Watteau, Delacroix, Corot dieron color a mi infancia. Mozart y Haydn la acunaban. Sherezade y Saint-Simon la animaban. Infancia excepcional, infancia exquisita de la que tengo que hablar. Empiezo ahora mismo *Del lado de Fougeire-Jusquiames*. En el papel pergamino con las armas de la marquesa escribo con letra pequeña y rápida: «Era, aquel Fougeire-Jusquiames, como el entorno de una novela, un paisaje imaginario que me costaba representarme y tanto más deseaba descubrir, sito en medio de tierras y carreteras reales que de repente se impregnaban de peculiaridades heráldicas...»

Gérard llamó a la puerta y me anunció que la cena estaba servida.

Aquella noche no fueron a charlar delante del hogar, como solían. La marquesa lo llevó a un amplio gabinete acolchado en azul que estaba pared por medio con su cuarto. Un candelabro arrojaba una luz incierta. El suelo estaba cubierto de almohadones rojos. En las paredes, unas cuantas estampas licenciosas de Moreau el Joven, de Girard, de Binet y un cuadro de factura austera que podría creerse que firmaba Hyacinthe Rigaut, pero que representaba a Leonor de Aquitania a punto de sucumbir en los brazos de Saladino, jefe de los sarracenos.

Se abrió la puerta. La marquesa llevaba un vestido de gasa que le dejaba sueltos los pechos.

—Se apellida Schlemilovitch, ¿verdad? —le preguntó con una voz arrabalera que él no le conocía—. ¿Nacido en Boulogne-Billancourt? ¡Lo he visto en su carnet de identidad! ¿Judío? ¡Me encanta! ¡Mi tío bisabuelo, Palamède de Jusquiames, ponía verdes a los judíos, pero admiraba a Marcel Proust! Los Fougeire-Jusquiames, al menos las mujeres, no tienen prejuicio alguno contra los orientales. ¡Mi antepasada la reina Leonor aprovechaba la segunda cruzada para andar de picos pardos con los sarracenos mientras el pobre Luis VII se eternizaba delante de Damasco! ¡A otra de mis antepasadas, la marquesa de Jusquiames, le parecía muy de su agrado el hijo del embajador turco allá por 1720! ¡Por cierto, he visto que tiene hecho todo un dossier «Fougeire-Jusquiames»! ¡Le agradezco el interés que muestra por mi familia! He leído incluso esa frase encantadora, que le inspiró sin duda su estancia en el castillo: «Era, aquel Fougeire-Jusquiames, como el entorno de una novela, un paisaje imaginario...» ¿Se toma por Marcel Proust, Schlemilovitch? ¡Eso es algo muy grave! ¿No pensará malgastar su juventud copiando *En busca del tiempo perdido?* ¡Le advierto sin más demora que no soy el hada de su infancia! ¡La bella durmiente del bosque! ¡La duquesa de Guermantes! ¡La mujer flor! ¡Está perdiendo el tiempo! ¡Tráteme más bien como a una puta de la calle de Les Lombards en vez de babear encima de mis títulos nobiliarios! ¡Mi campo de azur con florones! ¡Villehardouin, Froissart, Saint-Simon y *tutti quanti!* ¡So esnob! ¡Judío mundano! ¡Basta de voces trémulas y de reverencias! ¡Su jeta de gigoló me pone de lo más cachonda! ¡Me electriza! ¡Golfillo adorable! ¡Chulo encantador! ¡Joya! ¡Fileno! ¿Tú crees de verdad que Fougeire-Jusquiames es «el entorno de una novela, un paisaje imaginario»? ¡Una casa de putas, te enteras, el palacio ha sido siempre una casa de putas de lujo! ¡Muy de moda durante la Ocupación alemana! Mi difunto padre, Charles de Fougeire-Jusquiames, les hacía de alcahuete a los intelectuales colaboracionistas franceses. Esculturas de Arno Breker, aviadores jóvenes de la Luftwaffe, SS, Hitlerjugend, ¡de todo echaba mano para darles gusto a los señores! Mi padre se había dado cuenta de que el sexo determina con mucha frecuencia las opiniones políticas. ¡Hablemos ahora de usted, Schlemilovitch! ¡No andemos perdiendo el tiempo! ¿Es usted judío? Supongo que le gustaría violar a una reina de Francia. ¡Tengo en el desván toda una serie de vestidos! ¿Quieres que me vista de Ana de Austria, ángel mío? ¿De Blanca de Castilla? ¿De María Leczinska? ¿O prefieres follarte a Adelaida de Saboya? ¿A Margarita de Provenza? ¿A Juana d'Albret? ¡Escoge! ¡Me disfrazaré de mil y mil maneras! ¡Esta noche, todas las reinas de Francia son tus furcias...!

La semana siguiente fue idílica de verdad: la marquesa cambiaba de ropa continuamente para despertar los deseos de Schlemilovitch. Dejando aparte las reinas de Francia, violó a la señora de Chevreuse, a la duquesa de Berry, al caballero de Éon, a Bossuet, a San Luis, a Bayard, a Du Guesclin, a Juana de Arco, al conde de Toulouse y al general Boulanger.

El resto del tiempo Schlemilovitch se esforzaba por conocer a Gérard más a fondo.

–Mi chófer goza de una reputación excelente en el hampa –le dijo en confianza Véronique–. Los truhanes lo apodan Pompas Fúnebres o Gérard el de la Gestapo. Gérard pertenecía a la banda de la calle de Lauriston. Era el secretario de mi difunto padre y le pertenecía en cuerpo y alma...

El padre de Schlemilovitch también conocía a Gérard el de la Gestapo. Le había hablado de él cuando estuvieron en Burdeos. El 16 de julio de 1942, Gérard hizo subir a

Schlemilovitch padre a un Citroën 11 negro: «¿Qué me dices de una comprobación de identidad en la calle de Lauriston y de una vueltecita por Drancy?» A Schlemilovitch se le había olvidado por qué milagro Schlemilovitch padre pudo escurrírsele de las manos a aquel buen hombre.

Una noche, al dejar a la marquesa, sorprendiste a Gérard acodado en la balaustrada de la escalinata exterior.
–¿Le gusta el claro de luna? ¿El apacible claro de luna, triste y hermoso? ¿Romántico, Gérard?
No le dio tiempo a contestarte. Le apretaste el cuello. Las vértebras cervicales crujieron con discreción. Tienes el mal gusto de encarnizarte con los cadáveres. Le cortaste las orejas con una cuchilla de afeitar Gillette Azul Extra. Luego, los párpados. Después, le sacaste los ojos de las órbitas. Ya sólo te faltaba partirle las muelas. Bastó con tres taconazos.
Antes de enterrar a Gérard, pensaste en mandarlo embalsamar y enviárselo a tu pobre padre, pero se te habían olvidado las señas de la Schlemilovitch Ltd. en Nueva York.

Todos los amores son efímeros. La marquesa, vestida de Leonor de Aquitania, caerá rendida en mis brazos, pero el ruido de un coche interrumpirá nuestras efusiones. Los frenos chirriarán. Me sorprenderá oír música de zíngaros. La puerta del salón se abrirá de golpe. Se presentará un hombre tocado con un turbante rojo. Pese al disfraz de fakir, reconoceré al vizconde Charles Lévy-Vendôme.
Irán tras él tres violinistas, que iniciarán la segunda parte de una czarda. Mouloud y Mustapha cerrarán la marcha.
–¿Qué sucede, Schlemilovitch? –me preguntará el vizconde–. ¡Llevamos varios días sin saber nada de usted!

Les hará una seña con la mano a Mouloud y a Mustapha.

–Llevaos a esta mujer al Buick y no le quitéis ojo. ¡Lamento, señora, presentarme sin avisar pero no podemos perder tiempo! ¡Es que, fíjese, llevan ocho días esperándola en Beirut!

Unas cuantas bofetadas recias que suelta Mouloud sofocarán cualquier veleidad de resistencia. Mustapha amordazará y atará a mi pareja.

–¡Misión cumplida! –exclamará Lévy-Vendôme, mientras sus guardaespaldas se llevan a rastras a Véronique.

El vizconde se ajustará el monóculo:

–Su misión ha sido un fracaso. Contaba con que me entregase a la marquesa en París y he tenido que venir personalmente a Fougeire-Jusquiames. ¡Está despedido, Schlemilovitch! Y ahora hablemos de otra cosa. Ya está bien de novelones esta noche. Le propongo que visitemos esta hermosa mansión en compañía de nuestros músicos. Somos los nuevos amos y señores de Fougeire-Jusquiames. La marquesa va a legarnos todos sus bienes. ¡Por las buenas o por las malas!

Todavía veo a aquel extraño personaje, con su turbante y su monóculo, pasándole revista al palacio con un candelabro en la mano mientras los violinistas tocaban melodías húngaras. Estuvo mucho rato mirando el retrato del cardenal de Fougeire-Jusquiames y acarició la armadura que había pertenecido al antepasado de la familia, Jourdain, hijo natural de Leonor de Aquitania. Le enseñé mi cuarto, el Watteau, el Claude Lorrain, el Philippe de Champaigne y la cama donde durmieron Luis XIV y La Vallière. Leyó la frasecita que había escrito yo en la hoja de papel con las armas de la marquesa: «Era, aquel Fougeire-Jusquiames», etc. Me miró de mala manera. En ese momento, los músicos estaban tocando *Wiezenlied*, una nana yiddish.

—¡Está claro, Schlemilovitch, que esta estancia en Fougeire-Jusquiames no le ha sentado nada bien! Los aromas de la Francia de solera lo trastornan. ¿Para cuándo el bautismo? ¿La condición de francés al cien por cien? Tengo que poner término a esas necias ensoñaciones suyas. Lea el Talmud en vez de consultar la historia de las cruzadas. Deje de babear con el almanaque de armas nobiliarias... Créame, la estrella de David vale más que todos esos cabrios de sinople, esos leones pasantes de gules, esos blasones de azur con tres flores de lis de oro. ¿Acaso se toma por Charles Swann? ¿Va a pedir el ingreso en el Jockey Club? ¿Va a intentar que lo reciban en el Faubourg Saint-Germain? El propio Charles Swann, me oye, el capricho de las duquesas, el árbitro de la elegancia, el mimado de Guermantes, se acordó al envejecer de sus orígenes. ¿Me permite, Schlemilovitch?

El vizconde hizo una seña a los violinistas para que interrumpieran la pieza y declamó con voz tonante:

—Por lo demás, cabe dentro de lo posible que, en él, en esos días postreros, la raza revelase de forma más acusada el tipo físico que la caracteriza, al tiempo que el sentimiento de una solidaridad moral con los demás judíos, solidaridad que Swann pareció echar al olvido toda su vida y que espabilaron, injertados unos en otros, la enfermedad mortal, el caso Dreyfus y la propaganda antisemita...

»¡Siempre acaba uno por volver con los suyos, Schlemilovitch! ¡Incluso después de largos años de extravío!

Salmodió:

—Los judíos son la sustancia misma de Dios, pero los no judíos no son sino la simiente del ganado; a los no judíos los crearon para servir al judío día y noche. Ordena-

mos que todos los judíos maldigan tres veces al día al pueblo cristiano y pida a Dios que lo extermine con sus reyes
y príncipes. Al judío que viole o corrompa a una mujer no
judía, o incluso la mate, debe absolverlo la justicia porque
sólo ha perjudicado a una yegua.

Se quitó el turbante y se colocó una nariz postiza y
curva con exageración.

–¿Nunca me ha visto interpretar al judío Süss? ¡Imagíneselo, Schlemilovitch! Acabo de matar a la marquesa y de
beberme su sangre, como todo vampiro que se precie. ¡La
sangre de Leonor de Aquitania y de los valientes caballeros!
Ahora abro las alas de buitre. Hago visajes. Me retuerzo.
¡Músicos, por favor, tocad vuestra czarda más desenfrena-
da! ¡Míreme las manos, Schlemilovitch! ¡Mire estas uñas de
rapaz! ¡Más alto, músicos, más alto! Les lanzo una mirada
venenosa al Watteau y al Philippe de Champaigne! ¡Voy a
romper con las garras la alfombra de La Savonnerie! ¡A la-
cerar los cuadros de prestigiosas firmas! Dentro de un rato,
recorreré el palacio chillando de forma espantosa. ¡Tiraré al
suelo las armaduras de los cruzados! ¡Cuando haya satisfecho la rabia, venderé esta mansión ancestral! ¡Preferible-
mente, a un magnate sudamericano! ¡Al rey del guano, por
ejemplo! Con ese dinero, me compraré sesenta pares de
mocasines de cocodrilo, trajes de alpaca verde esmeralda,
tres abrigos de pantera, camisas gofradas de rayas naranja!
¡Mantendré a treinta amantes! ¡Yemeníes, etíopes, circasia-
nas! ¿Qué le parece, Schlemilovitch? No se asuste, muchacho. Detrás de todo esto hay un gran sentimentalismo.

Hubo un momento de silencio. Lévy-Vendôme me hizo
una seña para que lo siguiera. Cuando llegamos a la escalinata exterior del palacio, susurró:

–Déjeme solo, se lo ruego. ¡Váyase ahora mismo! Los
viajes son formativos para la juventud. ¡Hacia el Este, Schle-

milovitch, hacia el Este! La peregrinación a las fuentes: Viena, Constantinopla y las orillas del Jordán. ¡Casi estoy por irme con usted! ¡Lárguese! Salga de Francia lo antes posible. ¡Este país lo ha perjudicado! Estaba echando raíces en él. ¡No se olvide de que formamos la Internacional de los fakires y los profetas! ¡No tema, volverá a verme! ¡Me necesitan en Constantinopla para llevar a cabo el parón gradual del ciclo! Las estaciones cambiarán un tanto, primero la primavera, y a continuación el verano. ¡Los astrónomos y los meteorólogos no están enterados, puede creerme, Schlemilovitch! Desapareceré de Europa a finales de siglo y me iré a la zona del Himalaya. Allí descansaré. Volverán a verme dentro de ochenta y cinco años, tal día como hoy, con tirabuzones y barba de rabino. Hasta pronto. Lo quiero a usted.

IV

Viena. Los últimos tranvías se deslizaban en la noche. Mariahilfer-Strasse; notábamos que el miedo se adueñaba de nosotros. Unos cuantos pasos más y estaríamos en la plaza de La Concorde. Tomar el metro, pasar las cuentas de ese rosario tranquilizador: Tuileries, Palais-Royal, Louvre, Châtelet. Nuestra madre nos esperaba en el muelle de Conti. Beberíamos una infusión de tila y yerbabuena mirando las sombras que proyectaban los barcos de turistas en la pared de nuestro cuarto. Nunca nos habían gustado tanto París y Francia. Una noche de enero, aquel pintor judío, primo nuestro, andaba dando tumbos por la zona de Montparnasse y susurraba en su agonía: «*Cara, cara Italia.*» El azar lo había hecho nacer en Livorno, podría haber nacido en París, en Londres, en Varsovia, en cualquier parte. Nosotros habíamos nacido en Boulogne-sur-Seine, Isla de Francia. Lejos de aquí, Tuileries. Palais-Royal. Louvre. Châtelet. La exquisita señora de La Fayette. Choderlos de Laclos. Benjamin Constant. El querido Stendhal. El destino nos había jugado una mala pasada. No volveríamos a ver nuestro país. Palmarla en Mariahilfer-Strasse, Viena, Austria, como perros perdidos. Nadie podía ampararnos. Nuestra madre estaba

100

muerta o loca. No sabíamos la dirección de nuestro padre en Nueva York. Ni la de Maurice Sachs. Ni la de Adrien Debigorre. En cuanto a Charles Lévy-Vendôme, era inútil pedirle que se acordara de nosotros. Tania Arcisewska había muerto por seguir nuestros consejos. Des Essarts había muerto. Loïtia debía de estar acostumbrándose poco a poco a los burdeles exóticos. Esos rostros que cruzaban por nuestra vida no nos tomábamos la molestia de abrazarlos, de retenerlos, de amarlos. Incapaces del mínimo gesto.

Llegamos al Burggarten y nos sentamos en un banco. Oímos de pronto el ruido de una pata de palo que golpeaba el suelo. Se nos acercaba un hombre, un tullido monstruoso... Tenía los ojos fosforescentes, el mechón y el bigotito le brillaban en la oscuridad. El rictus de la boca nos hizo latir más deprisa el corazón. El brazo izquierdo, que llevaba estirado hacia adelante, terminaba en un garfio. Estábamos casi seguros de que nos lo íbamos a encontrar en Viena. Era algo fatal. Llevaba un uniforme de cabo austriaco para atemorizarnos aún más. Nos amenazaba, vociferaba: «*Sechs Millionen Juden! Sechs Millionen Juden!*» Sus carcajadas se nos metían en el pecho. Intentó reventarnos los ojos con el garfio. Salimos huyendo. Nos persiguió, repitiendo: «*Sechs Millionen Juden! Sechs Millionen Juden!*» Estuvimos mucho rato corriendo por una ciudad muerta, una ciudad de Ys naufragada en la grava de la orilla, con los viejos palacios apagados. Hofburg. Palacio Kinsky. Palacio Lobkowitz. Palacio Pallavicini. Palacio Porcia. Palacio Wilczek... A nuestras espaldas, el capitán Garfio cantaba con voz ronca la *Hitlerleute* aporreando los adoquines con la pata de palo. Nos dio la impresión de que éramos los únicos habitantes de la ciudad. Cuando nos matase, nuestro enemigo recorrería estas calles desiertas, como un fantasma, hasta el fin de los tiempos.

Las luces del Graben me aclaran las ideas. Tres turistas americanos me convencen de que Hitler lleva mucho muerto. Los voy siguiendo a pocos metros de distancia. Se meten por la Dorotheergasse y entran en el primer café. Me siento al fondo del local. No tengo ni un chelín y le digo al camarero que estoy esperando a alguien. Me trae un periódico, sonriente. Me entero de que la víspera, a medianoche, salieron de la cárcel de Spandau Albert Speer y Baldur von Schirach en unos Mercedes negros muy grandes. Durante la conferencia de prensa que dio en el Hotel Hilton de Berlín, Schirach manifestó: «Siento mucho haberles hecho esperar tanto.» En la foto, lleva un jersey de cuello vuelto. De cachemir seguramente. *Made in Scotland*. Un *gentleman*. Hace años, gauleiter de Viena. Cincuenta mil judíos.

Una joven morena, con la barbilla apoyada en la palma de la mano. Me pregunto qué hace ahí, sola, tan triste entre los bebedores de cerveza. Pertenece seguramente a esa raza de humanos que elegí entre todas: tienen rasgos duros y, no obstante, frágiles; se les lee en ellos una gran fidelidad a la desgracia. Alguien que no fuera Raphaël Schlemilovitch cogería a esos anémicos de la mano y les rogaría que se reconciliasen con la vida. Yo a las personas a quienes quiero las mato. Así que las escojo muy débiles, indefensas. Maté a mi madre de pena, por ejemplo. Se mostró extraordinariamente dócil. Me rogaba que me cuidara la tuberculosis. Yo le decía con voz seca: «Una tuberculosis no se cuida, se mima; hay que mantenerla, como a una bailarina.» Mi madre agachaba la cabeza. Más adelante, Tania me pide que la proteja. Le alargo una cuchilla de afeitar Gillette Azul Extra. Bien pensado, me anticipé a sus deseos: se habría aburrido con alguien tan groseramente vivo. Se habría suicidado solapadamente mientras él le alababa el encanto de la naturaleza en primavera. En cuanto a Des Essarts, mi hermano, mi único amigo, ¿acaso no fui yo quien le estropeó el freno del automóvil para que pudiera abrirse la cabeza con total seguridad?

La joven me mira fijamente con ojos asombrados. Recuerdo aquella expresión de Lévy-Vendôme: entrar en la vida de la gente con fractura. Me siento a su mesa. Esboza una sonrisa cuya melancolía me arroba. Decido en el acto fiarme de ella. Y además es morena. El pelo rubio, la piel sonrosada, los ojos de porcelana me exasperan. Todo cuanto despide salud y dicha me revuelve el estómago. Racista a mi manera. Disculpen estos prejuicios en un judío tuberculoso.

–¿Viene? –me dice.

Tiene en la voz tanta afabilidad que me prometo escribir una novela estupenda y dedicársela: «Schlemilovitch en el país de las mujeres». Mostraré en ella cómo un pobre judío busca refugio junto a las mujeres en las horas de desvalimiento. Sin ellas, no habría quien soportase el mundo. Demasiado serios, los hombres. Demasiado absortos en sus magníficas abstracciones, en sus vocaciones: la política, el arte, la industria textil. Deben tenerte estima antes de ayudarte. Incapaces de un gesto desinteresado. Sensatos. Lúgubres. Avaros. Presumidos. Los hombres me dejarían morir de hambre.

Dejamos la Dorotheergasse. A partir de ese momento, tengo unos recuerdos borrosos. Vamos por el Graben arriba, giramos a la izquierda. Entramos en un café mucho mayor que el primero. Bebo, como, me repongo, mientras

Hilda –así se llama– me acaricia con los ojos. Alrededor, todas las mesas las ocupan varias mujeres. Putas. Hilda es una puta. Acaba de encontrar en la persona de Raphaël Schlemilovitch a su proxeneta. A partir de ahora, voy a llamarla Marizibill: cuando Apollinaire hablaba del «chulo judío, pelirrojo y sonrosado» era en mí en quien pensaba. Soy el amo de este lugar: el camarero que me trae las bebidas se parece a Lévy-Vendôme. Los soldados alemanes vienen a buscar consuelo en mi establecimiento antes de volverse al frente de Rusia. El mismísimo Heydrich viene a verme a veces. Siente debilidad por Tania, Loïtia y Hilda, las más guapas de mis putas. No le da ningún asco repantigarse encima de Tania, la judía. Fuere como fuere, Heydrich es judío a medias. Hitler hizo la vista gorda por la celosa dedicación de su lugarteniente. Igual que me han perdonado la vida a mí, Raphaël Schlemilovitch, el mayor proxeneta del Tercer Reich. Mis mujeres me hicieron las veces de baluarte. A ellas les deberé no pasar por Auschwitz. Si, por ventura, el gauleiter de Viena cambiase de opinión en lo que a mí respecta, Tania, Loïtia y Hilda reunirían en un día el dinero de mi rescate. Supongo que bastaría con quinientos mil marcos, habida cuenta de que un judío no vale ni la cuerda para ahorcarlo. La Gestapo haría la vista gorda y dejaría que me escapase a América del Sur. No vale la pena pensar en esa eventualidad: gracias a Tania, Loïtia y Hilda tengo mucha influencia sobre Heydrich. Consiguen sacarle un papel refrendado por la firma de Himmler que certifica que soy ciudadano honorífico del Tercer Reich. El Judío Indispensable. Todo se soluciona cuando lo protegen a uno las mujeres. Soy, desde 1935, el amante de Eva Braun. El canciller Hitler la dejaba siempre sola en Berchtesgaden. Se me ocurrieron enseguida las ventajas que podía sacarle a esa situación.

Andaba rondando por los alrededores de la villa Berghof cuando me encontré con Eva por primera vez. El flechazo fue recíproco. Hitler viene al Obersalzberg una vez al mes. Nos llevamos muy bien. Acepta de buen grado mi papel de cortejador de Eva. Le parecen tan fútiles todas esas cosas... Por las noches, nos habla de sus proyectos. Lo escuchamos como dos niños. Me ha nombrado SS Brigadenführer honorífico. Tengo que encontrar esa foto de Eva Braun en la que escribió: «*Für mein kleiner Jude, mein geliebter Schlemilovitch. Seine Eva.*» Hilda me pone suavemente la mano en el hombro. Es tarde, los clientes se han ido del café. El camarero lee *Der Stern* en la barra. Hilda se levanta y mete una moneda en la rendija de la jukebox. En el acto me arrulla la voz de Zarah Leander como un río ronco y suave. Canta *Ich stehe im Regen,* Espero bajo la lluvia. Canta *Mit roten Rosen fangt die Liebe meistens an,* El amor empieza siempre con rosas rojas. Muchas veces acaba con cuchillas de afeitar Gillette Azul Extra. El camarero nos pide que nos vayamos del café. Vamos bajando por una avenida desolada. ¿Dónde estoy? ¿Viena? ¿Ginebra? ¿París? ¿Y esa mujer que me lleva del brazo, se llama Tania, Loïtia, Hilda, Eva Braun? Algo después, nos encontramos en medio de una plaza, delante de algo así como una basílica iluminada. ¿El Sacré-Cœur? Me desplomo en el asiento corrido de un ascensor hidráulico. Alguien abre una puerta. Un dormitorio amplio de paredes blancas. Una cama con dosel. Me quedé dormido.

Al día siguiente, conocí a Hilda, mi nueva amiga. Pese al pelo negro y al rostro frágil, era una jovencita aria, medio alemana y medio austriaca. Sacó de un billetero varias fotos de su padre y de su madre. Ambos fallecidos. Él en

105

Berlín, bajo las bombas; a ella le sacaron las tripas los cosacos. Yo lamentaba no haber conocido al señor Murzzuschlag, un SS tieso, mi futuro suegro quizá. Me gustó mucho la foto de su boda: Murzzuschlag con su joven esposa, luciendo el brazal con la cruz gamada. Hubo otra foto que me encantó: Murzzuschlag en Bruselas, llamando la atención a los mirones con su uniforme impecable y su barbilla despectiva. Aquel individuo no era un cualquiera: amigo de Rudolph Hess y de Goebbels y a partir un piñón con Himmler. El propio Hitler dijo, al darle la Cruz al Mérito: «Skorzeny y Murzzuschlag nunca me decepcionan.»

¿Por qué no conocí a Hilda en los años treinta? La señora Murzzuschlag me prepara *kneudel* y su marido me da cachetitos afectuosos en las mejillas y me dice:

–¿Es usted judío? ¡Vamos a arreglar eso, muchacho! ¡Cásese con mi hija! ¡Yo me ocupo de lo demás! *Der treue Heinrich** será comprensivo.

Le doy las gracias, pero no necesito su apoyo: amante de Eva Braun, confidente de Hitler, llevo mucho siendo el judío oficial del Tercer Reich. Hasta el último momento pasé los fines de semana en el Obersalzberg y los dignatarios nazis se comportaron con el más profundo respeto.

El cuarto de Hilda estaba en el último piso de un antiguo palacete de Backerstrasse. Era notable por el tamaño, la altura del techo, la cama con dosel y el ventanal. En el centro, una jaula con un ruiseñor judío. Un caballo de madera al fondo, a la izquierda. Unos cuantos caleidoscopios gigantes acá y acullá. Llevaban la mención «Schlemilovitch Ltd., Nueva York».

* Himmler.

–¡Un judío seguramente! –me dijo en confianza Hilda–. Pero eso no impide que fabrique unos caleidoscopios preciosos. ¡Mire en éste, Raphaël! Un rostro humano compuesto de mil facetas luminosas y que cambia de forma sin parar...

Quise contarle que mi padre era el autor de esas pequeñas obras maestras, pero me habló mal de los judíos. Exigían indemnizaciones so pretexto de que habían exterminado a sus familias en los campos; eran una sangría para Alemania. Conducían Mercedes y bebían champán mientras los pobres alemanes trabajaban para reconstruir su país y vivían con escaseces. ¡Ay, menudos desgraciados! Después de haber pervertido a Alemania, ahora la chuleaban.

Los judíos habían ganado la guerra, habían matado a su padre y violado a su madre, no habría quien la sacara de ahí. Más valía esperar unos cuantos días más antes de enseñarle mi árbol genealógico. Hasta entonces, encarnaría para ella el encanto francés, los mosqueteros grises, la impertinencia, la elegancia, el ingenio *made in Paris*. ¿Acaso no había elogiado Hilda la forma armoniosa que tenía de hablar francés?

–Nunca –repetía– he oído a un francés hablar tan bien como usted su lengua materna.

–Soy de Turena –le explicaba yo–. Los de Turena hablan el francés más puro. Me llamo Raphaël de Château-Chinon, pero no se lo diga a nadie: me tragué el pasaporte para seguir de incógnito. Otra cosa: como buen francés, opino que la cocina austriaca es ¡IN-FEC-TA! ¡Cuando me acuerdo de los patos a la naranja, de los nuits-saint-georges, de los sauternes y de la pularda de Bresse! ¡Hilda, la llevaré a Francia por aquello de que se pula un poco! ¡Hilda, viva Francia! ¡Son ustedes unos salvajes!

Intentaba hacerme olvidar la zafiedad austro-germana

hablándome de Mozart, de Schubert, de Hugo von Hofmannsthal.

—¿Hofmannsthal? —le decía yo— ¡Un judío, Hilda, querida! Austria es una colonia judía. Freud, Zweig, Schnitzler, Hofmannsthal, el gueto! ¡La desafío a que cite el nombre de algún gran poeta tirolés! En Francia no nos dejamos invadir así como así. Los Montaigne, Proust y Louis-Ferdinand Céline no consiguen enjudiarnos el país. Ahí tenemos a Ronsard y a Du Bellay. ¡Están al quite! Y además, Hilda, querida, nosotros los franceses no diferenciamos entre alemanes, austriacos, checos, húngaros y demás judíos. Sobre todo no me hable de su papá, el SS Murzzuschlag, ni de los nazis. ¡Todos judíos, Hilda, querida, los nazis son judíos de choque! ¡Acuérdese de Hitler, ese pobre cabo de poca monta que andaba errante por las calles de Viena vencido, muerto de frío y de hambre! ¡Viva Hitler!

Me escuchaba con los ojos como platos. No iba a tardar en decirle otras verdades aún más brutales. Revelarle mi identidad. Escoger el momento oportuno y susurrarle al oído la declaración que le hacía la hija del Inquisidor al caballero desconocido:

> *Ich, Sennora, Eur Geliebter,*
> *Bin der Sohn des vielbelobten*
> *Grossen, schriftgelehrten Rabbi*
> *Israel von Saragossa.*

Seguro que Hilda no había leído a Heine.

Por la noche íbamos al Prater con frecuencia. Las ferias me impresionan.

—¿Sabe, Hilda? —le explicaba—. Las ferias son espantosamente tristes. El río encantado, por ejemplo: te subes en una barca con unos cuantos amigos y dejas que te lleve la corriente; al llegar, te meten una bala en la nuca. También están la galería de los espejos, las montañas rusas, el tiovivo, los tiros con arco. Te plantas delante de los espejos deformantes y te espanta verte una cara descarnada y un pecho esquelético. Los vagones de las montañas rusas descarrilan sistemáticamente y te partes el espinazo. Alrededor del tiovivo, los arqueros hacen corro y te atraviesan la columna vertebral con flechitas envenenadas. El tiovivo no se para y las víctimas caen entre los caballitos de madera. De vez en cuanto el tiovivo se bloquea por culpa de los montones de cadáveres. Entonces, los arqueros lo despejan para hacerles sitio a los que van llegando. Piden a los mirones que hagan grupos pequeños dentro de las barracas de tiro. Los arqueros tienen que apuntar entre los ojos, pero a veces la flecha yerra y se mete por una oreja, un ojo o una boca entreabierta. Cuando los arqueros apuntan bien, ganan cinco puntos. Cuando la flecha yerra, les quitan cinco puntos. Al arquero que consigue más puntos, le dan una joven rubia de Pomerania, una condecoración de papel de plata y una calavera de chocolate. Se me estaba olvidando mencionarle los sobres sorpresa que venden en las barracas de dulces: al comprador le salen siempre en ellos unos cuantos cristales azul amatista de cianuro, con las instrucciones para usarlos: *«Na, friss schon!»** ¡Sobrecitos de cianuro para todo el mundo! ¡Seis millones! Somos felices en Therensienstadt...

Junto al Prater, hay un parque grande por el que se pasean los enamorados; caía la tarde, me llevé a Hilda bajo las frondas, cerca de los macizos de flores y de los prados

* «¡Venga, come!»

109

de césped azulado. Le di tres bofetadas seguidas. Me gustó mucho ver cómo le corría la sangre por la comisura de los labios. Me gustó muchísimo. Una alemana. Enamorada en otros tiempos de un joven SS Totenkopf. Soy rencoroso.

Ahora me dejo rodar por la pendiente de las confesiones. No me parezco a Gregory Peck, como dije antes. No tengo la salud ni el *keep smiling* de ese americano. Me parezco a mi primo, el pintor judío Modigliani. Lo llamaban «el Cristo toscano». Prohíbo que use nadie ese mote cuando quieran aludir a mi espléndida cara de tuberculoso.

Pues no, ni me parezco a Modigliani ni me parezco a Gregory Peck. Soy el sosias de Groucho Marx: los mismos ojos, la misma nariz, el mismo bigote. Peor aún, soy el hermano gemelo del judío Süss. Hilda tenía que darse cuenta de ello a toda costa. Llevaba una semana careciendo de firmeza en lo que a mí se refería.

Por su cuarto andaba rodando la grabación del *Horst Wessel Lied* y de la *Hitlerleute,* que conservaba en recuerdo de su padre. Los buitres de Stalingrado y el fósforo de Hamburgo les van a roer las cuerdas vocales a esos guerreros. A cada cual cuando le toque la vez. Me hice con dos tocadiscos. Para componer mi *Réquiem judeo-nazi* puse a un tiempo el *Horst Wessel Lied* y el *Einheitsfront* de las brigadas internacionales. Luego, mezclé la *Hitlerleute* y el himno de la *Thälmann Kolonne*, que fue el último grito de los judíos y de los comunistas alemanes. Y luego, al final del todo del *Réquiem*, el *Crepúsculo de los dioses* de Wagner evocaba Berlín en llamas, el destino trágico del pueblo alemán, mientras la letanía por los muertos de Auschwitz recordaba las perreras donde habían llevado a seis millones de perros.

Hilda no trabaja. Me intereso por la fuente de sus ingresos. Me explica que ha vendido por veinte mil chelines los muebles Biedermaier de una tía fallecida. Ya sólo le queda la cuarta parte de esa cantidad.

La hago partícipe de mis preocupaciones.

–Tranquilícese, Raphaël –me dice.

Va todas las noches al Bar Bleu del Hotel Sacher. Localiza a los clientes más prósperos y les vende sus encantos. Al cabo de tres semanas, estamos en posesión de mil quinientos dólares. Hilda le coge gusto a esta actividad. Le proporciona una disciplina y una mentalidad formal de las que precisamente carecía.

E inevitablemente conoce a Yasmine. Esa joven anda también rondando por el Hotel Sacher y les ofrece a los americanos de paso sus ojos negros, su piel mate y su languidez oriental.

Empiezan por intercambiar unos cuantos comentarios acerca de sus actividades paralelas; luego se convierten en amigas íntimas. Yasmine se muda a Backerstrasse porque en la cama con dosel caben de sobra tres personas.

De las dos mujeres de tu harén, de esas dos putas tan agradables, Yasmine no tardó en ser la favorita. Te hablaba de Estambul, su ciudad natal; del puente de Gálata y de la mezquita Valide. Te entraron unas ganas rabiosas de ir al Bósforo. En Viena estaba empezando el invierno y no saldrías con vida de él. Cuando empezaron a caer las primeras nieves, le exigiste más al cuerpo de tu amiga turca. Te marchaste de Viena y les hiciste una visita a tus primos de Trieste, los fabricantes de barajas. Luego, un desvío para pasar por Budapest. Ya no quedaban primos en Budapest. Liquidados. En Salónica, cuna de tu familia, te llamó la atención la misma desolación; la colonia judía de la ciudad les había interesado mucho a los alemanes. En Estambul, tus primas Sarah, Rachel, Dinah y Blanca celebraron el regreso del hijo pródigo. Volviste a cogerle el gusto a la vida y a los *rahat lokum*. Tus primos de El Cairo te estaban esperando ya con impaciencia. Te preguntaron por nuestros primos en el exilio de Londres, de París y de Caracas.

Te quedaste una temporada en Egipto. Como ya no tenías un céntimo, organizaste en Puerto Said una feria en la que exhibiste a todos los antiguos amigos. Pagando veinte dinares por persona, los curiosos podían ver a Hitler recitar en una jaula el monólogo de *Hamlet;* a Goering y a Rudolph Hess hacer un número en el trapecio; a Himmler y sus perros amaestrados; al encantador de serpientes Goebbels; a Von Schirach, el tragasables; al judío errante Julius Streicher. Algo más allá, tus bailarinas, las «Collabo's Beauties», improvisaban una revista «oriental»; andaba por allí Robert Brasillach, vestido de sultana; la bayadera Drieu la Rochelle; Abel Bonnard, la vieja que custodiaba los serrallos; los visires sanguinarios Bonny y Laffont; el misionero Mayol de Lupé. Como si fueran cantantes del Vichy-Folies, interpretaban una opereta por todo lo alto: llamaban la atención en aquella troupe un mariscal, los almirantes Esteva, Bard y Platon, unos cuantos obispos, el brigadier Darnand y el príncipe felón Laval. No obstante, la más frecuentada era la barraca en donde desnudaban a tu examante Eva Braun. Lo que quedaba de ella aún estaba muy bien. Los aficionados podían comprobarlo a razón de cien dinares por cabeza.

Al cabo de una semana, dejaste abandonados a tus queridos fantasmas y te llevaste el dinero de la recaudación.

Cruzaste el Mar Rojo, llegaste a Palestina y moriste de agotamiento. Y ya está; habías concluido tu itinerario de París a Jerusalén.

Mis amigas ganaban entre las dos tres mil chelines por noche. La prostitución y el proxenetismo me parecieron de repente unas artesanías muy míseras cuando no se practicaban a la escala de un Lucky Luciano. Por desgracia, yo no tenía madera de capitoste de la industria.

Yasmine me presentó a unos cuantos individuos turbios: Jean-Farouk de Mérode, Paulo Hayakawa, la anciana baronesa Lydia Stahl, Sophie Knout, Rachid von Rosenheim, M. Igor, T. W. A. Levy, Otto da Silva y otros más cuyos nombres he olvidado. Trafiqué con oro con todas esas buenas piezas, di salida a zlotys falsos, vendí a quienes quisieran pastarlas hierbas malas tales como el hachís y la marihuana. Y, por fin, ingresé en la Gestapo francesa. Matrícula S. 1113. Destinado a los servicios de la calle de Lauriston.

La Milicia me había decepcionado. Sólo conocía allí a boy-scouts que se parecían a los buenos chicos de la Resistencia. Darnand era un idealista redomado.

Me noté más a gusto en compañía de Pierre Bonny, de Henri Chamberlin-Laffont y de sus acólitos. Y además me volví a encontrar en la calle de Lauriston con mi profesor de ética, Joseph Joanovici.

Para los asesinos de la Gestapo, Joano y yo éramos los dos judíos de guardia. El tercero estaba en Hamburgo. Se llamaba Maurice Sachs.

De todo se cansa uno. Acabé por dejar a mis amigas y ese alegre mundillo tan poco de fiar que me ponía en peligro la salud. Fui por una avenida hasta el Danubio. Era de noche, caía con cordialidad la nieve. ¿Iba a tirarme a ese río o no? El Franz-Josefs-Kai estaba desierto; me llegaban desde no sé dónde retazos de una canción: *Weisse Weihnacht;* pues claro, la gente estaba celebrando la Navidad. Miss Evelyn me leía a Dickens y a Andersen. ¡Qué pasmo maravillado al encontrarme al día siguiente miles de juguetes al pie del árbol! Todo eso sucedía en la casa del muelle de Conti, a orillas del Sena. Infancia excepcional, infancia exquisita de la que ya no me da tiempo a hablarles. ¿Un chapuzón elegante en el Danubio en Nochebuena? Me arrepentía de no haberles dejado una nota de despedida a Hilda y a Yasmine. Por ejemplo: «No volveré a casa esta noche, porque será una noche negra y blanca.» Qué le vamos a hacer. Me consolaba diciéndome que esas putas no habían leído a Gérard de Nerval. Menos mal que en París no dejarían de establecer un paralelismo entre Nerval y Schlemilovitch, los dos suicidas del invierno. No tenía remedio. Estaba intentando apropiarme de la muerte de otro de la misma forma que había querido apropiarme las estilográficas de Proust y de Céline, los pinceles de Modigliani y de Soutine, las muecas de Groucho Marx y de Chaplin. ¿Mi tuberculosis? ¿No se la había robado acaso a Franz Kafka? Aún estaba a tiempo de cambiar de opinión y de morir como él en el sanatorio de Kierling, muy cerca de aquí. ¿Nerval o Kafka? ¿El suicidio o el sanatorio? No, el suicidio no encajaba conmigo, un judío no tiene derecho a suicidarse. Hay que dejarle ese lujo a Werther. ¿Pero entonces qué tenía que hacer? ¿Presentarme en el sanatorio de Kierling? ¿Tenía la seguridad de morirme en él como Kafka?

No lo he oído acercarse. Me alarga de repente una plaquita en la que leo: POLIZEI. Me pide la documentación.

Me la he dejado. Me coge del brazo. Le pregunto por qué no me esposa. Suelta una risita tranquilizadora:

–Pero, caballero, está usted borracho. ¡Las fiestas navideñas seguramente! Vamos, vamos, voy a llevarlo a casa. ¿Dónde vive?

Me niego obstinadamente a darle mis señas.

–Bueno, pues me veo en la obligación de llevarlo al puesto de policía.

La aparente afabilidad de este policía me irrita. He adivinado que es de la Gestapo. ¿Por qué no me lo confiesa de una vez? ¿Acaso se imagina que voy a resistirme y a vociferar como un cerdo mientras lo degüellan? Pues de ninguna manera. El sanatorio de Kierling no está a la altura de la clínica a la que va a llevarme este buen hombre. Al principio, los trámites usuales: me preguntarán el apellido, el nombre, la fecha de nacimiento. Me asegurarán que estoy muy enfermo y me harán un test insidioso. Luego, la sala de operaciones. Tendido en la camilla, esperaré con impaciencia a mis cirujanos, los profesores Torquemada y Jiménez. Me alargarán una radiografía de mis pulmones y veré que ya no son sino unos espantosos tumores con forma de pulpo.

–¿Quiere que lo operemos o no? –me preguntará con voz tranquila el profesor Torquemada.

–Bastaría con injertarle dos pulmones de acero –me explicará amablemente el profesor Jiménez.

–Tenemos muchísima conciencia profesional –me dirá el profesor Torquemada.

–A la que hay que sumar el vivísimo interés que nos inspira su salud –seguirá diciendo el profesor Jiménez.

–Por desgracia, la mayoría de nuestros clientes le tienen a su enfermedad un apego feroz y no nos consideran cirujanos...

–Sino torturadores.

–Los enfermos suelen ser injustos con sus médicos –añadirá el profesor Jiménez.

–Tenemos que atenderlos en contra de su voluntad –dirá el profesor Torquemada.

–Una tarea ingratísima –añadirá el profesor Jiménez.

–¿Sabe que algunos enfermos de nuestra clínica han fundado sindicatos? –me preguntará el profesor Torquemada–. Han decidido hacer huelga y negarse a aceptar nuestros cuidados...

–Una grave amenaza para el cuerpo médico –añadirá el profesor Jiménez–. Tanto más cuanto que la fiebre sindicalista está llegando a todos los sectores de nuestra clínica.

–Le hemos encargado al profesor Himmler, un profesional muy escrupuloso, que acabe con esa rebelión. Administra la eutanasia sistemáticamente a todos los sindicalistas.

–Vamos..., ¿por qué se decide? –me preguntará el profesor Torquemada–. ¿La operación o la eutanasia?

–No caben más soluciones.

Las cosas no se desarrollaron como yo las había previsto. El policía me seguía teniendo sujeto por el brazo y afirmaba que me llevaba a la comisaría más próxima para una simple comprobación de identidad. El comisario, un SS culto que había leído a los poetas franceses, me preguntó cuando entré en su despacho:

–Dime, ahí donde te veo, tú ¿qué hiciste con tu juventud?

Le expliqué cómo la había desperdiciado. Y luego le hablé de mi impaciencia: a la edad en que otros están labrándose un porvenir, yo sólo había pensado en hacerlo naufragar. Por ejemplo en la estación de Lyon, durante la

Ocupación alemana. Tenía que coger un tren que iba a llevarme lejos de la desdicha y de la inquietud. Los viajeros hacían cola ante las taquillas. Me habría bastado con esperar media hora para viajar con billete. Pero no, me subí en primera sin billete, como un impostor. Cuando, en Chalon-sur-Saône, los revisores alemanes pasaron por el compartimiento, me detuvieron. Les tendí las muñecas. Les dije que, pese a mi documentación falsa, a nombre de Jean Cassis de Coudray-Macouard, era JUDÍO. ¡Qué alivio!

–Luego me trajeron ante usted, señor comisario. Decida usted mi suerte. Le prometo que seré dócil a más no poder.

El comisario me sonríe afablemente, me da cachetitos y me pregunta si de verdad estoy tuberculoso.

–No me extraña –me afirma–. A su edad todo el mundo está tuberculoso. No queda más remedio que curarse; o, si no, anda uno escupiendo sangre y se pasa la vida arrastrándose. He decidido lo siguiente: si hubiera nacido antes, lo habría enviado a Auschwitz a cuidarse la tuberculosis. Pero ahora vivimos en una época más civilizada. Tome, aquí tiene un billete para Israel. Parece ser que allí los judíos...

El mar era de un azul de tinta; y Tel Aviv blanca, tan blanca... Cuando el barco atracó, notó perfectamente, por los latidos regulares del corazón, que estaba volviendo a la tierra ancestral después de dos mil años de ausencia. Se había embarcado en Marsella en un paquebote de la naviera nacional israelí. Se pasó la travesía esforzándose por calmar la ansiedad atontándose con alcohol y morfina. Ahora que Tel Aviv se extendía ante sus ojos, podía morir con el corazón en paz.

La voz del almirante Lévy lo sacó de sus ensoñaciones:

—¿Satisfecho de la travesía, joven? ¿Es la primera vez que viene a Israel? Nuestro país lo entusiasmará. Un país estupendo, ya verá. No es posible que los muchachos de su edad se queden insensibles ante este prodigioso dinamismo que, desde Haifa a Eilat, desde Tel Aviv al Mar Muerto...

—No lo dudo, almirante.

—¿Es usted francés? Nos gusta mucho Francia, sus tradiciones liberales, la suavidad de Anjou, de Turena, los aromas de Provenza. Y su himno nacional, ¡qué maravilla! *«Allons enfants de la patrie!»* ¡Admirable! ¡Admirable!

—No soy francés del todo, almirante, soy JUDÍO francés, JUDÍO francés.

El almirante Lévy lo miró fijamente con hostilidad. El almirante Lévy se parecía como un hermano al almirante Dönitz. El almirante Lévy le dijo por fin con voz seca:

—Tenga la bondad de seguirme.

Lo hizo entrar en un camarote herméticamente cerrado.

—Le aconsejo que se porte bien. Ya nos ocuparemos de usted llegado el momento.

El almirante apagó la luz y cerró con dos vueltas de llave la puerta.

Estuvo cerca de tres horas en total oscuridad. Sólo el débil resplandor del reloj de pulsera lo unía aún al mundo. La puerta se abrió se repente y la bombilla que colgaba del techo lo deslumbró. Tres hombres con gabardinas verdes se le acercaron. Uno de ellos le alargó un carnet.

—Elias Bloch, de la policía secreta del Estado. ¿Es usted judío francés? ¡Perfecto! ¡Que lo esposen!

Entró en el camarote un cuarto comparsa con la misma gabardina que los demás.

—El registro ha sido fructuoso. En el equipaje de este señor había varios tomos de Proust y de Kafka, reproducciones de Modigliani y de Soutine, unas cuantas fotos de Charlie Chaplin, de Eric von Stroheim y de Groucho Marx.

–¡Está visto –le dijo el llamado Elias Bloch– que su caso se vuelve cada vez más serio! ¡Lleváoslo!

Lo sacaron a empujones del camarote. Las esposas le abrasaban las muñecas. En el muelle dio un paso en falso y se cayó. Uno de los policías aprovechó para darle unas cuantas patadas en las costillas, luego lo hizo levantarse tirando de la cadena de las esposas. Cruzaron por las dársenas desiertas. Un furgón policial, parecido a los que utilizó la policía francesa en la gran redada del 16 y el 17 de julio de 1942, estaba parado en la esquina de una calle. Elias Bloch se sentó junto al chófer. Él subió detrás y lo siguieron los tres policías.

El furgón tiró por la avenida de Les Champs-Élysées. La gente hacía cola delante de los cines. En la terraza del Fouquet's las mujeres llevaban vestidos claros. Era un sábado de primavera por la noche.

Se detuvieron en la plaza de L'Étoile. Unos cuantos soldados norteamericanos le hacían fotos al Arco de Triunfo, pero no sintió necesidad de pedirles socorro. Bloch lo agarró del brazo y le hizo cruzar la plaza. Los cuatro policías caminaban detrás de ellos, a pocos pasos.

–¿Así que es usted judío francés? –le preguntó Bloch, arrimando la cara a la suya.

Se parecía de pronto a Henri Chamberlin-Laffont de la Gestapo francesa.

Lo metieron en un Citroën 11 negro que estaba aparcado en la avenida de Kléber.

–Te has metido en una buena –dijo el policía que tenía a la derecha.

–Y le vamos a dar una buena, ¿verdad, Saül? –dijo el policía que tenía a la izquierda.

119

–Sí, Isaac. Una buena –dijo el policía que conducía.

–Ya me encargo yo.

–¡No, yo! Necesito hacer ejercicio –dijo el policía que tenía a la derecha.

–¡No, Isaac! Me toca a mí. Anoche te pusiste las botas con el judío inglés. Éste es mío.

–Por lo visto es un judío francés.

–A quién se le ocurre. ¿Y si lo llamamos Marcel Proust?

Isaac le dio un violento puñetazo en el estómago.

–¡De rodillas, Marcel! ¡De rodillas!

Obedeció dócilmente. Lo estorbaba el asiento trasero del coche. Isaac lo abofeteó seis veces seguidas.

–Sangras, Marcel: eso quiere decir que todavía estás vivo.

Saül enarbolaba una correa de cuero.

–Chúpate ésta, Marcel Proust –le dijo.

Recibió el golpe en el pómulo izquierdo y estuvo a punto de desmayarse.

–Pobrecito mocoso –le dijo Isaïe–. Pobrecito judío francés.

Pasaron delante del Hotel Majestic. Las ventanas del gran edificio estaban a oscuras. Para tranquilizarse, se dijo que Otto Abetz, a quien rodeaban todos los vivales colaboracionistas, lo estaba esperando en el vestíbulo y que iba a presidir una cena franco-alemana. Bien pensado, ¿no era acaso el judío oficial del Tercer Reich?

–Te vamos a enseñar el barrio –le dijo Isaïe.

–Hay muchos monumentos históricos por aquí –le dijo Saül.

–Nos pararemos en todos para que puedas admirarlos –le dijo Isaac.

Le enseñaron los locales de los que se había incautado la Gestapo. Avenida de Foch, 31 bis y 72. Bulevar de

Lannes, 57. Calle de Villejust, 48. Avenida de Henri-Martin, 101. Calle de Mallet-Stevens, 3 y 5. Glorieta de Le Bois-de-Boulogne, 21 y 23. Calle de Astorg, 25. Calle de Adolphe-Yvon, 6. Bulevar de Sucher, 64. Calle de La Faisanderie, 49. Calle de La Pompe, 180.

Cuando acabaron con ese itinerario turístico, volvieron a la zona de Kléber-Boissière.

–¿Qué te parece el distrito XVI? –le preguntó Isaïe.

–Es el barrio con peor fama de París –le dijo Saül.

–Y ahora, conductor, al 93 de la calle de Lauriston, por favor –dijo Isaac.

Al oírlo, se tranquilizó. Sus amigos Bonny y Chamberlin-Laffont no podrían por menos de acabar con aquella broma de mal gusto. Y tomaría champán con ellos como todas las noches. Se les unirían René Launay, jefe de la Gestapo de la avenida de Foch, «Rudy» Martin, de la Gestapo de Neuilly, Georges Delfanne, de la avenida de Henri-Martin y Odicharia de la Gestapo «georgiana». Todo volvería a su sitio.

Isaac llamó a la puerta del 93 de la calle de Lauriston. La casa parecía abandonada.

–El jefe debe de estarnos esperando en el 3 bis de la plaza de Les États-Unis para darle una buena –dijo Isaïe.

Bloch paseaba arriba y abajo por la acera. Abrió la puerta del 3 bis y lo metió dentro.

Conocía bien el palacete. Sus amigos Bonny y Chamberlain-Laffont habían acondicionado allí ocho celdas y dos cámaras de tortura, porque el local de la calle de Lauriston lo usaban de puesto de mando administrativo.

Subieron al cuarto piso. Bloch abrió una ventana.

–La plaza de Les États-Unis está muy tranquila –le dijo–. Mire, joven amigo mío, qué suave es la luz de los faroles que cae en las hojas de los árboles. ¡Qué hermosa noche de mayo! ¡Y pensar que tenemos que darle una buena! ¡La tortura de la bañera, no le digo más! ¡Qué pena! ¿Una copa de curasao para que coja fuerzas? ¿Un Craven? ¿O prefiere un poco de música? Dentro de un rato le pondremos una canción antigua de Charles Trenet. Cubrirá sus gritos. Los vecinos son gente fina. Seguro que prefieren la voz de Trenet a la de los torturados.

Entraron Saül, Isaac e Isaïe. No se habían quitado las gabardinas verdes. Se fijó de repente en la bañera que había en el centro de la habitación.

–Perteneció a Émilienne d'Alençon –le dijo Bloch con sonrisa triste–. ¡Admire, joven amigo mío, la calidad del esmalte! ¡Los motivos florales! ¡Los grifos de platino!

Isaac le sujetó los brazos a la espalda mientras Isaïe le ponía las esposas. Saül puso en marcha el fonógrafo. Reconoció en el acto la voz de Charles Trenet:

> *Formidable!*
> *J'entends le vent sur la mer.*
> *Formidable!*
> *Je vois la pluie, les éclairs.*
> *Formidable!*
> *Je sens qu'il va bientôt faire,*
> *qu'il va faire*
> *un orage*
> *formidable...*[1]

Bloch, sentado en el reborde de la ventana, llevaba el compás.

1. ¡Formidable! Oigo el viento en el mar. ¡Formidable! Veo llover, veo relámpagos. ¡Formidable! Noto que pronto va a haber, que va a haber, una tormenta formidable. *(N. de la T.)*

Me metieron la cabeza en agua helada. Se me iban a reventar los pulmones de un momento a otro. Desfilaron a toda prisa los rostros que había querido. Los de mis padres. El de mi anciano profesor de letras Adrien Debigorre. El del padre Perrache. El del coronel Aravis. Y, luego, todos los de mis encantadoras novias: tenía una en cada provincia. Bretaña. Normandía. Poitou. Corrèze. Lozère. Saboya... Incluso en Lemosín. En Bellac. Si estos animales me dejaban vivir escribiría una novela hermosa: «Schlemilovitch y Lemosín», en donde dejaría probado que soy un judío perfectamente integrado.

Me sacaron tirándome del pelo. Volví a oír a Charles Trenet:

> *... Formidable!*
> *On se croirait au ciné*
> *matographe*
> *où l'on voit tant de belles choses,*
> *tant de trucs, de métamorphoses,*
> *quand une rose*
> *est assassinée...*[1]

–La segunda inmersión dura más –me dijo Bloch, enjugándose una lágrima.

Esta vez, dos manos me apretaron la nuca y otras dos la cabeza. Antes de morir asfixiado pensé que no siempre me había portado bien con mamá.

Pero acabaron por volver a sacarme al aire libre. En ese momento, Trenet cantaba:

1. ¡Formidable! Es como estar en el cine matógrafo, donde se ven tantas cosas estupendas, tantos trucos, tantas metamorfosis cuando asesinan a una rosa... *(N. de la T.)*

Et puis
et puis,
sur les quais
la pluie,
la pluie
n'a pas compliqué
la vie
qui rigole
et que se mire dans les mares des rigoles...[1]

–Pasemos ahora a las cosas serias –dijo Bloch, sofocando un sollozo.

Me tendieron directamente en el suelo. Isaac se sacó del bolsillo una navajita y me hizo hondos cortes en la planta de los pies. Luego me ordenó que caminase sobre un montón de sal. Luego Saül me arrancó concienzudamente tres uñas. Luego, Isaïe me limó los dientes. En ese momento, Trenet cantaba:

Quel temps
pour les p'tits poissons.
Quel temps
pour les grands garçons.
Quel temps
pour les tendrons.
Mesdemoiselles nous vous attendons...[2]

1. Y además y además, en los muelles la lluvia, la lluvia no ha complicado la vida que se regodea y se mira en los charcos de los regatos... *(N. de la T.)*
2. Vaya tiempo para los pececitos. Vaya tiempo para los muchachotes. Vaya tiempo para las jovencitas. Las estamos esperando, señoritas. *(N. de la T.)*

—Creo que basta por esta noche —dijo Elias Bloch lanzándome una mirada enternecida.

Me acarició la barbilla.

—Está en la cárcel preventiva de los judíos extranjeros —me dijo—. Vamos a llevarlo a la celda de los judíos franceses. Por ahora está solo. Ya irán llegando más, no se preocupe.

—Todos esos mocosos podrán hablar de Marcel Proust —dijo Isaïe.

—Yo cuando oigo la palabra cultura saco la porra —dijo Saül.

—¡Doy el golpe de gracia! —dijo Isaac.

—Vamos, no asustéis al muchacho —dijo Bloch con voz suplicante.

Se volvió hacia mí:

—Mañana mismo sabrá a qué atenerse en lo referido a su caso.

Isaac y Saül me metieron en una habitacioncita. Llegó Isaïe y me alargó un pijama de rayas. En la chaqueta iba cosida una estrella de David de tela amarilla en la que leí: «*Französisch Jude*». Isaac me puso la zancadilla antes de cerrar la puerta blindada y me caí de bruces.

Una lamparilla iluminaba la celda. No tardé en darme cuenta de que el suelo estaba sembrado de cuchillas Gillette Azul Extra. ¿Cómo habían adivinado los policías ese vicio mío, esas ganas desenfrenadas de tragarme las cuchillas de afeitar? Ahora lamentaba que no me hubieran encadenado a la pared. Me pasé la noche crispado, mordiéndome las palmas de las manos para no sucumbir al vértigo. Un ademán de más y corría el riesgo de irme tragando esas cuchillas, una detrás de otra. Una orgía de Gillette Azul Extra. Era en verdad el suplicio de Tántalo.

Por la mañana, vinieron a buscarme Isaïe e Isaac. Recorrimos un pasillo interminable. Isaïe me indicó una puerta y me dijo que entrase. A modo de despedida, Isaac me arreó un puñetazo en la nuca.

Estaba sentado ante un escritorio grande de caoba. Por lo visto me estaba esperando. Vestía un uniforme negro y me fijé en dos estrellas de David en la solapa de la guerrera. Fumaba en pipa, con lo que las mandíbulas llamaban más la atención. Llevaba boina y si a mano viene habría podido pasar por Joseph Darnand.

–¿Es usted Raphaël Schlemilovitch? –me preguntó con voz marcial.

–Sí.

–¿Judío francés?

–Sí.

–¿Lo detuvo ayer por la noche el almirante Levy a bordo del paquebote *Sion?*

–Sí.

–¿Y lo entregó a la autoridad policial, al comandante Elias Bloch en el presente caso?

–Sí.

–¿Estaban efectivamente en su equipaje estos folletos subversivos?

Me alargó un tomo de Proust, el *Diario* de Franz Kafka, las fotografías de Chaplin, de Stroheim y de Groucho Marx y las reproducciones de Modigliani y de Soutine.

–Bien; me presento: general Tobie Cohen, comisario de la Juventud y la Recuperación moral. Ahora vamos a hablar poco y bien. ¿Por qué ha venido usted a Israel?

–Soy de carácter romántico. No quería morir sin haber visto la tierra de mis antepasados.

–Y luego pensaba usted VOLVER a Europa, ¿no? Empezar otra vez con esos melindres suyos, con ese teatro que se montan. No hace falta que me conteste, ya me sé la can-

126

ción: la desazón judía, el lamento teatral judío, la angustia judía, la desesperación judía... ¡Venga a refocilarse en la desdicha, venga a pedir más, venga a querer recuperar el grato ambiente de los guetos y la voluptuosidad de los pogromos! ¡Una de dos, Schlemilovitch, o me hace caso y se atiene a mis instrucciones, y entonces todo irá a las mil maravillas! ¡O sigue yendo a su aire, sigue yendo de judío errante, de perseguido, y en ese caso vuelvo a ponerlo en manos del comandante Elias Bloch! ¿Y sabe lo que hará con usted Elias Bloch?

—¡Sí, mi general!

—Pongo en su conocimiento que contamos con todos los medios necesarios para apaciguar a los masoquistas de poca monta de su laya —dijo, secándose una lágrima—. ¡La semana pasada un judío inglés quiso pasarse de listo! ¡Llegó de Europa con las eternas historias, esas historias pringosas: diáspora, persecuciones, destino patético del pueblo judío...! ¡Se empecinaba en ese papel suyo de quien anda con las heridas abiertas! ¡No quería avenirse a razones! ¡A estas horas, Bloch y sus lugartenientes se están ocupando de él! ¡Y le aseguro que va a sufrir como es debido! ¡Mucho más de cuanto podía esperar! ¡Por fin va a padecer el destino patético del pueblo judío! ¡Pedía a un Torquemada, a un Himmler, genuinos! ¡Bloch se está encargando de dárselos! ¡Vale él solo más que todos los inquisidores y los gestapistas juntos! ¿De verdad quiere pasar por sus manos, Schlemilovitch?

—No, mi general.

—¡Pues entonces atienda! Ahora está en un país joven, vigoroso y dinámico. Desde Tel Aviv al Mar Muerto, desde Haifa hasta Eilat, la desazón, la fiebre, las lágrimas, la MALA PATA judía ya no le interesan a nadie. ¡A nadie! No queremos volver a oír hablar del espíritu crítico judío, de la inteligencia judía, del escepticismo judío, de las monerías judías, de la humillación y de la desdicha judías... –Tenía la cara cubierta de lágrimas–. ¡Les dejamos todo eso a los jóvenes estetas europeos como usted! ¡Somos unos individuos enérgicos, unos tíos de mandíbula cuadrada, unos pioneros; y no somos ni poco ni mucho unas cantantes yiddish a lo Proust, a lo Kafka, a lo Chaplin! Le hago notar que celebramos hace poco un auto de fe en la plaza mayor de Tel Aviv: las obras de Proust, de Kafka y consortes, las reproducciones de Soutine, de Modigliani y demás invertebrados las quemó nuestra juventud, unos muchachos y unas chicas que no tienen nada que envidiarles a los Hitlerjugend: ¡rubios, de ojos azules, de espaldas anchas, con paso firme, aficionados a la acción y a la gresca! –Soltó un gemido–. ¡Mientras ustedes cultivaban sus neurosis, ellos desarrollaban los músculos! ¡Mientras ustedes se lamentaban, ellos trabajaban en los kibutzs! ¿No le da vergüenza, Schlemilovitch?

–Sí, mi general.

–¡Perfecto! ¡Entonces prométame que no volverá a leer a Proust, ni a Kafka y consortes; que no volverá a babear ante las reproducciones de Modigliani ni de Soutine; que no volverá a acordarse de Chaplin, ni de Stroheim, ni de los Hermanos Marx; que se olvidará definitivamente del doctor Louis-Ferdinand Céline, el judío más solapado de todos los tiempos!

–Se lo prometo, mi general.

–¡Yo le daré a leer buenos libros! Tengo muchísimos en lengua francesa: ¿ha leído *El arte de dirigir* de Courtois? *¿Restauration familiale et Révolution nationale* de Sauvage? *¿Le Beau jeu de ma vie* de Guy de Larigaudie? *¿Le Manuel du père de famille* del vicealmirante de Penfentenyo? ¿No? ¡Se los va a aprender de memoria! ¡Quiero desarrollarles los músculos a sus facultades morales! Por otra parte, voy a mandarlo ahora mismo a un kibutz disciplinario. ¡Tranquilícese, el experimento sólo durará tres meses! ¡Lo necesario para que consiga esos bíceps de que carece y se libre de los microbios del cosmopolitismo judío! ¿Está claro?

—Sí, mi general.

—Pues ya puede irse, Schlemilovitch. Mi ordenanza le llevará los libros de que hemos hablado. Léalos hasta que le llegue el momento de manejar el pico en el Neguev. Deme un apretón de manos, Schlemilovitch. Más fuerte, maldita sea. ¡Mirada al frente, tenga la bondad! ¡Barbilla sacada! ¡Haremos de usted un sabra! —Rompió en sollozos.

—Gracias, mi general.

Saül me llevó a mi celda. Me dio unos cuantos puñetazos, pero la brutalidad de mi guardián se había ablandado mucho desde la víspera. Sospeché que escuchaba detrás de las puertas. Seguramente lo había dejado impresionado la docilidad que acababa yo de mostrar ante el general Cohen.

Por la noche, Isaac e Isaïe me metieron en un camión militar en donde había ya varios jóvenes, judíos extranjeros como yo. Todos llevaban pijamas de rayas.

—Prohibido hablar de Kafka y de Proust y consortes —dijo Isaïe.

—Cuando oímos la palabra cultura, sacamos las porras —dijo Isaac.

—No puede decirse que nos guste gran cosa la inteligencia —dijo Isaïe.

—Sobre todo cuando es judía —dijo Isaac.

—Y no os hagáis los pobres mártires —dijo Isaïe—. Ya está bien de bromas. Podíais andar gesticulando en Europa, de-

129

lante de los goyim. Aquí estamos entre nosotros. No merece la pena tomarse ese trabajo.

–¿Queda claro? –dijo Isaac–. Vais a cantar hasta que acabe el viaje. Unas canciones de marcha os sentarán estupendamente. Repetid conmigo...

A eso de las cuatro de la tarde, llegamos al kibutz penitenciario. Un edificio grande de hormigón rodeado de alambradas. El desierto se extendía hasta el horizonte. Isaïe e Isaac nos agruparon ante la verja de entrada y pasaron lista. Éramos ocho condenados del batallón disciplinario: tres judíos ingleses, un judío italiano, dos judíos alemanes, un judío austriaco y yo, judío francés. El director del campo se presentó y nos miró fijamente por turnos. Aquel coloso rubio, embutido en un uniforme negro, no me inspiró confianza. Y eso que le relucían en las solapas de la guerrera dos estrellas de David.

–¡Todos intelectuales, claro! –dijo con voz furibunda–. ¿Cómo pretenden que convierta en combatientes de choque a estos despojos humanos? Menuda reputación nos habéis dado en Europa con vuestras jeremiadas y vuestro espíritu crítico. Bien, caballeros, ¡se acabó eso de gemir, ahora hay que hacer músculo! ¡Se acabó lo de criticar, ahora hay que construir! Mañana por la mañana hay que levantarse a las seis. ¡Suban al dormitorio! ¡Más deprisa! ¡Paso rápido! ¡Un, dos, un, dos!

Cuando nos acostamos, el comandante del campo pasó por el dormitorio y lo seguían tres mocetones altos y rubios como él.

–¡Éstos son sus vigilantes! –dijo con voz muy suave–. Siegfried Levy, Günther Cohen y Hermann Rappoport. ¡Estos arcángeles os van a domar! ¡A la mínima desobe-

diencia, pena de muerte! ¿Verdad, queriditos? Si os dan la
lata, os los cargáis sin pensároslo dos veces... ¡Una bala en
la sien y hasta aquí hemos llegado! ¿Entendido, tesoros?
Les acarició afablemente las mejillas.

–No quiero que estos judíos de Europa hagan mella
en la salud de vuestro estado de ánimo...

A las seis de la mañana, Siegfried, Günther y Hermann
nos sacaron de la cama a puñetazos. Nos pusimos el pijama de rayas. Nos llevaron a la oficina de la administración
del kibutz. Le dijimos el apellido, los nombres y la fecha de
nacimiento a una joven morena que vestía la camisa caqui
de manga corta y los pantalones gris azulado del ejército.
Siegfried, Günther y Hermann se quedaron tras la puerta
de la oficina. Mis compañeros salieron de la habitación
uno detrás de otro, tras contestar a las preguntas de la joven. Me tocó la vez. La joven alzó la cabeza y me miró a
los ojos. Se parecía a Tania Arcisewska como si fueran gemelas. Me dijo:

–Me llamo Rebecca y estoy enamorada de usted.

No supe qué contestar.

–Van a matarlo, ¿sabe? –me explicó–. Tiene que irse
esta misma noche. Ya me encargo yo. Soy oficial del ejército israelí y no tengo que darle cuenta de nada al comandante del campo. Voy a pedirle prestado el camión militar
alegando que tengo que ir a Tel Aviv para una reunión del
estado mayor. Usted se viene conmigo. Voy a robarle toda
la documentación a Siegfried Levy y se la daré. Así no tendrá por ahora que temer nada de la policía. Luego, ya veremos. Podremos coger el primer barco para Europa y ca-
sarnos. Estoy enamorada, muy enamorada. Lo mandaré
llamar a mi despacho esta noche a las ocho. ¡Retírese!

Estuvimos partiendo piedras bajo un sol de plomo hasta las cinco de la tarde. Nunca había manejado un pico y me sangraban mucho las manos, tan bonitas y blancas. Siegfried, Günther y Hermann nos vigilaban, fumando Lucky Strike. En ningún momento del día habían dicho la mínima palabra y yo pensaba que eran mudos. Siegfried alzó la mano para indicarnos que había concluido el trabajo. Hermann se acercó a los tres judíos ingleses, sacó el revólver y los mató con mirada ausente. Encendió un Lucky y se lo fumó mientras inspeccionaba el cielo. Los tres guardianes nos volvieron a llevar al kibutz tras enterrar someramente a los judíos ingleses. Nos dejaron contemplar el desierto a través de las alambradas. A las ocho, Hermann Rappoport vino a buscarme y me llevó a la oficina de la administración del kibutz.

—¡Me apetece pasar un buen rato, Hermann! —dijo Rebecca—. Déjame aquí a este judío de tres al cuarto, me lo llevo a Tel Aviv, lo violo y me lo cargo, prometido.

Hermann asintió con la cabeza.

—¡Ahora te las vas a ver conmigo! —me dijo Rebecca con voz amenazadora.

En cuanto salió de la habitación Rappoport, me apretó tiernamente la mano.

—¡No podemos perder ni un segundo! ¡Sígueme!

Salimos por la puerta del campo y nos subimos en el camión militar. Se sentó al volante.

—¡Rumbo a la libertad! —me dijo—. Dentro de un rato nos pararemos. Te pondrás el uniforme de Siegfried Levy, que acabo de robar. La documentación está en el bolsillo interior.

Llegamos a nuestro destino a eso de las once de la noche.

—Te quiero y tengo ganas de volver a Europa —me

dijo–. Aquí no hay más que brutos, boy-scouts y pesados. En Europa estaremos tranquilos. Podremos leerles a Kafka a nuestros hijos.

–Sí, Rebecca, cariño. ¡Bailaremos toda la noche y mañana por la mañana nos embarcaremos para Marsella!

Los soldados con los que nos cruzábamos se cuadraban al ver a Rebecca.

–Soy teniente –me dijo con una sonrisa–. Pero estoy deseando tirar este uniforme a la basura y volver a Europa.

Rebecca conocía en Tel Aviv una discoteca clandestina en donde se bailaba al son de canciones de Zarah Leander y de Marlene Dietrich. Era un sitio que les gustaba mucho a las militares jóvenes. Sus parejas tenían que ponerse a la entrada un uniforme de oficial de la Luftwaffe. Había una luz tamizada propicia para las efusiones. Lo primero que bailaron fue un tango: *Der Wind hat mir ein Lied erzählt*, que Zarah Leander cantaba con voz obsesiva. Él le dijo a Rebecca al oído: «*Du bist der Lenz nachdem ich verlangte.*» En el segundo baile: *Schön war die Zeit*, la besó prolongadamente sujetándola por los hombros. La voz de Lala Andersen no tardó en sofocar la de Zarah Leander. Con las primeras palabras de *Lili Marlene*, oyeron las sirenas de la policía. Se armó un gran revuelo a su alrededor, pero nadie podía salir ya: el comandante Elias Bloch, Saül, Isaac e Isaïe habían irrumpido en la sala empuñando los revólveres.

–Llévense a todos estos payasos –rugió Bloch–. Empecemos comprobando rápidamente la identidad.

Cuando le llegó el turno, Bloch lo reconoció pese al uniforme de la Luftwaffe.

–¿Cómo? ¿Schlemilovitch? ¡Creía que lo habían enviado a un kibutz disciplinario! ¡Y encima de uniforme de la Luftwaffe! Está visto que estos judíos europeos son incorregibles.

Señaló a Rebecca:

—¿Su novia? Una judía francesa seguramente. ¡Y disfrazada de teniente del ejército israelí! ¡Cada vez mejor! ¡Miren, aquí llegan mis amigos! ¡Soy de lo más bondadoso y los invito a los dos a champán!

En el acto, los rodeó un grupo de juerguistas que les palmearon desenfadadamente el hombro. Schlemilovitch reconoció a la marquesa de Fougeire-Jusquiames, al vizconde Lévy-Vendôme, a Paulo Hayakawa, a Sophie Knout, a Jean-Farouk de Mérode, a Otto de Silva, a M. Igor, a la anciana baronesa Lydia Stahl, a la princesa Chericheff-Deborazoff, a Louis-Ferdinand Céline y a Jean-Jacques Rousseau.

—Quiero venderle cincuenta mil pares de calcetines a la Wehrmacht —anunció Jean-Farouk de Mérode cuando todos se hubieron sentado a la mesa.

—Y yo diez mil botes de pintura a la Kriegsmarine —dijo Otto da Silva.

—¿Saben que hoy me han condenado a muerte los boy-scouts de Radio Londres? —dijo Paulo Hayakawa—. ¡Me llaman «el *bootlegger* nazi del coñac»!

—No se preocupe —dice Lévy-Vendôme—. ¡Compraremos a los resistentes franceses y a los angloamericanos igual que compramos a los alemanes! Que no se le vaya de la cabeza esta sentencia de nuestro maestro Joanovici: «No me he vendido a los alemanes. Soy yo, Joseph Joanovici, judío, quien COMPRA a los alemanes.»

—Llevo trabajando en la Gestapo francesa de Neuilly desde hace casi una semana —manifestó M. Igor.

—Soy la mejor chivata de París —dijo Sophie Knout—. Me llaman la señorita Abwehr.

—Me encantan los gestapistas —dijo la marquesa de Fougeire-Jusquiames—. Son más viriles que los demás.

–Tiene razón –dijo la princesa Chericheff-Deborazoff–. Todos esos asesinos me ponen cachonda.

–La Ocupación alemana tiene su lado bueno –dijo Jean-Farouk de Mérode; y enseñó una cartera de cocodrilo malva atiborrada de billetes de banco.

–París está mucho más tranquilo –dijo Otto da Silva.

–Y los árboles mucho más rubios –dijo Paulo Hayakawa.

–Y además se oye el ruido de las campanas –dijo Lévy-Vendôme.

–¡Yo quiero que gane Alemania! –dijo M. Igor.

–¿Quieren Lucky Strike? –preguntó la marquesa de Fougeire-Jusquiames, alargándoles una pitillera de platino con esmeraldas engastadas–. Me los mandan de España con regularidad.

–¡No, champán! ¡Vamos a beber ahora mismo a la salud de la Abwehr! –dijo Sophie Knout

–¡Y a la salud de la Gestapo! –dijo la princesa Chericheff-Deborazoff.

–¿Una vueltecita por el bosque de Boulogne? –propuso el comandante Bloch, volviéndose hacia Schlemilovitch–. ¡Me apetece tomar el aire! Su novia puede acompañarnos. ¡Nos reuniremos con nuestra pandilla a las doce de la noche en la plaza de L'Étoile para tomar el último trago!

Salieron a la acera de la calle de Pigalle. El comandante Bloch le indicó tres Delahaye blancos y un Citroën 11 que estaban aparcados delante de la sala de fiestas.

–¡Los coches de nuestra pandilla! –le explicó–. Usamos el Citroën para las redadas. Así que, si le parece, cogemos un Delahaye. Resultará más alegre.

Saül se sentó al volante; Bloch y él en el asiento de delante; Isaïe, Rebecca e Isaac en el asiento de atrás.

–¿Qué estaba haciendo en Le Grand Duc? –le preguntó el comandante Bloch–. ¿Es que no sabe que esa sala de fiestas es sólo para los agentes de la Gestapo francesa y los traficantes del mercado negro?

Llegaron a la plaza de la Ópera. A Schlemilovitch le llamó la atención una pancarta grande en donde ponía: «KOMMANDANTUR PLATZ».

–¡Qué gusto ir en un Delahaye! –le dijo Bloch–. Sobre todo en París y en el mes de mayo de 1943. ¿Verdad, Schlemilovitch?

Lo miró fijamente. Tenía unos ojos dulces y comprensivos.

–Que quede claro, Schlemilovitch: no quiero poner obstáculos a las vocaciones. Gracias a mí, seguro que le conceden la palma del martirio a la que lleva aspirando continuamente desde que nació. Sí, el regalo más hermoso que pueda hacerle nadie lo recibirá de mis manos dentro de un rato: ¡una ráfaga de plomo en la nuca! Antes nos cargaremos a su novia. ¿Está contento?

Schlemilovitch, para combatir el miedo, apretó los dientes y recopiló unos cuantos recuerdos. Sus amores con Eva Braun y con Hilda Murzzuschlag. Sus primeros paseos por París en el verano de 1940, con uniforme de SS Brigadenführer: comenzaba una nueva era, iban a purificar el mundo, a curarlo para siempre de la lepra judía. Tenían las ideas claras y el pelo rubio. Tiempo después, su panzer aplasta el trigo de Ucrania. Tiempo después, helo aquí en compañía del mariscal Rommel, hollando las arenas del desierto. Lo hieren en Stalingrado. En Hamburgo, las bombas de fósforo hacen el resto. Siguió a su Führer hasta el final. ¿Va a consentir que lo impresione Elias Bloch?

–¡Una ráfaga de plomo en la nuca! ¿Qué le parece, Schlemilovitch?

Vuelven a examinarlo los ojos del comandante Bloch.

—¡Es usted de los que se dejan maltratar con una sonrisa triste! Los judíos auténticos, los judíos cien por cien, *made in Europa*.

Estaban entrando en el bosque de Boulogne. Recordó las tardes que pasaba en el Pré-Catelan y en La Grande Cascade, bajo la vigilancia de Miss Evelyn, pero no piensa aburrirles a ustedes con sus recuerdos de infancia. Vale más que lean a Proust.

Saül detuvo el Delahaye en medio del paseo de Les Acacias. Isaac y él se llevaron a Rebecca y la violaron ante mis ojos. El comandante Bloch me había puesto previamente las esposas y las puertas del coche estaban cerradas con llave. De todas formas, no habría movido un dedo para defender a mi novia.

Tomamos la dirección del parque de Bagatelle. Isaïe, más refinado que sus dos compañeros, tenía sujeta a Rebecca por la nuca y le metió el sexo en la boca a mi novia. El comandante Bloch me daba leves pinchazos con un puñal en los muslos, con lo que no tardé en tener los impecables pantalones de SS perdidos de sangre.

Luego, el Delahaye se detuvo en la encrucijada de Les Cascades, Isaïe e Isaac volvieron a sacar a Rebecca del coche. Isaac la agarró por los pelos y la derribó de espaldas. Rebecca se echó a reír. La risa se amplificó y el eco la envió por todo el bosque, se amplificó más, llegó a una altura vertiginosa y se quebró en sollozos.

—Ya nos hemos cargado a su novia —cuchichea el comandante Bloch—. ¡No esté triste! Tenemos que volver con nuestros amigos.

Efectivamente, toda la pandilla nos está esperando en la plaza de L'Étoile.

—Es la hora del toque de queda —me dice Jean-Farouk de Mérode—, pero tenemos unos Ausweis especiales.

—¿Quiere que vayamos al One-Two-Two? —me propone Paulo Hayakawa—. Hay unas chicas sensacionales. ¡Y no hay que pagar! Basta con enseñar el carnet de la Gestapo francesa.

—¿Y si hiciéramos unos cuantos registros en las casas de los peces gordos del barrio? —dice M. Igor.

—Yo preferiría saquear una joyería —dice Otto da Silva.

—O a un anticuario —dice Lévy-Vendôme—. Le tengo prometidos tres escritorios Directorio a Goering.

—¿Y qué les parecería una redada? —pregunta el comandante Bloch—. Sé de una guarida de «resistentes» en la calle de Lepic.

—Buena idea —exclama la princesa Chericheff-Deborazoff—. Los torturaremos en mi palacete de la plaza de Iéna.

—Somos los reyes de París —dice Paulo Hayakawa.

—Gracias a nuestros amigos alemanes —dice M. Igor.

—¡Hay que divertirse! —dice Sophie Knout—. La Abwehr y la Gestapo nos protegen.

—¡Con tal de que dure! —dice la anciana baronesa Lydia Stahl.

—¡Después de nosotros el diluvio! —dice la marquesa de Fougeire-Jusquiames.

—¡Vengan mejor al puesto de mando de la calle de Lauriston! —dice Bloch—. Me han llegado tres cajones de whisky. Acabaremos la noche a lo grande.

—Tiene razón, comandante —dice Paulo Hayakawa—. Además, por algo nos llaman la «Banda de la calle de Lauriston».

—¡A LA CALLE DE LAURISTON! ¡A LA CALLE DE LAURISTON! —silabean, marcando el ritmo, la marquesa de Fougeire-Jusquiames y la princesa Chericheff-Deborazoff.

—No merece la pena coger los coches —dice Jean-Farouk de Mérode—. Iremos a pie.

Hasta ahora me han tolerado con afabilidad, pero nada

138

más meternos por la calle de Lauriston empiezan a mirarme atentamente todos de una forma insoportable.

—¿Quién es usted? —me pregunta Paulo Hayakawa.

—¿Un agente del Intelligence Service? —me pregunta Sophie Knout.

—Explíquese —me dice Otto da Silva.

—¡Tiene una jeta que no me gusta nada! —me comunica la anciana baronesa Lydia Stahl.

—¿Por qué va disfrazado de SS? —me pregunta Jean-Farouk de Mérode.

—Enséñenos la documentación —me ordena M. Igor.

—¿Es usted judío? —me pregunta Lévy-Vendôme—. ¡Venga, confiese!

—¿Se sigue tomando por Marcel Proust, so sinvergüenza? —inquiere la marquesa de Fougeire-Jusquiames.

—Acabará por darnos detalles —afirma la princesa Chericheff-Deborazoff—. *La calle de Lauriston suelta las lenguas.*

Bloch vuelve a esposarme. Los otros me preguntan más y más cosas. De repente me entran ganas de vomitar. Me apoyo en una puerta cochera.

—No podemos andar perdiendo el tiempo —me dice Isaac—. ¡Camine!

—Un esfuerzo de nada —me dice el comandante Bloch—. Enseguida llegamos. Es en el número 93.

Tropiezo y me desplomo en la acera. Hacen corro a mi alrededor. Jean-Farouk de Mérode, Paulo Hayakawa, M. Igor, Otto da Silva y Lévy-Vendôme llevan unos esmóquines de color de rosa preciosos y sombrero de fieltro. Bloch, Isaïe, Isaac y Saül, más serios, llevan gabardinas verdes. La marquesa de Fougeire-Jusquiames, la princesa Chericheff-Deborazoff, Sophie Knout y la anciana baronesa Lydia Stahl llevan todas un visón blanco y un collar de brillantes.

Paulo Hayakawa fuma un puro y me echa las cenizas

en la cara como quien no quiere la cosa; la princesa Chericheff-Deborazoff me pincha juguetonamente las mejillas con los zapatos de tacón.

–¿Qué, Marcel Proust, no queremos ponernos de pie? –me pregunta la marquesa de Fougeire-Jusquiames.

–Un esfuerzo de nada, Schlemilovitch –ruega el comandante Bloch–; sólo hay que cruzar la calle. Mire, ahí enfrente, en el 93...

–Ese joven es un cabezota –dice Jean-Farouk de Mérode–. Discúlpenme, pero voy a tomar un poco de whisky. No soporto tener el gaznate seco.

Cruza la calle, y lo siguen Paulo Hayakawa, Otto de Silva y M. Igor. La puerta del 93 se vuelve a cerrar tras entrar ellos.

Sophie Knout, la anciana baronesa Lydia Stahl, la princesa Chericheff-Deborazoff y la marquesa de Fougeire-Jusquiames no tardan en ir tras ellos. La marquesa de Fougeire-Jusquiames me ha envuelto en su abrigo de visón, susurrándome al oído:

–¡Será tu sudario! Adiós, ángel mío.

Quedan el comandante Bloch, Isaac, Saül, Isaïe y Lévy-Vendôme. Isaac intenta levantarme tirando de la cadena de las esposas.

–Déjelo –dice el comandante Bloch–. Está mucho mejor echado.

Saül, Isaac, Isaïe y Lévy-Vendôme van a sentarse en la escalera exterior del número 93 y me miran llorando.

–¡Dentro de un rato me iré con los demás! –me dice el comandante Bloch–. *El whisky y el champán correrán a chorros, como de costumbre, en la calle de Lauriston.*

Arrima la cara a la mía. Definitivamente se parece como una gota de agua a otra a mi antiguo amigo Henri Chamberlin-Laffont.

140

–Va a morir con un uniforme de SS –me dice–. ¡Es usted enternecedor, Schlemilovitch, enternecedor!

Desde las ventanas del 93 me llegan unas cuantas carcajadas y el estribillo de una canción:

> *Moi, j'aime le music-hall.*
> *Ses jongleurs,*
> *ses danseuses légères...*[1]

–¿Lo está oyendo? –me pregunta Bloch con los ojos empañados de lágrimas–. ¡En Francia, Schlemilovitch, todo acaba con canciones! ¡Vamos, no pierda el buen humor!

Se saca un revólver del bolsillo derecho de la gabardina. Me levanto y retrocedo, trastabillando. El comandante Bloch no me quita ojo. Enfrente, en la escalera, Isaïe, Saül, Isaac y Lévy-Vendôme siguen llorando. Me quedo un momento mirando fijamente la fachada del 93. Detrás de las cristaleras, Jean-Farouk de Mérode, Paulo Hayakawa, M. Igor, Otto da Silva, Sophie Knout, la anciana baronesa Lydia Stahl, la marquesa de Fougeire-Jusquiames, la princesa Chericheff-Deborazoff y el inspector Bonny me hacen muecas y morisquetas. Se adueña de mí algo así como una pena alborozada que conozco bien. Tenía razón Rebecca cuando se rió hace un rato. Hago acopio de las últimas fuerzas. Una risa nerviosa, canija. No tarda en crecer hasta sacudirme el cuerpo y doblármelo en dos. Da igual que el comandante Bloch se me acerque despacio; no me noto ni pizca de intranquilo. Enarbola el revólver y vocifera:

–¿Te estás riendo? ¿TE ESTÁS RIENDO? ¡Toma, judío de poca monta, toma!

---

1. Me gusta el *music-hall*. Sus malabaristas, sus bailarinas frívolas... *(N. de la T.)*

Me estalla la cabeza, pero no sé si es por las balas o de júbilo.

Las paredes azules del dormitorio y la ventana. A la cabecera de mi cama está el doctor Sigmund Freud. Para tener la seguridad de que no sueño, le acaricio la calva con la mano derecha.

–... mis enfermeros lo recogieron anoche en el Franz-Josefs-Kai y lo trajeron a mi clínica de Potzleindorf. Un tratamiento psicoanalítico le aclarará las ideas. Se volverá un joven sano, optimista y deportista, se lo prometo. Mire, quiero que lea el penetrante ensayo de su compatriota Jean-Paul Schweitzer de la Sarthe: *Reflexiones sobre la cuestión judía*. Tiene que entender esto a toda costa: LOS JUDÍOS NO EXISTEN, tal y como dice de forma muy pertinente Schweitzer de la Sarthe. NO ES USTED JUDÍO, es un hombre entre otros hombres, y ya está. Le repito que no es judío; sencillamente, tiene delirios alucinatorios, obsesiones, y nada más, una paranoia muy leve... Nadie quiere hacerle daño, hijito, todo el mundo está deseando portarse bien con usted. Vivimos en la actualidad en un mundo pacificado. Himmler está muerto; ¿cómo puede usted acordarse de todas esas cosas si no había nacido? Vamos, sea sensato, se lo ruego, se lo imploro, se lo...

He dejado de escuchar al doctor Freud. No obstante, se arrodilla, me exhorta tendiendo los brazos, se agarra la cabeza con las manos, se revuelca por el suelo para mostrar su desánimo, anda a cuatro patas, ladra, vuelve a implorarme que renuncie a los «delirios alucinatorios», a la «neurosis judaica», a la «paranoia yiddish». Me asombra verlo en ese estado: ¿será que lo incomoda mi presencia?

–¡Deje de gesticular! –le digo–. No acepto que me trate más médico que el doctor Bardamu. Bardamu, Louis-Ferdinand... Judío como yo... Bardamu. Louis-Ferdinand Bardamu...

Me levanté y anduve con dificultad hacia la ventana. El psicoanalista sollozaba en un rincón. Fuera, el Potzleindorfer Park resplandecía bajo la nieve y el sol. Un tranvía rojo iba avenida abajo. Pensé en el porvenir que me proponían: una cura rápida gracias a los atentos cuidados del doctor Freud; los hombres y las mujeres me estaban esperando a la puerta de la clínica con sus miradas cálidas y fraternales. El mundo, lleno de tareas estupendas y de colmenas zumbadoras. El hermoso Potzleindorfer Park allí, tan cerca, las frondas verdes y los paseos soleados...

Me escurro furtivamente por detrás del psicoanalista y le doy palmaditas en la cabeza.

–Estoy muy cansado –le digo–, muy cansado...

La ronda nocturna

Para Rudy Modiano

¿Por qué me identifiqué con los mismísimos
objetos de mi horror y mi compasión?

SCOTT FITZGERALD

Carcajadas en la noche. El Khédive[1] alza la cabeza.

—¿Así que mientras nos esperaba estaba jugando al mah-jong?

Y esparce las fichas de marfil por la mesa.

—¿Solo? —pregunta el señor Philibert.

—¿Llevaba mucho esperándonos, hijito?

Cuchicheos e inflexiones graves les entrecortan las voces. El señor Philibert sonríe y hace un ademán impreciso con la mano. El Khédive ladea la cabeza hacia la izquierda y se queda postrado; la cabeza le roza casi el hombro. Como al ave marabú.

En el centro del salón, un piano de cola. Colgaduras y cortinas color violeta. Jarrones grandes con dalias y orquídeas. Las arañas dan una luz velada, como la de los malos sueños.

—Un poco de música para relajarnos —sugiere el señor Philibert.

—Música suave, necesitamos música suave —manifiesta Lionel de Zieff.

1. En castellano, jedive. Pero aquí hace referencia no a la dignidad, sino a la marca de cigarrillos. *(N. de la T.)*

–*Zwischen heute und morgen?* –propone el conde Baruzzi– . Es un slow-fox.

–Preferiría un tango –asegura Frau Sultana.

–Ay, sí, sí, por favor –suplica la baronesa Lydia Stahl.

–*Du, Du gehst an mir vorbei* –susurra con voz doliente Violette Morris.

–Adelante con *Zwischen heute und morgen* –zanja el Khédive.

Las mujeres van excesivamente maquilladas. Los hombres visten trajes de tonos ácidos. Lionel de Zieff lleva un terno naranja y una camisa de rayas ocre; Pols de Helder, una chaqueta amarilla y un pantalón azul cielo; el conde Baruzzi, un esmoquin verde ceniza. Se forman algunas parejas. Costachesco baila con Jean-Farouk de Méthode; Gaétan de Lussatz con Odicharvi; Simone Bouquereau con Irène de Tranzé... Monsieur Philibert se queda aparte, apoyado en la ventana de la izquierda. Se encoge de hombros cuando uno de los hermanos Chapochnikoff lo invita a bailar. El Khédive, sentado delante del escritorio, silba entre dientes y lleva el compás.

–¿No baila, hijito? –pregunta–. ¿Preocupado? Tranquilícese, tiene tiempo de sobra... Tiempo de sobra...

–Mire –asegura el señor Philibert–, la policía es una paciencia larga, larga.

Se dirige a la consola y coge el libro encuadernado en tafilete verde pálido que había encima: *Antología de los traidores, de Alcibíades al capitán Dreyfus*. Lo hojea y todo cuanto encuentra metido entre las páginas –cartas, telegramas, tarjetas de visita, flores secas– lo deja encima del escritorio. El Khédive parece interesadísimo en esa investigación.

–¿Su libro de cabecera, hijito?

El señor Philibert le alarga una fotografía, El Khédive se la queda mirando mucho rato. El señor Philibert se ha colocado detrás de él. «Su madre», susurra el Khédive, señalando la fotografía. «¿Verdad, hijito? ¿Su señora madre?» Repite: «Su señora madre...», y dos lágrimas le corren por las mejillas, le corren hasta la comisura de los labios. El señor Philibert se ha quitado las gafas. Tiene los ojos muy abiertos. También llora. En ese momento retumban los primeros compases de *Bei zärtlicher Musik*. Es un tango y no tienen sitio suficiente para moverse a gusto. Se empujan, algunos tropiezan incluso y resbalan en el entarimado.

–¿No baila? –pregunta la baronesa Lydia Stahl–. Vamos, concédame la próxima rumba.

–Déjelo en paz –susurra el Khédive–. A este joven no le apetece bailar.

–Sólo una rumba, una rumba –suplica la baronesa.

–¡Una rumba, una rumba! –vocifera Violette Morris. Bajo la luz de las dos arañas, se ponen encarnados, se congestionan, pasan a una tonalidad morada. El sudor les chorrea por las sienes, se les dilatan los ojos. A Pols de Helder se le pone negra la cara como si se estuviera calcinando. Al conde Baruzzi se le quedan las mejillas chupadas, a Rachid von Rosenheim se le abultan las ojeras. Lionel de Zieff se lleva una mano al corazón. El estupor parece adueñarse de Costachesco y de Odicharvi. A las mujeres se les cuartea el maquillaje, los tonos del pelo son cada vez más violentos. Todos se descomponen y seguramente van a pudrirse en el sitio. ¿Olerán ya?

–En pocas palabras, pero bien dichas, hijito –susurra el Khédive–: ¿Entró en contacto con ese a quien conocen con el nombre de «La princesa de Lamballe»? ¿Quién es? ¿Dónde está?

–¿Oyes? –musita el señor Philibert–. Henri quiere detalles acerca de ese a quien conocen con el nombre de «La princesa de Lamballe».

Se ha parado el disco. Todos se reparten por los sofás, los pufs y las poltronas. Méthode destapa una frasca de coñac. Los hermanos Chapochnikoff salen de la habitación y vuelven con bandejas llenas de copas. Lussatz las llena hasta arriba.

—Brindemos, queridos amigos –propone Hayakawa.

—A la salud del Khédive –exclama Costachesco.

—A la del inspector Philibert –manifiesta Mickey de Voisins.

—Un brindis por Madame de Pompadour –chilla la baronesa Lydia Stahl.

Chocan las copas. Beben de un tirón.

—La dirección de Lamballe –musita el Khédive–. Sé bueno, cariño. Danos la dirección de Lamballe.

—Sabes perfectamente que somos los más fuertes, cariño –cuchichea el señor Philibert.

Los demás mantienen un conciliábulo en voz baja. Se atenúa la luz de las arañas y oscila entre el azul y el morado. Ya no se ven bien las caras.

—El Hotel Blitz está cada día más tiquismiquis.

—No se preocupen. Mientras yo ande por aquí, contarán con el visto bueno de la embajada.

—Una palabra del conde Grafkreuz, mi querido amigo, y el Blitz hará la vista gorda para siempre.

—Yo le diré algo a Otto.

—Soy amiga íntima del doctor Best. ¿Quieren que le hable del asunto?

—Un telefonazo a Delfanne y todo arreglado.

—Tenemos que ser duros con nuestros gestores, si no se aprovechan.

—¡Nada de contemplaciones!

—¡Porque encima les hacemos de tapadera!

—Deberían agradecérnoslo.

154

–A nosotros es a quienes vendrán a pedir cuentas, no a ellos.

–¡Saldrán del paso, ya verán! ¡Mientras que nosotros...!

–Aún no hemos dicho la última palabra.

–¡Las noticias del frente son excelentes, EXCELENTES!

–Henri quiere la dirección de Lamballe –repite el señor Philibert–. Un esfuerzo, hijito.

–Comprendo de maravilla sus reticencias –dice el Khédive–. Mire lo que le voy a proponer: primero nos dice los sitios en que podemos detener esta noche a todos los miembros de la organización.

–Sólo para ponerse en forma –añade el señor Philibert–. Luego le costará mucho menos soltar la dirección de Lamballe.

–La redada es esta noche –susurra el Khédive–. Lo escuchamos, hijo mío.

Una libretita amarilla comprada en la calle de Réaumur. «¿Es usted estudiante?», preguntó la tendera. (La gente se interesa por los jóvenes. El porvenir les pertenece; hay un deseo de saber qué proyectos tienen, los agobian a preguntas.) Haría falta una linterna para dar con la página. No se ve nada en esta penumbra. Hojeas la libreta con la nariz pegada al papel. La primera dirección está escrita en mayúsculas: la del teniente, el jefe de la organización. Haces esfuerzos por olvidarte de sus ojos azules y de la voz cálida con que decía: «¿Qué tal, hijito?» Querrías que el teniente tuviera todos los vicios, que fuera mezquino, presumido y falso. Así se facilitarían las cosas. Pero no puede hallarse ni una mácula en las aguas de ese diamante. Como último recurso, te acuerdas de las orejas del teniente. Basta con observar ese cartílago para que entren unas ganas irresistibles de vomitar. ¿Cómo pueden tener los humanos unas excrecencias tan monstruosas? Te imaginas las orejas del teniente, ahí, encima del escritorio, de un tamaño mayor que el natural, de color escarlata y surcadas de venas. Entonces dices con voz apresurada el lugar en donde estará esta noche: en la plaza de Le Châtelet. Luego ya va todo sobre ruedas. Das alrededor de diez nombres y direcciones sin tener siquiera que mirar la libreta. Pones el tono de un buen alumno que recita una fábula de La Fontaine.

–Buena redada en perspectiva –dice el Khédive.

Enciende un cigarrillo, apunta al techo con la nariz y hace redondeles de humo. El señor Philibert se ha sentado ante el escritorio y hojea la libreta. Debe de estar comprobando las direcciones.

Los otros continúan hablando entre sí.

–¿Y si seguimos bailando? Tengo hormiguillo en las piernas.

–¡Música suave, necesitamos música suave!

–Que cada cual diga qué prefiere. ¡Una rumba!

–¡*Serenata rítmica!*

–¡*So stell ich mir die Liebe vor!*

–¡*Coco seco!*

–¡*Whatever Lola wants!*

–¡*Guapo Fantoma!*

–¡*No me dejes de querer!*

–¿Y si jugamos a Hide and Seek?

Palmotean.

–Sí, sí! ¡Hide and Seek!

Sueltan la carcajada en la oscuridad. Y la oscuridad se estremece.

Pocas horas antes. La cascada grande del bosque de Boulogne. La orquesta perpetraba un vals criollo. Dos personas se habían sentado en la mesa contigua a la nuestra.

Un anciano con bigotes gris perla y un sombrero blando blanco y una anciana con vestido azul oscuro. El viento hacía oscilar los farolillos colgados de los árboles. Coco Lacour fumaba un puro. Esmeralda se tomaba, muy formal, una granadina. No hablaban. Por eso me gustan. Querría describirlos minuciosamente. Coco Lacour: un gigante pelirrojo con ojos de ciego que, de tarde en tarde, ilumina una tristeza infinita. Los oculta frecuentemente tras unas gafas negras y los andares torpes y titubeantes le prestan apariencia sonámbula. ¿La edad de Esmeralda? Es una niñita diminuta. Podría aportar en lo referido a ellos un cúmulo de detalles enternecedores, pero renuncio, agotado. Coco Lacour, Esmeralda, con esos nombres os basta, de la misma forma que a mí me basta con su presencia silenciosa a mi lado. Esmeralda miraba, maravillada, a los verdugos de la orquesta. Coco Lacour sonreía. Soy el ángel de la guarda de ambos. Vendremos todos los atardeceres al bosque de Boulogne para disfrutar mejor de la dulzura del verano. Entraremos en este principado misterioso, con sus lagos, sus paseos forestales y sus salones de té sumergidos entre las frondas. Nada ha cambiado aquí desde que éramos pequeños. ¿Te acuerdas? Jugabas al aro por los paseos del Pré Catelan. El viento le acariciaba el pelo a Esmeralda. El profesor de piano me había dicho que iba progresando. Estudiaba solfeo con el método Beyer y me faltaba poco para tocar breves fragmentos de Wolfgang Amadeus Mozart. Coco Lacour incendiaba un puro con timidez, como si se disculpara. Los quiero. No hay la menor sensiblería en este amor que les tengo. Pienso: si yo no estuviera, los pisotearían. Míseros, inválidos. Siempre callados. Un soplo, un ademán bastarían para quebrarlos. Conmigo no tienen nada que temer. A veces me entran ganas de abandonarlos. Escogería un momento excepcionalmente propicio. Esta noche, por ejemplo. Me pondría de pie y les diría en voz baja: «Esperad, que enseguida vuelvo.» Coco Lacour asentiría con la cabeza. La pobre sonrisa de Esmeralda. Tendría que dar los diez primeros pasos sin volverme. Luego, todo iría sobre ruedas. Correría hacia el coche y arrancaría a toda velocidad. Lo más difícil: no aflojar la presión durante los pocos segundos que preceden a la asfixia. Pero nada mejor que el alivio infinito que notas cuando el cuerpo se relaja y baja muy despacio hacia el fondo. Y lo dicho vale tanto para la tortura de la bañera cuanto para esa traición de abandonar en la oscuridad a alguien tras haberle prometido regresar. Esmeralda jugaba con una paja. Soplaba y hacía pompas en la granadina. Coco Lacour fumaba un puro. Cuando se apodera de mí el vértigo de dejarlos, los miro por turno, atento a sus mínimos gestos, espiándoles las expresiones de la cara como se aferra uno a la barandilla de un puente. Si los abandono, volveré a la soledad del principio. Estamos en verano, me decía a mí mismo para tranquilizarme. Todo el mundo volverá el mes que viene. Estábamos en verano, efectivamente, pero se estaba prolongando de forma sospechosa. No quedaba ya ni un coche en París. Ni un solo peatón. De vez en cuando, el latido de un reloj rompía el silencio. Al doblar la esquina de un paseo a pleno sol, pensé a veces que estaba teniendo un mal sueño. La gente se había ido de París en el mes de julio. Por la noche, se reunían por última vez en las terrazas de Les Champs-Élysées y del bosque de Boulogne. Nunca había probado con más intensidad la tristeza del verano como en aquellos instantes. Es la estación de los fuegos artificiales. Todo un mundo a punto de desaparecer lanzaba los últimos destellos bajo las hojas de los árboles y los farolillos. La gente se empujaba, hablaba muy alto, reía, se pellizcaba nerviosamente. Se oían vasos rom-

158

perse y puertas de coche cerrarse de golpe. Comenzaba el éxodo. Durante el día, me paseaba por esa ciudad a la deriva. Sale humo de las chimeneas: están quemando los papeles viejos antes de salir por pies. No quieren cargar con un equipaje inútil. Filas de coches fluyen hacia las puertas de París y yo me siento en un banco. Querría acompañarlos en esa huida, pero no tengo nada que salvar. Cuando se hayan ido, aparecerán unas sombras y harán corro a mi alrededor. Reconoceré algunos rostros. Las mujeres van excesivamente maquilladas y los hombres son de una elegancia de negros: zapatos de cocodrilo, trajes de mil colores, sortijas de sello de platino. Los hay incluso que lucen en cuanto pueden una hilera de dientes de oro. Heme en manos de individuos poco recomendables: ratas que toman posesión de una ciudad cuando la peste ha diezmado a los vecinos. Me dan un carnet de policía, un permiso de armas y me ruegan que me cuele en una «red» para desmantelarla. He prometido, desde que era pequeño, tantas cosas que no he cumplido, he dado tantas citas a las que no he ido que me parecía «de una sencillez infantil» convertirme en un traidor ejemplar. «Un momento, que ahora vuelvo...» Todos esos rostros contemplados por última vez antes de que se los tragase la noche... Algunos no podían ni imaginarse que los estaba dejando. Otros me clavaban miradas vacías: «Va a volver, ¿verdad?» Recuerdo también esas curiosas punzadas en el corazón cada vez que miraba el reloj: llevan esperándome cinco, diez, veinte minutos. A lo mejor aún no han perdido la confianza. Me entraban ganas de acudir corriendo a la cita y el vértigo solía durarme una hora. Cuando denuncias, resulta mucho más fácil. Apenas unos segundos, el tiempo que se tarda en dar con voz apresurada los nombres y las señas. Soplón. Seré incluso asesino, si así lo quieren. Mataré a mis víctimas con silenciador. Luego, les miraré las gafas, los llaveros, los pañuelos, las corbatas, objetos modestos que no tienen importancia salvo para aquel a quien pertenecen y que me conmueven aún más que el rostro de los muertos. Antes de matarlos, no apartaré la vista de una de las partes más humildes de sus personas: el calzado. Es erróneo creer que la febrilidad de las manos, las mímicas del rostro, la mirada, la entonación y la voz son lo único que puede conmovernos de entrada. Para mí, el patetismo está en el calzado. Y cuando me entren remordimientos por haberlos matado, no me acordaré ni de su sonrisa ni de los méritos de sus corazones, sino de su calzado. Dicho lo cual, hay que ver lo que se gana últimamente con las tareas de policía de a pie. Tengo los bolsillos atiborrados de billetes de banco. Esta riqueza me vale para proteger a Coco Lacour y a Esmeralda. Sin ellos estaría muy solo. A veces pienso que no existen. Soy ese ciego pelirrojo y esa niña diminuta y vulnerable. Excelente ocasión para compadecerme a mí mismo. Un poco más de paciencia. Ya llegarán las lágrimas. Por fin voy a saber cómo son los deleites de la *Self Pity*, como dicen los judíos ingleses. Esmeralda me sonreía, Coco Lacour chupaba el puro. El anciano y la anciana del vestido azul oscuro. En torno, las mesas vacías. Las lámparas del techo, que se habían quedado encendidas por olvido... Temía, en cada momento, oír cómo frenaban sus coches en la grava. Las puertas se cerrarían de golpe, se nos acercarían con pasos lentos y un cabeceo de barco en los andares. Esmeralda hacía pompas de jabón y miraba cómo salían volando frunciendo el ceño. Una le estallaba a la anciana contra la mejilla. Los árboles se estremecían. La orquesta tocaba los primeros compases de una czarda; y, luego, un foxtrot y una marcha militar. Pronto no sabremos ya de qué música se trata. Los instrumentos pierden el resuello, hipan, y yo vuelvo a verle la cara a aquel hombre a quien llevaron al salón a rastras, con las manos atadas con un cinturón. Quería ganar tiempo y, de entrada, les hizo unas muecas simpáticas, como si intentase distraerlos. Al no poder ya controlar el miedo, intentó seducirlos: los miraba por el rabillo del ojo; se destapaba el hombro derecho con ademanes breves, a sacudidas; esbozaba una danza del vientre mientras le temblaban todos los miembros. No hay que quedarse aquí ni un instante más. La música va a morir tras un postrer sobresalto. Las lámparas van a apagarse.

–¿Jugamos a la gallinita ciega?
–¡Excelente idea!
–No hará falta que nos vendemos los ojos.
–Como estamos a oscuras.
–¡Le toca quedarse, Odicharvi!
–¡Sepárense!
Andan con pasos quedos. Se oye que abren la puerta del armario. Seguramente quieren esconderse dentro. Da la impresión de que reptan alrededor del escritorio. Cruje el entarimado. Alguien se pega un golpe con un mueble. La silueta de otro se recorta contra el fondo de la ventana. Risas guturales. Suspiros. Los gestos se vuelven precipitados. Deben de andar corriendo para todos lados.
–Lo he pillado, Baruzzi.
–Mala pata, soy Helder.
–¿Quién va ahí?
–A ver si lo adivina.
–¿Rosenheim?
–No.
–¿Costachesco?
–No.

–¿Se rinde?

–Los detendremos esta noche –asegura el Khédive–. Al teniente y a todos los miembros de la organización. A TODOS. Esa gente nos sabotea el trabajo.

–Todavía no nos ha dicho la dirección de Lamballe –susurra el señor Philibert–. ¿Cuándo va a decidirse, hijito? Vamos...

–Dele un respiro, Pierrot.

La luz vuelve de golpe. Todos guiñan los ojos. Se agrupan alrededor del escritorio.

–Tengo el gaznate seco.

–¡Bebamos, queridos amigos, bebamos!

–¡Una canción, Baruzzi, una canción!

–Había una vez un barquito chiquitito.

–¡Siga, Baruzzi, siga!

–Que no sabía, que no sabía, que no sabía navegar.

–¿Quieren que les enseña mis tatuajes? –propone Frau Sultana. Se rasga la blusa. Lleva un ancla marinera en ambos pechos. La baronesa Lydia Stahl y Violette Morris la tiran de espaldas y acaban de desnudarla. Se resiste, se escabulle de los abrazos y las enardece con grititos. Violette Morris la persigue por el salón, en una de cuyas esquinas está Zieff chupando un ala de pollo.

–Da gusto zampar en estos tiempos de restricciones. ¿Saben lo que hice hace un rato? ¡Me puse delante de un espejo y me unté la cara de foie-gras! ¡Foie-gras a 15.000 francos el medallón! –Suelta grandes carcajadas.

–¿Un poco más de coñac? –propone Pols de Helder–. Ya no se encuentra por ninguna parte. El cuarto de litro vale 100.000 francos. ¿Cigarrillos ingleses? Me los mandan directamente de Lisboa. 20.000 francos la cajetilla.

–Pronto me llamarán señor director de la Policía –declara el Khédive con voz seca.

162

La mirada se le pierde en el acto en el espacio.

–¡A la salud del director! –vocifera Lionel de Zieff.

Trastabilla y se desploma encima del piano. Se le ha escapado el vaso de la mano. El señor Philibert coteja un dossier junto con Paulo Hayakawa y Baruzzi. Los hermanos Chapochnikoff andan muy atareados con la gramola. Simone Bouquereau se contempla en el espejo.

Die Nacht,
die Musik
und dein Mund

canturrea la baronesa Lydia esbozando un paso de baile.

–¿Una sesión de paneuritmia sexualodivina? –relincha el mago Ivanoff con su voz de semental.

El Khédive los mira con pena.

–Me llamarán señor director. –Alza el tono de voz–: ¡Señor director de la Policía! –Da un puñetazo en el escritorio. Los demás no hacen ni caso a ese ataque de mal humor. Se levanta y abre a medias la ventana de la izquierda del salón–. ¡Venga a mi lado, hijito, necesito su presencia! ¡Un muchacho tan sensible como usted! Tan receptivo... ¡Me calma los nervios!...

Zieff ronca encima del piano. Los hermanos Chapochnikoff han renunciado a poner en marcha la gramola. Pasan revista a los jarrones de flores, de uno en uno, rectificando la posición de una orquídea, acariciando los pétalos de una dalia. A veces se vuelven hacia donde está el Khédive y le lanzan miradas medrosas. A Simone Bouquereau parece fascinarla su cara en el espejo. Se le dilatan los ojos violeta y se le pone la tez cada vez más pálida. Violette Morris se ha sentado en el sofá de terciopelo, junto a Frau Sultana. Le tienden ambas las palmas de las blancas manos al mago Ivanoff.

–Ha subido el wolframio –comenta Baruzzi–. Puedo conseguírselo a precios interesantes. Estoy conchabado con Guy Max, de la oficina de compras de la calle de Villejust.

–Creía que sólo llevaba el textil –dice el señor Philibert.

–Se ha reconvertido –dice Hayakawa–. Le ha vendido las existencias a Macías-Reoyo.

–¿A lo mejor prefieren los cueros en bruto? –pregunta Baruzzi–. El *box-calf* ha subido 100 francos.

–Odicharvi me ha hablado de tres toneladas de lana peinada que quiere quitarse de encima. Me acordé de usted, Philibert.

–¿Qué me dice de 36.000 barajas que le entrego mañana mismo, por la mañana? Podría revenderlas al precio máximo. Es el momento oportuno. Empezó la *Schwerpunkt Aktion* a principios de mes.

Ivanoff le examina la palma de la mano a la marquesa.

–¡A callar! –vocifera Violette Morris.

¿Le estará adivinando el porvenir el mago? ¡A callar todo el mundo!

–¿Qué le parece, hijito? –me pregunta el Khédive–. ¡Ivanoff lleva la batuta con las señoras! ¡Su famosa varilla de los metales ligeros! ¡No pueden ya vivir sin él! ¡Unas místicas, mi querido amigo! ¡Y él se aprovecha! ¡Menudo payaso viejo!

Se acoda en el filo del balcón. Abajo hay una plaza tranquila, de esas que encontramos en el distrito XVI. Los faroles lanzan una curiosa luz azul sobre las hojas de los árboles y el quiosco de música.

–¿Sabe, hijo, que el palacete en que estamos pertenecía antes de la guerra al señor de Bel-Respiro? –Se le ensordece la voz–. He encontrado en un armario cartas que les escribía a su mujer y a sus hijos. Era hombre de familia. ¡Mire, éste es! –Señala un retrato de tamaño natural colgado entre las dos ventanas–. ¡El señor de Bel-Respiro en persona, con uniforme de oficial de espahís! ¡Mire cuántas condecoraciones! ¡Esto es un francés!

–¿Dos kilómetros cuadrados de rayón? –propone Baruzzi–. Se lo dejaría regalado. ¿Cinco toneladas de galletas? Los vagones están inmovilizados en la frontera española. Conseguiría enseguida los bonos para el transporte. Sólo quiero una comisión modesta, Philibert.

Los hermanos Chapochnikoff andan rondando al Khédive sin atreverse a hablarle. Zieff duerme con la boca abierta. Frau Sultana y Violette Morris dejan que las mezan las palabras de Ivanoff: flujo astral... pentagrama sagrado... espigas de la tierra nutricia... grandes ondas telúricas... paneuritmia de hechicería... Betelgeuse... Pero Simone Bouquereau apoya la frente en el espejo.

–Todos esos apaños financieros no me interesan –zanja el señor Philibert.

Baruzzi y Hayakawa, decepcionados, se van dando bandazos hasta el sillón de Lionel de Zieff y le golpean en el hombro para despertarlo. El señor Philibert coteja un dossier, lápiz en mano.

–Mire, mi querido niño –sigue diciendo el Khédive (de verdad parece que va a romper en llanto)–, no tuve instrucción. Estaba solo cuando enterraron a mi padre y pasé la noche tendido encima de su tumba. Y aquella noche hacía mucho frío. A los catorce años, la colonia penitenciaria de Eysses..., el batallón disciplinario..., Fresnes... Sólo podía conocer a golfos como yo... La vida...

–¡Despierte, Lionel! –vocifera Hayakawa.

–Tenemos cosas importantes que decirle –añade Baruzzi.

–Le conseguimos quince mil camiones y dos toneladas de níquel si nos paga una comisión del quince por ciento.

165

Zieff guiña los ojos y se seca la frente con un pañuelo azul cielo.

—Lo que ustedes digan, con tal de que nos pongamos ciegos de comer hasta reventar. ¿No les parece que he engordado en estos dos últimos meses? Da gusto, en estos tiempos de restricciones.

Se encamina torpemente hacia el sofá y le mete una mano en la blusa a Frau Sultana. Ésta se revuelve y lo abofetea con todas sus fuerzas. Ivanoff suelta una risita sarcástica.

—Lo que ustedes digan, guapitos míos —repite Zieff con voz cascada—. Lo que ustedes digan.

—¿Estamos de acuerdo para mañana por la mañana, Lionel? —pregunta Hayakawa—. ¿Se lo puedo decir a Schiedlausky? Le regalamos de propina un vagón de caucho.

El señor Philibert, sentado al piano, desgrana pensativamente unas cuantas notas.

—Y, sin embargo, hijito —sigue diciendo el Khédive—, siempre tuve sed de respetabilidad. No me confunda, se lo ruego, con estas personas que están aquí...

Simone Bouquereau se maquilla ante el espejo. Violette Morris y Frau Sultana tienen los ojos cerrados. El mago parece estar invocando a los astros. Los hermanos Chapochnikoff están junto al piano. Uno le da cuerda al metrónomo y el otro le alarga una partitura al señor Philibert.

—¡Lionel de Zieff, por ejemplo! —susurra el Khédive—. ¡Le contaré las mil y una acerca de ese tiburón de los negocios! ¡Y acerca de Baruzzi! ¡Hayakawa! ¡Y todos los demás! ¿Ivanoff? ¡Un chantajista innoble! La baronesa Lydia es una puta...

El señor Philibert hojea la partitura. De vez en cuando, marca el compás. Los hermanos Chapochnikoff le lanzan miradas medrosas.

—Ya ve, hijito —sigue diciendo el Khédive—, ¡todas las

166

ratas se han aprovechado de los «acontecimientos» recientes para subir a la superficie! Incluso yo..., ¡pero ésa es otra historia! ¡No se fíe de las apariencias! No tardaré en recibir en este salón a las personas más respetables de París. Me llamarán señor director de la Policía! SEÑOR DIRECTOR DE LA POLICÍA, ¿me oye? –Se vuelve y señala el retrato de tamaño natural–. ¡Yo en persona! ¡De oficial de espahís! ¡Mire las condecoraciones! ¡Legión de Honor! ¡Cruz del Santo Sepulcro! ¡Cruz de San Jorge de Rusia! ¡Danilo de Montenegro! ¡Torre y Espada de Portugal! ¡No tengo nada que envidiarle al señor de Bel-Respiro! ¡Puedo sentarle las costuras!

Da un taconazo.

De pronto, el silencio.

Lo que está tocando el señor Philibert es un vals. La cascada de notas titubea, se expande, rompe sobre las dalias y las orquídeas. Él está muy tieso. Ha cerrado los ojos.

–¿Lo oye, hijito? –pregunta el Khédive–. ¡Mírele las manos! ¡Pierre puede estar tocando horas y horas sin inmutarse! ¡Nunca le dan calambres! ¡Un artista!

Frau Sultana balancea levemente la cabeza. Salió del entumecimiento con los primeros compases. Violette Morris se pone de pie y baila el vals sola hasta la otra punta del salón. Paulo Hayakawa y Baruzzi se han callado. Los hermanos Chapochnikoff escuchan con la boca abierta. Al propio Zieff parecen hipnotizarlo las manos del señor Philibert, que pierden los estribos en el teclado. Ivanoff examina el techo sacando la barbilla. Pero Simone Bouquereau termina de maquillarse ante el espejo veneciano como si no pasara.

El señor Philibert clava con todas sus fuerzas varios acordes, inclina el busto, tiene los ojos cerrados. El vals es cada vez más arrebatado.

–¿Le gusta, hijito? –pregunta el Khédive.

El señor Philibert ha cerrado el piano brutalmente. Se levanta frotándose las manos y se acerca al Khédive. Dice, pasado un momento:

–Acabamos de pescar a alguien, Henri. Reparto de panfletos. Lo hemos cogido con las manos en la masa. Breton y Reocreux se están ocupando de él en el sótano.

Los demás están aún aturdidos por el vals. No dicen nada y siguen inmóviles en el lugar en que los dejó la música.

–Le estaba hablando de usted; Pierre –susurra el Khédive–. Le decía que es usted un muchacho sensible, un melómano sin parangón, un artista...

–Gracias, gracias, Henri. ¡Es cierto, pero aborrezco las palabras altisonantes! ¡Debería haberle explicado a este joven que era un policía, sin más!

–¡El primer poli de Francia! ¡Lo dijo un ministro!

–¡De eso hace mucho, Henri!

–¡Por entonces, Pierre, yo le habría tenido miedo! ¡El inspector Philibert! ¡Madre mía! ¡Cuando sea director de la policía, te nombraré comisario, cariño!

–¡Cállese!

–¿Pero me quiere de todas formas?

Un alarido. Luego, dos. Luego, tres. Agudísimos. El señor Philibert mira el reloj.

–Ya llevan tres cuartos de hora. ¡Debe de estar a punto de venirse abajo! ¡Voy a ver!

Los hermanos Chapochnikoff le siguen, pisándole los talones. Los demás –en apariencia– no han oído nada.

–Eres la más guapa –le afirma Paulo Hayakawa a la baronesa Lydia, alargándole una copa de champán.

–¿En serio?

Frau Sultana e Ivanoff se miran a los ojos. Baruzzi se acerca con paso cauteloso a Simone Bouquereau, pero Zieff le pone la zancadilla al pasar. Baruzzi tira, al caer, un jarrón de dalias.

–¿Así que queriendo jugar a los conquistadores? ¿Ya nadie le hace caso a su pichoncito Lionel?

Suelta la carcajada y se abanica con el pañuelo azul celeste.

–Es ese individuo a quien pillaron –susurra el Khédive–. ¡El que llevaba panfletos! ¡Se están ocupando de él! Acabará por venirse abajo, mi querido amigo. ¿Quieres verlo?

–¡A la salud del Khédive! –vocifera Lionel de Zieff.

–A la del inspector Philibert –añade Paulo Hayakawa, acariciándole la nuca a la baronesa. Un alarido. Luego, dos. Un sollozo prolongado.

–¡Habla o revienta! –berrea el Khédive.

Los demás no le hacen ningún caso. Menos Simone Bouquereau, que se estaba maquillando delante del espejo. Se vuelve. Los grandes ojos violeta se le comen la cara. Tiene un churretón de carmín de labios en la barbilla.

Durante unos cuantos minutos seguimos oyendo la música. Se desvaneció al pasar por la encrucijada de Les Cascades. Yo conducía. Coco Lacour y Esmeralda iban en el asiento de delante. Íbamos deslizándonos por la carretera de los lagos. El infierno empieza en las lindes del bosque: bulevar de Lannes, bulevar de Flandrin, avenida de Henri-Martin. Este barrio residencial es el más temible de París. En el silencio que reinaba en él hace tiempo a partir de las ocho de la tarde había algo tranquilizador. Silencio burgués, afelpado, aterciopelado y bien educado. Se intuía a las familias reunidas en el salón después de cenar. Ahora ya no sabemos qué sucede detrás de las anchas fachadas a oscuras. De vez en cuando nos cruzábamos con un coche con los faros apagados. Me daba miedo que pudiera pararse y cerrarnos el paso.

Tiramos por la avenida de Henri-Martin. Esmeralda dormitaba. Después de las once, a las niñas les cuesta seguir con los ojos abiertos. Coco Lacour jugaba con el salpicadero, giraba el mando de la radio. Ambos ignoraban cuán frágil era su dicha. Yo era el único que se preocupaba. Éramos tres niños que cruzábamos en un coche grande las tinieblas maléficas. Y si por casualidad había luz en una ventana, no debía fiarme de eso. Conozco bien este distrito. El Khédive me encomendaba que registrase los palacetes para incautarme de objetos artísticos: palacetes Segundo Imperio, pabellones de recreo del XVIII, palacetes 1900 con vidrieras, castillos góticos de imitación. No vivía en ellos sino un portero amedrentado que el dueño se había dejado olvidado al huir. Yo llamaba a la puerta, enseñaba el carnet de policía y le pasaba revista al lugar. Conservo el recuerdo de largos paseos: Maillot, La Muette, Auteuil, tales eran mis etapas. Me sentaba en un banco, a la sombra de los castaños. Nadie por las calles. Podía visitar todas las casas del barrio. La ciudad era mía.

Plaza de Le Trocadéro. Junto a mí, Coco Lacour y Esmeralda, esos dos compañeros de piedra. Mamá me decía: «Cada uno tiene los amigos que se merece.» A lo que yo le respondía que los hombres charlan demasiado para mi gusto y que no soporto esos enjambres de moscas azules que les salen de la boca. Me dan jaqueca. Me dejan sin resuello, y ya lo tengo muy limitado. El teniente, por ejemplo, es un conversador increíble. Cada vez que entro en su despacho, se levanta y abre el discurso con «mi joven amigo» o «muchachito». Luego, las palabras van sucediéndose a una cadencia frenética y ni se toma tiempo para articularlas del todo. Si acorta un poco el flujo, es para anegarme mejor al minuto siguiente. La voz va teniendo entonaciones cada vez más agudas. Al final, son píídos y se le atragantan las palabras. Da pataditas, mueve los brazos, se crispa, hipa, se pone serio de repente y reanuda el discurso con voz monocorde. Lo remata con un «Agallas, chico» que cuchichea al filo del agotamiento.

Al principio, me dijo: «Lo necesito. Vamos a hacer un buen trabajo. Yo sigo en la clandestinidad con mis hombres. La misión de usted es infiltrarse entre nuestros adversarios. Informarnos con la mayor discreción posible de las intenciones que tengan esos cabrones.» Marcaba claramente las distancias: suyos y de su estado mayor eran la pureza y el heroísmo. Para mí, las tareas bajas del espionaje y el juego doble. Al volver a leer aquella noche la *Antología de los traidores, de Alcibíades al capitán Dreyfus*, me pareció que a fin de cuentas el doble juego y –¿por qué no?– la traición encajaban bien con mi carácter travieso. Insuficientemente animoso para alinearme con los héroes. Demasiado indolente y distraído para ser un cabrón auténtico. Y, en cambio, ductibilidad, gusto por el movimiento y una simpatía evidente.

Íbamos avenida de Kléber arriba. Coco Lacour bostezaba. Esmeralda se había quedado dormida y le había resbalado la cabecita hasta mi hombro. Ya es hora de que se vayan a la cama. Avenida de Kléber. Esa noche habíamos tomado el mismo camino, después de salir de L'Heure Mauve, una sala de fiestas de Les Champs-Élysées. Una humanidad bastante fofa estaba pegada a las mesas de terciopelo rojo y las banquetas de la barra: Lionel de Zieff, Costachesco, Lussatz, Méthode, Frau Sultana, Odicharvi, Lydia Stahl, Otto de Silva, los hermanos Chapochnikoff... Penumbra madorosa. Flotaban aromas egipcios. Había en París unos cuantos islotes así en donde la gente se esforzaba por no recordar «el desastre acontecido los días anteriores» y en donde habían quedado estancadas una alegría de vivir y una frivolidad de antes de la guerra. Me fijaba en todos esos rostros y me repetía una frase que había leído en alguna parte: «Unos camelistas con tufos de traiciones y asesinatos...» Al lado de la barra, giraba una gramola:

> *Bonsoir,*
> *jolie madame.*
> *Je suis venu*
> *vous dire bonsoir...*[1]

El Khédive y el señor Philibert me sacaron fuera. Un Bentley blanco estaba esperando en la parte de abajo de la calle de Marbeuf. Se sentaron junto al chófer; y yo, en el asiento de detrás. Los faroles vomitaban despacio una luz azulada.

–No tiene importancia –afirmó el Khédive, señalando al chófer–. Eddy ve en la oscuridad.

–En este momento –me dijo el señor Philibert, cogiéndome del brazo– hay montones de posibilidades para un joven. Hay que quedarse con la mejor opción y estoy dispuesto a ayudarlo, mi querido muchacho. Vivimos en una época peligrosa. Usted tiene manos afiladas y blancas y una salud muy delicada. Tenga cuidado. Si hay algo que le quiero aconsejar es que no juegue a los héroes. Estese quieto. Trabaje con nosotros: puede elegir entre eso o el martirio o el sanatorio.

–¿Un trabajillo de soplón, por ejemplo, no le apetecería? –me preguntó el Khédive.

–Muy generosamente pagado –añadió el señor Philibert.

1. Buenas noches, linda señora. He venido a darle las buenas noches... *(N. de la T.)*

172

–Y completamente legal. Le proporcionaremos un carnet de policía y un permiso de armas.

–Lo que tiene que hacer es infiltrarse en una organización clandestina para desmantelarla. Nos informará de los hábitos de esos caballeros.

–Con un mínimo de prudencia no sospecharán nada.

–Me parece que es usted alguien que inspira confianza.

–Y parece que no haya roto nunca un plato.

–Tiene una sonrisa que le sienta muy bien.

–¡Y unos ojos preciosos, muchacho!

–Los traidores tienen siempre una mirada limpia.

Hablaban cada vez más deprisa. Acababa por darme la impresión de que hablaban al mismo tiempo. Aquellos enjambres de mariposas azules que les salían de la boca... Lo que quisieran, vamos... Soplón, asesino a sueldo, con tal de que se callasen de una vez y me dejasen dormir. Soplón, traidor, asesino, mariposas...

–Lo llevamos a nuestro nuevo cuartel general –decidió el señor Philibert–. Es un palacete en el 3 bis de la glorieta de Cimarosa.

–Estamos celebrando la inauguración –añadió el Khédive–. ¡Con todos nuestros amigos!

–*Home, sweet home* –canturreó el señor Philibert.

Al entrar en el salón, me volvió a la memoria la frase misteriosa: «Unos camelistas con tufos a traiciones y asesinatos.» Allí estaban todos. Y no paraban de llegar otros: Danos, Codébo, Reocreux, Vital-Léca, Robert el Pálido... Los hermanos Chapochnikoff les servían champán.

–Le propongo una charlita a solas –me cuchicheó el Khédive–. ¿Qué impresiones tiene? Está muy pálido. ¿Un traguito?

Me alargaba una copa llena hasta arriba de un líquido sonrosado.

–Ya ve –me dijo, abriendo la ventana y llevándome al balcón–, a partir de hoy soy el amo de un imperio. No se trata sólo de un servicio policíaco complementario. ¡Vamos a mover asuntos gigantescos! ¡Tendremos un cuerpo de más de quinientos ojeadores! ¡Philibert me ayudará en la parte administrativa! ¡Les he sacado partido a los acontecimientos extraordinarios que hemos vivido en estos últimos meses!

Hacía tanto bochorno que se empañaban los cristales de las ventanas del salón. Me trajeron otra copa del líquido sonrosado, que me bebí conteniendo una arcada.

–Y además –me acariciaba la mejilla con el dorso de la mano– podrá darme consejos, orientarme en algunas ocasiones. No tuve instrucción. –Hablaba cada vez más bajo–. A los catorce años, la colonia penitenciaria de Eysses; luego, el batallón penitenciario, la relegación... Pero tengo sed de respetabilidad, ¿me oye? –Le brillaban los ojos.

Rabioso:

–¡Pronto seré director de la policía! ¡ME LLAMARÁN SEÑOR DIRECTOR! –Aporrea con ambos puños el filo del balcón–: ¡SEÑOR DIRECTOR... SEÑOR DIRECTOR! –Y, acto seguido, se le pierde la mirada en el vacío.

Abajo, en la plaza, los árboles sudaban. Tenía ganas de irme, pero seguramente era demasiado tarde. Me sujetaría por la muñeca y, aunque consiguiera zafarme, tendría que cruzar el salón, abrirme paso a través de esos grupos compactos, padecer el ataque de un millón de avispas zumbadoras. Qué vértigo. Amplios redondeles luminosos, cuyo eje era yo, giraban cada vez más deprisa y el corazón se me salía del pecho.

–¿Un mareo?

Me agarra del brazo, me lleva, me hace sentarme en el sofá. Los hermanos Chapochnikoff –¿cuántos eran en realidad?– corrían de un lado a otro. El conde Baruzzi sacaba de una cartera negra un fajo de billetes y se lo enseñaba a Frau Sultana. Algo más allá, Rachid, von Rosenheim, Paulo Hayakawa y Odicharvi charlaban animadamente. Y otros, a quienes no veía. Me pareció que todas aquellas personas se iban desmenuzando in situ por aquella locuacidad tan grande, por aquellos ademanes entrecortados y por los perfumes densos que exhalaban. El señor Philibert me alargaba un carnet verde con una barra roja.

–A partir de ahora pertenece al Servicio: lo he inscrito con el nombre de «Swing Troubadour».

Todos me rodeaban alzando copas de champán.

–¡A la salud de Swing Troubadour! –me espetó Lionel de Zieff, y soltó una carcajada estentórea que le congestionó el rostro.

–¡A la salud de Swing Troubadour! –chilló la baronesa Lydia.

Fue en ese mismo momento –si la memoria no me engaña– cuando me entraron unas repentinas ganas de toser. Volví a ver la cara de mamá y cómo, todas las noches, antes de apagar al luz, me decía al oído: «¡Acabarás en la horca!»

–A su salud, Swing Troubadour –susurraba uno de los hermanos Chapochnikoff, y me tocaba medrosamente el hombro. Los demás me oprimían por todos lados y se me pegaban como moscas.

En la avenida de Kléber, Esmeralda habla dormida. Coco Lacour se frota los ojos. Ya es hora de que se vayan a la cama. Ninguno de los dos sabe cuán frágil es su dicha. De los tres, yo soy el único que se preocupa.

–Siento, hijito –dice el Khédive–, que haya oído esos gritos. A mí tampoco me gusta la violencia, pero ese individuo repartía panfletos. Y eso está muy mal.

175

Simone Bouquereau vuelve a mirarse en el espejo y se retoca el maquillaje. Los demás, relajados, recobran una amabilidad que encaja a la perfección con el lugar. Estamos en un salón burgués, después de cenar, a la hora de los licores añejos.

—¿Una copa para recuperarse, hijito? —propone el Khédive.

—La «etapa turbia» por la que estamos pasando —comenta el mago Ivanoff— ejerce en las mujeres una influencia afrodisíaca.

—A la mayoría de las personas se les ha debido de olvidar el aroma del coñac en estos tiempos de restricciones. —Ríe con sarcasmo Lionel de Zieff—. ¡Peor para ellos!

—¿Qué quiere? —susurra Ivanoff—. Cuando el mundo va a la deriva... Pero ojo, mi querido amigo, que no me aprovecho. Conmigo todo es a base de pureza.

—El *box-calf*... —empieza a decir Pols de Helder.

—Un vagón entero de wolframio... —dice acto seguido Baruzzi.

—Y con un descuento del veinticinco por ciento... —especifica Jean-Farouk de Méthode.

El señor Philibert ha entrado muy serio en el salón y se acerca al Khédive:

—Nos vamos dentro de un cuarto de hora, Henri. Primer objetivo: el teniente, en la plaza de Le Châtelet. Luego, los demás miembros de la organización, en sus respectivas señas. ¡Una redada espléndida! ¡El chico nos acompaña! ¿Verdad, mi querido Swing Troubadour? ¡Prepárese! ¡Dentro de un cuarto de hora!

—¿Una gotita de coñac para darle valor, Troubadour? —propone el Khédive.

—Y no se le olvide soltarnos las señas de Lamballe —añade el señor Philibert—. ¿Entendido?

Uno de los hermanos Chapochnikoff —¿pero cuántos

son en realidad?– está de pie en el centro de la habitación, con un violín pegado a la mejilla. Se aclara la garganta y empieza luego a cantar con una voz de bajo muy hermosa:

Nur
nicht
aus Liebe weinen...

Los demás marcan el compás dando palmas. El arco raspa muy despacio las cuerdas, acelera el vaivén, sigue acelerando... La música es cada vez más rápida:

Aus Liebe...

Unos redondeles luminosos se agrandan como cuando tiramos una piedra al agua. Empezaron a girar al pie del violinista y ahora están llegando a las paredes del salón.

Es gibt auf
Erden...

El cantante se queda sin resuello, parece que fuera a asfixiarse tras haber lanzado un último grito. El arco corre por las cuerdas cada vez a mayor velocidad. ¿Podrán seguir mucho tiempo aún marcando la cadencia con palmadas?

Auf dieser Welt...

Ahora gira el salón; gira y sólo el violinista sigue quieto.

nicht nur den Hainen...

Cuando éramos pequeños siempre nos daban miedo

esos tiovivos que andan cada vez más deprisa y que se llaman gusano loco. Recordémoslo...

Es gibt so viele...

Pegábamos alaridos, pero de nada valía, el gusano seguía girando.

Es gibt so viele...

Y nos empeñábamos en subir en los gusanos esos.
¿Por qué?

Ich lüge auch...

Se ponen de pie dando palmas... El salón gira, gira, y
hasta parece que se inclina. Van a perder el equilibrio, los
jarrones se harán añicos en el suelo. El violinista canta con
voz precipitada.

Ich lüge auch

Pegábamos alaridos, pero de nada valía. Nadie podía
oírlo entre el barullo de la feria.

Es muss ja Lüge sein...

El rostro del teniente. Otros diez, otros veinte rostros
que no da tiempo a reconocer. El salón gira, gira demasiado deprisa, como antaño el gusano loco «Sirocco» en el
Parque de Atracciones.

den mir gewahlt...

Al cabo de cinco minutos giraba tan deprisa que ya no se les veían las caras con claridad a los que se quedaban mirando en la pista.

Heute dir gehoren...

Y, sin embargo, a veces podía uno pillar, al pasar, una nariz, una mano, una carcajada, unos dientes o unos ojos abiertos de par en par. Los ojos azul oscuro del teniente. Otros diez, otros veinte rostros. Aquellos cuyas señas ha dado uno hace un rato y a quienes detendrán esta misma noche. Menos mal que desfilan a toda prisa, al ritmo de la música, y que no da tiempo a sumar esos rasgos.

und Liebe schwören...

Al violinista la voz se le acelera cada vez más; se aferra al violín con la expresión despavorida de un náufrago...

Ich liebe jeden...

Los demás dan palmas, palmas, palmas, se les hinchan las mejillas, se les trastorna la mirada, seguramente van a morirse todos de una apoplejía...

Ich lüge auch...

El rostro del teniente. Otros diez, otros veinte rostros, a los que ahora sí se les distinguen los rasgos. Los van a detener dentro de un rato. Es como si nos estuvieran pidiendo cuentas. Durante unos pocos minutos, no nos arrepentimos en absoluto de haber dado sus señas. Frente a esos héroes que nos examinan con su mirada limpia, tiene uno

179

incluso la tentación de proclamar bien alto la propia condición de chivato. Pero poco a poco se les va desconchando el barniz de los rostros, pierden la arrogancia y la estupenda certidumbre que los iluminaba se extingue como una vela que apagasen de un soplo. A uno de ellos le corre una lágrima por la mejilla. Otro agacha la cabeza y nos echa una mirada triste. Otro nos mira fijamente con estupor como si no se esperase de nosotros algo así...

Als ihr bleicher Leib im Wasser...

Los rostros giran, giran muy despacio. Al pasar, nos susurran mansos reproches. Luego, según siguen girando, se les crispan los rasgos, ni siquiera le hacen ya caso a uno, los ojos y las bocas expresan un miedo atroz. Seguramente piensan en lo que los espera. Han vuelto a ser esos niños que, en la oscuridad, piden socorro a mamá...

Von den Büchern in die grösseren Flüsse...

Nos acordamos de todos los detalles que tuvieron. Uno nos leía las cartas de su novia.

Als ihr bleicher Leib im Wasser...

Otro llevaba zapatos de cuero negro. Otro se sabía de memoria los nombres de todas las estrellas. El REMORDIMIENTO. Esos rostros no dejarán de girar y, a partir de ahora, dormiremos mal. Pero nos vuelve a la memoria una frase del teniente: «Los tipos de mi organización son a prueba de bomba. Si hace falta, morirán sin aflojar los dientes.» Así que tanto mejor. Se les vuelve a endurecer el rostro. Los ojos azul oscuro del teniente. Otras diez, otras veinte miradas cargadas de desprecio. ¡Si quieren reventar a lo grande, que revienten!

Im Flussen mit Rielen has...

El violinista ha callado. Ha dejado el violín apoyado en la chimenea. Los demás se apaciguan un poco. Se adueña de ellos algo así como una languidez. Se repantigan en el sofá y en los sillones.

—Qué pálido está, hijo mío —susurra el Khédive—. No se deje impresionar. Será una redada muy limpia.

Es agradable verse en un balcón, al aire libre, y olvidarse por un momento de esa habitación en que el aroma de las flores, las charlas y la música lo mareaban a uno. Una noche de verano, tan dulce y silenciosa que parece que gusta.

—Desde luego que tenemos todas las apariencias del gangsterismo. Los hombres a los que recurro, nuestros métodos brutales, el hecho de haberle propuesto a usted un trabajo de chivato, a usted que tiene esa carita tan encantadora de Niño Jesús, todas esas cosas no abogan en nuestro favor, por desgracia...

Los árboles y el quiosco de la plaza están envueltos en una luz rojiza.

—Y esa humanidad tan curiosa que gravita alrededor de esto que llamo nuestra «oficina»: tiburones del mundo de los negocios, mujeres ligeras de cascos, inspectores de policía destituidos, morfinómanos, dueños de salas de fiestas, o sea, todos esos marqueses, condes, barones y princesas que no están en el Gotha...

Abajo, a lo largo de la acera, una fila de coches. Los suyos. Son manchas oscuras en las sombras de la noche.

—Todo eso, lo comprendo, puede impresionar a un jo-

181

ven bien educado. Pero —se le pone en la voz un tono rabioso— si se ve esta noche en compañía de gente tan poco recomendable es que, pese a esa carita suya de monaguillo... —Muy tierno—. Es que somos del mismo mundo, señor mío.

La luz de las lámparas del techo les quema el rostro, se lo corroe como un ácido. Se les queda la cara chupada, se les acartona la piel, seguramente las cabezas van a llegar a las dimensiones diminutas de esas que coleccionan los indios jíbaros. Un aroma de flores y de carne ajada. Pronto no quedará de toda esta asamblea más que unas burbujitas que estallarán en la superficie de una charca. Ya están chapoteando en un barro sonrosado y el nivel sube y sube, hasta llegarles a las rodillas. No les queda ya mucho rato de vida.

—Se aburre uno aquí —afirma Lionel de Zieff.

—Ya es hora de irse —dice el señor Philibert—. Primera etapa: plaza de Le Châtelet. ¡El teniente!

—¿Viene, hijito? —pregunta el Khédive.

Fuera, es la hora del oscurecimiento, como de costumbre. Se reparten al azar en los automóviles.

—¡Plaza de Le Châtelet!

—¡Plaza de Le Châtelet!

Las puertas se cierran de golpe. Arrancan a toda velocidad.

—¡No los adelantes, Eddy! —ordena el Khédive—. Ver a toda esa buena gente me sube los ánimos.

—¡Y decir que estamos manteniendo a toda esa panda de juerguistas! —suspira el señor Philibert.

—Un poco de indulgencia, Pierre. Hacemos buenos negocios con ellos. Son nuestros socios. Para lo bueno y para lo malo.

Avenida de Kléber. Tocan la bocina, sacan los brazos

por las ventanillas, los menean, golpean el aire. Hacen eses, derrapan, chocan con poca fuerza. Compiten para ver quién se arriesga más, quién mete más bulla en pleno oscurecimiento. Champs-Élysées. Concorde. Calle de Rivoli.

—Vamos a un barrio que conozco bien —dice el Khédive—. El de Les Halles, en donde pasé la adolescencia descargando carros de verduras...

Los demás han desaparecido. El Khédive sonríe y enciende un cigarrillo con el mechero de oro macizo. Calle de Castiglione. La columna de la plaza de Vendôme, que se intuye a la izquierda. Plaza de Les Pyramides. El automóvil rueda cada vez más despacio, como si hubiese llegado a las inmediaciones de una frontera. Pasada la calle de Le Louvre, la ciudad parece achatarse de golpe.

—Estamos entrando en «el vientre de París» —comenta el Khédive.

Un olor, insoportable al principio, pero al que se acostumbra uno poco a poco, se te pone en la garganta aunque las ventanillas vayan cerradas. Han debido de convertir el mercado de Les Halles en matadero.

—«El vientre de París» —repite el Khédive.

El automóvil se desliza por los adoquines grasientos. El capó se llena de salpicaduras. ¿Barro? ¿Sangre? En cualquier caso, algo tibio.

Cruzamos el bulevar de Sébastopol y desembocamos en una amplia explanada. Han derribado todas las casas que había en torno y sólo quedan de ellas trozos de paredes con jirones de papel pintado. Se intuye, por las huellas que han dejado, el lugar en donde estaban las escaleras, las chimeneas, los armarios empotrados. Y la dimensión de las habitaciones. El sitio en donde estaba la cama. Aquí había una caldera. Allá, un lavabo. Había quienes preferían los papeles de flores; y otros, una imitación de las telas de Jouy. Creí incluso ver un cromo que se había quedado colgado de la pared.

Plaza de Le Châtelet. El café Zelly's en donde el teniente y Saint-Georges han quedado conmigo a medianoche. ¿Qué actitud adoptaré cuando se me acerquen? Los demás ya se han acomodado en las mesas cuando entramos el Khédive, Philibert y yo. Se agolpan a nuestro alrededor. Compiten para ser los primeros en darnos un apretón de manos. Nos agarran, nos abrazan, nos zarandean. Algunos nos cubren la cara de besos, otros nos acarician la nuca y otros más nos tiran cariñosamente de las solapas de la chaqueta. Reconozco a Jean-Farouk de Méthode, a Violette Morris y a Frau Sultana.

–¿Cómo está? –me pregunta Costachesco.

Nos abrimos paso entre la aglomeración que se ha formado. La baronesa Lydia me lleva a una mesa en donde están Rachid von Rosenheim, Pols de Helder, el conde Baruzzi y Lionel de Zieff.

–¿Un poco de coñac? –me propone Pols de Helder–. Ya no hay quien lo encuentre en París; el cuarto de litro cuesta cien mil francos. ¡Beba!

Me hunde el gollete entre los dientes. Luego, Von Rosenheim me plantifica en la boca un cigarrillo inglés y enarbola un mechero de platino con esmeraldas engastadas. Poco a poco va bajando la luz; sus ademanes y sus voces se difuminan en una penumbra suave y, en el acto, con una nitidez extraordinaria, se me aparece el rostro de la princesa de Lamballe, a quien un soldado de la guardia nacional ha ido a buscar a la cárcel de La Force: «Levantaos, señora, hay que ir a la cárcel de L'Abbaye.» Tengo delante sus picas y sus muecas. ¿Por qué no gritó «¡VIVA LA NACIÓN!»» como le pedían? Si uno de ellos me araña la frente con la pica: ¿Zieff?, ¿Hayakawa?, ¿Rosenheim?, ¿Philibert?, ¿el Khédive?, bastará con esa gotita de sangre para que los tiburones se abalancen. No volver a moverme. Gritar cuantas veces quieran: «¡VIVA LA NACIÓN!» Desnudarme si es necesario. ¡Todo lo que digan! Un minuto más, señor verdugo. A toda costa, Rosenheim me vuelve a plantificar un cigarrillo inglés en la boca. ¿El del condenado a muerte? Por lo visto la ejecución no es aún para esta noche. Costachesco, Zieff, Helder y Baruzzi me dan muestras de la máxima amabilidad. Me preguntan cómo ando de salud. ¿Tengo suficiente dinero para mis gastos? Desde luego. Por haber entregado al teniente y a todos los miembros de su organización, me voy a ganar alrededor de cien mil francos, con los que me compraré unos cuantos fulares de Charvet y un abrigo de vicuña en previsión del invierno. A menos que me ajusten las cuentas de aquí a entonces. Parece ser que los cobardes mueren siempre de forma vergonzosa. El médico me decía que, antes de morir, todos los hombres se convierten en cajas de música y que, durante una fracción de segundo, se oye la melodía que encaja mejor con lo que fueron su vida, su carácter y sus aspiraciones. En unos, es un vals de acordeón; en otros, una marcha militar. Alguno hay que maúlla una canción de zíngaros que concluye con un sollozo o un grito de pánico. Para USTED, muchacho, será el ruido de un cubo de basura que alguien, de noche, manda a hacer puñetas a un solar. Y hace un rato, cuando estábamos cruzando la explanada esa, del otro lado del bulevar de Sébastopol, pensé: «Aquí concluirá tu aventura.» Me acuerdo del itinerario en cuesta poco pronunciada que me condujo a ese lugar, uno de los más desolados de París. Todo empieza en el bosque de Boulogne, ¿te acuerdas? Estás jugando al aro en los prados de césped del Pré Catelan. Pasan los años, vas siguiendo la avenida de Henri-Martin y te encuentras en Trocadéro. Luego, en la plaza de L'Étoile. Tienes delante una avenida que flanquean faroles relumbrantes. Te parece a imagen y semejanza del porvenir: colmada de hermosas promesas, como suele decirse. La embriaguez te deja sin aliento en los umbrales de esta vía magna, pero sólo es la avenida de Les Champs-Élysées, son sus bares cosmopolitas, sus fulanas de lujo y el Claridge, caravasar por donde anda suelto el fantasma de Stavisky. Tristeza del Lido. Esas etapas consternadoras que son el Fouquet's y el Colisée. Todo estaba trucado de antemano. En la plaza de La Concorde, luces zapatos de lagarto, una corbata de lunares blancos y cara de gigoló de poca monta. Tras dar un rodeo por el barrio Madeleine-Opéra, tan vil como Les Champs-Élysées, prosigues con tu itinerario y eso que el médico llama tu DES-COM-PO-SI-CIÓN MO-RAL bajo los soportales de la calle de Rivoli. Continental, Meurice, Saint-James & Albany, en donde desempeño el oficio de rata de hotel. Las clientas ricas me hacen subir a veces a sus habitaciones. De madrugada, rebusco en sus bolsos y les robo unas cuantas joyas. Más allá, Rumpelmayer y sus aromas de carnes ajadas. Las mariconas a las que atacan de noche, para robarles los tirantes y la cartera, en los jardines de Le Carrousel. Pero de pronto la visión se vuelve más nítida: ahora me hallo, bien abrigado, en el vientre de París. ¿Dónde está exactamente la frontera? Basta con cruzar la calle de Le Louvre o la plaza de Le Palais-Royal. Te adentras, camino de Les Halles, por callejuelas malolientes. El vientre de París en una jungla con zigzags de neones multicolores. En torno, banastas de hortalizas volcadas y sombras que acarrean gigantescos cuartos de búfalo. Unas cuantas caras lívidas y exageradamente maquilladas asoman un momento y, luego, desaparecen. A partir de ahora, todo es posible. Te contratarán para las tareas más bajas antes de ajustarte las cuentas de forma definitiva. Y si consigues escapar —mediante una última treta, una última cobardía— de toda esa muchedumbre de pescaderas y de carniceros agazapados en la sombra, irás a morir a poca distancia, del otro lado del bulevar de Sébastopol, en el centro de esa explanada. De ese solar. Ya lo dijo el médico. Has llegado al final de tu itinerario y no puedes ya dar marcha atrás. Demasiado tarde. Ya no circulan los trenes. Aquellos paseos nuestros de los domingos por el primer cinturón de cercanías, esa línea de ferrocarril que ya no funciona...

Siguiendo ese recorrido le dábamos la vuelta a París. Porte de Clignancourt. Bulevar de Pereire. Porte Dauphine. Más allá, Javel. Habían convertido las estaciones del trayecto en almacenes o en cafés. Algunas las habían dejado tal cual y podía imaginarme que pasaría un tren de un momento a otro, pero el reloj llevaba cincuenta años marcando la misma hora. Siempre me inspiró una ternura particular la estación de Orsay. Hasta el punto de quedarme aún esperando en ella los largos trenes pullman azul cielo que lo llevaban a uno a la Tierra Prometida. Como no llega ninguno, cruzo el puente de Solferino silbando entre dientes una java. Luego, saco de la cartera la foto del doctor Marcel Petiot, pensativo, en el banquillo de los acusados, y, detrás de él, todos esos montones de maletas: esperanzas, proyectos truncados, y el juez, señalándolos, me pregunta: «Dime, tú, ¿qué hiciste con tu juventud?», mientras mi abogado (mi madre en el presente caso, porque nadie ha aceptado el encargo de defenderme) intenta convencerlo, a él y a los miembros del jurado, de que, «no obstante, yo era un chico que prometía», «un chico ambicioso», uno de esos chicos de los que se dice: «Va a tener un buen porvenir.» Prueba de ello, señor juez, es que esas maletas que tiene detrás son de excelente calidad. Cuero de Rusia, señor juez. Qué más me dará a mí, señora, la calidad de esas maletas si nunca se fueron de viaje. Y todos me condenan a muerte. Esta noche tienes que acostarte temprano. Mañana es día de mucho movimiento en el burdel. Que no se te olviden las cosas para pintarte y la barra de labios. Ensaya una vez delante del espejo: los guiños que hagas tienen que ser suaves como el terciopelo. Darás con muchos maniacos que te pedirán las cosas más inverosímiles. Les tengo miedo a esos viciosos. Si los dejo descontentos, me liquidarán. ¿Por qué no gritó «¡VIVA LA NACIÓN!»? Yo lo repetiría tanto cuanto quisieran. Soy la puta más dócil de todas.

–Pero beba, beba –me dice Zieff con voz suplicante.

–¿Un poco de música? –propone Violette Morris.

El Khédive se me acerca sonriente.

–El teniente llegará dentro de diez minutos. Salúdelo como si no pasara nada.

–Una canción sentimental –pide Frau Sultana.

–¡SEN-TI-MEN-TAL! –vocifera la baronesa Lydia.

–Luego, intente que salga del café.

–*Negra noche*, por favor –pide Frau Sultana.

–Para que podamos detenerlo con más facilidad. Luego iremos a detener a los otros en sus casas.

–*Five Feet Two* –dice haciendo melindres Frau Sultana–. Es la canción que más me gusta.

–Una estupenda redada en perspectiva. Le agradezco la información, hijito.

–¡De eso nada! –anuncia Violette Morris–. ¡Quiero oír *Swing Troubadour!*

Uno de los hermanos Chapochnikoff le da vueltas a la manivela de la gramola. El disco está rayado. Da la impresión de que la voz del cantante va a quebrarse de un momento a otro. Violette Morris lleva el compás, susurrando la letra:

Mais ton amie est en voyage,
pauvre Swing Troubadour...[1]

El teniente. ¿Era una ilusión debida a mi tremendo cansancio? Algunos días lo oía tutearme. Se le había volatilizado la arrogancia y se le aflojaban los rasgos de la cara. Sólo tenía ya delante a una señora muy vieja que me miraba con ternura.

Et cueillant des roses printanières
tristement elle fit un bouquet...[2]

Se adueñaban de él un cansancio y un desvalimiento, como si cayera en la cuenta de repente de que no podía hacer nada por mí. Repetía: «Tu corazón de modistilla, modistilla, modistilla...» Seguramente quería decir que yo no era «un mal tipo» (era una de sus expresiones). En momentos así habría querido darles las gracias por la amabilidad que me demostraba, él que solía ser tan seco, tan autoritario, pero no daba con las palabras. Al cabo de un momento, conseguía balbucir: «El corazón se me quedó en Batignolles», y deseaba que aquella frase le revelase mi auténtica forma de ser: la de un muchacho bastante sencillo, emotivo no-activo-secundario y que no tiene ni pizca de maldad.

1. Pero tu amiga está de viaje, pobre Trovador Swing... *(N. de la T.)*
2. Cortó rosas de primavera para, muy triste, hacer un ramo... *(N. de la T.)*

Pauvre Swing Troubadour
Pauvre Swing Troubadour...

El disco se ha parado.

–¿Un Martini seco, joven? –me pregunta Lionel de Zieff.

Los demás se me acercan.

–¿Otro mareo? –me pregunta el conde Baruzzi.

–Lo veo muy pálido.

–¿Y si lo sacamos para que le dé el aire? –propone Rosenheim.

No me había fijado en la foto de gran tamaño de Pola Negri que hay detrás de la barra. No mueve los labios, los rasgos del rostro son inexpresivos y cargados de serenidad. Contempla esta escena con indiferencia. La copia amarillenta la hace parecer aún más lejana. Pola Negri no puede hacer nada por mí.

El teniente. Entró en el café Zelly's con Saint-Georges a eso de las doce de la noche, como habíamos quedado. Todo sucedió muy deprisa. Les hago una seña con la mano. No me atrevo a mirarlos a los ojos. Los saco del café. El Khédive, Gouari y Vital-Léca los rodean en el acto, empuñando un revólver. En ese momento los miro a los ojos, de frente. Me contemplan primero con pasmo y, luego, con algo así como un desprecio regocijado. Cuando Vital-Léca se les acerca con las esposas, se sueltan y corren hacia el bulevar. El Khédive dispara tres veces. Se desploman en la esquina de la plaza y de la avenida Victoria.

Detuvieron durante la siguiente hora a:

Corvisart: avenida de Bosquet, 2;

Pernety: calle de Vaugirard, 172;

Jasmin: bulevar de Pasteur, 83;

Obligado: calle de Duroc, 5;

Picpus: avenida de Félix-Faure, 17;

Marbeuf y Pelleport: avenida de Breteuil, 28.

Yo llamaba a la puerta en todas las ocasiones y, para que no desconfiaran, les daba mi nombre.

Duermen. Coco Lacour ocupa el cuarto más grande de la casa. He acomodado a Esmeralda en una habitación azul que, sin duda, era la de la hija de los dueños. Éstos se fueron de París en junio «a raíz de los acontecimientos». Volverán cuando se restablezca el orden anterior, ¿quién sabe?, cuando llegue la estación próxima... y nos echarán de su palacete. Confesaré ante el tribunal que me había metido con fractura en aquella vivienda. El Khédive, Philibert y los demás comparecerán al tiempo que yo. El mundo habrá recuperado los colores habituales. París se llamará otra vez la Ciudad Luz y el público de la sesión del tribunal de lo criminal oirá, metiéndose el dedo en la nariz, la enumeración de nuestros crímenes: chivatazos, palizas, robos, asesinatos, tráficos de todo tipo, hechos que en el momento en que escribo están a la orden del día. ¿Quién querrá acudir a testimoniar a mi favor? El fuerte de Montrouge una mañana de diciembre. El pelotón de ejecución. Y todas las cosas horribles que escribirá acerca de mí Madeleine Jacob. (No las leas, mamá.) Fuere como fuere, mis cómplices me matarán antes de que la Ética, la Justicia y lo Humano hayan vuelto a asomar a plena luz para confundirme. Querría dejar algunos recuerdos; al menos transmitirle a la posteridad los nombres de Coco Lacour y de Esmeralda. Esta noche, velo por ellos, pero ¿por cuánto tiempo aún? ¿Qué será de ellos sin mí? Fueron mis únicos compañeros. Dulces y silenciosos como gacelas. Vulnerables. Recuerdo que recorté en una revista la foto de un gato al que acababan de salvar de morir ahogado. Con el pelo empapado y chorreando lodo. Llevaba, apretada al cuello, una cuerda en cuya punta iba atada una piedra. No hubo nunca mirada

191

que me pareciera más bondadosa que la suya. Coco Lacour y Esmeralda se le parecen. Que no se me interprete mal: no soy de la Sociedad Protectora de Animales ni de la Liga de los Derechos Humanos. ¿Qué hago? Camino por una ciudad desolada. Por la noche, a eso de las nueve, se sume en el toque de oscurecimiento, y el Khédive, Philibert y los demás forman una ronda a mi alrededor. Los días son blancos y tórridos. Tengo que encontrar un oasis si no quiero palmarla: el amor que les tengo a Coco Lacour y a Esmeralda. Supongo que el propio Hitler sentía la necesidad de descansar acariciando a su perro. LOS PROTEJO. Quien quiera hacerles daño tendrá que vérselas conmigo. Palpo el revólver con silenciador que me ha dado el Khédive. Tengo los bolsillos atiborrados de dinero. Llevo uno de los más esplendorosos apellidos de Francia (lo he robado, pero eso da igual en estos tiempos). Peso noventa y ocho kilos en ayunas. Ojos de terciopelo. Un muchacho que «prometía». Pero ¿qué prometía? Todas las hadas se inclinaron sobre mi cuna. Seguro que estaban bebidas. Se están ustedes enfrentando a un rival temible. Así que ¡NO LES PONGAN LA MANO ENCIMA! Me los encontré por primera vez en el metro de Grenelle y me di cuenta de que un ademán, un soplo bastarían para quebrarlos. Me pregunto por qué milagro estaban allí, vivos aún. Me acordé del gato que se había salvado de morir ahogado. El gigante pelirrojo y ciego se llamaba Coco Lacour; la niñita –o la viejecita–, Esmeralda. Antes esos dos seres sentí compasión. Me invadía una marea agria y violenta. Luego, con la resaca, me llegó un vértigo: empujarlos a la vía del metro. Tuve que clavarme las uñas en las palmas de las manos y agarrotar los músculos. Se me volvió a tragar la marea y el romper de las olas era tan dulce que me dejé llevar, con los ojos cerrados.

Todas las noches, abro a medias la puerta de su cuarto, lo más despacio posible, y los miro dormir. Noto el mismo vértigo que la primera vez: sacarme el revólver con silenciador del bolsillo y matarlos. Cortaré la última amarra y llegaré a ese Polo Norte en donde no queda ya ni siquiera el recurso de las lágrimas para endulzar la soledad. Se congelan en la punta de las pestañas. Una pena seca. Unos ojos abiertos de par en par para mirar una vegetación árida. Si aún dudo en librarme de ese ciego y de esa niñita –o de esa viejecita–, ¿traicionaré al menos al teniente? Tiene en contra el valor, la seguridad en sí mismo y la arrogancia en que arropa el mínimo ademán. Me exasperan sus ojos azules y de mirada sin rodeos. Pertenece a la fastidiosa categoría de los héroes. No obstante, no puedo evitar verlo con los rasgos de una señora muy anciana e indulgente. No me tomo a los hombres en serio. Algún día, acabaré por contemplarlos a todos –y a mí también– con la misma mirada que clavo ahora en Coco Lacour y Esmeralda. Los más duros, los más orgullosos me parecerán tullidos a quienes hay que proteger.

Juraron la habitual partida de mahjong en el salón antes de irse a la cama. La lámpara arrojaba una luz suave sobre las estanterías de libros y el retrato de tamaño natural del señor de Bel-Respiro. Movían despacio las figuritas del juego. Esmeralda inclinaba la cabeza y Coco Lacour se mordisqueaba el índice. En torno, el silencio. Cerré las contraventanas. Coco Lacour se queda dormido enseguida. A Esmeralda le da miedo la oscuridad, así que siempre le dejo la puerta entornada y el pasillo encendido. Le leo durante un cuarto de hora más o menos. Casi siempre una obra que encontré en la mesilla de su cuarto cuando tomé posesión de este palacete: *Cómo educar a nuestras hijas* de la señora de Léon Daudet. «Ante el armario de la ropa blanca es donde la niña empezará, esencialmente, a adquirir la conciencia seria de los asuntos del hogar. Pues ¿no es acaso el armario de la ropa blanca la más impresionante representación de la seguridad y la estabilidad familiares? Tras sus recias puertas, vense en fila las pilas de sábanas limpias, los manteles damasquinados, las servilletas bien dobladas; nada resulta, desde mi punto de vista, más sedante que un buen armario de ropa blanca...» Esmeralda se ha quedado dormida. Desgrano unas cuantas notas en el piano del salón. Me apoyo contra la ventana. Una plaza tranquila, de esas que encontramos en el distrito XVI. Las hojas de los árboles acarician el cristal. No me costaría creer que la casa es mía. Las estanterías de libros, las lámparas de pantalla rosa y el piano se han vuelto objetos familiares. Me gustaría cultivar las virtudes domésticas, como me lo aconseja la señora de Léon Daudet, pero no me va a dar tiempo.

Los dueños volverán un día de éstos. Lo que más pena me da es que echarán a Coco Lacour y a Esmeralda. No me compadezco de mí. Los únicos sentimientos que me mueven son: el Pánico (por cuya culpa caeré en mil cobardías) y la Compasión por mis semejantes: aunque me asustan las muecas que hacen, pese a todo me parecen muy enternecedores. ¿Pasaré el invierno entre esos maniacos? Tengo mala cara. Estas idas y venidas continuas del teniente al Khédive y del Khédive al teniente son agotadoras. Querría tener contentos a un tiempo a unos y a otros (para que sean clementes conmigo) y ese doble juego requiere una resistencia física de la que yo carezco. Así que me entran de golpe ganas de llorar. Mi despreocupación cede el sitio a ese estado que los judíos ingleses llaman *nervous break down*. Voy haciendo eses por un laberinto de reflexiones y llego a la conclusión de que todas esas personas repartidas en dos clanes enfrentados se han coaligado en secreto para perderme. El teniente y el Khédive son la misma persona y yo no soy sino una mariposa espantada que va de una lámpara a otra y se abrasa las alas cada vez un poco más.

Esmeralda llora. Iré a consolarla. Las pesadillas que tiene son cortas y se volverá a quedar dormida enseguida. Esperaré al Khédive, a Philibert y a los demás jugando al mahjong. Repasaré una vez más toda la situación. Por una parte, los héroes «agazapados en la sombra»: el teniente y los arrojados alumnos de Saint-Cyr que componen su estado mayor. Por la otra, el Khédive y los gángsters que lo rodean. Y yo, de acá para allá entre los dos bandos y con unas ambiciones, la verdad, la mar de modestas: BARMAN en una hospedería de los alrededores de París. Una portalada, un paseo de grava. Un parque alrededor y una tapia. Cuando el tiempo estuviera claro, se vería desde las ventanas del tercer piso cómo barría el horizonte el haz de luz de la Torre Eiffel.

Barman. Uno se acostumbra. Hay a quien le duele. Sobre todo allá por los veinte años, cuando se creía que lo estaba esperando un destino más brillante. A mí no. ¿En qué consiste? En preparar cócteles. El sábado por la noche, los pedidos llegan a ritmo acelerado. Gin-fizz. Alexandra. Dame-Rose, Irish coffee. Una corteza de limón. Dos ponches martiniqueses. Los clientes, cada vez más numerosos, le tienen puesto sitio a la barra tras la que yo manipulo los líquidos con colores de arco iris. No hacerles esperar. Me da miedo que se me echen encima en cuanto me descuide mínimamente. Si les lleno el vaso con rapidez es para mantenerlos a distancia. No me entusiasman los contactos humanos. ¿Porto Flip? Lo que quieran. Escancio los licores. Una forma como cualquier otra de protegernos de nuestros semejantes y, ¿por qué no?, de librarnos de ellos. ¿Curasao? ¿Marie Brizard? Se les congestiona el rostro. Trastabillan y dentro de un rato se desplomarán, borrachos como cubas. De codos en la barra, miraré cómo duermen. Ya no podrán hacerme daño. Silencio, por fin. Y yo siempre corto de resuello.

A mi espalda, las fotos de Henri Garat, de Fred Bretonnel y de otras cuantas estrellas más de antes de la guerra, cuyas sonrisas ha velado el tiempo. Al alcance de la mano, un número de *L'Illustration* dedicado al paquebote *Normandie*. El *grill-room* y los puentes traseros La sala de juego de los niños. El salón de fumar. El Gran Salón. La fiesta que dieron el 25 de mayo para recaudar fondos para la obra de asistencia a marinos y presidía la señora Flandin. Todo eso ya se fue a pique. Ya estoy acostumbrado. Si ya iba a bordo del *Titanic* cuando naufragó. Las doce la noche. Escucho canciones antiguas de Charles Trenet:

> ... *Bonsoir,*
> *jolie madame...*

El disco está rayado, pero no me canso de oírlo. A veces pongo otro en el gramófono:

> *Tout est fini, plus de prom'nades*
> *plus de printemps, Swing Troubadour...*[1]

La hospedería, como si fuera un batiscafo, encalla en el centro de una ciudad sumergida. ¿La Atlántida? Van resbalando unos ahogados por el bulevar Haussmann.

---

1. Todo acabó, ya no hay paseos ni primavera, Trovador Swing... *(N. de la T.)*

...Ton destin,
Swing Troubadour...[1]

En el Fouquet's siguen alrededor de las mesas. A la mayoría no les queda ya casi apariencia humana. Apenas si se les vislumbran las vísceras bajo jirones de ropa multicolor. En la estación de Saint-Lazare, en el vestíbulo de tránsito, los cadáveres van a la deriva en grupos compactos y veo otros que asoman por las puertas de los trenes de cercanías. En la calle de Amsterdam, salen de la sala de fiestas Monseigneur, verdosos, pero mucho mejor conservados que los anteriores. Sigo con mi itinerario. Élysée-Montmartre. Magic-City. El Parque de Atracciones. El Rialto-Dancing. Diez mil, cien mil ahogados, con ademanes infinitamente lánguidos, como los personajes de una película a cámara lenta. El silencio. A veces rozan el batiscafo y pegan el rostro al ojo de buey: ojos apagados, bocas entreabiertas.

... Swing Troubadour...

No podré volver a subir a la superficie. El aire se enrarece, las luces de la barra vacilan y me encuentro en la estación de Austerlitz en verano. La gente se va hacia el Sur. Se empujan en las taquillas de las líneas de largo recorrido y suben a vagones con destino a Hendaya. Cruzarán la frontera española. Nunca más los volverá a ver nadie. Algunos se están paseando aún por los andenes, pero van a volatilizarse de un momento a otro. ¿Retenerlos? Me encamino hacia el oeste de París. Châtelet, Palais-Royal, Plaza de La Concorde. El cielo es demasiado azul, las frondas de

1. Tu destino, Trovador Swing... *(N. de la T.)*

197

los árboles demasiado tiernas. Los jardines de Les Champs-Élysées parecen una estación termal.

En la avenida de Kléber, giro a la izquierda. Glorieta de Cimarosa. *Una plaza tranquila de esas que encontramos en el distrito XVI*. Ya no usan el quiosco de música y a la estatua de Toussaint-Louverture la roe una lepra gris. El palacete del 3 bis era antaño de los señores de Bel-Respiro. Dieron el 13 de mayo de 1897 un baile persa en el que el hijo del señor de Bel-Respiro recibía a los convidados vestido de rajá. Aquel joven murió al día siguiente en el incendio del Bazar de Caridad. A la señora de Bel-Respiro le gustaba la música y, sobre todo, el *Rondó del adiós* de Isidore de Lara. El señor de Bel-Respiro pintaba en sus ratos de ocio. No me queda más remedio que contar estos detalles, puesto que a todo el mundo se le han olvidado.

El mes de agosto en París trae consigo la afluencia de los recuerdos. El sol, las avenidas vacías, el murmullo de los castaños... Me siento en un banco y contemplo la fachada de ladrillo y piedra. Las contraventanas llevan mucho cerradas. En el tercer piso estaban los cuartos de Coco Lacour y de Esmeralda. Yo ocupaba el desván de la izquierda. En el salón, un autorretrato de tamaño natural del señor de Bel-Respiro, con uniforme de espahí. Yo me quedaba muchos minutos mirándole fijamente la cara y las condecoraciones. Legión de Honor. Cruz del Santo Sepulcro. Danilo de Montenegro. Cruz de San Jorge de Rusia. Torre y espada de Portugal. Me había aprovechado de la ausencia de aquel hombre para instalarme en su casa. La pesadilla acabará, el señor de Bel-Respiro volverá y nos echará, me decía yo mientras torturaba a aquel pobre hombre que manchaba de sangre la alfombra de La Savonnerie. Pasaban cosas muy curiosas en el 3 bis en los tiempos en que yo vivía allí. Algunas noches, me despertaban gritos de dolor e idas y venidas en la planta baja. La voz del Khédive. La de Philibert. Yo miraba por la ventana. Metían a empujones a dos o tres sombras en unos coches que estaban aparcados delante del palacete. Cerraban las puertas de golpe. Un ruido de motor cada vez más lejano. El silencio. No podía volver a dormirme. Pensaba en el hijo del señor de Bel-Respiro y en su espantosa muerte. Seguro que no lo habían educado para eso. De la misma forma que la princesa de Lamballe se habría quedado muy asombrada si le hubieran descrito su asesinato con unos cuantos años de antelación. ¿Y yo? ¿Quién iba a prever que me convertiría en el cómplice de una banda de torturadores? Pero bastaba con encender la lámpara y bajar al salón, para que las cosas recuperasen su aspecto anodino. Allí seguía el autorretrato del señor de Bel-Respiro. El perfume de Arabia que usaba la señora de Bel-Respiro había impregnado las paredes y lo mareaba a uno. La señora de la casa sonreía. Yo era su hijo, el teniente de navío Maxime de Bel-Respiro, que estaba de permiso y asistía a una de esas veladas que reunían en el 3 bis a artistas y políticos: Ida Rubinstein, Gaston Calmette, Frédéric de Madrazzo, Louis Bathou, Gauthier-Villars, Armande Cassive, Bouffe de Saint-Blaise, Frank Le Harivel, José de Strada, Mery Laurent, la señorita Mylo d'Arcille. Mi madre tocaba al piano el *Rondó del adiós*. De repente, me fijaba en unas gotitas de sangre en la alfombra de La Savonnerie. Estaba volcado uno de los sillones Luis XV: el individuo que gritaba hacía un rato debía de haber forcejado mientras le daban una paliza. Al pie de la consola, un zapato, una corbata, una estilográfica. En condiciones tales de nada valía andar evocando por más tiempo la deliciosa reunión del 3 bis. La señora de Bel-Respiro había salido de la estancia. Yo intentaba que no se fueran los convidados. José de

Strada, que estaba recitando un fragmento de *Las abejas de oro*, se interrumpía, petrificado. La señorita de Mylo d'Arcille se había desmayado. Iban a asesinar a Barthou. También a Calmette. Bouffe de Saint-Blaise y Gauthier-Villars habían desaparecido. Frank Le Harivel y Madrazzo no eran ya sino dos mariposas espantadas. Ida Rubinstein, Armande Cassive y Mery Laurent se volvían transparentes. Me quedaba solo, ante el autorretrato del señor de Bel-Respiro. Tenía veinte años.

Fuera, el toque de oscurecimiento. ¿Y si volvían el Khédive y Philibert con sus automóviles? Desde luego, no valía yo para vivir en una época tan tenebrosa. Me pasaba, hasta que amanecía, registrando, para tranquilizarme, todos los armarios de la casa. El señor de Bel-Respiro se había dejado, al marchar, un cuaderno rojo en donde anotaba sus recuerdos. Lo leí y lo volví a leer muchas veces durante esas noches en vela. «Frank Le Harivel vivía en el 8 de la calle de Lincoln. Ha quedado olvidado ese cumplido caballero cuya silueta les era antes familiar a quienes deambulaban por el paseo de Les Acacias...» «La señorita Mylo d'Arcille, una joven muy atractiva a quien quizá recuerden aún quienes fueron aficionados a nuestros antiguos *music-halls*...» «¿Era José de Strada, el "eremita de La Muette", un genio ignorado? He aquí una pregunta que ya no le interesa a nadie.» «Aquí murió sola y en la miseria Armande Cassive...» Aquel hombre tenía el sentido de lo efímero. «¿Quién recuerda aún a Alec Carter, el brillante *jockey*? ¿Y a Rita del Erido?» La vida es injusta.

En los cajones, dos o tres fotos amarillentas, cartas viejas. Un ramo de flores secas encima del secreter de la señora de Bel-Respiro. Dentro de un baúl que no se había llevado, varios vestidos de Worth. Una noche me puse el más bonito, de tul de seda azul con tul ilusión y una guir-

200

nalda de campanillas de color de rosa. No siento la mínima afición a travestirme, pero en aquel momento me parecía tan mísera mi situación y era tanta mi soledad que quise cobrar ánimos haciendo gala de una frivolidad extremada. Delante del espejo veneciano del salón (me había puesto en la cabeza un sombrero Lamballe en donde iban mezclados flores, plumas y encajes), me entraron de verdad muchas ganas de reírme. Los asesinos aprovechaban el toque de oscurecimiento. Tiene usted que fingir que les sigue el juego, me había dicho el teniente; pero sabía muy bien que antes o después me volvería cómplice suyo. ¿Por qué me abandonó entonces? A un niño no se lo deja solo en la oscuridad. Al principio le tiene miedo; se acostumbra y acaba por olvidarse definitivamente del sol. París no volvería a llamarse nunca más la Ciudad Luz; yo llevaba un vestido y un sombrero que me habría envidiado Émilienne d'Alençon y pensaba en la ligereza, en la indolencia con que vivía. El Bien, la Justicia, la Felicidad, la Libertad, el Progreso requerían un esfuerzo excesivo y una mente más quimérica que la mía, ¿verdad? Mientras pensaba estas cosas, empecé a maquillarme. Usé los productos de la señora de Bel-Respiro, kohl y serkis, ese colorete que –a lo que dicen– devuelve a la piel de las sultanas el toque aterciopelado de la juventud. Llevé la conciencia profesional hasta el extremo de salpicarme la cara con lunares en forma de corazón, de luna o de cometa. Y luego, para pasar el tiempo, esperé, hasta la madrugada, el apocalipsis.

Las cinco de la tarde. Vuelca el sol sobre la plaza densas capas de silencio. Me ha parecido vislumbrar una sombra detrás de la única ventana que no tiene cerradas las contraventanas. ¿Quién sigue viviendo en el 3 bis? Llamo. Alguien baja las escaleras. Entornan la puerta. Una anciana. Me pregunta qué quiero. Visitar la casa. Me contesta con tono seco que es imposible en ausencia de los dueños. Luego cierra. Ahora me está observando, con la frente pegada al cristal de la ventana.

Avenida de Henri-Martin. Los primeros paseos del bosque de Boulogne. Lleguemos hasta el lago Inferior. Iba muchas veces a la isla con Coco Lacour y Esmeralda. Ya por entonces iba en pos de mi ideal: contemplar a distancia –desde la mayor distancia posible– a los hombres, su actividad frenética, sus feroces tejemanejes. La isla me parecía un lugar adecuado, con sus prados de césped y su quiosco chino. Unos cuantos pasos más. El Pré Catelan. Vinimos aquella noche en que denuncié a todos los miembros de la organización. ¿O fue en La Grande Cascade? La orquesta tocaba un vals criollo. El anciano y la anciana de la mesa de al lado... Esmeralda estaba tomando una granadina, Coco Lacour fumaba su puro de siempre... El Khédive y Philibert no iban a tardar en acosarme a preguntas. Una ronda a mi alrededor, cada vez más veloz, cada vez más ruidosa, y acabaría por ceder para que me dejasen en paz. En lo que llegaba aquello, aprovechaba esos minutos de tregua. Él sonreía. Ella hacía pompas con la paja... Vuelvo a verlos como en un daguerrotipo. Ha pasado el tiempo. Si no escribiera sus nombres: Coco Lacour, Esmeralda, no quedaría ya rastro alguno de su paso por este mundo.

Un poco más allá, al oeste, La Grande Cascade. Nunca íbamos más allá: unos centinelas custodiaban el puente de Suresnes. Debe de tratarse de un mal sueño. Todo está tan tranquilo ahora por el paseo a la orilla del agua. Desde una chalana me ha dicho hola alguien con el brazo... Me acuerdo de la tristeza que me entraba cuando llegábamos hasta aquí. Imposible cruzar el Sena. Había que volver a adentrarse en el bosque. Me daba cuenta de que éramos la presa en una montería y de que acabarían por desemboscarnos. No funcionaban los trenes. Una lástima. Me habría gustado despistarlos de una vez para siempre. Irme a Lausana, a un país neutral. Coco Lacour, Esmeralda y yo nos paseamos siguiendo la orilla del lago Lemán. En Lausana, ya no le tenemos miedo a nada. Está acabando una hermosa tarde de verano, como hoy. Bulevar de la Seine. Avenida de Neuilly. Puerta de Maillot. Tras salir del bosque, a veces hacemos una parada en el Parque de Atracciones. A Coco Lacour le gustaban los juegos de pelota y la galería de espejos deformantes. Nos subíamos en el gusano loco «Siroco», que giraba cada vez más deprisa. Las risas, la música. Una barraca con el siguiente letrero luminoso: «EL ASESINATO DE LA PRINCESA DE LAMBALLE». Había una mujer echada. Encima de la cama, una diana roja en la que los aficionados intentaban acertar a tiros de revólver. Cada vez que daban en el blanco, la cama basculaba y la mujer se caía, gritando. Otras atracciones sangrientas. Todo aquello no era para nuestra edad y teníamos miedo, como tres niños a quienes hubieran abandonado en medio de una feria infernal. ¿Qué queda de tanto frenesí, de tanto barullo, de tantas violencias? Una explanada vacía lindante con el bulevar Gouvion-Saint-Cyr. Conozco el barrio. Viví hace tiempo en él. En la plaza de Les Acacias. Una habitación en el sexto piso. En aquel tiempo todo iba a pedir de boca: tenía dieciocho años y cobraba, merced a una documentación falsa, un retiro de la marina. Nadie parecía querer meterse conmigo. Muy pocos contactos: mi madre, unos cuantos perros, dos o tres ancianos y Lili Marlene. Pasaba las tardes leyendo o paseando. Me dejaba asombrado la petulancia de la gente de mi edad. Aquellos chicos corrían al encuentro con la vida. Con los ojos brillantes. Yo me decía que valía más no hacerse notar. Una extremada modestia. Ternos de colores neutros. Tal era mi opinión. Plaza de Pereire. Por la noche, cuando hacía bueno, me sentaba en la terraza del Royal-Villiers. Alguien que estaba en la mesa de al lado me sonrió. ¿Un cigarrillo? Me alargó una cajetilla de la marca Khédive y empezamos a charlar. Dirigía, con un amigo, una agencia de policía privada. Ambos me propusieron que entrase a su servicio. Mi mirada cándida y mis modales de buen chico les habían gustado. Me hice cargo de los seguimientos. Luego me destinaron a tareas serias: investigaciones, búsquedas de todo tipo, misiones confidenciales. Tenía un despacho para mí solo en los locales de la agencia, en el 177 de la avenida de Niel. Mis jefes no eran nada recomendables: Henri Normand, apodado «el Khédive» (porque fumaba cigarrillos de esa marca), tenía antecedentes penales; Pierre Philibert era un inspector jefe destituido. Caí en la cuenta de que me encargaban tareas «poco acordes con la ética». Sin embargo, no se me pasó ni un segundo por la cabeza la posibilidad de dejar ese empleo. En mi despacho de la avenida de Niel tomaba conciencia de mis responsabilidades: ante todo garantizarle las comodidades materiales a mamá, que se hallaba en muy mala situación. Lamentaba haber descuidado hasta entonces mi papel de sostén de la familia, pero ahora que estaba trabajando y cobraba un sueldo elevado iba a ser un hijo irreprochable.

Avenida de Wagram. Plaza de Les Ternes. A la izquierda, la cervecería Lorraine, en donde había quedado con él. Le estaban haciendo un chantaje y contaba con nuestra agencia para salir del paso. Ojos de miope. Le temblaban las manos. Me preguntó, tartamudeando, si tenía «los papeles». Le contesté que sí con voz muy suave, pero que tenía que darme 20.000 francos. En efectivo. Luego ya veríamos. Nos volvimos a ver al día siguiente en el mismo sitio. Me alargó un sobre. La cantidad era la indicada. En vez de entregarle «los papeles», me levanté y me largué a toda prisa. Te lo piensas antes de recurrir a comportamientos así y luego te acostumbras. Mis jefes me daban una comisión del diez por ciento cuando llevaba asuntos como éste. Por la noche, le llevaba a mamá orquídeas a espuertas. Le preocupaba verme con tanto dinero. A lo mejor intuía que estaba desperdiciando la juventud por unos cuantos billetes de banco. Nunca me preguntó nada al respecto. *Le temps passe très vite,*

> *et les années vous quittent.*
> *Un jour on est un grand garçon...*[1]

Habría preferido dedicarme a una causa más noble que la de esa pseudoagencia de policía privada. Me habría gustado la medicina, pero las heridas y el aspecto de la sangre me ponen malo. En cambio, tolero muy bien la fealdad moral. Como soy de natural desconfiado, estoy acostumbrado a considerar a la gente y las cosas por el lado malo para que no me pillen por sorpresa. Me sentía, pues, completamente a gusto en la avenida de Niel en donde no se hablaba más que de chantajes, de abusos de confianza, de robos, de estafas y de todo tipo de tráficos, y en donde recibíamos a clientes que pertenecían a una humanidad enfangada. (En esto último, mis jefes no tenían nada que envidiarles.) Sólo había un elemento positivo: ganaba, como ya he dicho, un sueldo muy bueno. Es algo que valoro. Fue en el Monte de Piedad de la calle de Pierre-Charon (donde íbamos con frecuencia mi madre y yo. No nos querían aceptar nuestras joyas de pacotilla) donde decidí

1. Veloz el tiempo pasa y los años nos dejan. Un día ya has crecido... *(N. de la T.)*

de una vez por todas que la pobreza me fastidiaba. Habrá quien piense que carezco de ideales. Al principio era de alma muy inocente. Es cosa que se pierde por el camino. Plaza de L'Étoile. Las nueve de la noche. Los faroles de Les Champs-Élysées relumbran como antaño. No han cumplido sus promesas. Esta avenida, que de lejos parece tan majestuosa, es uno de los lugares más viles de París. Claridge, Fouquet's, Hungaria, Lido, Embassy, Butterfly... en cada etapa me encontraba con alguien: Costachesco, el barón de Lussatz, Odicharvi, Hayakawa, Lionel de Zieff, Pols de Helder... Rastacueros, abortistas, estafadores, periodistas poco claros, abogados y contables fulleros, que gravitaban en torno al Khédive y al señor Philibert. A los que se sumaban un batallón de mujeres ligeras de cascos, de bailarinas exóticas, de morfinómanas... Frau Sultana, Simone Bouquereau, la baronesa Lydia Stahl, Violette Morris, Marga d'Andurain... Mis dos jefes me introducían en esa sociedad turbia. Campos Elíseos. Así llamaban a la morada de las sombras virtuosas y heroicas. Así que me pregunto por qué lleva ese nombre esta avenida en donde estoy. Veo sombras, pero son las del señor Philibert, del Khédive y de sus acólitos. Ahí van, saliendo del Claridge del brazo, Joanovici y el conde de Cagliostro. Llevan trajes blancos y sortijas de sello de platino. El joven tímido que cruza la calle de Lord-Byron se llama Eugène Weidmann. Inmóvil delante de Le Pam-Pam, Thérèse de Païva, la puta más hermosa del Segundo Imperio. En la esquina de la calle de Marbeuf me ha sonreído el doctor Petiot. Terraza de Le Colisée: unos cuantos traficantes del mercado negro toman champán. Entre ellos están el conde Baruzzi, los hermanos Chapochnikoff, Rachid von Rosenheim, Jean-Farouk de Méthode, Otto de Silva y muchos más... Si llego a la glorieta de Le Rond-Point, quizá me libre de esos fantasmas. Rápido. El silencio y las frondas de Les Champs-Élysées. Me demoraba con frecuencia en ellos. Tras haberme pasado la tarde entera en los bares de la avenida por motivos profesionales (citas «de negocios» con los personajes antedichos), bajaba hacia ese jardín buscando algo de aire puro. Me sentaba en un banco, sin aliento. Con los bolsillos llenos de billetes de banco. Veinte mil. Cien mil francos a veces.

Nuestra agencia no contaba con el visto bueno de la Dirección de la Policía, pero al menos la toleraba: le proporcionábamos las informaciones que nos pedía. Por otro lado, extorsionábamos a los personajes antedichos. Pensaban que así se aseguraban nuestro silencio y nuestra protección. El señor Philibert mantenía relaciones asiduas con sus excolegas, los inspectores Rothé, David, Jalby, Jurgens, Santoni, Permilleux, Sadowsky, François y Detmar. En cuanto a mí, uno de mis cometidos consistía precisamente en cobrar el dinero de las extorsiones. Veinte mil. Cien mil francos a veces. El día había sido duro. Charlas interminables de tira y afloja. Volvía a ver esos rostros: oliváceos, gruesos, jetas antropométricas. Algunos se habían mostrado recalcitrantes y había tenido –con lo tímido y lo sentimental que soy yo por naturaleza– que alzar la voz, que decirles que me iba en el acto al muelle de Les Orfèvres[1] si no pagaban. Les mencionaba las fichitas que mis jefes me encargaban que tuviese al día y en las que figuraban los nombres de todos y su currículum vitae. No es que fueran muy lucidas aquellas fichitas. Sacaban las carteras y me llamaban «soplona». Aquel epíteto me apenaba.

Acababa solo en el banco. Hay lugares que inducen a meditar. Por ejemplo las glorietas, principados ocultos por

1. Sede de la Dirección de la Policía. *(N. de la T.)*

207

París, oasis raquíticos en medio del barullo y la dureza de los hombres. Les Tuileries. Le Luxembourg. El bosque de Boulogne. Pero nunca he reflexionado tanto como en el jardín de Les Champs-Élysées. ¿Cuál era exactamente mi razón social? ¿Chantajista? ¿Chivato de la policía? Contaba los billetes de banco y cogía mi diez por ciento. Iré a Lachaume a encargar un centro de rosas rojas. A escoger dos o tres sortijas en Ostertag. Luego a Piguet, a Lelong y a Molyneux a comprar unos cincuenta vestidos. Todo para mamá. Chantajista, golfo, soplona, chivato, asesino quizá, pero hijo ejemplar. Era mi único consuelo. Caía la tarde. Los niños se iban del jardín tras subir por última vez en el tiovivo. A lo lejos, los faroles de Les Champs-Élysées se encendían todos a un tiempo. Más me habría valido –me decía– haberme quedado en la plaza de Les Acacias. Evitar escrupulosamente los cruces y los bulevares, por el ruido y los malos encuentros. A quién se le ocurría sentarse en la terraza del Royal-Villiers de la plaza de Pereire, con lo discreto y lo precavido que soy yo, que evitaba a toda costa llamar la atención. Pero hay que debutar en la vida. No queda más remedio. Y la vida acaba por mandarle a uno a sus reclutadores: en el presente caso, al Khédive y al señor Philibert. Otra noche, seguramente, habría dado con personas más honorables, que me habrían aconsejado la industria textil o la literatura. Como no notaba ninguna vocación en especial, esperaba de mis mayores que me escogieran un empleo. A ellos les tocaba saber qué aspectos de mí preferían. Los dejaba que tomasen la iniciativa. ¿Boyscout? ¿Florista? ¿Jugador de tenis? No: empleado de una pseudoagencia de policía. Chantajista, chivato, extorsionador. No dejó de extrañarme. No tenía las prendas que requieren esas tareas: la maldad, la carencia de escrúpulos, la afición a tratar con crápulas. Me apliqué animosamente, como otros estudian para el título de formación profesional de calderero. Lo más curioso en los chicos como yo es que igual pueden acabar enterrados en el Panthéon que en el cementerio de Thiais, en la división de fusilados. De ellos pueden sacarse héroes. O sinvergüenzas. Nadie sabrá que los metieron en malos pasos en contra de su voluntad. A ellos lo que les importaba era su colección de sellos y quedarse tan tranquilos en la plaza de Les Acacias, respirando a bocanadas breves y precisas.

Y, entretanto, yo estaba en muy mala postura. Mi pasividad y el poco entusiasmo que mostraba en el umbral de la vida me volvían tanto más vulnerable a la influencia del Khédive y del señor Philibert. Me repetía las palabras de un médico, vecino mío de descansillo en la plaza de Les Acacias. «A partir de los veinte años», decía, «empieza uno a pudrirse. Cada vez menos células nerviosas, hijito.» Tomé nota de ese comentario en una agenda porque hay que sacarle partido siempre a la experiencia de nuestros mayores. Estaba en lo cierto, ahora me daba cuenta. Por culpa de los trapicheos en que andaba metido y de los personajes poco claros con los que me trataba iba a perder mi cutis de pétalos de rosa. ¿El porvenir? Una carrera al final de la cual llegaba a un solar. Una guillotina hacia la que me arrastraban sin que me diera tiempo a recobrar el resuello. Alguien me susurraba al oído: de la vida no se quedó usted más que con ese torbellino al que se ha dejado arrastrar..., música zíngara cada vez más rápida para cubrir mis gritos. Tengo que admitir que esta noche es suave la temperatura ambiente. Como antaño, y a la misma hora, los burros del paseo central se marchan a las cuadras. Han tenido que estar todo el día paseando niños. Se pierden de vista por el lado de la avenida de Gabriel. Nunca sabremos nada de sus penalidades. Tanta discreción me impresionaba. Al pasar ellos, yo recobraba el sosiego y la indiferencia. Intentaba hacer una recopilación de mis ideas. Eran escasas y todas ellas de lo más triviales. No tengo gusto por las ideas. Soy demasiado emotivo para tenerlo. Perezoso. Tras esforzarme unos cuantos minutos, llegaba siempre a la misma conclusión: antes o después me moriré. Cada vez menos células nerviosas. Un prolongado proceso de podredumbre. El médico me había avisado. Debo añadir que mi trabajo me predisponía a recrearme en lo malo: ser chivato de la policía y chantajista a los veinte años lo deja a uno con muy pocos horizontes. Flotaba en el 177 de la avenida de Niel un curioso olor debido a los muebles, tirando a viejos, y al papel pintado. La luz nunca era limpia. En la parte de atrás: el despacho de los casilleros de madera, en donde yo ordenaba las fichas de nuestros «clientes». Les ponía nombres de plantas venenosas: coprino entintado, belladona, boleto de Satanás, beleño, seta pérfida... Estar en contacto con ellos me descalcificaba. Tenía la ropa impregnada del aroma denso de la avenida de Niel. Me dejaba contaminar. ¿Aquella enfermedad? Un proceso acelerado de envejecimiento, una descomposición física y moral, como lo había previsto el doctor. Y eso que no me gustan las situaciones morbosas.

Un petit village,
un vieux clocher[1]

colmarían mis ambiciones. Por desdicha me hallaba en una ciudad, en algo así como un gigantesco Parque de Atracciones en donde el Khédive y el señor Philibert me llevaban dando tumbos de las barracas de tiro a las montañas

---

1. Un pueblecito, un campanario viejo. *(N. de la T.)*

rusas, del teatro de guiñol al gusano loco «Siroco». Acababa por tumbarme en un banco. Todas esas cosas no eran para mí. Nunca le había pedido nada a nadie. Habían venido a buscarme.

Unos pocos pasos más. A la izquierda, el Théâtre des Ambassadeurs. Están poniendo *La ronda nocturna*, una opereta olvidadísima. No debe de haber mucho público en la sala. Una anciana, un anciano, dos o tres turistas ingleses. Voy siguiendo una extensión de césped, un último bosquecillo. Plaza de La Concorde. Me dolían los ojos con los faroles. Me quedaba quieto, sin respiración. Por encima de mi cabeza se encabritaban los caballos de Marly e intentaban con todas sus fuerzas zafarse del imperio de los hombres. Habrían querido saltar y cruzar la plaza. Una extensión soberbia, el único sitio de París en donde se nota la embriaguez de las altas cimas. Paisaje de piedras y chispas. Allá, por la parte de Les Tuileries, el Océano. Estaba en la cubierta trasera de un paquebote que navegaba rumbo al noroeste y se llevaba consigo la iglesia de La Madeleine, la Ópera, el palacio Berlitz y la iglesia de La Trinité. Iba a naufragar de un momento a otro. Mañana descansaríamos a cinco mil metros de profundidad. Ya no temía a mis compañeros de a bordo. Rictus del barón de Lussatz; mirada cruel de Odicharvi; la perfidia de los hermanos Chapochnikoff; Frau Sultana usando una correa para buscarse la vena del brazo izquierdo e inyectándose heroína; Zieff, su vulgaridad, su cronómetro de oro, sus manos gruesas cuajadas de sortijas; Ivanoff y sus sesiones de paneuritmia sexualodivina; Costachesco, Jean-Farouk de Méthode y Rachid von Rosenheim hablando de sus familias fraudulentas; y la cohorte de gángsters que contrataba el Khédive como esbirros: Armand el Loco, Jo Reocreux, Tony Breton, Vital-Léca, Robert el Pálido, Gouari, Danos, Codébo... Dentro de cierto tiempo, todos esos personajes tenebrosos serían presa de pulpos, escualos y murenas. Yo compartiría su suerte. Voluntariamente. Lo vi muy claro una noche en que cruzaba la plaza de La Concorde con los brazos en cruz. Se proyectaba mi sombra hasta el umbral de la calle Royale; la mano izquierda llegaba hasta el jardín de Les Champs-Élysées; la mano derecha, hasta la calle de Saint-Florentin. Habría podido acordarme de Jesucristo, pero en quien iba pensando era en Judas Iscariote. Había sido un incomprendido. Se necesitaba mucha humildad y mucho valor para cargar con toda la ignominia de los hombres. Morirse de eso. Solo. Todo un hombre. Judas, mi hermano mayor. Éramos ambos de natural desconfiado. No esperábamos nada de nuestros semejantes, ni de nosotros mismos, ni de un eventual salvador. ¿Tendría yo fuerzas para seguir tu ejemplo hasta el final? Un camino difícil. Estaba cada vez más oscuro, pero mi trabajo de chivato y de chantajista me familiarizaba con aquella oscuridad. Tomaba nota de los malos pensamientos de mis compañeros de a bordo, de todos sus crímenes. Tras unas cuantas semanas de trabajo intensivo en la avenida de Niel, ya no me extrañaba de nada. Por mucho que inventasen muecas nuevas, realmente no merecía la pena. Yo miraba cómo iban de un lado a otro por la cubierta de paseo y a lo largo de las crujías y apuntaba sus mínimas bufonadas. Tarea inútil, si pensamos que el agua ya estaba inundando la cala. Y no tardaría en inundar la sala grande de fumar y el salón. En vista de la inminencia del naufragio, sentía compasión por los pasajeros más feroces. El mismísimo Hitler acudiría dentro de un rato a llorar en mis brazos como un niño. Los soportales de la calle de Rivoli. Ocurría algo grave. Me habían llamado la atención unas filas continuas de coches que iban por los bulevares. La gente escapaba de París. La guerra seguramente. Un cataclismo imprevisto. Al salir de Hilditch & Key tras haber elegido una corbata, miré ese trozo de tela que los hombres se ajustan al cuello. Una corbata de rayas azules y blancas. Esa tarde llevaba también un traje beige y zapatos con suela de crepé. En la cartera, una fotografía de mamá y un billete de metro viejo. Venía de cortarme el pelo. Todos esos detalles no le interesaban a nadie. La gente sólo pensaba en salvar el pellejo. Cada cual a lo suyo. Al cabo de un rato, no quedaban ya ni un peatón ni un automóvil por la calle. Hasta mamá se había ido. Me habría gustado llorar, pero no lo conseguía. Aquel silencio, aquella ciudad desierta entonaba con mi estado de ánimo. Volvía a mirarme la corbata y los zapatos. Hacía un sol espléndido. La letra de una canción me volvía a la memoria:

> *Seul*
> *depuis toujours...*

¿El destino del mundo? Ni siquiera leía los titulares de los periódicos. Además, ya no habría periódicos. Ni trenes. Mamá había cogido por los pelos el último París-Lausana. *Seul*

> *il a souffert chaque jour,*
> *il pleure*
> *avec le ciel de Paris...*[1]

Una canción dulce, ésas eran las que me gustaban. Por desgracia no era momento para romanzas. Estábamos viviendo –a lo que me parecía– una época trágica. No se ta-

---

1. Solo desde siempre... Solo sufrió todos los días, llora con el cielo de París... *(N. de la T.)*

rarean estribillos de antes de la guerra cuando todo agoniza alrededor. Qué falta de decoro la mía. ¿Tengo yo la culpa? Nunca tuve un gusto particular por nada. Salvo por el circo, la opereta y el *music-hall*.

Pasada la calle de Castiglione, se hizo de noche. Alguien me iba pisando los talones. Me dieron un golpecito en el hombro. El Khédive. Había previsto ese encuentro. En ese mismo minuto, en ese mismo sitio. Una pesadilla cuyas peripecias me sabía, todas, de antemano. Me coge del brazo. Nos subimos a un automóvil. Cruzamos la plaza de Vendôme. De los faroles sale una curiosa luz azul. Una única ventana encendida en la fachada del Hotel Continental. Toque de oscurecimiento. Tendrá que acostumbrarse, hijo. Se echa a reír y enciende la radio. *Un doux parfum qu'on respire*

c'est

Fleur bleue... Tenemos delante un bulto oscuro. ¿La Ópera? ¿La iglesia de la Trinidad? A la izquierda, el cartel luminoso de Le Floresco. Estamos en la calle de Pigalle. El Khédive pisa el acelerador. *Un regard qui vous attire*

c'est

Fleur bleue... Otra vez la oscuridad. Un fanal grande y rojo. La de L'Européen de la plaza de Clichy. Tenemos que ir por el bulevar de Les Batignolles. Los faros muestran de repente una verja y hojas. ¿El parque de Monceau? *Un rendez-vous en automne*

c'est

Fleur bleue...[1] El Khédive silba entre dientes el estribillo de la canción y lleva el compás con la cabeza. Circulamos a una velocidad vertiginosa. ¿Adivina dónde estamos, hijo? Coge una curva. Me golpeo el hombro contra el

---

1. Un suave aroma que aspiramos es Flor azul... Una mirada que seduce es Flor azul... Una cita en otoño es Flor azul... *(N. de la T.)*

suyo. Los frenos chirrían. La luz de la escalera no funciona. Subo aferrándome a la barandilla de la escalera. Enciende una cerilla y me da tiempo a vislumbrar la placa de mármol de la puerta: «Agencia Normand-Philibert». Entramos. El olor me asfixia, más repugnante que de costumbre. El señor Philibert está de pie en medio del vestíbulo. Nos estaba esperando. Le cuelga un cigarrillo de la comisura de los labios. Me hace un guiño y, pese a lo cansado que estoy, consigo sonreírle: me acordé de que mamá ya estaba en Lausana. Allí no tenía nada que temer. El señor Philibert nos lleva a su despacho. Se queja de los bajones del fluido eléctrico. Esa luz titubeante que cae de la lámpara de bronce del techo no me extraña. Siempre pasó eso en el 177 de la avenida de Niel. El Khédive propone que tomemos champán y se saca una botella del bolsillo izquierdo de la chaqueta. A partir de hoy –por lo visto– nuestra «agencia» va a tener un crecimiento considerable. Los acontecimientos recientes nos favorecen. Vamos a instalarnos en el 3 bis de la glorieta de Cimarosa, en un palacete. Se acabaron los trabajos que dan para vivir al día. Acaban de encomendarnos responsabilidades de envergadura. No está descartado que hagan al Khédive director de la policía. Nuestro cometido: llevar a cabo investigaciones, registros, interrogatorios y arrestos varios. El «Servicio de la glorieta de Cimarosa» aunará dos funciones: la de un organismo de la policía y la de una «oficina de compras» que almacene los artículos y las materias primas que, dentro de algún tiempo, no habrá ya quien encuentre. El Khédive ya ha seleccionado alrededor de cincuenta personas que trabajarán con nosotros. Antiguos conocidos. Todos ellos constan, con sus fotos antropométricas, en el fichero de la avenida de Niel, 177. Dicho lo cual, el señor Philibert nos tiende una copa de champán. Brindamos por nuestro éxito. Vamos a ser –por lo visto– los reyes de París. El Khédive me da palmaditas en la mejilla y me mete en el bolsillo interior un fajo de billetes de banco. Hablan entre sí, hojean expedientes y agendas, llaman por teléfono. De vez en cuando me llegan voces subidas de tono. Imposible enterarme del conciliábulo. Me voy del despacho a la habitación de al lado: un salón en donde esperaban los «clientes». Se sentaban en los sillones de cuero ajado. En las paredes, varios cromos pequeños que representan escenas de vendimia. Un aparador y muebles de pino americano. Tras la puerta del fondo, un dormitorio con baño. Me quedaba solo de noche para ordenar el fichero. Trabajaba en el salón. Nadie habría creído que aquel piso era la sede de una agencia policíaca. Antes vivía allí una pareja de rentistas. Corría las cortinas. El silencio. Una luz incierta. El aroma de las cosas marchitas.

–¿Qué, hijo, pensando?

El Khédive se echa a reír y se coloca el sombrero flexible ante el espejo. Cruzamos el vestíbulo. En el descansillo, el señor Philibert enciende una linterna. Vamos a estrenar esta misma noche el 3 bis de la glorieta Cimarosa. Los dueños se han ido. Hemos requisado la casa. Hay que celebrarlo. Deprisa. Nuestros amigos nos están esperando en L'Heure Mauve, un cabaret de Les Champs-Élysées...

La semana siguiente, el Khédive me encarga que informe a nuestro «Servicio» acerca de las actividades de un tal teniente Dominique. Nos ha llegado una nota referida a él con sus señas, su fotografía y la siguiente anotación: «Vigilarlo.» Tengo que relacionarme con ese personaje recurriendo a cualquier pretexto. Me persono en su casa, calle de Boisrobert, 5, distrito XV. Un chalet pequeño. Me abre la puerta el propio teniente. Pregunto por el señor Henri Normand. Me contesta que me he equivocado. Entonces le explico mi caso, farfullando: soy un prisionero de guerra evadido. Uno de mis compañeros me aconsejó que me pusiera en contacto con el señor Normand en la calle de Boisrobert, 5, si conseguía escaparme. Ese hombre me daría refugio. Mi compañero ha debido de confundirse de dirección. No conozco a nadie en París. No me queda un céntimo. Estoy totalmente desvalido. Me mira de pies a cabeza. Suelto unas cuantas lágrimas para que se convenza más. Y luego me veo en su despacho. Dice con una voz hermosa y profunda que un chico de mi edad no debe consentir que lo desmoralice la catástrofe que ha caído sobre nuestro país. Vuelve a mirarme de arriba abajo. Y, de pronto, esta pregunta: «¿Quiere trabajar con nosotros?» Dirige a un grupo de individuos «estupendos». La mayoría son presos evadidos, como yo. Alumnos de Saint-Cyr. Oficiales en activo. Algunos civiles también. Todos de lo más lanzado. El mejor de los estados mayores. Luchamos en la clandestinidad contra los poderes del mal, que triunfan ahora mismo. Tarea difícil, pero nada les resulta imposible a los corazones arrojados. El Bien, la Libertad, la Ética volverán a corto plazo. Él, el teniente Dominique, responde de ello. No comparto su optimismo. Pienso en el informe que tengo que ponerle esta noche en las manos al Khédive en la glorieta de Cimarosa. El teniente me da más detalles: ha llamado a su grupo Organización de los Caballeros de la Sombra, OCS. Imposible luchar a plena luz. Es una guerra subterránea. Viviremos en un perpetuo acoso. Todos los miembros del grupo se han puesto de alias nombres de estaciones del metro. Me los presentará dentro de poco: Saint-Georges. Obligado. Corvisart. Pernety. Y hay más. Y yo me llamaré «Princesa de Lamballe». ¿Por qué «Princesa de Lamballe»? Un capricho del teniente. «¿Está usted dispuesto a entrar en nuestra organización? El honor lo exige. No debe vacilar ni un segundo. ¿Qué me dice?» Le contesto: «Sí», con voz insegura. «Sobre todo no flaquee, hijito. Ya sé que son tiempos tristes. Los gángsters llevan la voz cantante. El aire huele a podrido. No durará. Sea de ánimo fuerte, Lamballe.» Quiere que me quede en la calle de Boisrobert, pero me invento en el acto un anciano tío del extrarradio que me albergará. Nos citamos mañana por la tarde en la plaza de Les Pyramides, delante de la estatua de Juana de Arco. Adiós, Lamballe. Me mira fijamente, se le achican los ojos y ya no puedo soportar su brillo. Repite: «Adiós, LAMBALLE», insistiendo de una forma extraña en las dos sílabas: LAM-BAL. Cierra la puerta. Caía la tarde. Anduve al azar por aquel barrio desconocido. Debían de estarme esperando en la glorieta de Cimarosa. ¿Qué les iba a decir? A fin de cuentas, el teniente era un héroe. Todos los miembros de su estado mayor también... Pero no me quedó más remedio que informar pormenorizadamente al Khédive y al señor Philibert. Se quedaron sorprendidos con la existencia de la OCS. No esperaban una actividad de tanta envergadura. «Infíltrese. Intente enterarse de los nombres y de las señas. Una estupenda redada en perspectiva.» Por primera vez en mi vida me vi en eso que se llama un caso de conciencia. Muy pasajero, por lo demás. Me dieron un anticipo de cien mil francos por las informaciones que les iba a proporcionar.

Plaza de Les Pyramides. A uno le gustaría olvidarse de su pasado, pero el paseo lo devuelve continuamente a las encrucijadas dolorosas. El teniente andaba arriba y abajo ante la estatua de Juana de Arco. Me presentó a un chico alto y rubio con el pelo rapado y ojos de un azul vincapervinca: Saint-Georges, de la academia de Saint-Cyr. Nos metimos en Les Tuileries y nos sentamos en el quiosco que

218

está junto al tiovivo. Recobraba el escenario de mi infancia. Pedimos tres zumos. El camarero nos los trajo y nos dijo que eran los últimos de un lote de antes de la guerra. Dentro de nada, ya no quedarían zumos. «Nos apañaremos sin ellos», dijo Saint-Georges con una sonrisa. Le veía a aquel joven un aspecto muy resuelto. «¿Es un prisionero de guerra?», me preguntó. «¿De qué regimiento?» «Del 5.º de infantería», le contesté con voz inexpresiva. «Pero prefiero no recordarlo.» Hice un gran esfuerzo para controlarme y añadí: «No tengo sino un deseo: seguir luchando caiga quien caiga.» Aquella profesión de fe pareció convencerlo. Me dio un apretón de manos. «He reunido a varios miembros de la organización para presentárselos, mi querido Lamballe», manifestó el teniente. «Nos están esperando en la calle de Boisrobert.» Están Corvisart, Obligado, Pernety y Jasmin. El teniente habla de mí con palabras entusiastas; la tristeza que sentía tras la derrota. Mi voluntad de seguir luchando. Lo honroso y reconfortante que resultaba ser a partir de hoy compañero suyo en la OCS. «Bien, Lamballe, pues vamos a encomendarle una misión.» Me explica que varios individuos se han aprovechado de los acontecimientos para dar rienda suelta a sus malos instintos. Nada más natural en una época de disturbios y desconcierto como ésta. Esos facinerosos gozan de total impunidad: les han repartido carnets de policía y permisos de armas. Se dedican a reprimir de forma odiosa a los patriotas y a la gente honrada y cometen todo tipo de delitos. Han requisado un palacete en el 3 bis de la glorieta de Cimarosa, en el distrito XVI. Para el público, su servicio se llama Sociedad Intercomercial de París, Berlín y Montecarlo. «No dispongo de más elementos. Nuestro deber es neutralizarlos lo antes posible. Cuento con usted, Lamballe. Se infiltrará entre esta gente. Nos informará de cuanto hagan y digan. Le toca mover a usted, Lamballe.» Pernety me alarga una copa de coñac. Jasmin, Obligado, Saint-Georges y Corvisart me sonríen. Algo después, vamos bulevar de Pasteur arriba. El teniente ha querido acompañarme hasta la estación de metro de Sèvres-Lecourbe. En el momento de separarnos, me mira de frente, a los ojos: «Misión delicada, Lamballe. Doble juego, como quien dice. Téngame informado. Buena suerte, Lamballe.» ¿Y si le dijera la verdad? Demasiado tarde. Me acordé de mamá. Ella al menos estaba en lugar seguro. Le había comprado la villa de Lausana con las comisiones que cobraba en la calle de Niel. Habría podido irme con ella a Suiza, pero me había quedado aquí por pereza o por indiferencia. Ya he dicho que el destino del mundo me preocupaba poco. Tampoco el mío me apasionaba en exceso. A uno le bastaba con dejar que lo arrastrase la corriente. Brizna de paja. Esa noche pongo al tanto al Khédive de que he establecido contacto con Corvisart, Obligado, Jasmin, Pernety y Saint-Georges. Todavía no sé sus señas, pero no tardaré en saberlas. Le prometo que le daré cuanto antes todas las informaciones útiles acerca de esos jóvenes. Y acerca de otros más que el teniente no dejará de presentarme. Al ritmo que van las cosas, haremos una «redada estupenda». El Khédive lo repite frotándose las manos. «Estaba seguro de que les iba a inspirar confianza con esa pinta suya de vendedor de imágenes de escayola.» De repente me entra el vértigo. Le digo que el jefe de la organización no es el teniente, como yo pensaba. «¿Y quién es, entonces?» Estoy al borde de un precipicio; seguramente bastaría con unos pocos pasos para apartarme de él. «¿QUIÉN?» No, no tengo fuerzas. «¿QUIÉN?» «Un tal LAM-BA-LLE. LAM-BA-LLE.» «Bueno, pues le echaremos el guante. Intente identificarlo.» Las cosas se estaban complicando. ¿Tenía yo la culpa? Por ambos lados, me habían encomendado un papel de agente doble. No quería dejar descontento a nadie. Ni al Khédive y a Philibert ni al teniente y sus jóvenes de la academia de Saint-Cyr. Habría que escoger, me decía. ¿«Caballero de la Sombra» o agente a sueldo de la oficina de la glorieta de Cimarosa? ¿Héroe o chivato? Ni una cosa ni otra. Unos cuantos libros: *Antología de los traidores, de Alcibíades al capitán Dreyfus, Joanovici tal y como fue; Los misterios del caballero de Éon; Frégoli, el hombre de ningún lado*, me revelaron lo que era yo. Notaba que tenía afinidades con todas esas personas. Sin embargo, no soy un frívolo. Yo también he experimentado eso que se llama un sentimiento grande. Hondo. Imperioso. El único del que puedo hablar con conocimiento de causa y que me habría hecho mover montañas: EL MIEDO. París se hundía en el silencio y el toque de oscurecimiento. Cuando recuerdo aquellos tiempos, tengo la impresión de estar hablando con sordos o de no hablar lo suficientemente alto. ME MORÍA DE MIEDO. El metro reducía la marcha para entrar en el puente de Passy. Sèvres-Lecourbe – Cambronne – La Motte-Picquet – Dupleix – Grenelle – Passy. Por la mañana, iba en sentido contrario: de Passy a Sèvres-Lecourbe. De la glorieta de Cimarosa, en el distrito XVI, a la calle de Boisrobert, en el distrito XV. Del teniente al Khédive. Del Khédive al teniente. Las idas y venidas de un agente doble. Agotador. Sin resuello. «Intente saber los nombres y las señas. Una estupenda redada en perspectiva.» «Cuento con usted, Lamballe. Nos informará acerca de esos gángsters.» Habría querido tomar partido pero tanto la Organización de los Caballeros de la Sombra como la Sociedad Intercomercial de París, Berlín y Montecarlo me eran indiferentes. Unos maniacos me sometían a presiones contradictorias y me hostigaban hasta matarme de agotamiento. No cabía duda de que hacía las veces de chivo expiatorio de todos esos dementes. Era el más débil de todos. No tenía oportunidad alguna de salvación. La época en que vivíamos requería prendas excepcionales para el heroísmo o para el crimen. Y yo, la verdad, desentonaba. Veleta. Pelele. Cierro los ojos para recuperar los aromas y las canciones de aquel tiempo. Sí, el aire olía a podrido. Sobre todo al caer la tarde. Debo decir que nunca he visto crepúsculos tan hermosos. El verano no acababa nunca de expirar. Las avenidas desiertas. París ausente. Se oía sonar un reloj. Y aquel olor difuso que impregnaba las fachadas de los edificios y las frondas de los castaños. En cuanto a las canciones, fueron: *Swing Troubadour, Étoile de Rio, Je n'en connais pas la fin, Réginella...* Acordaos. Las lámparas de los vagones iban pintadas de malva, de forma tal que apenas si vislumbraba a los demás pasajeros. A la derecha, tan cercano, el haz luminoso de la Torre Eiffel. Volvía de la calle de Boisrobert. El metro se detuvo en el puente de Passy. Yo deseaba que no volviera a ponerse en marcha nunca y que nadie viniera a arrancarme de aquella tierra de nadie entre las dos orillas. Ni un gesto más. Ni un ruido más. El sosiego al fin. Disolverme en la penumbra. Me olvidaba de sus gritos, de los tantarantanes que me daban, de su encarnizamiento en tirar de mí para todos lados. Algo así como un entumecimiento sustituía al miedo. Seguía con la mirada el haz luminoso. Giraba y giraba como un vigilante que prosiguiera su ronda nocturna. Con cansancio. Iba siendo cada vez más débil. Pronto sólo quedaría un hilillo de luz casi imperceptible. Y yo también, tras rondas y más rondas, miles y miles de idas y venidas, acabaría por perderme en las tinieblas. Sin entender con qué tenía que ver todo aquello. De Sèvres-Lecourbe a Passy. De Passy a Sèvres-Lecourbe. Por la mañana me presentaba a eso de las diez en el cuartel general de la calle de Boisrobert. Apretones de

222

mano fraternales. Sonrisas y miradas límpidas de aquellos valerosos muchachos. «¿Qué novedades hay, Lamballe?», me preguntaba el teniente. Yo le proporcionaba detalles cada vez más concretos acerca de la Sociedad Intercomercial de París, Berlín y Montecarlo. Sí, se trataba efectivamente de un servicio policíaco al que le encomendaban «tareas abyectas». Los dos dueños, Henri Normand y Pierre Philibert, habían sacado a su personal del hampa. Atracadores, proxenetas, condenados a destierro. Dos o tres condenados a muerte. Todos disponían de un carnet de policía y de permiso de armas. Una sociedad dudosa gravitaba en torno de la oficina de la glorieta de Cimarosa. Especuladores, morfinómanos, charlatanes, mujeres ligeras de cascos, personas de esas que pululan en las «épocas turbias». Todos aquellos individuos sabían que contaban con protección en las altas esferas y cometían los peores abusos. Por lo visto, su jefe, Henri Normand, mandaba en el gabinete del director de la policía y en la fiscalía del departamento de Seine, en el supuesto de que esos organismos existieran aún. A medida que avanzaba en mi exposición, leía la consternación y el asco en aquellos rostros. Sólo el teniente seguía impasible: «¡Bravo, Lamballe! Su misión continúa. Haga, por favor, una lista completa de los miembros del Servicio de la glorieta de Cimarosa.»

Y luego, una mañana, me parecieron más serios que de costumbre. El teniente se aclaró la voz: «Lamballe, va a tener que cometer un atentado.» Recibí esta afirmación tranquilamente, como si llevase mucho preparándome para ella. «Contamos con usted, Lamballe, para librarnos de Normand y de Philibert. Escoja el momento oportuno.» Vino luego un silencio durante el cual Saint-Georges, Pernety, Jasmin y todos los demás no me quitaban ojo, con mirada conmovida. Detrás de su escritorio, el teniente estaba inmóvil. Corvisart me alargó una copa de coñac. La del condenado, pensé. Veía erguirse con mucha claridad la guillotina en el centro de la habitación. El teniente hacía las veces de verdugo. En cuanto a los miembros de su estado mayor, asistirían a la ejecución lanzándome sonrisas enternecidas. «¿Y qué, Lamballe? ¿Qué le parece?» «Me parece muy bien», le contesté. Tenía ganas de romper en sollozos y de exponerles mi delicada situación de agente doble. Pero hay cosas que hay que guardarse para uno mismo. No dije nunca una palabra de más. Soy bastante poco expansivo por naturaleza. Los otros, en cambio, no vacilaban en contarme con pelos y señales sus estados de ánimo. Me acuerdo de tardes que pasé con los jóvenes de la OCS. Nos paseábamos por los alrededores de la calle de Boisrobert, en el barrio de Vaugirard. Los oía divagar. Pernety soñaba con un mundo más justo. Se le inflamaban las mejillas. Sacaba de la cartera las fotografías de Robespierre y de André Breton. Yo fingía admirar a aquellos dos individuos. Pernety repetía continuamente «Revolución», «Toma de conciencia», «Nuestro papel, el de los intelectuales», con un tono tajante que me consternaba. Llevaba una pipa y zapatos de cuero negro, detalles que me conmueven. Corvisart sufría por haber visto la luz en una familia burguesa. Intentaba olvidar el parque de Monceau, las canchas de tenis de Aix-les-Bains y los bollos Plum Plouvier que tomaba en las meriendas semanales en casa de sus primas. Me preguntaba si se podía ser a un tiempo socialista y cristiano. A Jasmin le habría gustado que Francia fuera menos floja. Admiraba a Henri de Bournazel y se sabía el nombre de todas las estrellas. Obligado escribía un «diario político». «Tenemos que dar testimonio», me explicaba. «Es un deber. No puedo callarme.» Sin embargo, cuesta muy poco aprender a ser mudo: basta con que te den dos taconazos en las encías. Picpus me enseñaba las cartas de su novia. Un poco más de paciencia: según él, la pesadilla iba a desvanecerse. Pronto viviríamos en un mundo pacificado. Les contaríamos a nuestros hijos las pruebas por las que habíamos pasado. Saint-Georges, Marbeuf y Pelleport habían salido de Saint-Cyr con una afición al combate postrero y con el firme proyecto de morir cantando. Yo me acordaba de la glorieta de Cimarosa en donde tendría que dar el informe cotidiano. Tenían suerte aquellos muchachos por poder cultivar sus quimeras. El barrio de Vaugirard se prestaba a ello estupendamente. Tranquilo, amparado; parecía una ciudad pequeña de provincias. Incluso el nombre, Vaugirard, recordaba las frondas, la hiedra, un arroyo con orillas de musgo. En semejante retiro, podían dar rienda suelta a las imaginaciones más heroicas. Sin riesgo alguno. A quien enviaban a bregar con la realidad y a navegar en aguas turbias era a mí. Aparentemente, lo sublime no era lo mío. A media tarde, antes de coger el metro, me sentaba en un banco de la plaza de Adolphe-Chérioux y dejaba que la dulzura de aquel pueblo me embargase durante unos minutos más. Una casita con jardín. ¿Convento u hospicio de ancianos? Oía hablar a los árboles. Pasaba un gato por delante de la iglesia. Me llegaba de no sé dónde una voz tierna: Fred Gouin cantaba *Envoi de fleurs*. Entonces se me olvidaba que no tenía futuro. Mi vida tomaría un nuevo derrotero. Un poco de paciencia, como decía Picpus, y saldría vivo de la pesadilla. Encontraría un trabajo de barman en una hospedería de los alrededores de París. BARMAN. Eso era lo que me parecía que correspondía a mis gustos y a mis aptitudes. Te metes detrás de la BARRA. Te protege de los demás. Quienes, por cierto, no sienten hostilidad alguna contra ti y se limitan a pedirte licores. Les sirves en el acto. Los más agresivos te lo agradecen. El oficio de BAR-

MAN era mucho más noble de lo que se pensaba, el único que se merecía una atención particular junto con el de poli y el de médico. ¿En qué consistía? En preparar cócteles. En preparar sueños, como quien dice. Un remedio contra el dolor. En la barra, te lo reclaman con voz suplicante. ¿Curasao? ¿Marie Brizard? ¿Éter? Todo lo que quieran. Tras dos o tres copas, se emocionan, trastabillan, se les ponen los ojos en blanco, se pasan hasta las claras del alba desgranando las cuentas del largo rosario de sus miserias y de sus crímenes, te piden que los consueles. Hitler te pide perdón entre dos hipidos. «¿En qué piensa, Lamballe?» «En las musarañas, mi teniente.» A veces me hacía quedarme en su despacho para tener conmigo «una charla a solas». «Cometerá ese atentado. Tengo confianza en usted, Lamballe.» Adoptaba un tono autoritario y me clavaba los ojos azul oscuro. ¿Decirle la verdad? ¿Cuál exactamente? ¿Agente doble? ¿O triple? Ya no sabía quién era. Mi teniente, NO EXISTO. Nunca tuve carnet de identidad. Esta distracción le parecería inadmisible en una época en que había que hacer de tripas corazón y dar muestras de una forma de ser excepcional. Una noche, estaba solo con él. El cansancio roía como una rata todo cuanto me rodeaba. De pronto, las paredes me parecieron enteladas con terciopelo oscuro, una bruma invadía la habitación y difuminaba el perfil de los muebles: el escritorio, las sillas, el armario de dos puertas. Me preguntó: «¿Qué novedades hay, Lamballe?» con una voz lejana que me sorprendió. El teniente me clavaba la mirada, como solía, pero los ojos habían perdido el destello metálico. Estaba detrás del escritorio, con la cabeza ladeada hacia la derecha y con la mejilla rozándole casi el hombro, en una postura pensativa y desalentada que les había visto yo a algunos ángeles florentinos. Repitió: «¿Qué novedades hay, Lamballe?» con el tono con el que habría dicho: «La verdad es que da lo mismo», y la mirada se le detuvo insistentemente en mí. Una mirada colmada de tal dulzura, de tal tristeza, que me dio la impresión de que el teniente Dominique lo había entendido todo y me perdonaba: mi papel de agente doble (o triple), mi desvalimiento al sentirme tan frágil en la tormenta como una brizna de paja y el daño que hacía por cobardía o por inadvertencia. Por primera vez a alguien le interesaba mi caso. Aquella mansedumbre me trastornaba. Buscaba en vano unas cuantas palabras de agradecimiento. Los ojos del teniente eran cada vez más tiernos; le habían desaparecido las rugosidades del rostro. Se le aflojaba el tronco. Pronto de tanta altivez y tanta energía sólo quedó una mamá muy vieja, indulgente y cansada. El tumulto del mundo exterior se estrellaba contra las paredes de terciopelo. Íbamos resbalando por una penumbra guateada hasta honduras en donde nadie nos turbaría el sueño. París naufragaba con nosotros. Desde el camarote, veía el haz luminoso de la Torre Eiffel: un faro que indicaba que estábamos cerca de la costa. Nunca llegaríamos a ella. Daba lo mismo. «Hay que dormir, hijito», me susurraba el teniente. «DORMIR.» Sus ojos soltaban un último fulgor en las tinieblas. DORMIR. «¿En qué piensa, Lamballe?» Me zarandea cogiéndome por los hombros: «Esté dispuesto para ese atentado. El destino de la organización está en sus manos. No flaquee.» Anda, nervioso, arriba y abajo por la habitación. Las cosas han vuelto a la dureza acostumbrada. «Coraje, Lamballe. Cuento con usted.» Arranca el metro. Cambronne – La Motte-Picquet – Dupleix – Grenelle – Passy. Las nueve de la noche. En la esquina de la calle de Franklin con la calle Vineuse, recogía el Bentley blanco que el Khédive me prestaba en premio por mis servicios. Les habría causado mala impresión a los jóvenes de la OCS. Circular en aquellos tiempos en un au-

tomóvil de lujo implicaba actividades poco acordes con la
ética. Sólo los traficantes y los chivatos bien pagados podían permitirse un capricho así. En cualquier caso, junto
con el cansancio me desaparecían los últimos escrúpulos.
Cruzaba despacio la plaza de Le Trocadéro. Un motor si-
lencioso. Asientos de cuero de Rusia. Aquel Bentley me
gustaba mucho. El Khédive lo había encontrado al fondo
de un taller de Neuilly. Yo abría la guantera: allí seguía la
documentación del dueño. En resumidas cuentas, un coche robado. Antes o después nos pedirían cuentas. ¿Qué
actitud adoptaría ante el tribunal cuando enumerasen tantos crímenes cometidos por la Sociedad Intercomercial de
París, Berlín y Montecarlo? Una banda de malhechores,
diría el juez. Se aprovecharon de la miseria y del desconcierto general. «Unos monstruos», escribiría Madeleine Jacob. Yo giraba el mando de la radio.

Je suis seul
ce soir
avec ma peine...[1]

Al llegar a la avenida de Kléber, el corazón me latía
algo más deprisa. La fachada del Hotel Baltimore. La glorieta de Cimarosa. Delante del 3 bis, Codébo y Robert el
Pálido seguían montando guardia. Codébo me lanzaba una
sonrisa que le dejaba a la vista los dientes de oro. Yo subía
al primer piso y empujaba la puerta del salón. El Khédive,
vistiendo una bata rosa viejo de seda recamada, me hacía
una seña con la mano. El señor Philibert estaba consultando fichas: «¿Qué tal la OCS, Swing Troubadour, hijito?»
El Khédive me daba una fuerte palmada en el hombro y

1. Estoy solo esta noche con mi pena... *(N. de la T.)*

228

una copa de coñac: «Imposible de encontrar. Trescientos mil francos la botella. No se preocupe. En la glorieta de Cimarosa no nos afectan las restricciones. ¿Y esa OCS? ¿Qué novedades hay?» No, aún no tenía las señas de los Caballeros de la Sombra. A finales de semana, lo prometía. «¿Y si hiciéramos la redada en la calle de Boisrobert una tarde en que estuvieran allí todos los miembros de la OCS? ¿Qué le parece, Troubadour?» Yo les desaconsejaba ese sistema. Valía más detenerlos de uno en uno. «No podemos perder tiempo, Troubadour.» Yo les calmaba la impaciencia, volvía a prometer informaciones decisivas. Un día me acosarían tanto que, para quitármelos de encima, no me quedaría más remedio que cumplir mis compromisos. Habría «redada». Por fin me merecería ese calificativo de «soplona» que me encogía el corazón, que me hacía notar un vértigo cada vez que lo oía decir. SOPLONA. Pese a todo me esforzaba en alargar el plazo explicándoles a mis dos jefes que los miembros de la OCS eran inofensivos. Unos chicos quiméricos. Atiborrados de ideales y nada más. ¿Por qué no dejar que esos simpáticos idiotas siguieran divagando? Padecían una enfermedad: la juventud, de la que se cura uno muy deprisa. Dentro de unos meses serían mucho más sensatos. El propio teniente dejaría la lucha. Por lo demás, ¿qué lucha era ésa sino una palabrería inflamada en la que salían una y otra vez las palabras: Justicia, Progreso, Verdad, Democracia, Libertad, Revolución, Honor, Patria? Todo ello me parecía muy anodino. En mi opinión, el único hombre peligroso era LAM-BA-LLE, a quien aún no había identificado. Invisible. Inaprensible. El auténtico jefe de la OCS. Él sí que actuará, y con la mayor brutalidad. Lo mencionaban en la calle de Boisrobert con un temblor de miedo y de admiración en la voz. ¡LAM-BA-LLE! ¿Quién era? Cuando se lo preguntaba al teniente, se mostraba evasivo. Los gángsters y los vendidos que llevan ahora mismo la voz cantante no se librarán de LAMBALLE. LAMBALLE golpea deprisa y fuerte. Obedeceremos a LAMBALLE con los ojos cerrados. LAMBALLE nunca se equivoca. LAMBALLE es un tipo admirable. LAMBALLE, nuestra única esperanza... No conseguía sacarles detalles más concretos. Un poco más de paciencia y desemboscaríamos a aquel personaje misterioso. Les repetía al Khédive y a Philibert que nuestro único objetivo debía ser capturar a Lamballe. ¡LAM-BA-LLE! Los demás no contaban. Unos charlatanes muy buenos chicos. Pedía que los dejaran librarse. «Ya veremos. Primero denos información de ese Lamballe. ¿Me oye?» Al Khédive se le crispaba la boca en un rictus de mal augurio. Philibert, pensativo, se atusaba los bigotes repitiendo: «LAM-BA-LLE, LAM-BA-LLE.» «Ya le arreglaré yo las cuentas al LAMBALLE ese», decía a modo de conclusión el Khédive, «y ni Londres ni Vichy ni los americanos lo sacarán del apuro. ¿Coñac? ¿Craven? Sírvase, hijito.» «Acabamos de negociar con Sebastiano del Piombo», comunicaba Philibert. «Aquí tiene su diez por ciento de comisión.» Me alargaba un sobre verde claro. «Encuéntreme para mañana unos cuantos bronces asiáticos. Estamos en contacto con un cliente.» Yo le estaba cogiendo gusto a ese trabajo adicional que me encargaban: encontrar obras de arte y llevarlas en el acto a la glorieta de Cimarosa. Por la mañana, me metía en casa de acaudalados particulares que se habían ido de París por los acontecimientos. Bastaba con abrir con ganzúa una cerradura o con pedirle la llave al portero enseñando el carnet de policía. Registraba minuciosamente las viviendas abandonadas. Los dueños, al irse, se habían dejado cosas menudas: dibujos al pastel, jarrones, tapices, libros, manuscritos. No bastaba con eso. Me iba a buscar guardamuebles, lugares seguros, escondrijos en donde pudieran ponerse a buen recaudo en aquellos tiempos revueltos las colecciones más valiosas. Un desván del extrarradio en donde me estaban esperando unos tapices de Les Gobelins y unas alfombras persas; un antiguo taller de la Porte de Champerret, atestado de cuadros de firma. En un sótano de Auteuil, un maletín donde estaban guardadas joyas de la Antigüedad y del Renacimiento. Me entregaba a esos saqueos despreocupadamente e incluso con algo parecido a un júbilo del que –más adelante– me avergonzaría ante los tribunales. Vivíamos tiempos excepcionales. Robar y traficar se había convertido en lo más normal y el Khédive, calibrando mis capacidades, me dedicaba a localizar obras de arte mejor que metales no ferrosos. Yo se lo agradecía. Pasé por grandes gozos estéticos. Por ejemplo, ante un Goya que representaba el asesinato de la princesa de Lamballe. Su dueño creía que lo había puesto a salvo escondiéndolo en una caja fuerte del Banco Franco-Serbio, en el número 3 de la calle de Helder. Me bastó con enseñar el carnet de policía para que me dejasen disponer de esa obra maestra. Vendíamos todos los objetos de los que nos incautábamos. Curiosa época. Me convirtió en un individuo «poco lucido». Chivato, saqueador, asesino quizá. Yo no era peor que otro cualquiera. Me dejé llevar por lo que hacían los demás, eso es todo. El mal no me atrae de forma especial. Un día conocí a un anciano cubierto de sortijas y encajes. Me explicó con voz de falsete que recortaba en la revista *Détective* las fotos de los criminales porque les encontraba una hermosura «arisca» y «maléfica». Me elogió aquella soledad «inalterable» y «grandiosa»; me habló de uno de ellos, Eugène Weidmann, a quien llamaba «el ángel de las tinieblas». Todo un literato, aquel individuo. Le dije que Weidmann llevaba el día de su ejecución zapatos con suelas de crepé. Su madre se los había comprado tiempo atrás en

Frankfurt. Y que quien quisiera a la gente tenía siempre que fijarse en detalles de poca monta, como ése. Lo demás no tenía importancia alguna. ¡Pobre Weidmann! A estas horas Hitler se ha quedado dormido chupándose el pulgar y le lanzo una mirada compadecida. Ladra, como un perro que sueña. Se ovilla, mengua, mengua, me cabría en la palma de la mano. «¿En qué piensa, Swing Troubadour?» «En nuestro Führer, señor Philibert.» «Dentro de nada vamos a vender el Franz Hals. Por el trabajo que se ha tomado le corresponde un quince por ciento de comisión. Si nos ayuda a capturar a Lamballe, le pago una prima de 500.000 francos. Con eso da para jugar a ser joven. ¿Un poco de coñac?» Me da vueltas la cabeza. El aroma de las flores seguramente. El salón estaba inundado de dalias y orquídeas. Un gran centro de rosas, entre las dos ventanas, tapaba a medias el autorretrato del señor de Bel-Respiro. Las diez de la noche. Iban invadiendo la habitación unos detrás de otros. El Khédive los recibía de esmoquin granate jaspeado de verde. El señor Philibert les hacía una leve seña con la cabeza y seguía mirando sus fichas. De vez en cuando, se acercaba a uno, entablaba con él una breve conversación, tomaba unas cuantas notas. El Khédive servía licores, cigarrillos y pastas. Los señores de Bel-Respiro se habrían quedado sorprendidos al ver semejante asistencia en su salón: allí estaban el «marqués» Lionel de Zieff, condenado tiempo ha por robos, abusos de confianza, encubrimiento, uso ilegal de condecoraciones; Costachesco, banquero rumano, especulaciones bursátiles y quiebras fraudulentas; el «barón» Gaétan de Lussatz, bailarín de sociedad, doble pasaporte, monegasco y francés; Pols de Herder, caballero ladrón; Rachid von Rosenheim, Míster Alemania 1938, tramposo profesional; Jean-Farouk de Méthode, dueño del Circo de Otoño y de L'Heure Mauve, proxeneta, con pro-

232

hibición de residencia en toda la Commonwealth; Ferdinand Poupet, conocido por «Paulo Hayakawa», corredor de seguros, cabeza loca, falsificador y usuario de falsificaciones; Otto da Silva, «El Rico Plantador»,[1] espía con media paga; el «conde» Baruzzi, experto en objetos artísticos y morfinómano; Darquier, llamado «de Pellepoix», abogado fullero; el «mago» Ivanoff, charlatán búlgaro, «tatuador oficial de las iglesias coptas»; Odicharvi, chivato de la dirección de la policía para el ámbito de los rusos blancos; Mickey de Voisins, «la doncella de la señora», prostituto homosexual; el excomandante de aviación Costantini; Jean Le Houleux, periodista, extesorero del Club du Pavois y chantajista; los hermanos Chapochnikoff, cuya razón social y cuya cantidad exacta no supe nunca. Unas cuantas mujeres. Lucie Onstein, conocida por «Frau Sultana», antes bailarina exótica en el Rigolett's, Marga d'Andurain, directora en Palmira de un hotel «mundano y discreto»; Violette Morris, campeona de levantamiento de pesas y halteras, que siempre vestía con trajes masculinos; Emprosine Marousi, princesa bizantina, toxicómana y lesbiana; Simone Bouquereau e Irène de Tanzé, exchicas del One-two-two; la «baronesa» Lydia Stahl, a quien le gustaban el champán y las flores recién cortadas. Todos esos personajes eran asiduos del 3 bis. Habían salido de pronto del toque de oscurecimiento, de una etapa de desesperación y de miseria, mediante un fenómeno análogo al de la generación espontánea. La mayoría de ellos tenían un puesto en la Sociedad Intercomercial de París, Berlín y Montecarlo. Zieff, Méthode y Helder dirigían la sección de cueros. Merced a la habilidad de sus corredores conseguían vagones enteros de *box-calf* que la SIPBMT volvía luego a vender a un precio doce veces ma-

1. En español en el original. *(N. de la T.)*

yor del tasado. Costachesco, Hayakawa y Rosenheim se habían decantado por los metales, las materias grasas y los aceites minerales. El excomandante Costantini operaba en un sector más restringido, aunque rentable: cristal, perfumería, pieles de gamuza, pastas y galletas, tornillos y pernos. A los demás, el Khédive les encomendaba cometidos delicados: Lussatz estaba a cargo de la vigilancia y protección de las considerables cantidades de fondos que llegaban todas las mañanas a la glorieta de Cimarosa. El papel de Da Silva y de Odicharvi consistía en rescatar oro y divisas extranjeras. Mickey de Voisins, Baruzzi y la «baronesa» Lydia Stahl hacían listas de los palacetes donde podría yo incautarme de objetos artísticos. Hayakawa y Jean Le Houleux llevaban la contabilidad del servicio. Darquier hacía las veces de abogado asesor. En cuanto a los hermanos Chapochnikoff no tenían ningún cometido claro y mariposeaban acá y acullá. Simone Bouquereau e Irène de Tanzé eran las «secretarias» titulares del Khédive. La princesa Maroussi nos conseguía complicidades muy útiles en los ambientes de buena sociedad y de finanzas. Frau Sultana y Violette Morris cobraban elevadísimos honorarios en calidad de chivatas. Marga d'Andurain, mujer de buena cabeza y de acción, recorría el norte de Francia y entregaba en el 3 bis kilómetros de lona y de lana peinada. Que no se nos olvide, por fin, citar a los miembros del personal destinados a operaciones exclusivamente policíacas: Tony Breton, un guaperas suboficial de la legión y torturador experto; Jo Reocreux, encargado de un burdel; Vital-Léca, conocido por «Boca de Oro», asesino a sueldo; Armand el Loco: «Me los cargo, me los cargo, me los cargo a todos»; Codébo y Robert el Pálido, condenados a destierro, a los que usaban de porteros y guardaespaldas; Danos, «el mamut» o «Bill el gordo»; Gouari, «el americano», atracador a mano

234

armada que trabajaba por su cuenta... El Khédive reinaba en ese mundo jovial y limitado que los cronistas de los tribunales iban a llamar más adelante «la banda de la glorieta de Cimarosa». De momento, los negocios iban viento en popa. Zieff hablaba de quedarse con los estudios de La Victorine, con El Eldorado y con Les Folies-Wagram; Helder creaba una Sociedad de Participación General para monopolizar todos los hoteles de la Costa Azul; Costachesco compraba decenas de edificios; Rosenheim afirmaba que «pronto conseguiremos Francia por cuatro cuartos y se la volveremos a vender al mejor postor». Yo escuchaba y observaba a todos esos locos de atar. A la luz de las lámparas del techo, les chorreaba el rostro de sudor. Hablaban cada vez más deprisa. Descuentos... corretajes... comisiones... stocks... vagones... margen de beneficios... Los hermanos Chapochnikoff, cada vez más numerosos, llenaban sin cesar las copas de champán. Frau Sultana le daba cuerda al gramófono. Johnny Hess:

Mettez-vous
dans l'ambiance,
oubliez
vos soucis...[1]

Se desabrochaba la blusa y esbozaba un paso de swing. Los demás seguían su ejemplo. Codébo, Danos y Robert el Pálido entraban en el salón. Se abrían paso entre los que bailaban, llegaban junto al señor Philibert, le cuchicheaban unas cuantas palabras al oído. Yo miraba por la ventana. Un automóvil con los faros apagados delante del 3 bis. Vital-Léca enarbolaba una linterna. Reocreux abría la puer-

1. Poneos a tono, olvidad qué os preocupa... *(N. de la T.)*

ta del coche. Un hombre esposado. Gouari lo empujaba brutalmente hacia la escalinata exterior. Yo me acordaba del teniente y de los muchachos de Vaugirard. Una noche los veía aherrojados como éste. Breton les daría una ración de generador eléctrico. ¿Podría vivir con ese remordimiento? Pernety y sus zapatos de cuero negro. Picpus y las cartas de su novia. Los ojos azul vincapervinca de Saint-Georges. Sus sueños, todas sus nobles quimeras se extinguirían en el sótano del 3 bis, de paredes salpicadas de sangre. Por mi culpa. Dicho lo cual, no es cosa de que nadie crea que uso a la ligera las palabras «generador», «oscurecimiento», «soplona», «asesino a sueldo». Cuento lo que viví. Sin florituras. No me invento nada. Todas las personas que menciono existieron. Soy, incluso, tan riguroso que los llamo con sus nombres de verdad. En cuanto a mis gustos personales, tienen más bien que ver con las malvarrosas, el jardín a la luz de la luna y el tango de los días felices. Un corazón de modistilla. No tuve suerte. Oíamos, subiendo desde el sótano, los quejidos, que la música acababa por ahogar. Johnny Hess:

Puisque je suis là
le rythme
est là.
Sur son aile il vous
emportera...[1]

Frau Sultana los alentaba soltando chillidos estridentes. Ivanoff sacudía la «varita de los metales ligeros». Se empujaban, se quedaban sin aliento, el baile iba cada vez más

---

1. Porque estoy aquí, el ritmo aquí está. En sus alas os llevará... *(N. de la T.)*

a sacudidas, volcaban al pasar un jarrón de dalias y seguían gesticulando a más y mejor.

La musique
c'est
le philtre magique...[1]

Se abría la puerta de par en par. Codébo y Danos lo sostenían por los hombros. No le habían quitado las esposas. Tenía la cara cubierta de sangre. Trastabillaba, se desplomaba en medio del salón. Los demás se quedaban quietos y atentos. Sólo los hermanos Chapochnikoff, como si no pasara nada, recogían los restos de un jarrón y retocaban la disposición de las flores. Uno de ellos se acercaba con pasos afelpados a la baronesa Lydia Stahl y le alargaba una orquídea.

–Si nos topáramos siempre con fanfarroncitos como éste, nos resultaría muy engorroso –afirmaba el señor Philibert.

–Un poco de paciencia, Pierre. Acabará por cantar.

–Me temo que no, Henry.

–Bueno, pues lo convertiremos en un mártir. Por lo visto hacen falta mártires.

–Eso de los mártires es una estupidez –aseguraba Lionel de Zieff con voz pastosa.

–¿Se niega usted a hablar? –le preguntaba el señor Philibert.

–No vamos a seguir importunándolo –susurraba el Khédive–. Si no contesta, eso quiere decir que no lo sabe.

–Pero si sabe algo –manifestaba el señor Philibert– más valdría que lo dijera ahora mismo.

El hombre alzaba la cabeza. Una mancha roja en la al-

2. La música es el mágico filtro... *(N. de la T.)*

237

fombra de La Savonnerie, en el lugar en que descansaba la frente. Un resplandor irónico en los ojos azul vincapervinca (como los de Saint-Georges). De desprecio, más bien. Es posible morir por las ideas que se profesan. El Khédive lo abofeteaba tres veces seguidas. El hombre no bajaba la vista. Violette Morris le tiraba una copa de champán a la cara.

–Por favor, caballero –susurraba el mago Ivanoff–, ¿me enseña la mano izquierda?

Es posible morir por las ideas que se profesan. El teniente me repetía sin descanso: «Todos estamos dispuestos a morir por nuestras ideas. ¿Usted también, Lamballe?» Yo no me atrevía a confesarle que si yo tuviera que morirme sería de enfermedad, de miedo o de pena.

–¡Toma! –vociferaba Zieff, y al hombre le daba la botella de coñac en toda la frente.

–La mano izquierda, la mano izquierda –suplicaba el mago Ivanoff.

–Hablará –suspiraba Frau Sultana–, les digo que hablará. –Y se dejaba los hombros al aire con sonrisa hechicera.

–Cuánta sangre... –balbucía la baronesa Lydia Stahl.

La frente del hombre volvía a descansar en la alfombra de La Savonnerie. Danos lo alzaba y lo arrastraba fuera del salón. Unos minutos después, Tony Breton anunciaba con voz sorda: «Se ha muerto, se ha muerto sin hablar.» Frau Sultana se daba media vuelta, encogiéndose de hombros. Ivanoff se había quedado ensimismado, mirando al techo.

–La verdad es que los hay que no se achantan –comentaba Pols de Herder.

–Los hay tozudos, querrás decir –replicaba el conde Baruzzi.

–Le tengo casi admiración –manifestaba el señor Philibert–. Es el primero al que veo resistir tan bien.

El Khédive decía:

–Los chicos así, Pierre, nos SABOTEAN el trabajo.

Las doce de la noche. Les entraba algo parecido a la languidez. Se sentaban en los sofás, en los pufs, en las poltronas. Simone Bouquereau se retocaba el maquillaje ante el gran espejo veneciano. Ivanoff le examinaba muy serio la mano derecha a la baronesa Lydia Stahl. Los demás se explayaban en frases nimias. A esa hora más o menos, me llevaba el Khédive al hueco de la ventana para hablarme de ese nombramiento de «director de la policía» que le iban a dar seguramente. Llevaba pensando en él toda la vida. De niño, en la colonia penitenciaria de Eysses. Luego, en los batallones de castigo de África y en la cárcel de Fresnes. Señalaba el retrato del señor de Bel-Respiro y me enumeraba todas las medallas que se le veían en el pecho a aquel hombre.

–Bastará con quitar su cara y poner la mía. Búsqueme un pintor mañoso. A partir de hoy, me llamo Henri de Bel-Respiro. –Repetía, maravillado–: Señor director de la policía Henri de Bel-Respiro.

Me trastornaba tal sed de respetabilidad, porque ya me había llamado la atención en mi padre, Alexandre Stavisky. Llevo siempre encima la carta que le escribió a mamá antes de suicidarse. «Lo que pido sobre todo es que eduques a nuestro hijo inculcándole los sentimientos del honor y la probidad; y, cuando llegue a la edad ingrata de los quince años, que vigiles bien con quién se trata para que tenga buenos guías en la vida y llegue a ser un hombre honrado.» Creo que a él le habría gustado acabar sus días en una ciudad pequeña de provincias. Hallar sosiego y silencio tras años de tumulto, de vértigos, de espejismos, de torbellinos arrebatados. ¡Pobre padre mío! «Ya verá, cuando sea director de la policía se arreglará todo.» Los demás charlaban en voz baja. Uno de los hermanos Chapochnikoff traía una bandeja de naranjadas. Si no hubiera sido por la mancha de sangre en medio del salón y de la ropa heterogénea que llevaban, uno habría podido creerse que estaba en muy buena compañía. El señor Philibert guardaba las fichas y se sentaba al piano. Le quitaba el polvo al teclado con el pañuelo y abría una partitura. Tocaba el adagio de la sonata *Claro de luna*.

–Un melómano –cuchicheaba el Khédive–. Artista hasta la médula. Me pregunto qué hace entre nosotros. Un chico que vale tanto. ¡Escuche!

Yo notaba que me dilataba los ojos desmesuradamente una pena que había agotado todas las lágrimas, un cansancio tan grande que me hacía seguir despierto. Me parecía que llevaba desde siempre caminando en la oscuridad al ritmo de aquella música dolorosa y obstinada. Unas sombras se me aferraban a las solapas de la chaqueta, tiraban de mí hacia ambos lados, me llamaban ora «Lamballe» y ora «Swing Troubadour», me empujaban de Passy a Sèvres-Lecourbe y de Sèvres-Lecourbe a Passy sin entender nada de las cosas de los demás. El mundo rebosaba, desde luego, de ruido y de furia. Daba igual. Yo cruzaba entre aquel barullo, tieso como un sonámbulo. Con los ojos abiertos de par en par. Todo acabaría por calmarse. Los seres y las cosas se impregnarían poco a poco de aquella música lenta que tocaba Philibert. De eso estaba seguro. Habían salido del salón. Una nota del Khédive en la consola: «Haga por entregarnos a Lamballe lo antes posible. Necesitamos cogerlo.» El ruido de sus automóviles iba menguando. Entonces, ante el espejo veneciano, yo articulaba claramente: SOY LA PRIN-CE-SA DE LAM-BA-LLE. Me miraba a los ojos, apoyaba la frente en el espejo: soy la princesa de Lamballe. Unos asesinos te buscan en la oscuridad. Palpan a tientas, pasan rozándote, tropiezan con los muebles. Los segundos se hacen interminables. Contienes el aliento. ¿Encontrarán la llave de la luz? Acabemos de una vez. No resistiré ya mucho al vértigo; me iré hacia el Khédive, con los ojos muy abiertos, y pegaré la cara a la suya. SOY LA PRIN-CE-SA DE LAM-BA-LLE, el jefe de la OCS. A menos que el teniente Dominique se levante de pronto. Con voz seria: «Hay un chivato entre nosotros. Un tal "Swing Troubadour".» «Soy YO, mi teniente.». Alcé la cabeza. Una mariposa nocturna revoloteaba de una lámpara a otra y para que no se quemase las alas apagué la luz. Nadie tendría nunca conmigo un detalle tan delicado. Tenía que apañármelas solo. Mamá estaba lejos, en Lausana. Afortunadamente. Mi pobre padre, Alexandre Stavisky, había muerto. Lili Marlene me olvidaba. Solo. No había sitio para mí en ninguna parte. Ni en la calle de Boisrobert ni en la glorieta de Cimarosa. En la orilla izquierda del Sena, les ocultaba a los buenos chicos de la OCS mi actividad de chivato; en la orilla derecha, el título de «Princesa de Lamballe» me exponía a contrariedades muy serias. ¿Quién era en realidad? ¿Mi documentación? Un pasaporte Nansen falso. Un indeseable en todas partes. Aquella situación precaria me quitaba el sueño. Daba igual. Además de mi tarea adicional de «recuperador» de objetos valiosos, desempeñaba en el 3 bis el cometido de vigilante nocturno. Cuando se iban el señor Philibert, el Khédive y sus huéspedes, podría haberme retirado al cuarto del señor de Bel-Respiro, pero me quedaba en el salón. La lámpara de pantalla malva creaba a mi alrededor amplias zonas de penumbra. Abría un libro: *Los misterios del caballero de Éon*. Al cabo de pocos minutos, se me caía de las manos. Llegaba una certidumbre que acababa de deslumbrarme: no saldría vivo de ésta. Me retumbaban en la cabeza los acordes tristes del adagio. A las flores del salón se les caían los pétalos y yo envejecía cada vez más deprisa. Me ponía por última vez ante el espejo veneciano y me encontraba en él con el rostro de Philippe Pétain. Me parecía que tenía la mirada demasiado vivaz y la piel demasiado sonrosada y acababa por metamorfosearme en el rey Lear. Nada más natural. Llevaba acumulando desde la infancia una gran reserva de lágrimas. Llorar –según dicen– alivia y, pese a mis esfuerzos cotidianos, no conocía una dicha como ésa. Así que las lágrimas me royeron por dentro, como un ácido, lo que explica mi envejecimiento instantáneo. El médico me había avisado: A los veinte años será ya el sosias del rey Lear. Me habría gustado que vieran con una apariencia más petulante. ¿Tengo yo la culpa? De entrada, contaba con una salud estupenda y un ánimo de bronce, pero he pasado por grandes penas. Tan agudas que me hicieron perder el sueño. A fuerza de estar siempre abiertos, se me han hecho muy grandes los ojos. Me llegan hasta las mandíbulas. Algo más: basta con que mire o con que toque un objeto para que se convierta en polvo. En el salón, las flores se marchitaban. Las copas de champán, dispersas por encima de la consola, del escritorio, de la chimenea, eran la evocación de una fiesta muy antigua. Quizá el sarao que dio el 20 de junio de 1896 el señor de Bel-Respiro en honor de Camille du Gast, bailarina de cake-walk. Una sombrilla olvidada, colillas de cigarrillos turcos, un vaso de naranjada a medio beber. ¿Era Philibert quien tocaba el piano hace un rato? ¿O la señorita Mylo d'Arcille, que murió hace sesenta años? La mancha de sangre me devolvía a preocupaciones más contemporáneas. No sabía cómo se llamaba aquel desdichado. Se parecía a Saint-Georges. Mientras le daban una paliza había perdido una estilográfica y un pañuelo marcado con las iniciales C. F.: las únicas huellas de su estancia en el mundo...

242

Abría la ventana. Una noche de verano tan azul, tan tibia que parecía sin mañana y que las palabras «entregar el alma» y «dar el último suspiro» se me venían en el acto al pensamiento. El mundo se moría de consunción. Una agonía dulcísima, lentísima. Las sirenas, para anunciar un bombardeo, sollozaban. Luego, no oía ya sino un redoble de tambor ahogado. Duraba dos o tres horas. Bombas de fósforo. Al amanecer, París estaría cubierto de escombros. Qué se le va a hacer. Todo cuanto me gustaba de mi ciudad hacía ya mucho que no existía: la línea ferroviaria de circunvalación, el aerostato de Les Ternes, la Villa Pompeyana y los Baños Chinos. Acaba por parecernos natural que las cosas desaparezcan. Nada se librará de las escuadrillas. Yo ponía en fila encima del escritorio las figuritas de un juego de mahjong que pertenecía al hijo de la casa. Se estremecían las paredes. Se desplomarían de un momento a otro. Pero yo no había dicho la última palabra. De mi vejez, de mi soledad iba a brotar algo, como una pompa en la punta de una paja. Esperaba. De repente tomaba forma: un gigante pelirrojo, ciego seguramente, ya que llevaba gafas oscuras. Una niña de rostro arrugado. Los llamaba Coco Lacour y Esmeralda. Míseros. Inválidos. Siempre silenciosos. Un soplo, un ademán habrían bastado para quebrarlos. ¿Qué habría sido de ellos sin mí? Al fin daba con una excelente razón para vivir. Quería a mis pobres monstruos. Velaría por ellos... Nadie podría nunca hacerles daño. Gracias al dinero que ganaba en la glorieta de Cimarosa como chivato y saqueador les garantizaría todas las comodidades posibles. Coco Lacour. Esmeralda. Escogía a los dos seres más desvalidos del mundo, pero no había sensiblería alguna en mi amor. Le habría partido la boca a cualquiera que se hubiera permitido el mínimo comentario ofensivo acerca de ellos. Sólo con pensarlo, me entraba una rabia asesina. Me achicharraban los ojos haces de chispas rojas. Me ahogaba. Nadie se metería con mis dos criaturas. La pena que había reprimido hasta entonces se expandía en cataratas de las que tomaba mi amor su fuerza. Nadie resistía a esa erosión. Un amor tan devastador que los reyes, los capitanes eximios, los «grandes hombres» se convertían, ante mi vista, en niños enfermos. Atila, Bonaparte, Tamerlán, Gengis, Harun al-Rashid, y tantos otros cuyas prendas fabulosas me habían ponderado. Me parecía que eran de lo más diminutos, aquellos supuestos «titanes», y que daban mucha pena. Completamente inofensivos. Hasta tal punto que, al inclinarme sobre el rostro de Esmeralda, me preguntaba si no era a Hitler a quien estaba viendo. Una niñita abandonada. Hacía pompas de jabón con un aparato que acababa de regalarle. Coco Lacour encendía un puro. Desde que los conocía, nunca habían dicho una palabra. Mudos seguramente. Esmeralda miraba boquiabierta cómo estallaban las pompas al chocar con la lámpara del techo. Coco Lacour estaba absorto haciendo redondeles de humo. Placeres modestos. Les tenía cariño a esos pobres de espíritu míos. Y no es que aquellos dos seres me pareciesen más enternecedores ni más vulnerables que la mayoría de los hombres. TODOS me inspiraban una compasión maternal y desconsolada. Pero Coco Lacour y Esmeralda, al menos, se quedaban callados. No se movían. El silencio y la inmovilidad tras soportar tantas vociferaciones y tantas gesticulaciones inútiles. No sentía necesidad de hablarles. ¿Para qué? Eran sordos. Y más valía. Si le contase mi pena a uno de mis semejantes, me dejaría acto seguido. Lo entiendo. Y, además, mi aspecto físico les resulta desalentador a las «almas gemelas». Un centenario barbudo con unos ojos que se le comen la cara. ¿Quién podría consolar al rey Lear? Da igual. Lo importante: Coco Lacour y Esmeralda. Hacíamos en la glorieta de Cimarosa vida de familia. Me olvidaba del Khédive y del teniente. Gángsters o héroes, me tenían muy harto esos hombrecillos. Nunca había conseguido que me interesaran sus historias. Hacía proyectos para el futuro. Esmeralda iba a ir a clase de piano. Coco Lacour jugaría conmigo al mahjong y aprendería a bailar swing. Quería mimar a mis dos gacelas, a mis dos sordomudos. Darles una educación estupenda. No paraba de mirarlos. Mi amor por ellos se parecía al que sentía por mamá. En cualquier caso, mamá estaba a salvo: LAUSANA. En cuando a Coco Lacour y a Esmeralda, los protegía. Vivíamos en una casa tranquilizadora. Siempre me había pertenecido. ¿Mi documentación? Me llamaba Maxime de Bel-Respiro. Ante mí, el autorretrato de mi padre. Y además: *Des souvenirs*

> *au fond de chaque tiroir,*
> *des parfums*
> *dans les placards...*[1]

Desde luego que no teníamos nada que temer. El tumulto, la ferocidad del mundo morían ante la escalinata de la fachada del 3 bis. Las horas pasaban, silenciosas. Coco Lacour y Esmeralda subían para irse a la cama. Se dormirían enseguida. De todas las pompas que había hecho Esmeralda, aún quedaba una, flotando por el aire. Subía hacia el techo, insegura. Yo contenía el aliento. Se rompía al chocar con la lámpara del techo. Y entonces todo estaba acabado y bien acabado. Coco Lacour y Esmeralda no habían existido nunca. Me quedaba solo en al salón, oyendo la llu-

1. Recuerdos en todos los cajones, perfumes en las alacenas... *(N. de la T.)*

via de fósforo. Un último pensamiento enternecido para los muelles del Sena, la estación de Orsay y el ferrocarril del primer cinturón de cercanías. Y, luego, me encontraba solo y al cabo de la vejez en una comarca de Siberia que se llama Kamchatka. No crece allí vegetación alguna. Un clima frío y seco. Noches de oscuridad tan cerrada que son blancas. No hay quien viva en esas latitudes y los biólogos han observado que el cuerpo humano se desintegra en mil carcajadas, agudas, cortantes como cascos de botella. Se debe a lo siguiente: en esa desolación polar, uno se siente liberado de los últimos vínculos que lo ataban al mundo. Ya sólo puede morirse. De risa. Las cinco de la mañana. O quizá el crepúsculo. Una capa de ceniza cubría los muebles del salón. Yo miraba el quiosco de la glorieta y la estatua de Toussaint-Louverture. Me parecía que tenía ante los ojos un daguerrotipo. Luego recorría la casa, piso a piso. Maletas dispersas por las habitaciones. No había dado tiempo a cerrarlas. En una de ellas había un sombrero de amazona, un traje de cheviot color pizarra, el programa amarillento de un espectáculo en el Théâtre Ventadour, una foto dedicada de los patinadores Goodrich y Curtis, dos álbumes de recuerdo, unos cuantos juguetes viejos. No me atrevía a registrar las otras. Pululaban a mi alrededor: de hierro, de mimbre, de fibra de vidrio, de cuero de Rusia. Había varios baúles-armario apilados a lo largo del pasillo. El 3 bis se convertía en la inmensa consigna de una estación. Olvidada. Esos equipajes no le interesaban a nadie. Había, encerradas en ellos, muchas cosas muertas: dos o tres paseos con Lili Marlene por la zona de Les Batignolles, un caleidoscopio que me regalaron cuando cumplí siete años, una taza de verbena que me alargaba mamá una noche de no sé ya qué año... Todos los detalles pequeños de una vida. Me habría gustado hacer una lista completa y detallada. ¿Para qué?

Le temps passe tres vite
et les années nous quittent...
un jour...[1]

Me llamaba Marcel Petiot. Sólo entre todos esos equipajes. Inútil esperar. El tren no llegaría. Era un muchacho sin porvenir. ¿Qué hice de mi juventud? Un día llegaba tras el anterior y yo los iba amontonando en el mayor desorden. Bastaban para llenar alrededor de cincuenta maletas. Soltaban un olor agridulce que me daba arcadas. Las dejaré. Aquí se quedarán para los restos. Irme lo más deprisa que pueda de este palacete. Ya se están agrietando las paredes y el autorretrato del señor de Bel-Respiro se convierte en polvo. Diligentes arañas tejen sus telas alrededor de las lámparas, sube humo del sótano, Seguramente se están quemando allí unos cuantos restos humanos. ¿Quién soy? ¿Petiot? ¿Landru? En el pasillo, un vaho verde empapa los baúles-armario. Irme. Voy a ponerme al volante del Bentley que dejé aparcado anoche delante de la escalinata. Una última mirada a la fachada del 3 bis. Una de esas casas en donde sueña uno con descansar. Por desgracia, me había metido con fractura. No había sitio para mí en ella. Da igual. Giro el mando de la radio.

Pauvre Swing Troubadour...

La avenida de Malakoff. El motor no hace ruido. Me deslizo por un mar sin oleaje. Rumor de las frondas. Por primera vez en la vida, me siento en estado de completa ingravidez.

1. Veloz el tiempo pasa y los años nos dejan... Un día... *(N. de la T.)*

Ton destin, Swing Troubadour...

Me detengo en la esquina de la plaza de Victor-Hugo con la calle de Copernic. Me saco del bolsillo interior la pistola de culata de marfil engastada de esmeraldas que he encontrado en la mesilla de noche de la señora de Bel-Respiro.

... Plus de printemps, Swing Troubadour...

Dejo el arma en el asiento. Espero. Los cafés de la plaza están cerrados. Ni un peatón. Un Citroën 11 ligero de color negro, luego dos, luego tres, luego cuatro van avenida de Victor-Hugo abajo. Me late a toda prisa el corazón. Se acercan, aminoran la marcha. El primero se para al costado del Bentley. El Khédive. Tiene la cara a pocos centímetros de la mía, tras el cristal. Me mira fijamente con ojos dulces. Entonces me da la impresión de que se me contrae la boca en un rictus espantoso. El vértigo. Articulo con mucha claridad para que pueda leer en los labios: SOY LA PRIN-CE-SA-DE-LAM-BA-LLE. SOY LA PRIN-CE-SA-DE-LAM-BA-LLE. Cojo la pistola, bajo el cristal. Me mira sonriente como si lo supiera desde siempre. Aprieto el gatillo. Lo he herido en el hombro izquierdo. Ahora me siguen a distancia, pero sé que no escaparé de ellos. Los cuatro automóviles avanzan juntos. En uno van los sicarios de la glorieta de Cimarosa: Breton, Reocreux, Codébo, Robert el Pálido, Danos, Gouari... Vital-Léca conduce el Citroën 11 del Khédive. Me ha dado tiempo a ver, en el asiento de atrás, a Lionel de Zieff, a Helder y a Rosenheim. Subo por la avenida de Malakoff hacia Trocadéro. De la calle de Lauriston sale un Talbot azul ceniza: el de Philibert. Luego, el Delahaye Labourdette del excomandante Costantini. Todos han acudido a la cita. Empieza la montería. Voy

248

muy despacio. Respetan mi ritmo. Parece un cortejo fúnebre. No me hago *ninguna* ilusión: los agentes dobles mueren antes o después, tras haber ido retrasando el plazo con mil idas y venidas, ardides, mentiras y acrobacias. El cansancio llega *enseguida*. Ya sólo queda tenderse en el suelo, jadeante, y esperar el arreglo de cuentas. Es imposible librarse de los hombres. Avenida de Henri-Martin. Bulevar de Lannes. Voy al azar. Los otros me siguen, a unos cincuenta metros. ¿A qué medios van a recurrir para acabar conmigo? ¿Me dará Breton una ración de generador eléctrico? Me consideran una captura importante: la «Princesa de Lamballe», jefe de la OCS. Además, acabo de atentar contra el Khédive. Mi comportamiento debe de parecerles curiosísimo: ¿no les he entregado acaso a todos los Caballeros de la Sombra? Tendré que explicar ese pormenor. ¿Tendré fuerzas para ello? Bulevar de Pereire. ¿Quién sabe? A lo mejor a un maniático le interesa dentro de unos años esta historia. Estudiará el «período turbio» que vivimos, consultará periódicos viejos. Le costará mucho definir mi personalidad. ¿Qué papel desempeñaba yo en la glorieta de Cimarosa, en el seno de una de las bandas más temibles de la Gestapo francesa? ¿Y en la calle de Boisrobert, entre los patriotas de la OCS? Ni yo lo sé. Avenida de Wagram. *La ville est comme un grand manège*

dont chaque tour
nous vieillit un peu...[1]

Disfrutaba de París por última vez. Todas las calles, todos los cruces me despertaban algún recuerdo. Graff, en

1. La ciudad es como un gran tiovivo, con cada vuelta envejecemos... *(N. de la T.)*

donde conocí a Lili Marlene. El Hotel Claridge en donde vivía mi padre antes de huir a Chamonix. El baile Mabille, donde iba a bailar con Rosita Sergent. Los demás me dejaban que siguiera con mi recorrido. ¿Cuándo decidirían asesinarme? Sus automóviles seguían a unos cincuenta metros detrás de mí. Nos metemos por los grandes bulevares. Una noche de verano como no había visto antes ninguna. Por las ventanas entornadas salen ráfagas de música. La gente está sentada en las terrazas de los cafés o se pasea en grupo, indolentemente. Los faroles se estremecen, se encienden. Mil farolillos arden bajo las hojas de los árboles. Brotan carcajadas de todas partes. Confeti y valses con acordeón. Hacia el este, unos fuegos artificiales estallan en palmeras de color rosa y azul. Me parece que estoy viviendo esos instantes en pasado. Vamos siguiendo los muelles del Sena. En la orilla izquierda, el piso en donde vivía con mi madre. Las contraventanas están cerradas.

Elle est partie,
changement d'adresse...[1]

Cruzamos la plaza de Le Châtelet. Vuelvo a ver al teniente y a Saint-Georges, muertos en la esquina de la avenida de Victoria. Correré la misma suerte antes de que acabe la noche. A todo el mundo le llega la vez. Del otro lado del Sena, un bulto oscuro: la estación de Austerlitz. Hace mucho que no funcionan los trenes. Muelle de la Rapée. Muelle de Bercy. Nos estamos adentrando en barrios muy desiertos. ¿Por qué no aprovechan? Todos estos almacenes —a lo que me parece— son muy adecuados para

2. Ella se fue, un cambio de señas... *(N. de la T.)*

un arreglo de cuentas. Hace un claro de luna tan hermoso que decidimos de común acuerdo circular con los faros apagados. Charenton-le-Pont. Hemos salido de París. Me corren unas cuantas lágrimas. Yo quería a esta ciudad. Mi terruño. Mi infierno. Mi amante vieja y demasiado pintada. Champigny-sur-Marne. ¿Cuándo van a decidirse? Quiero acabar de una vez. Desfilan por última vez los rostros de las personas a las que quería. Pernety: ¿qué ha sido de su pipa y de sus zapatos de cuero negro? Corvisart: aquel inocentón me enternecía. Jasmin: un día, íbamos cruzando la plaza de Adolphe-Chérioux y me señaló una estrella en el cielo: «Es Betelgeuse.» Me prestó la biografía de Henri de Bournazel. Al hojearla, me encontré dentro con una foto antigua suya con traje de marinero. Obligado: su mirada triste. Me leía con frecuencia párrafos de su diario político. Esas hojas se están pudriendo ahora en lo hondo de un cajón. Picpus: ¿su novia? Saint-Georges, Marbeuf y Pelleport. Esos apretones de manos sinceros y esas miradas leales. Los paseos por Vaugirard. Nuestra primera cita al pie de la estatua de Juana de Arco. La voz autoritaria del teniente. Acabamos de dejar atrás Villeneuve-le-Roi. Se me aparecen otros rostros. Mi padre, Alexandre Stavisky. Se avergonzaría de mí. Quería que ingresara en Saint-Cyr. Mamá. Está en Lausana. Y puedo ir a reunirme con ella. Aprieto el acelerador. Dejo atrás a mis asesinos. Tengo los bolsillos a rebosar de billetes de banco. Suficientes para que hagan la vista gorda los aduaneros suizos más celosos. Pero estoy demasiado quemado. Aspiro al descanso. Lausana no me bastaría. ¿Se deciden? Me fijo en el retrovisor en que el Citroën 11 del Khédive se acerca, se acerca. No. Frena de repente. Están jugando al gato y al ratón. Yo oía la radio para pasar el rato.

Je suis seul
ce soir
avec ma peine...

Coco Lacour y Esmeralda no existían. Había dejado tirada a Lili Marlene. Había denunciado a los buenos chicos de la OCS. Perdemos a mucha gente por el camino. Había que recordar todos esos rostros, no faltar a las citas, cumplir las promesas. Imposible. Estaba a punto de irme. Delito de huida. En ese juego acabas por perderte a ti mismo. En cualquier caso, nunca supe quién era. Le doy permiso a mi biógrafo para que me llame sencillamente «un hombre»; no lo va a tener fácil. No he sido capaz de alargar el paso, el aliento y las frases. No entenderá nada de esta historia. Yo tampoco. Estamos en paz.

L'Haÿ-les-Roses. Hemos cruzado por otras poblaciones. De vez en cuando, el Citroën 11 del Khédive me adelantaba. El excomandante Costantini y Philibert circularon a mi lado durante un kilómetro. Yo pensaba que ya había llegado mi hora. Todavía no. Me dejaban ganar terreno. Me doy con la frente contra el volante. A ambos lados de la carretera hay chopos. Bastaría con un gesto torpe. Sigo adelante, durmiendo a medias.

Los paseos de circunvalación

Para Rudy
Para Dominique

¡Si yo tuviera antecedentes en un punto cualquiera de la historia de Francia!

Pero no, no hay nada.

RIMBAUD

El más grueso de los tres es mi padre, y eso que había sido tan esbelto. Murraille se inclina hacia él como para decirle algo en voz baja. Marcheret, de pie, en segundo plano, esboza una sonrisa, abombando levemente el torso y con las manos en las solapas de la chaqueta. No se puede especificar ni el color de la ropa ni el del pelo. Da la impresión de que Marcheret lleva un traje príncipe de gales de corte muy holgado y de que es tirando a rubio. Son dignas de mención la mirada vivaz de Murraille y la mirada intranquila de mi padre. Murraille parece alto y delgado, pero ya se le ha ensanchado la parte inferior de la cara. A mi padre se le nota en todo que es un hombre que se desfonda. Salvo en los ojos, casi desorbitados.

Paneles de madera en las paredes y chimenea de ladrillo: es el bar de Le Clos-Foucré. Murraille tiene en la mano una copa. Mi padre también. No olvidemos el cigarrillo que le cuelga de los labios a Murraille. Mi padre se ha colocado el suyo entre el anular y el meñique. Preciosismo hastiado. Al fondo del local, de tres cuartos, una silueta femenina: Maud Gallas, que regenta Le Clos-Foucré. Los sillones donde se sientan Murraille y mi padre son seguramente de cuero. Hay un impreciso reflejo en el respaldo, inmediatamente debajo del sitio que oprime la mano izquierda de Murraille. Al hacerlo, le rodea con el brazo la nuca a mi padre, con un ademán que podría ser de liberal amparo. Insolente, en esa muñeca, un reloj de esfera cuadrada. Marcheret, por el lugar en que está y por la estatura atlética, tapa a medias a Maud Gallas y las filas de botellas de licores. Se divisa –sin que cueste demasiado esfuerzo– en la pared, detrás de la barra, un calendario de taco. Destaca con claridad el número 14. Imposible leer el mes o el año. Pero, si nos fijamos bien en esos tres hombres y en la silueta desenfocada de Maud Gallas, nos parecerá que es una escena que transcurre en un pasado remoto.

Una foto antigua, encontrada por casualidad en lo hondo de un cajón y a la que le limpias el polvo despacio. Cae la tarde. Los fantasmas han entrado, como suelen, en el bar de Le Clos-Foucré. Marcheret se ha acomodado en una banqueta. Los otros dos han preferido los sillones colocados junto a la chimenea. Han pedido cócteles de repugnante e inútil complicación que ha preparado Maud Gallas con la ayuda de Marcheret, que le soltaba bromas de dudoso gusto llamándola «Maud, rica» o «mi Tonkinesa».[1] Ella no parecía molesta y cuando Marcheret le metió una mano en la blusa y le palpó un pecho –ademán que lo mueve siempre a dar algo así como un relincho–, se quedó impasible, con una sonrisa de la que cabría preguntarse si expresaba desprecio o complicidad. Era una mujer de unos cuarenta años, rubia y opulenta, de voz grave. El brillo de los ojos –¿son azul oscuro o malva?– sorprende. ¿A qué se dedicaba Maud Gallas antes de hacerse cargo de la

1. Alusión a la canción *La petite Tonkinoise*, que popularizó Josephine Baker. *(N. de la T.)*

dirección de esa hospedería? A lo mismo probablemente, pero en París. Ella y Marcheret aluden con frecuencia al Beaulieu, una sala de fiestas del barrio de Les Ternes que cerró hace veinte años. La mencionan en voz baja. ¿Chica de alterne? ¿Exartista de variedades? No cabe duda de que Marcheret la conoce hace mucho. Ella lo llama Guy. Mientras ahogan unas risitas al preparar las bebidas, entra Grève, el maître, que le pregunta a Marcheret: «¿Qué va a querer comer dentro de un rato el señor conde?» A lo que Marcheret contesta invariablemente: «El señor conde tomará mierda»; y saca la barbilla, guiña los ojos y arruga la cara con fastidio y suficiencia. En ese momento, mi padre suelta siempre unas risitas para dejarle claro a Marcheret que valora esa salida y lo tiene a él, a Marcheret, por el hombre más ingenioso del mundo. Éste, encantado de la impresión que le causa a mi padre, lo increpa: «¿A que tengo razón, Chalva?» Y a mi padre le falta tiempo para contestar: «¡Ya lo creo, Guy!» A Murraille ese sentido del humor lo deja frío. La noche en que Marcheret, más lanzado que de costumbre, afirmó, levantándole las faldas a Maud Gallas: «¡Esto es un muslo!», Murraille puso una voz chillona de charla mundana: «Discúlpelo, mi querida amiga, sigue pensando que está en la Legión.» (Este comentario nos brinda una nueva perspectiva de la personalidad de Marcheret.) Murraille, en lo que a él se refiere, adopta maneras de noble. Se expresa con palabras escogidas, modula los tonos de voz para que sean lo más aterciopelados posible y echa mano de algo así como una elocuencia parlamentaria. Acompaña lo que dice con ademanes amplios, no descuida ningún recurso expresivo de la barbilla o de las cejas y, con mucha frecuencia, imita con los dedos el movimiento de un abanico que se abre. Es rebuscado en el vestir: paños ingleses, camisas y corbatas que conjunta en camafeos sutilísimos. ¿Por qué entonces flota a su alrededor ese aroma demasiado insistente a perfume de Chipre? ¿Y esa sortija de sello de platino? Volvamos a observarlo: tiene la frente despejada y, en los ojos claros, una jovial expresión de sinceridad. Pero, más abajo, el cigarrillo que cuelga le hace aún menos firme la boca. La arquitectura enérgica del rostro se desintegra a la altura de las mandíbulas. La barbilla es huidiza. Oigámoslo: la voz se le pone a veces ronca y se agrieta. En definitiva, es para preguntarse, intranquilos, si no está cortado en el mismo paño tosco que Marcheret.

Esta impresión se confirma si los miramos a ambos al acabar la cena. Están sentados juntos, enfrente de mi padre, a quien sólo se le ve la nuca. Marcheret habla muy alto y le restalla la voz. Se le sube la sangre a las mejillas. También Murraille alza el tono, y la risa, estridente, tapa la risa más gutural de Marcheret. Se cruzan guiños y se propinan fuertes palmadas en el hombro. Surge entre ellos una complicidad cuya razón no conseguimos captar. Habría que estar sentado a la mesa con ellos y no perderse nada de lo que dicen. Desde lejos llegan unos cuantos retazos, insuficientes y desordenados. Ahora mantienen un conciliábulo y sus cuchicheos se pierden en este comedor amplio y desierto. De la lámpara de bronce del techo cae sobre las mesas, los paneles de madera, el armario de dos puertas y las cabezas de ciervo y de corzo colgadas en las paredes, una luz cruda. Los oprime como si fuera de algodón y les ahoga el sonido de la voz. Ni una mancha de sombra. Salvo la espalda de mi padre. Es para preguntarse por qué lo respeta la luz. Pero la nuca resalta con nitidez bajo los destellos de la lámpara y divisamos incluso una cicatriz pequeña y sonrosada en el centro. Y esa nuca se agacha de tal forma que parece estarse brindando a una cuchilla invisible. Mi padre bebe cuantas palabras dicen. Adelanta la cabeza hasta ponerla a pocos centímetros de las de ellos. Si se descuidara, pegaría la frente a la de Murraille o a la de Marcheret. Cuando la cara de mi padre se propasa algo al acercarse a la suya, Marcheret le agarra la mejilla entre el pulgar y el índice y se la retuerce despacio. Mi padre se aparta en el acto, pero Marcheret no suelta la presa. Lo tiene sujeto así durante unos cuantos minutos y aumenta la presión de los dedos. No cabe duda de que mi padre nota un dolor agudo. Le queda luego una señal roja en la mejilla. Se la toca con mano furtiva. Marcheret le dice: «Para que escarmientes de ser demasiado curioso, Chalva...» Y mi padre contesta: «Ya lo creo, Guy... Es verdad, Guy...» Sonríe.

Grève trae licores. La forma de andar y los ademanes ceremoniosos contrastan con la falta de compostura de los tres hombres y de la mujer. Murraille, apoyando la barbilla en la palma de la mano, con mirada laxa, da una impresión de total dejadez. Marcheret se ha aflojado el nudo de la corbata y apoya todo el peso en el respaldo de la silla, de forma tal que la tiene en equilibrio en dos patas. Uno teme continuamente que la silla se caiga hacia atrás. En cuanto a mi padre, se inclina hacia ellos con tal afán que casi toca la mesa con el pecho y bastaría con darle un papirotazo para que se desplomase encima de los cubiertos. Las pocas frases que es posible pescar son las que suelta Marcheret con voz pastosa. Al cabo de un momento, ya no emite sino gorgoteos. ¿Será la cena demasiado copiosa (siempre piden platos con salsa y varias clases de caza) o será el abuso en la bebida (Marcheret exige borgoñas densos de antes de la guerra) lo que causa en todos ese estado de estupor? A su espalda, Grève está muy tieso. Deja caer, dirigiéndose a Marcheret: «¿Desea algún otro licor el señor conde?», acentuando todas y cada una de las sílabas de «señor conde». Articula con insistencia aún mayor: «Bien, señor con-de.» ¿Quiere llamar a Marcheret al orden y notificarle que un noble no debería caer en el relajo en que cae él?

Por encima de la silueta rígida de Grève, sobresale de la pared una cabeza de corzo, igual que un mascarón de proa, y el animal mira fijamente a Marcheret, a Murraille y a mi padre con la total indiferencia de sus ojos de cristal. La sombra de los cuernos dibuja en el techo un entrelazado gigantesco. Disminuye la luz. ¿Un bajón del fluido eléctrico? Se han quedado postrados y silenciosos en la penumbra, que los roe. Otra vez esa impresión de estar mirando una foto antigua, hasta que Marcheret se levanta, pero de forma tan brusca que, a veces, se pega con la mesa. Entonces todo vuelve a empezar. La lámpara y los apliques recuperan el resplandor. Ni una sombra ya. Nada está ya borroso. El mínimo objeto se recorta con precisión casi insoportable. Los ademanes lánguidos vuelven a ser secos e imperiosos. Incluso mi padre se yergue, como a la voz de «firmes».

Van hacia la barra, por supuesto. ¿Adónde ir? Murraille le ha puesto a mi padre una mano amistosa en el hombro y le habla, con el cigarrillo en la boca, para convencerlo de algo de lo que ya habían tratado. Se detienen un momento a pocos metros de la barra, junto a la que ya se ha acomodado Marcheret. Murraille se inclina hacia mi padre y adopta el tono confidencial de quien ofrece unas garantías a las que es imposible resistirse. Mi padre asiente con la cabeza; el otro le palmea el hombro como si por fin estuvieran de acuerdo.

Se han sentado los tres ante la barra. Maud Gallas tiene puesta la radio en sordina, pero, cuando le gusta una

264

canción, gira el mando del aparato y sube el volumen. Murraille, por lo que a él se refiere, estará muy atento al comunicado de las once de la noche que recalca la voz seca de un locutor. Viene luego la sintonía que anuncia el final de la emisión. Una musiquita triste e insidiosa.

Otro prolongado silencio antes de que cedan a los recuerdos y las confidencias. Marcheret dice que a los treinta y seis años es un hombre acabado y se queja de que tiene paludismo. Maud Gallas rememora la noche en que entró de uniforme en el Beaulieu y la orquesta zíngara, para saludarlo, maulló el *Himno de la Legión*. Una de nuestras hermosas noches de antes de la guerra, dice con ironía mientras desmenuza un cigarrillo. Marcheret alza la vista para mirarla de forma peculiar y dice que a él la guerra le importa un carajo. Y que todo puede empeorar si quiere y que no va con él. Y que a él, el conde Guy François Arnaud de Marcheret d'Eu, nadie le puede dar lecciones. Lo único que le interesa es «el champán que le burbujea en la copa», con el que le salpica rabiosamente la pechera a Maud Gallas. Murraille dice: «Venga, venga...» Que no, que no, que su amigo no es un hombre acabado. Y, antes de nada, ¿qué quiere decir «acabado»? ¿Eh? ¡Nada! Afirma que su queridísimo amigo tiene aún por delante años espléndidos. Y, desde luego, puede contar con el afecto y el apoyo de «Jean Murraille». Por lo demás, ¿acaso él, «Jean Murraille», se lo piensa ni por un momento a la hora de concederle la mano de su sobrina a Guy de Marcheret? ¿Eh? ¿Acaso iba él a casar a su sobrina con un hombre acabado? ¿Eh? Se vuelve hacia los otros como para desafiarlos a que digan lo contrario. ¿Eh? ¿Qué mejor prueba de confianza y amistad puede darle? ¿Acabado? ¿Qué quiere decir acabado? Estar «acabado» es estar... Pero se queda mudo. No da con una definición y se encoge de hombros. Marcheret lo observa muy atento. Si Guy no ve inconveniente en ello, exclama entonces Murraille, como si se adueñara de él la inspiración, llevará de testigo a Chalva Deyckecaire. Y Murraille señala a mi padre, cuyo rostro ilumina en el acto un agradecimiento ardiente. Celebrarán la boda dentro de quince días en Le Clos-Foucré. Las amistades vendrán desde París. Una fiestecita familiar que cimentará su alianza. ¡Murraille-Marcheret-Deyckecaire! ¡Los tres mosqueteros! ¡Por lo demás, todo va bien! No hay motivo alguno para que Marcheret se preocupe. «Los tiempos andan revueltos», pero «el dinero corre a raudales». Ya se van perfilando todo tipo de apaños «a cual más interesante». Guy cobrará su parte de los beneficios. «A tocateja.» ¡Zas! El conde bebe a la salud de Murraille (por cierto, aquí hay algo curioso: la diferencia de edad entre Murraille y él no debe de ser de más de diez años...) y manifiesta, alzando la copa, que está feliz y orgulloso de casarse con Annie Murraille porque «tiene las nalgas más rubias y más calientes de París».

Maud Gallas se ha espabilado y le pregunta qué le va a regalar a su futura esposa por la boda. Un visón plateado y dos pulseras de oro macizo y de eslabones grandes que le han costado «seis millones al contado».

Acaba de traer de París un maletín lleno hasta arriba de divisas extranjeras. Y de quinina. El puñetero paludismo.

–De lo más puñetero, desde luego –dice Maud.

¿Dónde conoció a Annie Murraille? ¿Cómo? ¿A Annie Murraille? ¡Ah! ¡Dónde la conoció! En Langer, un restaurante de Les Champs-Élysées. ¡A fin de cuentas, verdad, conoció a Murraille por su sobrina! (Suelta la carcajada.) Fue un auténtico flechazo y pasaron el resto de la velada a solas en Le Poisson d'Or. Da muchos detalles, se arma un lío, vuelve a dar con el hilo de la historia. Murraille, que, de entrada, le prestaba una atención risueña, prosigue ahora con mi padre la conversación iniciada al acabar la cena. Maud escucha pacientemente a Marcheret, cuyo relato se desfleca en dichos de borracho.

Mi padre mueve la cabeza. Se le han hinchado más las bolsas que tiene debajo de los ojos, con lo que parece tremendamente cansado. ¿Qué papel desempeña exactamente junto a Murraille y Marcheret?

Se va haciendo tarde. Maud Gallas acaba de apagar la lámpara grande que hay junto a la chimenea. Una seña, sin lugar a dudas, para que entiendan que es hora de irse. En la sala no hay ya más luz que la de los dos apliques con pantalla roja que están en la pared del fondo, y mi padre, Murraille y Marcheret vuelven a sumirse en la penumbra.

Detrás de la barra queda aún una zona pequeña de luz en cuyo centro está, quieta, Maud Gallas. Se oye el cuchicheo de Murraille. La voz de Marcheret, cada vez más titubeante. Se deja caer como un bulto desde la banqueta, recupera el equilibrio de milagro y se apoya en el hombro de Murraille para no tropezar. Se encaminan inseguros hacia la puerta. Maud Gallas los acompaña hasta el umbral. El aire de fuera reanima a Marcheret. Le dice a Maud Gallas que si se siente sola, Maud, rica, no tiene más que darle un telefonazo; que la sobrina de Murraille tiene las nalgas más rubias de París, pero que los muslos de ella, de Maud Gallas, son «los más misteriosos de Seine-et-Marne». Le pasa un brazo por la cintura y empieza a sobarla hasta que se interpone Murraille diciendo: «Chisss... chisss...» Maud vuelve a entrar y cierra la puerta.

Ahí estaban los tres en la calle mayor del pueblo. A ambos lados, las recias casas dormidas, Murraille y mi padre iban delante. Marcheret, con voz ronca, cantaba *Le Chaland qui passe*. Se abrieron a medias algunas contraventanas y se asomó una cabeza. Marcheret increpó entonces fogosamente al curioso mientras Murraille se esforzaba por calmar a su futuro «sobrino».

Villa Mektoub es la última casa a la izquierda, precisamente en las lindes del bosque. De apariencia, es una componenda entre el bungalow y el pabellón de caza. A lo largo de la fachada, una veranda. Es Marcheret quien la ha bautizado con el nombre de Villa Mektoub en recuerdo de la Legión. La portalada está blanqueada con cal. Clavada en una de las hojas de la puerta hay una placa de cobre en donde están grabadas las palabras «Villa Mektoub» en letras góticas. Marcheret ha mandado alzar alrededor de todo el parque una empalizada de teca.

Se separan ante la portalada. Murraille le da una palmada en la espalda a mi padre y le dice: «¡Hasta mañana, Deyckecaire!» Y Marcheret espeta: «¡Hasta mañana, Chalva!», según entorna la hoja de la puerta con el hombro. Se internan por el paseo. Mi padre se queda quieto. Con frecuencia ha acariciado la placa con mano deferente y ha pasado el índice por el perfil de los caracteres góticos. La grava cruje bajo los pies de los otros dos. La sombra de Marcheret se recorta por un momento en el centro de la veranda. Vocifera: «¡Que sueñes cosas bonitas, Chalva!» y suelta la carcajada. Se oye cerrarse una puerta cristalera. El silencio.

Mi padre irá ahora calle mayor arriba y girará a la izquierda. Un camino de campo en cuesta poco pronunciada. El «Chemin du Bornage». Lo bordean fincas suntuosas con grandes parques. A veces aminora el paso y alza el rostro al cielo, como si contemplase la luna y las estrellas; u observa, pegando la frente a las verjas, el bulto oscuro de una casa. Sigue andando luego, pero con indolencia, como si no tuviera meta concreta. En ese momento es cuando habría que abordarlo.

Se para, empuja la portalada de Le Prieuré, una curiosa villa de estilo neorrománico. Antes de entrar, titubea un momento. ¿Le pertenece esta villa? ¿Desde cuándo? Vuelve a cerrar la portalada y cruza despacio el césped, de camino hacia la escalera de la fachada. Lleva la espalda encorvada. Qué triste parece ese señor grueso en la oscuridad de la noche...

Es, desde luego, uno de los pueblos más bonitos de Seine-et-Marne, y uno de los que tienen mejor situación: en las lindes del bosque de Fontainebleau. Algunos parisinos tienen allí casas de campo, pero ya no se los ve, seguramente «debido al giro preocupante que están tomando los acontecimientos».

Los señores Beausire, los dueños de la hospedería de Le Clos-Foucré, se fueron el año pasado. Dijeron que iban a tomarse un descanso en casa de sus primos, en Loire-Atlantique, pero todo el mundo entendió a la perfección que si se iban de vacaciones era porque los clientes habituales escaseaban cada vez más. Cuesta entender que, desde ese momento, lleve Le Clos-Foucré una señora que ha venido de París. Dos señores, también parisinos, han comprado la casa de la señora Lamiroux, a orillas del bosque. (Hacía casi diez años que esa señora no vivía ya en ella.) El más joven –por lo visto– sirvió en la Legión Extranjera. El otro parece ser que dirige un semanario en París. Uno de sus amigos se ha instalado también en Le Prieuré, la casa solariega de los Guyot. ¿La habrá alquilado? ¿O se está aprovechando de que esa familia no está? (Los Guyot se han ido a vivir a Suiza por tiempo indeterminado.) Se trata de un hombre corpulento de tipo oriental. Él y sus dos amigos disponen de unos ingresos muy elevados, pero esas fortunas suyas son por lo visto bastante recientes. Pasan aquí los fines de semana, como las familias burguesas en tiempos más serenos. El viernes por la noche llegan de París. El que fue legionario va a toda mecha por la calle mayor al volante de un Talbot beige y frena muy bruscamente delante de Le Clos-Foucré. Pocos momentos después, el sedán del otro aparca también a la altura de la hospedería. Tienen invitados. Esa pelirroja a la que se ve siempre con pantalón de montar. El sábado por la mañana da un paseo por el bosque y, cuando vuelve al picadero, los mozos de cuadra se apresuran a atenderla y cuidan de forma muy particular a su caballo. Por la tarde, va calle mayor abajo y la sigue un setter irlandés cuyo pelaje llameante entona (¿será un refinamiento?) con las botas leonadas y la melena pelirroja. La acompaña con gran frecuencia una joven rubia, la sobrina del director del semanario por lo visto. Va siempre con abrigo de piel. Las mujeres se dejan caer un rato por la tienda de antigüedades de la señora Blairiaux y escogen algunas joyas. La pelirroja compró un armario grande de estilo Luis XV chino para el que no encontraba comprador la señora Blairiaux porque pedía mucho por él. Cuando vio que su cliente le alargaba dos millones en metálico pareció intimidada. La pelirroja dejó los fajos de billetes en una estantería. Luego, una camioneta recogió el armario y lo llevó a la villa de la señora Lamiroux (desde que residen en ella el director del semanario y el exlegionario la han bautizado Villa Mektoub). La gente se ha fijado en que esa camioneta lleva con regularidad a Villa Mektoub objetos artísticos y cuadros con los que arrambla la pelirroja en las subastas de la comarca; el sábado por la noche, vuelve en coche desde Melun o desde Fontainebleau con el director del semanario. Va detrás la camioneta, cargada con un auténtico batiburrillo: muebles rústicos, vajillas, arañas, cuberterías de plata, que almacenan en la villa. Es algo que tiene muy intrigada a la gente del pueblo. Les gustaría saber más de esa pelirroja. No vive en Villa Mektoub, sino en Le Clos-Foucré. Aunque se intuye que entre el director del semanario y ella hay vínculos muy estrechos. ¿Es amante suya? ¿Una amiga? Dicen que el exlegionario, al parecer, es conde. Y que el señor corpulento de Le Prieuré se llama, por lo visto, «barón» Deyckecaire. ¿Son de verdad esos títulos? Ninguno de los dos encaja con la idea que suele tenerse de los auténticos aristócratas. Hay en su comportamiento algo sospechoso. ¿A lo mejor pertenecen a una nobleza extranjera? ¿Acaso hay quien oyó un día que el «barón» Deyckecaire le decía al director del semanario –y además alzando el tono de voz–: «No tiene ninguna importancia, soy ciudadano turco»? Por lo que al «conde» se refiere, habla francés con leve acento barriobajero. ¿Una costumbre que adquirió en la Legión? La pelirroja parece aficionada a exhibirse; en caso contrario ¿por qué iba a llevar todas esas joyas que se dan de cachetes con el atuendo de montar? En cuanto a la joven rubia, extraña verla arropada en un abrigo de pieles en el mes de junio. No debe de soportar el aire del campo. Han visto su foto en un *Ciné-Miroir*. ¿Sigue siendo actriz? Pasea muchas veces con el exlegionario, va de su brazo y le apoya la cabeza en el hombro. Por lo visto son novios.

Vienen más personas a pasar aquí el sábado y el domingo. El director del semanario recibe con frecuencia hasta a veinte invitados. Uno acaba por familiarizarse con la mayoría de ellos, pero costaría ponerle un nombre a cada silueta. No han tardado en correr por el pueblo los rumores más sorprendentes. El director del semanario organizaba fiestas singulares en Villa Mektoub. Por eso acudía desde París «toda esa gente tan peculiar». La mujer que regentaba Le

271

Clos-Foucré en ausencia de los Beausire era seguramente la exencargada de un burdel. Por lo demás, Le Clos-Foucré se iba pareciendo a un lupanar albergando a una clientela así. También se preguntaba la gente por qué arte de birlibirloque había tomado posesión el «barón» Deyckecaire de Le Prieuré. Le veían pinta de espía. Seguramente el «conde» se había alistado en la Legión para huir de la justicia. El director del semanario se dedicaba, junto con la pelirroja, a unos negocios muy turbios. Ambos organizaban las orgías de Villa Mektoub en las que el director del semanario metía a su sobrina. No vacilaba en arrojarla en brazos del «conde» y de aquellos cuya complicidad quería garantizarse. En pocas palabras, la gente estaba acabando por pensar que el pueblo «estaba en manos de una banda de gángsters». Un testigo bien informado, como dicen en las novelas policíacas, pensaría en el acto, al observar al director del semanario y a los de su entorno, en la «fauna» que frecuenta algunos bares de Les Champs-Élysées. Su presencia desentona aquí. Las noches en que son muchos cenan todos en Le Clos-Foucré y se encaminan luego, por grupitos, en un cortejo a retazos, hacia Villa Mektoub. Todas las mujeres son pelirrojas o rubias platino, todos los hombres llevan ropa chillona. El «conde» abre la marcha con el brazo envuelto en una bufanda de seda blanca, como si acabaran de herirlo en una escaramuza. ¿Pretende recordar así su pasado de legionario? Ponen la música muy alta, porque bocanadas de rumba y de jazz-hot y retazos de canciones le llegan a uno si está en la calle mayor. Y si alguien se para cerca de la villa los verá bailar detrás de las puertas acristaladas.

Una noche, a eso de las dos, oyeron gritar: «¡Cabrón!» con voz estridente. Era la pelirroja, que corría con los pechos fuera del escote. Alguien la perseguía. Volvió a gritar: «¡Cabrón!» Luego soltó la carcajada.

Al principio, los del pueblo abrían las contraventanas. Luego se acostumbraron al escándalo que metían todos esos recién llegados. Vivimos en unos tiempos en que uno acaba por no asombrarse ya de nada.

Esta revista la fundaron hace poco puesto que lleva el número 57. El título: *C'est la vie*, estalla en caracteres blancos y negros. En la cubierta, un cuerpo femenino en una postura sugestiva. Podría pensarse que se trata de una publicación picante si las palabras «Semanario de actualidad política y mundana» no anunciasen ambiciones más elevadas.

En la primera página, el nombre del director: Jean Murraille. Luego, bajo la rúbrica: Equipo de redacción, la lista de los colaboradores, alrededor de diez, todos ellos desconocidos. Por mucho que se hurgue uno en la memoria no recuerda haber visto esas firmas en parte alguna. Dos nombres, en el mejor de los casos, podrían despertar un vago recuerdo. Jean Drault y Mouly de Melun: aquél, un escritor de folletines de antes de la guerra, autor de *El soldado Chapuzot;* éste, un corresponsal conocido de *L'Illustration.* Pero ¿y los demás? ¿Ese misterioso Jo-Germain, por ejemplo, que firma en primera página una crónica dedicada al renacimiento de la primavera? Escrita en un francés aliñado de afeites, concluye: «¡Sentíos alegres!» Varias fotos que muestran a jóvenes muy poco vestidas ilustran el artículo.

En la segunda página: los «Ecos indiscretos». Se trata de unos párrafos que llevan todos ellos títulos incitantes. Alguien que responde al nombre de Robert Lestandi escribe en ellos las frases más escabrosas acerca de personalidades de la política, las artes y el espectáculo y cae incluso en consideraciones que tienen que ver con el chantaje. Unos cuantos dibujos «humorísticos» trazados con tinta siniestra llevan la firma de un tal Le Houleux. Lo que viene después también reserva no pocas sorpresas, desde el «editorial» político hasta los «reportajes», pasando por las cartas de los lectores. El «editorial» del número 57 es un tejido de injurias y de amenazas que redacta «François Gerbère». Leemos en él frases tales como: «Los fámulos caen fácilmente en el robo.» O también: «Otros responsables tienen que pagar. ¡Y pagarán!» ¿Responsables de qué? «François Gerbère» no lo especifica. En cuanto a los «reporteros», van derechos a los temas más equívocos. El número 57, por ejemplo, ofrece: «La novela real de una joven de color en el mundo del baile y del placer. París, Marsella, Berlín.» La misma mentalidad deplorable en las «Cartas de los lectores» en donde un corresponsal pregunta si «un cocimiento de moscas cantáridas incorporado a un alimento o a una bebida trae consigo que una persona del sexo débil ceda en el acto». Jo-Germain contesta a preguntas de esta laya en un estilo florido.

Las dos últimas páginas se reservan para la rúbrica «¿Qué hay de nuevo?». Un anónimo «señor Todo-París» describe detalladamente los acontecimientos mundanos de la semana. ¿Mundanos? Pero ¿de qué mundo estamos hablando? En la reapertura del cabaret Jane Stick de la calle de Ponthieu (el acontecimiento más «parisino», al menos en opinión del cronista), «llamaba la atención la presencia de Osvaldo Valenti y de Monique Joyce». Entre las demás «personalidades» a las que cita el «señor Todo-París»: la condesa Tchernicheff, Mag Fontanges, Violette Morriss; «el escritor Boissel, autor de *Las cruces de sangre;* el as de la aviación Costantini; Darquier de Pellepoix, abogado de sobra conocido; el profesor de antropología Montandon; Malou Guérin; Delvale y Lionel de Wiet, directores teatra-

les; los periodistas Suaraize, Maulaz y Alain-Laubreaux».
Pero, según él, «la mesa más animada fue la del señor Jean
Murraille». Para ilustrar tales dichos, una fotografía en la
que reconocemos a Murraille, a Marcheret, a la pelirroja
que sigue andando por ahí vestida con traje de montar (se
llama Sylviane Quimphe) y, finalmente, a mi padre, a
quien continúan citando con el nombre de «barón Deyckecaire». «Todos ellos», indica el comentarista, «imponen
en Jane Stick el cálido e ingenioso ambiente de las noches
parisinas.» Otras dos fotos muestran una vista panorámica
de la velada. La penumbra, las mesas que ocupan unas
cien personas con esmoquin y vestidos escotados. Debajo
de todas las fotos, un pie: «El escenario se ilumina, se abre
el telón, desaparece el entarimado, surge una escalera cubierta de bailarinas... Empieza la revista *En nuestro espejo*»
y «Elegancia, ritmo, luz. ¡Esto es París!». No. Hay algo sospechoso en esa reunión. ¿Quiénes son esas personas? ¿De
dónde salen? ¿El «barón» Deyckecaire, por ejemplo, allí, al
fondo, con esa cara gruesa y ese busto levemente desplomado tras un cubo para el champán?

–¿Le parece interesante?
En la foto, ahora de tono apagado, un individuo de
edad madura está frente a un hombre joven cuyos rasgos
ya no se distinguen. Alcé la cabeza. Estaba de pie ante mí;
no lo había oído llegar desde lo hondo de los años «turbios». Lanzó una ojeada a la sección «¿Qué hay de nuevo?»
para saber qué me tenía tan absorto. Desde luego, me había pillado con la nariz casi pegada a la publicación como
si me las estuviera viendo con un grabado de gran rareza.
–¿Le interesa la vida mundana?
–No particularmente, caballero –tartamudeé.

Me tendió la mano.

—¡Jean Murraille!

Me levanté, haciendo gala de la mayor de las sorpresas.

—¿Es usted quien dirige esta...?

—En persona.

Dije, al azar:

—Encantado. —Y luego, con esfuerzo—: Me gusta mucho su semanario.

—¿En serio?

Sonreía. Dije:

—Sí, está hecho cojonudamente.

Pareció extrañado al oír esa palabra vulgar que yo empleaba intencionadamente para crear una complicidad entre nosotros.

—Está hecho cojonudamente este semanario suyo —repetí adoptando una expresión pensativa.

—¿Es usted del oficio?

—No.

Estaba esperando que le concretara algo, pero me quedé callado.

—¿Un cigarrillo?

Se sacó del bolsillo un mechero de platino que abrió con gesto breve. Le colgaba un cigarrillo de la comisura de los labios, como si fuera a seguir colgando toda la eternidad.

Titubea:

—¿Ha leído el editorial de Gerbère? A lo mejor no está de acuerdo con la orientación... política de la publicación.

—No me meto en política —contesté.

—Le hago la pregunta —sonreía— porque me gustaría saber la opinión de un chico joven...

—Gracias.

—He tardado muy poco en conseguir colaboradores... formamos un equipo homogéneo. Hay periodistas que proceden de todas las orientaciones. Lestandi, Jo-Germain, Gerbère, Georges-Anquetil... A mí tampoco me gusta gran cosa la política. ¡Qué aburrida la política! –Risa breve–. Lo que le interesa al público son los chismes y los reportajes. ¡Y sobre todo las fotos! ¡Las fotos! ¡He escogido una modalidad... alegre!

–La gente necesita relajarse «en una época como la que vivimos» –comenté...

–¡Estamos completamente de acuerdo!

Respiré hondo. Y dije con voz entrecortada:

–Lo que más me gusta de este semanario suyo son los «chismes indiscretos» de Lestandi. ¡Muy bien! ¡Tienen mucha vida!

–Lestandi es un individuo temible. No siempre coincido con sus opiniones políticas. ¿Y usted?

Esa pregunta me pillaba de improviso. Clavaba en mí los ojos azul claro y me di cuenta de que tenía que contestarle enseguida, antes de que apareciese entre ambos una incomodidad insoportable.

–¿Yo? Pero si yo, fíjese, soy novelista cuando no tengo nada mejor que hacer.

El aplomo con que solté aquella frase me dejó asombrado.

–¡Pues eso es muy, muy, pero que muy interesante! ¿Y tiene ya algo publicado?

–Dos cuentos en una revista belga, el año pasado.

–¿Está aquí de vacaciones?

Había hecho la pregunta con mucha brusquedad, como si de repente desconfiase de mí.

–Sí.

Estaba a punto de añadir que ya nos habíamos cruzado en el bar y en el comedor.

–Es un sitio tranquilo, ¿verdad? –Aspiraba el humo

del cigarrillo nervioso–. He comprado una villa a orillas del bosque. ¿Vive usted en París?

–Sí.

–Dejando aparte sus actividades literarias –hizo hincapié en la palabra «literarias» y le noté un punto de ironía en la voz–, ¿tiene un trabajo habitual?

–No. Resulta difícil ahora mismo.

–Estamos viviendo una época muy curiosa. Me pregunto cómo va a acabar todo esto. ¿Y usted?

–Mientras tanto hay que disfrutar de la vida.

Este comentario le agradó. Soltó la carcajada.

–¡Después de nosotros el diluvio! –Y me dio una palmada en el hombro–. ¡Mire, lo invito a cenar esta noche!

Dimos unos cuantos pasos por el jardín. Para mantener viva la conversación, le dije que el aire era muy templado al final de la tarde y que tenía una de las habitaciones más agradables de la hospedería, una de las que daban directamente a la veranda.

Añadí que Le Clos-Foucré me recordaba mi infancia porque tiempo atrás venía aquí con mucha frecuencia con mi padre. Le pregunté si estaba contento con su villa. Le habría gustado disfrutar más de ella, pero el semanario lo tenía acaparado. Además, era un trabajo que le agradaba. Y a París tampoco le faltaba encanto. Nos sentamos a una de las mesas. Vista desde el jardín, la hospedería tenía un aspecto campesino y pudiente y no dejé de comentárselo. La gerente (él la llamaba Maud) era, me dijo, una amiga muy antigua. Le había aconsejado que comprase la villa. Yo habría querido que me especificase unas cuantas cosas acerca de aquella mujer, pero temía que mi curiosidad le pareciera sospechosa.

Llevaba mucho tiempo elaborando los planes más diversos para entrar en contacto con ellos. Primero pensé en la pelirroja. Se nos había cruzado la mirada en varias ocasiones. ¡Habría resultado fácil hablar con Marcheret sentándose a su lado en la barra! Imposible acercarse directamente a mi padre, que era de natural desconfiado. En cuanto a Murraille, me intimidaba. ¿Con qué rodeo podría entablar conversación? Y, en definitiva, era él quien había resuelto el problema. Me cruzó una idea por la cabeza. ¿Y si hubiese dado el primer paso para saber a qué atenerse respecto a mí? ¿Y si hubiera notado el gran interés que sentía yo por ellos desde hacía tres semanas, la forma en que espiaba todos y cada uno de sus gestos, todas y cada una de sus palabras en el bar y en el comedor? Me acordaba de lo que me reprocharon cuando quise entrar en la policía: «Muchacho, nunca será un buen poli. Cuando vigila a alguien o cuando está escuchando una conversación se le nota enseguida. Es usted un chiquillo.»

Grève se nos acercaba empujando una mesa con ruedas cargada de bebidas. Tomamos un vermut. Murraille me anunció que la siguiente semana podría leer en su semanario un artículo «estupendo» de Jo-Germain. Adoptaba un tono de confianza, como si me conociera hacía mucho. Iba cayendo la tarde. Estuvimos de acuerdo en que aquella hora era la más agradable del día.

La espalda maciza de Marcheret. Maud Gallas estaba detrás de la barra y le hizo una seña con la mano a Murraille cuando entramos. Marcheret se volvió.

–¿Qué tal, Jean-Jean?

–Bien –contestó Murraille–. Tengo un invitado. Por cierto –me miró frunciendo el entrecejo–, ni siquiera sé cómo se llama...

–Serge Alexandre.

Me había registrado con ese nombre en la hospedería.

–Muy bien, señor... Alexandre –dijo Marcheret con voz lánguida–, le propongo un Porto Flip.

–No tomo alcohol.

El vermut de antes me revolvía el estómago.

–Hace mal –contestó Marcheret.

–Es un amigo mío –dijo Murraille–. Guy de Marcheret.

–Conde Guy de Marcheret d'Eu –rectificó éste. Y añadió, poniéndome por testigo–: ¡No le gustan los apellidos con partícula! ¡El señor es republicano!

–¿Y usted? ¿Es periodista?

–No –dijo Murraille–. Es novelista.

–¡Caramba! Habría debido suponerlo. ¡Llamándose como se llama! ¡Alexandre... Alexandre Dumas! ¡Pero parece usted triste..., estoy seguro de que un poco de alcohol lo animaría!

Me alargaba su vaso, casi me lo metía por la nariz y se reía sin motivo alguno.

–No se asuste –me dijo Murraille–. Guy es siempre el alma de las fiestas.

–¿El señor Alexandre cena con nosotros? Le contaré montones de historias y podrá meterlas en sus novelas. Maud, cuéntele a nuestro amigo qué impresión causé cuando entré en el Beaulieu de uniforme. Una entrada de lo más novelesca, ¿a que sí, Maud?

Ella no contestó. Marcheret la miró rencoroso, pero ella le sostuvo la mirada. Él dio un resoplido.

–¡En realidad, todo eso son cosas del pasado! ¿Eh, Jean-Jean? ¿Cenamos en la villa?

–Sí –contestó Murraille, muy seco.

–¿Con el gordo?

–Con el gordo.

¿Así era como llamaban a mi padre?

Marcheret se puso de pie. Le dijo a Maud Gallas:

–Y si quiere acercarse luego a tomar una copa en la villa, no se lo piense dos veces, mi querida amiga.

Ella sonrió y posó en mí la mirada. Nuestras relaciones no habían ido más allá de la más estricta cortesía. Cuando veía que estaba sola, me habría gustado preguntarle cosas de Murraille, de Marcheret, de mi padre. Hablarle primero de cualquier cosa. Luego ir entrando por etapas sucesivas en el meollo del asunto. Pero me daba miedo no tener tacto bastante. ¿Se habría dado cuenta de que los andaba rondando? En el comedor, siempre elegía la mesa que caía más cerca de la de ellos. Mientras tomaban algo en la barra, yo me sentaba en uno de los sillones de cuero y me hacía el dormido. Les daba la espalda para que no se fijasen en mí, pero al cabo de un rato me entraba miedo de que me señalasen con el dedo.

–Buenas noches, Maud –dijo Murraille.

Yo le hice una inclinación marcada y dije:

–Buenas noches.

Me empieza a latir el corazón cuando salimos a la calle mayor. Está desierta.

–Espero –me dice Murraille– que le guste Villa Mektoub.

–Es el monumento más bonito de la zona –afirma Marcheret–. Lo compramos por cuatro cuartos.

Van a paso lento. De repente, me da la impresión de que estoy cayendo en una trampa. Todavía estoy a tiempo de echar a correr y de darles esquinazo. No aparto la vista de los primeros árboles del bosque, que tengo delante, a cien metros. Podría llegar a ellos de un solo impulso.

–Después de usted –me dice Murraille con tono entre irónico y ceremonioso.

Diviso una silueta familiar de pie, en el centro de la veranda.

–Hombre –dice Marcheret–, el gordo ha llegado ya.

Estaba apoyado en la barandilla, sin hacer fuerza. Y ella, sentada en uno de los sillones de pino, iba con pantalón de montar.

Murraille me presentó:

—La señora Sylviane Quimphe... Serge Alexandre... El barón Deyckecaire.

Me alargó una mano fofa y lo miré a la cara, bien de frente. No, no me reconocía.

Sylviane Quimphe nos explicó que acababa de dar un largo paseo por el bosque y que no había tenido ánimos para cambiarse.

—No tiene la menor importancia, mi querida amiga —afirmó Marcheret—. ¡Las mujeres están mucho más guapas con traje de montar!

En el acto la conversación se orientó hacia los deportes hípicos. Sylviane Quimphe puso por las nubes al profesor del picadero, un exjockey que se llamaba Dédé Wildmer.

Yo había coincidido ya con él en el bar de Le Clos-Foucré: cara de bulldog, cutis muy encarnado, afición muy marcada por el Dubonnet, gorras de cuadros y chaquetas de ante.

—Habrá que invitarlo a cenar. Recuérdemelo, Sylviane —dijo Murraille. Y, volviéndose hacia mí—: ¡Ya verá, es todo un personaje!

—Sí, es todo un personaje —repitió mi padre con voz tímida.

Sylviane Quimphe nos estaba hablando de su caballo. Le había hecho saltar hacía un rato unos cuantos obstáculos y había sido algo «muy concluyente».

—No hay que andarse con miramientos con él —dijo

Marcheret con tono de entendido–. ¡Los caballos se adiestran con espuelas y fusta!

Sacó a relucir un recuerdo de la infancia: su anciano tío vasco lo obligaba a montar siete horas seguidas bajo la lluvia. «¡Si te caes», le decía, «te quedarás tres días sin comer!»

–Pues nunca me caí. Así –se le puso la voz solemne– es como se educa a los jinetes.

Mi padre soltó un silbidito de admiración. Volvieron a hablar de Dédé Wildmer.

–No me cabe en la cabeza que ese enano tenga tanto éxito con las mujeres –dijo Marcheret.

–Pues a mí me parece muy atractivo –comentó Sylviane Quimphe.

–Menudas cosas de él he oído –contestó secamente Marcheret–. Por lo visto Wildmer se ha «metido en la coca»...

Charla estúpida. Palabras inanes. Personajes muertos. Pero allí estaba yo, con mis fantasmas, y me acuerdo, si cierro los ojos, de que una anciana con delantal blanco nos anunció que la cena estaba servida.

–Podríamos quedarnos en la veranda –propuso Sylviane Quimphe–. Hace tan bueno esta noche...

Marcheret habría querido cenar a la luz de las velas, pero acabó por admitir que «la penumbra azulada en que estábamos sumidos tenía su encanto». Murraille servía de beber. Me pareció entender que se trataba de un vino ilustre.

–¡Espléndido! –exclamó Marcheret. Y chasqueó la lengua. Mi padre la chasqueó también, como un eco.

Yo estaba sentado entre Murraille y Sylviane Quimphe, que me preguntó si estaba pasando aquí las vacaciones.

–Ya lo he visto en Le Clos-Foucré.

–Yo también la he visto –dije.

–Me parece incluso que tenemos habitaciones contiguas.

Y me lanzó una peculiar mirada.

–Al señor Alexandre le gusta mucho mi semanario –dijo Murraille.

–¿En serio? –se extrañó Marcheret–. ¡Pues debe usted de ser el único! Si leyese todos los anónimos que recibe Jean-Jean... ¡En el último lo llaman pornógrafo y gángster!

–Me importa un carajo –dijo Murraille–. ¿Sabe? –añadió bajando la voz–, en el mundo de la prensa me han forjado una reputación espantosa. ¡Incluso me acusaron, antes de la guerra, de cobrar dinero bajo cuerda! ¡Siempre me ha tenido envidia la gente de medio pelo!

Había recalcado las últimas palabras y se había puesto encarnado. Estaban sirviendo el postre.

–¿Y a qué se dedica usted? –me preguntó Sylviane Quimphe.

–Soy novelista –me apresuré a decir.

Me arrepentía de haberme presentado a Murraille con aquella peculiar etiqueta.

–¿Escribe novelas?

–¿Escribe novelas? –repitió mi padre.

Era la primera vez que me dirigía la palabra desde que habíamos empezado a cenar.

–Sí. ¿Y usted?

Abrió unos ojos como platos:

–¿Yo?

–¿Está aquí... de vacaciones? –le pregunté, cortés.

Me miraba fijamente con ojos de animal acosado.

–El señor Deyckecaire –dijo Murraille, señalando a mi padre con el dedo– vive en una finca soberbia a cien metros de aquí. Se llama Le Prieuré.

–Sí... Le Prieuré –dijo mi padre.

–Es mucho más impresionante que «Villa Mektoub» –dijo Marcheret–. Imagínese que hay una capilla en el parque.

284

–¡Chalva es un devoto creyente! –dijo Marcheret.

Mi padre soltó el trapo.

–¿A que sí, Chalva? –insistió Marcheret–. ¿Cuándo vamos a verte de sotana? ¿Eh, Chalva?

–Por desgracia –me dijo Murraille–, a nuestro amigo Deyckecaire le pasa lo que a nosotros. Sus ocupaciones no lo dejan salir de París.

–¿Qué ocupaciones? –me atreví a preguntar.

–Nada del otro mundo –dijo mi padre.

–¡Pues claro que sí! –dijo Marcheret–; ¡estoy seguro de que al señor Alexandre le gustaría que le explicases todos tus apaños financieros! ¿Sabe que Chalva –y ponía tono de guasa– es un caballero de la industria? ¡Podría darle lecciones a Sir Basil Zaharoff!

–No le haga caso –susurró mi padre.

–¡Me parece usted tan misterioso, Chalva! –dijo Sylviane Quimphe juntando las manos.

Mi padre sacó un pañuelo grande, con el que se enjugó la frente, y me acuerdo de pronto de que ese gesto es habitual en él. No dice nada. Yo tampoco. La luz va bajando. Los otros tres, algo más allá, celebran un conciliábulo. Me parece que Marcheret le dice a Murraille:

–Tu sobrina me ha llamado. ¿Qué cojones está haciendo en París?

A Murraille lo extrañan esas violencias verbales. ¡Que un Marcheret, un d'Eu, hable así!

–Como siga así la cosa –dice éste–, rompo el compromiso.

–Venga..., venga... Sería un error –dice Murraille.

Sylviane aprovecha el silencio para contar que un tal Eddy Pagnon, en una sala de fiestas donde estaban juntos, enarboló un revólver de juguete ante los clientes espantados... Eddy Pagnon... Otro nombre que me anda por la memoria. ¿Algún personaje? No sé, pero me gusta ese hombre que saca un revólver mientras amenaza a unas sombras.

Mi padre se había aproximado a la barandilla de la veranda para acodarse en ella y me acerqué a él. Había encendido un puro y fumaba soñadoramente. Al cabo de unos minutos se esmeró en hacer redondeles de humo. A nuestra espalda, los demás cuchicheaban y parecían haberse olvidado de nosotros. Y él también hacía caso omiso de mi presencia aunque carraspeé varias veces; y así nos quedamos mucho rato, él haciendo redondeles y yo vigilando la perfección de esos redondeles.

Pasamos al salón. Se entraba desde la veranda por una puerta vidriera. Era una habitación grande amueblada en estilo colonial. En la pared del fondo, un papel pintado de colores suaves representaba (Murraille me lo explicó más adelante) una escena de *Paul y Virginie*. Una mecedora, unas mesitas y unos sillones de mimbre. Unos pufs acá y acullá. (Me enteré de que Marcheret los había traído del barrio de Bousbir al irse de la Legión.) De tres farolillos chinos colgados del techo caía una luz incierta. Me llamaron la atención, en una estantería, unas cuantas pipas de opio... Todos aquellos elementos heteróclitos y ajados traían a la mente Tonkín, los plantadores de Carolina del Sur, la concesión francesa de Shanghái, el Marruecos de Lyautey; y debí de disimular mal la sorpresa ya que Murraille me dijo con expresión de incomodidad:

–Los muebles los escogió Guy.

Me senté, algo retirado. Hablaban en voz baja ante una bandeja con botellas de licor. El malestar que sentía desde el principio de la velada fue a más, y me pregunté entonces si no valdría más que me despidiera. Pero era incapaz de moverme, como en esas pesadillas en que querría uno huir del peligro que se acerca y nota que se le doblan las piernas. Las palabras, los ademanes, los rostros habían ido adquiriendo durante la cena un carácter desenfocado e irreal debido a la penumbra; y ahora, bajo la luz cicatera que dispensaban las lámparas del salón, todo se volvía aún más impreciso. Pensé que mi malestar era el de un hombre que va a tientas por una oscuridad pringosa y busca en vano una llave de la luz. En el acto me entró una risa nerviosa en que –por ventura– no se fijaron los demás. Siguie ron con su charla de la que no podía oír ni una palabra. Iban vestidos como suelen ir los parisinos acomodados que pasan unos días en el campo. Murraille llevaba una chaqueta de tweed; Marcheret, un jersey de un pardo precioso, de cachemira seguramente; mi padre, un terno de franela gris. Los cuellos de las camisas se abrían sobre unos fulares de seda impecablemente anudados. El pantalón de montar de Sylviane Quimphe añadía al conjunto una nota de elegancia deportiva. Pero todo aquello desentonaba en ese salón en donde lo que habría podido esperarse era gente con traje de hilo blanco y casco colonial.

–¿Va usted por libre? –me preguntó Murraille–. La culpa la tengo yo. Soy un anfitrión malísimo.

–Aún no ha probado, mi querido señor Alexandre, este aguardiente delicioso. –Y Marcheret me tendía una copa con ademán imperativo–. Beba.

Hice un esfuerzo, conteniendo una arcada.

–¿Le gusta esta habitación? –me preguntó–. Exótica, ¿verdad? Tengo que enseñarle mi cuarto. He mandado colocar un mosquitero.

–Guy siente nostalgia de las colonias –dijo Murraille.

–Unos sitios repugnantes –dijo Marcheret. Y añadió, pensativo–: Pero si me propusieran que volviese, me reengancharía.

Se calló, como si cuanto pudiera decir al respecto no fuera a entenderlo nadie. Mi padre movió la cabeza. Hubo un silencio prolongado. Sylviane Quimphe se acariciaba las botas con mano distraída. Murraille seguía con la vista el vuelo de una mariposa que se posó en uno de los farolillos chinos. En lo referido a mi padre, había caído en un estado de postración que me preocupaba. La barbilla casi le tocaba el pecho, le asomaban a la frente unas gotas de sudor. Yo deseaba que viniera un criado indígena joven, con paso lánguido, a quitar la mesa y apagar las luces.

Marcheret puso un disco en el gramófono. Una melodía suave. Creo que se llamaba *Soir de septembre*.

—¿Baila? —me preguntó Sylviane Quimphe.

No esperó a que le contestase; y ya estamos bailando. Me da vueltas la cabeza. Veo a mi padre cada vez que hago un giro y una pirueta.

—Debería montar a caballo —me dice Sylviane Quimphe—. Si quiere, lo llevo mañana al picadero.

¿Se había dormido mi padre? No se me había olvidado que cerraba frecuentemente los ojos, pero que no era sino que estaba fingiendo.

—¡Ya verá qué agradables son los paseos largos por el bosque!

Mi padre había engordado mucho en diez años. Nunca le había visto ese tono de piel plomizo.

—¿Es usted amigo de Jean? —me preguntó Sylviane Quimphe.

—Todavía no; pero espero que todo llegue.

Pareció asombrarla esa respuesta.

—Y espero que también nosotros seamos amigos —añadí.

—Por supuesto. Me parece usted encantador.

—¿Conoce a ese... barón Deyckecaire?

—No mucho.

—¿A qué se dedica exactamente?

—No lo sé; habría que preguntárselo a Jean.

—A mí ese barón me parece muy raro...

—Bah, debe de ser traficante...

A las doce, Murraille quiso oír el último parte de noticias. El locutor tenía la voz aún más chillona que de costumbre. Tras haber desgranado concisamente las noticias, se entregó a algo así como un comentario de tono histérico. Me lo imaginaba detrás del micrófono; enclenque, con corbata negra y en mangas de camisa. Dijo para terminar:

—Buenas noches a todos.

—Gracias —contestó Marcheret.

Murraille me estaba llevando aparte. Se frotó una de las aletas de la nariz y me puso la mano en el hombro.

—Por cierto..., oiga... Se me acaba de ocurrir una cosa. ¿Le gustaría ser colaborador del semanario?

—¿Usted cree?

Tartamudeé un poco y el resultado fue ridículo: ¿Usted cre-cree?

—Sí, a mí me agradaría mucho que un muchacho como usted trabajase en *C'est la vie*. A menos que le repugne el periodismo.

—En absoluto.

Titubeó y añadió, luego, en tono más amistoso:

—No querría comprometerlo, dado el carácter un tanto... peculiar de mi semanario...

—No me da miedo mojarme —le dije.

—Es algo muy valiente por su parte.

—Pero ¿qué quiere que escriba?

—Ah, elija usted: un cuento, una crónica, un artículo del estilo de «cosas vistas». Tiene el tiempo que quiera.

Había dicho estas últimas palabras con una insistencia peculiar y mirándome a los ojos.

–¿De acuerdo? –Sonrió–. ¿Qué, se moja?

–¿Por qué no?

Fuimos a reunirnos con los demás. Marcheret y Sylviane Quimphe hablaban de un local nocturno que acababa de abrir en la calle de Jean-Mermoz. Mi padre se había metido en la conversación: él tenía preferencia por el bar americano de la calle de Wagram, cuyo dueño era un ex-corredor ciclista.

–¿Te refieres a Le Rayon d'Or? –le preguntó Marcheret.

–No; se llama Fairy-land –dijo mi padre.

–¡Estás equivocado, gordo! ¡El Fairy-land está en la calle de Fontaine!

–Que no –dijo mi padre.

–Calle de Fontaine, 47. ¿Quieres que vayamos a comprobarlo?

–Tienes razón, Guy –suspiró mi padre–. Tienes razón...

–¿Conocen Le Château-Bagatelle? –preguntó Sylviane Quimphe–. Por lo visto, se lo pasa uno estupendamente.

–¿En la calle de Clichy? –inquirió mi padre.

–¡No, hombre, no! –exclamó Marcheret–. En la calle de Magellan. ¡Te confundes con Chez Marcel Dieudonné! ¡Lo mezclas todo! ¡La última vez habíamos quedado en L'Écrin de la calle de Joubert y este señor nos estuvo esperando hasta las doce de la noche en la calle de Hanovre, en el Cesare Leone! ¿A que sí, Jean?

–No tuvo mayor importancia –refunfuñó Murraille.

Se pasaron un cuarto de hora desgranando, igual que si fueran las cuentas de un rosario, nombres de bares y de salas de fiestas, como si París, Francia y el universo no fueran sino un barrio de prostitutas, un gigantesco burdel a cielo abierto.

–Y usted, Alexandre, ¿sale mucho?

–No.

–Pues bien, mi querido amigo, lo iniciaremos en «los placeres de las noches parisinas».

Seguían bebiendo y recordando otros locales cuyos nombres me salpicaban al pasar: Armorial, Czardas, Honolulu, Schubert, Gipsys, Monico, L'Athénien, Mélody's, Badinage. Se había adueñado de todos ellos una volubilidad que parecía inagotable. Sylviane Quimphe se desabrochaba la blusa camisera; a mi padre, a Marcheret y a Murraille se les alteraba el rostro, que adquiría una tonalidad sangre de toro de lo más preocupante. Sólo me llegaban aún unos cuantos nombres: Triolet, Monte-Cristo, Capurro's, Valencia. Me daba vueltas la cabeza. En las colonias –pensaba– las veladas deben de durar una eternidad, igual que ésta. Unos cuantos plantadores neurasténicos trituran los recuerdos como si los pasaran por un pasapurés e intentan luchar contra el miedo que los atenaza de estirar la pata en el siguiente monzón.

Mi padre se levantó. Les dijo que estaba cansado y que tenía que acabar aquella noche un trabajo.

–¿Vas a fabricar moneda falsa, Chalva? –preguntó Marcheret con voz pastosa–. ¿No le parece, Alexandre, que tiene pinta de falsificador de moneda?

–No le haga caso –me dijo mi padre.

Le dio un apretón de manos a Murraille.

–De acuerdo –susurró–. Ya me ocupo de todo.

–Cuento con usted, Chalva.

Cuando se me acercó para despedirse, le dije:

–Yo también me marcho. Podemos hacer juntos parte del camino.

–Con mucho gusto.

–¿Ya se va? –me preguntó Sylviane Quimphe.

–¡Yo que usted –me soltó Marcheret– no me fiaría de él! Y señalaba a mi padre con el dedo.

Murraille nos acompañó hasta el final de la veranda.

291

–Espero su artículo –me dijo–. ¡Que se le dé bien!

Caminábamos en silencio. Mi padre pareció sorprendido cuando me metí con él por el camino de Le Bornage en vez de seguir recto hasta la hospedería. Me lanzó una mirada furtiva. ¿Me reconocía? Quise preguntárselo, pero me acordé de la habilidad con que eludía las preguntas embarazosas. ¿Acaso no me había dicho un día: «Yo desalentaría a diez jueces de instrucción»? Dejamos atrás un farol. Pocos metros después volvía a reinar la penumbra. Las casas que divisaba parecían abandonadas. El roce del viento en las hojas. Quizá en aquellos diez años mi padre se había olvidado incluso de mi existencia. Cuantos desvelos e intrigas para caminar al lado de este hombre... Volvía a ver el salón de Villa Mektoub, los rostros de Murraille, de Marcheret, de Sylviane Quimphe, y el de Maud Gallas detrás de la barra, y a Grève cruzando el jardín... Los gestos, las palabras, mis alertas, mis horas de guardia, mis alarmas durante todos esos días interminables. Ganas de vomitar... Tuve que detenerme para recuperar el resuello. Se volvió a mirarme. Tenía otro farol a la derecha, que lo envolvía en una claridad lechosa. Estaba inmóvil, petrificado y, de pronto, estuve a punto de tocarlo y de asegurarme de que no era un espejismo. Cuando seguimos andando me acordé de los paseos que dábamos antes por París. Deambulábamos codo con codo, como esta noche. En realidad era lo único que habíamos hecho desde que nos conocíamos. Andar, sin que ninguno de los dos quebrase el silencio. Y seguíamos lo mismo. Cuando pasáramos la curva estaríamos delante de la verja de Le Prieuré. Dije en voz baja: «Qué noche más hermosa, ¿verdad?» Me contestó con tono distraído: «Sí, una noche hermosísima.» Estábamos a pocos metros de la verja y yo estaba esperando el momento en que me diera un apretón de manos para despedirse. Lo vería luego esfumarse en la oscuridad y me quedaría aquí, en medio de la carretera, en ese estado de pasmo en que nos hallamos después de haber dejado pasar, quizá, la ocasión de toda una vida.

—Bueno —me dijo—, pues aquí es donde vivo.

Y me señalaba con ademán tímido la casa que podía intuirse al final del paseo. El tejado tenía un brillo suave a la luz de la luna.

—¡Ah! ¿Así que es aquí?

Sí.

Estábamos tirantes. Seguramente había querido darme a entender que ya era hora de que nos separásemos y veía que no acababa de decidirme a hacerlo.

—Parece una casa muy hermosa —dijo adoptando una expresión convencida.

—Una casa muy hermosa, efectivamente.

Le intuí en la voz un asomo de nerviosismo.

—¿Hace poco que la ha comprado?

—Sí. Bueno, ¡no!

Hablaba confusamente. Se había apoyado en la verja y no se movía.

—¿La tiene alquilada?

Intentaba captarme la mirada con la suya, cosa que me sorprendió. Nunca miraba a las personas de frente.

—Sí, alquilada.

Esa palabra la había dicho en los límites de lo inaudible.

—Seguro que le estoy pareciendo muy indiscreto.

—¡Nada de eso, mi querido señor!

Esbozó una sonrisa que era más bien un temblor de los labios, como si temiese que le fuesen a dar un golpe, y me compadecí de él. Ese sentimiento que desde siempre experimentaba por él me causaba un fuerte ardor en el estómago.

—Sus amigos son encantadores –dije–. He pasado una velada estupenda.

—Me alegro.

Ahora me alargaba la mano.

—Tengo que irme a trabajar.

—¿En qué?

—Nada interesante. Contabilidad.

—Que le sea leve –susurré–. Espero volver a verlo un día de éstos.

—Será un placer, caballero.

En el momento en que estaba empujando la puerta de la verja, noté que se adueñaba de mí el vértigo: darle un golpecito en el hombro y explicarle detalladamente todo el trabajo que me había tomado para localizarlo. ¿Para qué? Iba por el paseo, despacio, con los andares de un hombre exhausto. Se quedó un buen rato en lo alto de la escalera de la fachada. Desde lejos, me parecía que tenía una silueta informe. ¿Era la silueta de un hombre o la de una de esas criaturas monstruosas que se aparecen en las noches de fiebre?

¿Se preguntó qué hacía yo allí, esperando, del otro lado de la verja?

Acabé, con ayuda de mi empecinada paciencia, por conocerlos mejor. En aquel mes de julio las ocupaciones de todos ellos no los obligaban a quedarse en París y «disfrutaron» del campo (como decía Murraille). Pasé todo ese tiempo con ellos, los oí hablar con docilidad y profunda atención. Tomaba nota en unas fichitas de las informaciones que iba recogiendo. Sé muy bien que el currículum de esas sombras no tiene gran interés, pero si no lo redactase ahora, nadie más lo haría. Es deber mío, puesto que los conocí, sacarlos –aunque no sea sino por un instante– de la sombra. Es deber mío y también es para mí una necesidad auténtica.

Murraille. Trabó amistad, muy joven, en el Café Brébant, con un grupo de periodistas de *Le Matin.* Éstos lo animaron a entrar en la profesión. Lo hizo. A los veinte años era el factótum, y luego el secretario, de un individuo que dirigía una publicación de chantajes. Su divisa era: «Nada de amenazas. Una sencilla presión.» Murraille iba a recoger los sobres al domicilio de los interesados. Recordaba que lo recibían con poca cordialidad. Algunos, no obstante, le mostraban una amabilidad untuosa y le pedían que intercediese por ellos ante su jefe para que fuera menos exigente. Éstos tenían «mucho que reprocharse». Al cabo de cierto tiempo ascendió a redactor, pero los artículos que le tocaba escribir eran de una espantosa monotonía y empezaban todos así: «Nos ha llegado de fuente segura que el señor X...», o: «¿Cómo es posible que el señor Y...?», o también: «¿Será cierto que el señor Z...» Venían luego revelaciones que a Murraille le daba vergüenza divulgar. Su jefe le recomendaba que acabase siempre con algún estribillo ético, del tipo: «Es menester que las personas malas reciban el castigo que les corresponde»; o con un toque de esperanza: «Deseamos fervientemente que el señor X... (o el señor Y...) vuelvan al buen camino. Tenemos incluso plena seguridad de ello, porque, como dijo el evangelista, todo hombre en su noche va hacia su luz», etc. Murraille sentía una tristeza pasajera al cobrar el sueldo a finales de mes. Y, además, la oficina del 30 bis de la calle de Grammont incitaba a cierta melancolía: papel pintado mustio, muebles viejos, luz cicatera. No había en todo esto nada que pudiera entusiasmar a un muchacho de su edad. Si se quedó tres años en aquella industria fue porque cobraba unos emolumentos muy elevados. Su jefe sabía portarse con generosidad y le daba la cuarta parte de los beneficios. El hombre aquel (que por lo visto, era el sosias de Raymond Poincaré) no carecía de sensibilidad. Caía con frecuencia en un estado de tremenda tristeza y le contaba confidencialmente a Murraille que si se había hecho extorsionista era porque sus semejantes lo habían decepcionado. Había creído que eran buenos, pero no había tardado en darse cuenta de su error; había decidido entonces denunciar sin tregua sus infamias. Y hacer que las PAGASEN. Una noche, en un restaurante, murió de un infarto. Sus últimas palabras fueron: «Si ustedes supieran...» Murraille tenía veinticinco años. Fueron para él tiempos difíciles. Llevaba la sección de cine y de *music-hall* en algunos periódicos.

No tardó en contar con una reputación detestable en los ambientes de la prensa: con frecuencia lo llamaban «tablón podrido». Padeció por ello, pero, con su indolencia y su afición a la vida fácil, no era capaz de enmendarse. Siempre temía verse escaso de dinero, y semejante eventualidad lo hacía caer en estados frenéticos. Habría sido capaz entonces de lo que fuera, lo mismo que un drogadicto para hacerse con su dosis.

Cuando lo conocí, todo le iba bien. Al fin dirigía su propia publicación. «Los tiempos turbios que estábamos viviendo» le habían permitido cumplir con aquel sueño, Les sacaba partido al desorden y a la oscuridad. En aquel mundo que iba a la deriva se sentía por completo a sus anchas. Me he preguntado con frecuencia cómo un hombre de porte tan distinguido (todos aquellos que hayan tenido algo que ver con él os hablarán de su elegancia natural y de sus ojos claros) y capaz a veces de tanta generosidad podía carecer hasta tal extremo de escrúpulos. Había algo en él que me gustaba mucho: no se hacía ilusión alguna en lo que a él se refería. Un compañero del servicio militar le disparó por descuido, al limpiar el fusil, y la bala se le alojó a pocos centímetros del corazón. Cuántas veces no me habrá repetido: «Cuando me condenen a muerte sin circunstancias atenuantes, los individuos a cuyo cargo corra meterme doce balas en el pellejo podrán ahorrarse una.»

Marcheret, por su parte, había nacido en el barrio de Les Ternes. Su madre, viuda de un coronel, intentó criarlo lo mejor posible. A aquella mujer, precozmente envejecida, le parecía que el mundo exterior era una amenaza. Habría deseado que su hijo tomara los hábitos. Así, al menos, no correría peligro alguno. Marcheret tenía una idea fija ya desde los quince años: largarse lo antes posible del piso diminuto de la calle Saussier-Leroy, donde el mariscal Lyautey, desde su marco, parecía espiarlo con mirada muy dulce. (La foto llevaba incluso una dedicatoria: «Al coronel De Marcheret. Con ternura. Lyautey.») Su madre no tardó en tener serios motivos de preocupación: estudios caóticos, vagancia. Expulsión del liceo Chaptal por haberle roto la cabeza a un condiscípulo. Asistencia asidua a cafés y lugares de diversión. Partidas de billar y de póquer que duraban hasta las claras del alba. Necesidad de dinero cada vez más imperiosa. No le hacía a su hijo reproche alguno. La culpa no la tenía él, sino los demás, los malos, los comunistas, los judíos. ¡Cuánto le habría gustado que se quedase en su cuarto, a buen recaudo...! Una noche, Marcheret andaba dando vueltas por la avenida de Wagram. Notaba esa exasperación que nos invade siempre a ráfagas a los veinte años cuando no sabemos qué hacer con la vida. Al remordimiento de disgustar a su madre se sumaba la ira de no tener cincuenta francos en el bolsillo... Aquello no podía seguir así. Se metió en un cine. Ponían *El signo de la muerte* y trabajaba en la película Pierre Richard-Willm. Era la historia de un joven que se iba a la Legión Extranjera. A Marcheret le parecía ver en la pantalla su propia imagen. Se quedó a dos sesiones seguidas; lo fascinaban el desierto, la ciudad árabe y los uniformes. A las seis de la tarde, fue el legionario Guy de Marcheret el que se encaminó al café más cercano y pidió un Kir. Y luego otro. Se alistó al día siguiente.

En Marruecos, dos años después, se enteró de la muerte de su madre. Nunca había podido acostumbrarse a la ausencia del hijo. Apenas hubo puesto su pena en conocimiento de un compañero de dormitorio, un georgiano apellidado Odicharvi, éste se lo llevó a un local de Bousbir, medio burdel, medio café árabe. Al final de la velada, se le ocurrió la brillante idea de alzar la copa y de gritarle a todo el mundo, señalando a Marcheret: «¡A la salud del huérfano!» Huérfano, Marcheret siempre lo había sido. Y si se alistó en la Legión fue quizá para dar con el rastro de su padre. Pero, al llegar a la cita, sólo había soledad, arena y los espejismos del desierto.

Regresó a Francia con un loro y con paludismo. «En esos casos, lo más jodido», me explicó, «es que no venga nadie a esperarte a la estación.» Notaba que estaba de más. Había perdido la costumbre de todas aquellas luces y de todo aquel barullo. Le daba miedo cruzar las calles y, en la plaza de L'Opéra, lo invadió el pánico y le pidió a un guardia que lo llevase de la mano a la acera de enfrente. Por fin tuvo la suerte de dar con otro exlegionario, como él, que tenía un bar en la calle de Armaillé. Se contaron mutuamente sus recuerdos. El otro exlegionario le dio casa y comida y adoptó el loro, de forma tal que Marcheret fue recuperando más o menos el apego a la vida. Gustaba a las mujeres. Eran los tiempos –tan lejanos– en que la Legión hacía latir los corazones. Una condesa húngara, la viuda de un importante industrial, una bailarina del Tabarin –en resumen, una cuantas «rubias», como decía Marcheret– se prendaron de los encantos de aquel soldado nostálgico del norte de África quien les sacó sustanciosos beneficios a los suspiros de esas mujeres. Con frecuencia, por conciencia profesional, se presentaba en las salas de fiestas vistiendo su antiguo uniforme. Un muchacho muy animado, como quien dice.

Maud Gallas. De ella no tengo demasiada información. Empezó una carrera de cantante, que fue una experiencia sin futuro. Marcheret me afirmó que había regentado un local nocturno de La Plaine-Monceau donde no había sino clientela femenina. Murraille aseguraba incluso que, por un encubrimiento de objetos robados, tenía prohibida la residencia en el departamento de Seine. Uno de sus amigos les compró Le Clos-Foucré a los Beausire y estaba al frente de la hospedería merced a ese rico protector.

Annie Murraille tenía veintidós años. Una rubia diáfana. ¿Era de verdad sobrina de Jean Murraille? Nunca pude aclararlo. Quería hacer una gran carrera en el cine y soñaba con ver su nombre «en letras de neón». Después de haber interpretado unos cuantos papeles de poca importancia, protagonizó *Nuit de rafles,* una película muy olvidada hoy en día. Supongo que se prometió con Marcheret porque era el mejor amigo de Murraille. Le tenía a su tío (¿era en realidad su tío?) un afecto ilimitado. Si por ventura queda aún alguien que recuerde a Annie Murraille, habrá conservado de ella la imagen de una actriz joven y con mala suerte, pero tan enternecedora... Quería disfrutar de la vida...

Conocí mejor a *Sylviane Quimphe*. Procedencia humilde. Su padre trabajaba de vigilante nocturno en las antiguas fábricas Samson. Se pasó toda la adolescencia en un cuadrilátero cuyos límites eran, al norte, la avenida de Daumesnil y, al sur, los muelles de La Rapée y de Bercy. Es éste un paisaje que nunca les ha llamado mucho la atención a los paseantes. A trechos, le parece a uno que anda perdido por lo más remoto de una provincia remota y, si sigue la orilla del Sena, le da la impresión de que está descubriendo un puerto abandonado. El paso del metro elevado por el puente de Bercy y los edificios de la morgue incrementan la irremediable melancolía del lugar. En ese escenario poco grato hay no obstante una zona con mejor suerte, que hace las veces de imán de los sueños: la estación de Lyon. Delante de ella acababa siempre por recalar Sylviane Quimphe. A los dieciséis años, exploraba los mínimos recovecos. Y, sobre todo, los andenes de salida de las líneas de largo recorrido. Las palabras «Compañía internacional de coches cama» le sonrosaban las mejillas. Luego regresaba a su casa, en la calle de Corbineau, repitiendo el nombre de esas ciudades que no conocería nunca, Bordighera-Rimini-Viena-Estambul. Delante del edificio en que vivía había una glorieta donde se condensaban, al caer la tarde, todo el hastío y el encanto desconsolado del distrito XII. Se sentaba en un banco. ¿Por qué no se había subido a algún vagón, al azar? Decidió no volver a casa. Por lo demás, su padre no estaba por las noches. Tenía el campo libre.

Desde la avenida de Daumesnil se escurrió por el dédalo de callejuelas que llaman «barrio chino» (¿existe hoy aún? Una colonia de asiáticos había abierto allí bares pitañosos, restaurantes pequeños e incluso –por lo visto– varios fumaderos de opio). La humanidad variopinta que se ve por las inmediaciones de las estaciones chapoteaba en aquel islote insalubre como en un pantano. Allí encontró Sylviane Quimphe lo que había ido a buscar: un exempleado de la agencia Cook –con mucha labia, de buen ver y que vivía de apaños diversos– y a quien se le ocurrieron en el acto proyectos muy concretos en lo tocante al porvenir de aquella muchacha tan joven. ¿Quería viajar? Todo podía arreglarse. Precisamente un primo suyo era revisor en los coches cama. Los dos hombres le regalaron a Sylviane un viaje de ida y vuelta París-Milán Pero, en el momento de la salida, le presentaron a un músico grueso y sonrosado cuyos caprichos complicados tuvo que satisfacer durante el viaje de ida. Y la vuelta la hizo en compañía de un industrial belga. Aquella prostitución itinerante reportaba muchos beneficios a ambos primos, a quienes se les daba de maravilla el papel de ojeadores. Que uno de ellos trabajase en la compañía de coches cama facilitaba las cosas: localizaba clientes durante el viaje y Sylviane Quimphe recordaba un trayecto París-Zúrich en que recibió a ocho hombres seguidos en su compartimiento individual. Aún no había cumplido veinte años. Pero habrá que creer en los milagros. En el pasillo de un tren que iba de Basilea a La Chaux-de-Fonds conoció a Jean-Roger Hatmer. Aquel joven de mirada triste pertenecía a una familia que se había distinguido en el comercio del azúcar y los textiles. Acaba de entrar en posesión de una cuantiosa herencia y no sabía qué hacer con ella. Ni tampoco con su vida, por cierto. Halló en Sylviane Quimphe una razón de ser y la rodeó de una respetuosa devoción. Durante los cuatro meses que duró su vida en común no se permitió privacidad alguna con ella. Todos los domingos le regalaba un maletín lleno de joyas y de billetes de banco, diciéndole con voz sorda: «Por lo que pueda pasar.» Quería que, más adelante, Sylviane Quimphe estuviera «al abrigo de la necesidad». Hatmer, que vestía de negro y llevaba gafas con montura de acero, tenía la discreción, la modestia y la benevolencia que les vemos a veces a los secretarios ancianos. Le interesaban mucho las mariposas e intentó que Sylviane Quimphe compartiese esa pasión; pero no tardó en darse cuenta de que la aburría. Un día, le dejó la siguiente nota: «Me van a someter a un consejo de familia y seguramente me ingresarán en una casa de salud. No podremos volver a vernos. Todavía queda un Tintoretto pequeño en el salón, en la pared de la izquierda. Cójalo. Y véndalo. *Por lo que pueda pasar.*» No volvió a saber nada de él. Gracias a ese joven previsor, quedaba libre de preocupaciones materiales para el resto de sus días. Pasó por muchas más aventuras, pero de repente me siento muy poco animoso.

Murraille, Marcheret, Maud Gallas, Sylviane Quimphe... No es que me haga especial ilusión dar su pedigrí. Tampoco lo hago porque me importe la dimensión novelesca, pues carezco por completo de imaginación. Si me intereso por estos desclasados, estos marginales, es para dar, al pasar por ellos, con la imagen escurridiza de mi padre. No sé casi nada de él. Pero me lo inventaré.

Coincidí con él por vez primera a los diecisiete años. El jefe de estudios del internado Saint-Antoine, de Burdeos, me avisó de que me estaban esperando en la sala de visitas. Era un desconocido de piel tostada y traje de franela oscura, quien se levantó al verme.

—Soy su papá...

Y allí estábamos, en la calle, en una tarde de julio que cerraba el curso escolar.

—Por lo visto ha aprobado el examen final de bachillerato...

Me sonreía. Les lancé una última mirada a los muros amarillos del internado donde me había estado pudriendo ocho años.

Si sigo hurgando marcha atrás en mis recuerdos, ¿con qué me encuentro? Con una señora de pelo gris en cuyas manos me puso mi padre. Antes de la guerra, era la encargada del vestuario del Frolic's (un bar de la calle de Grammont) y, al jubilarse, se fue a Libourne. Allí fue donde crecí, en su casa.

Luego el internado, en Burdeos.

Llueve. Mi padre y yo andamos, juntos, sin decir palabra, hasta el muelle de Les Chartrons, donde vive la familia que me saca del internado los domingos, los Pessac. (Son miembros de esa aristocracia de los vinos y el coñac a la que deseo un declive veloz.) Las tardes que pasé en su casa cuentan entre las más tristes de mi vida y no pienso hablar de ellas.

Subimos las escaleras monumentales. Acude a abrirnos la criada. Voy corriendo al trastero, donde había pedido permiso para dejar una maleta llena de libros (novelas de Bourget, de Marcel Prévost o de Duvernois, taxativamente prohibidas en el internado). Oigo de pronto la voz seca del señor Pessac: «¿Qué hace aquí?» Le habla a mi padre. Al verme con la maleta en la mano, frunce el entrecejo: «¿Se va? Pero ¿quién es este señor?» Titubeo y luego masculo:

303

«¡MI PADRE!» Está claro que no me cree. Dice, suspicaz: «Si no he entendido mal, ¿se iba usted como un ladrón?» Esa frase se me gravó en la memoria pues, desde luego, parecíamos dos ladrones pillados con las manos en la masa. Mi padre, enfrentado a aquel hombrecillo con bigotes y batín pardo, no decía nada y mordisqueaba el puro para disimular el apuro. Yo sólo pensaba en una cosa: salir por pies lo antes posible. El señor Pessac se había vuelto hacia mi padre y lo examinaba con curiosidad. En éstas, llegó su mujer. Luego, la hija y el hijo mayor. Estaban allí plantados, mirándonos sin decir nada, y tuve la sensación de que habíamos entrado con fractura en aquel domicilio burgués. Cuando a mi padre se le cayó la ceniza del puro en la alfombra, me llamó la atención la cara de desprecio divertido que se les puso. La hija se echó a reír. Su hermano, un zangolotino granujiento que presumía de «chic inglés» (algo usual en Burdeos), soltó con voz aflautada: «El señor a lo mejor quiere un cenicero...» «A ver, François-Marie», susurró la señora Pessac, «no seas grosero.» Y dijo esas palabras mirando insistentemente a mi padre, como para darle a entender que aquel calificativo iba por él. El señor Pessac seguía mostrando el mismo desdén flemático. Creo que lo que los molestó fue la camisa verde claro de mi padre. Ante la hostilidad manifiesta de aquellas cuatro personas, parecía una mariposa grande caída en una trampa. Sobaba el puro y no sabía dónde apagarlo. Retrocedía hacia la salida. Los otros no se movían y disfrutaban sin recato del apuro que sentía. De pronto noté algo así como ternura hacia aquel hombre a quien apenas conocía; me acerqué a él y le dije en voz alta: «Permita que le dé un abrazo.» Y, tras hacerlo, le quité el puro de los dedos y lo apagué concienzudamente en la mesa de marquetería a la que tanto apego tenía el señor Pessac. Le tiré de la manga a mi padre.

–Ya está bien –le dije–. Vámonos.

Pasamos por el Hotel Splendid, donde había dejado las maletas. Fuimos en taxi a la estación de Saint-Jean. En el tren hubo un amago de conversación. Me explicó que sus «negocios» le habían impedido dar señales de vida, pero que, a partir de ahora, viviríamos en París juntos y no nos volveríamos a separar. Yo tartamudeé unas cuantas palabras de agradecimiento,

–En el fondo –me dijo a quemarropa–, ha debido de sufrir mucho.

Me sugirió que dejase de llamarlo «señor». Transcurrió una hora de silencio total y rechacé la invitación de ir con él al coche restaurante. Aproveché su ausencia para registrar la cartera negra que había dejado en el asiento. Sólo había en ella un pasaporte Nansen. Se apellidaba, efectivamente, como yo. Y tenía dos nombres: Chalva y Henri. Había nacido en Alejandría en los tiempos –supongo– en que aquella ciudad brillaba aún con singular esplendor.

Al volver al compartimiento, me alargó un pastel de almendra –un detalle que me enterneció– y me preguntó si era cierto que tenía el título de bachiller (decía «bachiller» con la boca chica, como si sintiera un respeto medroso por esa palabra). Al contestar yo afirmativamente, movió la cabeza, muy serio. Me arriesgué a hacerle unas cuantas preguntas: ¿por qué había ido a buscarme a Burdeos? ¿Cómo había dado con mi rastro? Para todas las respuestas, se limitaba a ademanes evasivos o a frases hechas tales como: «Ya le explicaré...», «Ya verá», «La vida, ya sabe...». Y después suspiraba y adoptaba una actitud pensativa.

París, estación de Austerlitz. Titubeó durante un momento antes de darle la dirección al taxista. (Más adelante, podía suceder que pidiéramos que nos llevaran al muelle de Grenelle siendo así que íbamos al bulevar de Kellermann. Cambiábamos con tanta frecuencia de señas que nos hacíamos un lío y siempre caíamos en la cuenta de la equivocación demasiado tarde.) En aquella ocasión, íbamos a la glorieta de Villaret-de-Joyeuse. Me imaginé un jardín donde el canto de los pájaros se mezclaba con el rumor de las fuentes. No. Una calle sin salida orillada de edificios opulentos. La vivienda estaba en el último piso y daba a la calle por unas ventanas muy curiosas en forma de ojo de buey. Tres habitaciones, muy bajas de techo. Los muebles del «salón» consistían en una mesa grande y dos sillones de cuero muy baqueteado. En las paredes, un papel pintado en el que dominaba el color de rosa, imitación de la tela de Jouy. Una lámpara muy grande de bronce colgaba del techo (pero no estoy muy seguro de esta descripción: no diferencio muy bien el piso de la glorieta de Villaret-la-Joyeuse y el de la avenida Félix-Faure, que nos realquiló una pareja de rentistas. En ambos flotaba el mismo olor mustio). Mi padre me indicó el cuarto más pequeño. Un colchón en el suelo. «Disculpe la falta de comodidades», dijo. «Por lo demás, no vamos a quedarnos mucho aquí. Que duerma bien.» Estuve horas oyéndolo pasear arriba y abajo. Así empezó nuestra vida en común.

Al principio, me demostraba una cortesía, una deferencia que pocas veces halla un hijo en su padre. Cuando me dirigía la palabra, yo notaba que purgaba la forma de hablar, pero el resultado era lamentable. Usaba expresiones cada vez más alambicadas, se perdía en circunloquios y parecía continuamente disculparse o tomarle la delantera a algún reproche. Me traía el desayuno a la cama con ademanes ceremoniosos que desentonaban en un escenario como aquél: el papel pintado de mi cuarto estaba roto en varios sitios, del techo colgaba una bombilla sin lámpara y, cuando corrías las cortinas, la barra se caía regularmente. Un día me llamó por mi nombre y le entró un tremendo apuro. ¿A qué debía yo tantas consideraciones? Caí en la cuenta de que eran por mi título de «bachiller» cuando escribió personalmente a Burdeos para que me enviasen un certificado de que, efectivamente, tenía ese título. En cuanto llegó, lo llevó a enmarcar y lo colgó entre las dos «ventanas» del «salón». Me di cuenta de que llevaba un duplicado en la cartera. Al azar de un paseo nocturno, enseñó ese documento a dos guardias que nos habían pedido la documentación y, al notar que se habían quedado perplejos al ver su pasaporte Nansen, les repitió cinco o seis veces seguidas que «su hijo era bachiller...». Después de cenar (mi padre preparaba muchas veces un plato que llamaba «arroz a la egipcia»), encendía un puro, lanzaba de vez en cuando una mirada intranquila a mi título y, luego, caía en el desánimo. Sus «negocios» —me explicaba— le daban muchos disgustos. Él, tan luchador y que se había enfrentado desde la más tierna edad a las «realidades de la vida», se notaba «cansado» y la forma en que decía «He perdido los ánimos...» me impresionaba mucho. Luego enderezaba la cabeza: «Usted, en cambio, tiene la vida por delante.» Yo asentía cortésmente. «Sobre todo con su BACHILLERATO... Si yo hubiera tenido la suerte de conseguir ese título... —se le quebraba la voz—, el bachillerato es toda una referencia, la verdad...» Todavía estoy oyendo aquella breve frase. Me conmueve como una música del pasado.

Transcurrió al menos una semana antes de que me enterase de en qué consistían aquellas actividades suyas. Lo oía irse muy temprano por la mañana y no volvía sino a la hora de preparar la cena. De una bolsa de la compra de hule sacaba cosas de comer —pimientos, arroz, especias, carne de cordero, manteca de cerdo, fruta confitada, sémola—, se ataba a la cintura un delantal de cocina y, después

307

de quitarse los anillos, revolvía en una sartén el contenido de la bolsa. Luego se sentaba enfrente del título, me invitaba a sentarme y comíamos.

Por fin, un jueves por la tarde me rogó que lo acompañase. Iba a vender un sello que era «una rareza» y, ante aquella perspectiva, estaba en estado febril. Fuimos avenida de La Grande-Armée abajo y, luego, por Les Champs-Élysées. En varias ocasiones me enseñó el sello (que había envuelto en papel celofán). Según él, se trataba de una pieza «única» de Kuwait, que se llamaba «Emir Rashid y vistas diversas». Llegamos al Carré Marigny. En ese espacio que está entre el teatro y la avenida de Gabriel ponían el mercado de sellos. (¿Seguirá existiendo ahora?) La gente formaba grupos pequeños, hablaba en voz baja, abría maletines, se inclinaba para mirar lo que había dentro, hojeaba catálogos, enarbolaba lupas y pinzas de depilar. Aquel barullo solapado, aquellos individuos con pinta de cirujanos y de conspiradores me causaron una honda inquietud. Mi padre no tardó en verse en una aglomeración más densa que las demás. Alrededor de diez personas lo increpaban. Discutían para dilucidar si aquel sello era auténtico o no. A mi padre lo pillaban de improviso las preguntas que brotaban por todas partes y no conseguía decir ni palabra. ¿Cómo era posible que ese «Emir Rashid» suyo fuera verde aceituna ahumado y no pardo carmín? ¿De verdad tenía un dentado 13-14? ¿Llevaba «sobrecarga»? ¿Fragmentos de hilo de seda? ¿No pertenecía a una serie de «orlas variadas»? ¿Habían comprobado el «descarnado»? El tono se iba agriando. Llamaban a mi padre «impostor» y «estafador». Lo acusaban de pretender «colar una mierda que ni siquiera figuraba en el catálogo Champion». Uno de esos enrabietados lo agarró por las solapas y lo abofeteó con todas sus fuerzas. Otro lo breaba a puñetazos. Estaba claro que iban a lincharlo por un sello (lo que dice mucho acerca del alma humana) y, como aquella perspectiva me resultaba intolerable, acabé por intervenir. Afortunadamente llevaba un paraguas en la mano. Repartí unos cuantos golpes al azar y, aprovechando la sorpresa, arranqué a mi padre de las manos de aquella jauría filatélica. Fuimos corriendo hasta el Faubourg Saint-Honoré.

Los días siguientes mi padre, estimando que le había salvado la vida, me explicó detalladamente a qué clase de negocios se dedicaba y me propuso que cooperase con él. Tenía una clientela de unos veinte extravagantes repartidos por Francia y a quienes había conocido en revistas especializadas. Eran coleccionistas fanáticos que se obnubilaban por los objetos más diversos: guías de teléfonos viejas, corsés, narguiles, tarjetas postales, cinturones de castidad, fonógrafos, lámparas de acetileno, mocasines Iowa, zapatos de salón... Rastreaba París buscando esos objetos, que enviaba por paquete postal a los interesados. Previamente les sacaba, mediante giro postal, elevadas sumas sin relación alguna con el valor real de la mercancía. Uno de sus corresponsales pagaba 100.000 francos por cada guía de ferrocarriles Chaix de antes de la guerra. Otro le dio un anticipo de 300.000 con la condición de que le DIERA PREFERENCIA en todos los bustos y efigies de Waldeck-Rousseau que encontrase... Mi padre, deseoso de asegurarse una clientela aún más amplia de dementes de ésos, tenía el proyecto de agruparlos en una Liga de los Coleccionistas Franceses, nombrarse presidente y tesorero e imponer cuotas altísimas. Los filatelistas lo habían decepcionado profundamente. Se daba cuenta de que no iba a poder abusar de ellos. Eran coleccionistas de cabeza fría, astutos, cínicos, despiadados (resulta difícil concebir el maquiavelismo y la ferocidad que hay oculta en esos seres quisquillosos. Cuántos crímenes cometidos por una «sobrecarga parda amarillenta» de Sierra Leona o un «perforado en línea» de Japón). No pensaba repetir la penosa expedición al Carré Marigny, que le había dejado herido el amor propio. Me utilizó, de entrada, como recadero. Quise hacer gala de iniciativa mencionándole una salida que a él no se le había ocurrido hasta el momento: los bibliófilos. Le gustó la idea y me dio carta blanca. Yo no sabía nada aún de la vida, pero en Burdeos me había empollado el Lanson, mi libro de texto de literatura. Me eran familiares todos los escritores franceses, del más fútil al más ignorado. ¿Para qué podía servirme esa erudición tan rara sino para lanzarme en el comercio del libro? Me di cuenta enseguida de que era dificilísimo conseguir ediciones raras por poco dinero. Sólo encontraba productos de segunda: «originales» de Vautel, de Fernand Gregh o de Eugène Demolder... Compré al buen tuntún en el pasaje Jouffroy un ejemplar de *Materia y memoria* por 3,50 francos. En la página de cortesía podía leerse esta curiosa dedicatoria de Bergson a Jean Jaurès: «¿Cuándo dejarás de llamarme la miss?» Dos expertos reconocieron taxativamente la letra del maestro y volví a vender esa curiosidad a un aficionado por 100.000 francos.

Animado por este primer éxito, resolví escribir personalmente dedicatorias falsas que desvelasen algún aspecto inesperado de este o aquel autor. Las letras que se me daba mejor imitar eran las de Charles Maurras y Maurice Barrès. Vendí un Maurras por 500.000 francos gracias a esta breve frase: «A Léon Blum en testimonio de mi admiración... ¿Y si almorzásemos juntos? La vida es tan corta... Maurras.» Un ejemplar de *Los desarraigados* de Barrès llegó a los 700.000 francos. Iba dedicado al capitán Dreyfus: «Ánimo, Alfred... Con afecto. Maurice.» Pero ya me había dado cuenta de que lo que interesaba muchísimo a la clientela era la vida privada de los escritores. Mis dedicatorias adquirieron entonces un tono escabroso y, en consecuencia, subí los precios. Me decantaba sobre todo por escritores contemporáneos. Como algunos viven aún, no diré más para evitar demandas judiciales. En cualquier caso, gané mucho dinero a costa de ellos.

A esos trapicheos nos dedicábamos. Nuestros negocios iban viento en popa porque explotábamos a personas que no estaban del todo bien de la cabeza. Cuando recuerdo aquellos apaños, noto una gran amargura. Habría preferido que mi vida empezase bajo una luz más limpia. Pero ¿qué remedio le queda en París a un adolescente a quien nadie pide cuentas? ¿Qué remedio le queda a un infeliz así?

Si bien es cierto que mi padre dedicaba parte de nuestro capital a la compra de camisas y corbatas de un buen gusto discutible, tenía también empeño en sacarle fruto en operaciones bursátiles. Veía yo cómo se derrumbaba en un sillón con los brazos a rebosar de fajos de acciones... Las apilaba en los pasillos de nuestros pisos sucesivos, las contaba, las seleccionaba, hacía inventario. Acabé por caer en la cuenta de que aquellas acciones las habían emitido sociedades en quiebra o que hacía mucho que no existían. Mi padre estaba convencido de que podría volver a utilizarlas y devolverlas al mercado: «Cuando coticemos en Bolsa...», me decía con expresión picarona.

Me acuerdo además de que compramos una limusina de segunda mano. En ese Talbot viejo dábamos paseos nocturnos por París. Antes de salir, venía siempre la misma ceremonia del sorteo. Alrededor de veinte papelitos repartidos por la mesa coja del salón. Escogíamos uno al azar, en donde estaba escrito nuestro itinerario. Batignolles-Grenelle. Auteuil-Picpus. Passy-La Villette. O zarpábamos rumbo a uno de esos barrios de nombres secretos: Les

Épinettes, La Maison-Blanche, Bel-Air, L'Amérique, La Glacière, Plaisance, La Petite-Pologne... Me basta con dar un taconazo en algún punto sensible de París para que broten los recuerdos como haces de chispas. Aquella plaza de Italie, por ejemplo, en donde hacíamos escala durante esas giras... Había un café que se llamaba Le Clair de Lune. Allí se presentaban a eso de la una de la madrugada todos los restos de naufragios del *music-hall:* acordeonistas de antes de la guerra, bailarines de tango de pelo blanco que intentaban recuperar en la tarima la lánguida agilidad de la juventud, matronas pintarrajeadas que cantaban el repertorio de Fréhel o de Suzy Solidor. Algunos cómicos de feria desesperados se hacían cargo de los «intermedios». La orquesta la componían unos señores con fijador en el pelo y ataviados con esmoquin. Era uno de los locales favoritos de mi padre, que disfrutaba mucho mirando a esos espectros. Nunca he podido entender por qué.

Y no nos olvidemos del burdel clandestino que estaba en el 73 de la avenida de Reille, a orillas del parque de Montsouris. Allí celebraba mi padre conciliábulos interminables con la segunda de a bordo, una señora rubia con cabeza de muñeca. Era de Alejandría, como él, y recordaban, suspirando, las veladas de Sidi Bishr, el bar Pastroudis y tantas otras cosas que hoy ya han desaparecido... Nos quedábamos muchas veces hasta la claras del alba en aquel enclave egipcio del distrito XIV. Pero había otras etapas que también aspiraban a nuestros vagabundeos (¿o a nuestras huidas?). En el bulevar de Murat, un restaurante que abría de noche, perdido entre los bloques de edificios. Nunca había nadie y, en una de las paredes, estaba colgada por razones misteriosas una foto de buen tamaño de Daniel-Rops. Entre Maillot y Champerret, un bar «americano» de imitación, centro de reunión de toda una panda de corredores de apuestas de caballos. Y, cuando nos atrevíamos a llegar hasta el extremo norte de París –zona de almacenes y mataderos–, parábamos en Le Bœuf Bleu de la plaza de Joinville, a orillas del canal del Ourcq. A mi padre le gustaba especialmente ese sitio porque le recordaba el barrio de Saint-André, en Amberes, donde había vivido tiempo atrás. Tomábamos rumbo sudeste. Allí las avenidas son umbrosas y anuncian el bosque de Vincennes. Entrábamos en Chez Raimo, en la plaza de Daumesnil, que estaba aún abierto a aquella hora tardía. Una «pastelería heladería» melancólica, como las que aún se ven en las ciudades termales, y que nadie –aparte de nosotros– parecía conocer. Me vuelven a la memoria más sitios, a oleadas. Nuestras diversas señas: bulevar de Kellermann, 65, con vistas al cementerio de Gentilly; el piso de la calle de Regard, donde el inquilino anterior se había dejado olvidada una caja de música que vendí por 30.000 francos. El edificio burgués de la avenida de Félix-Faure donde el portero nos recibía siempre con las siguientes palabras: «¡Aquí llegan los judíos!» O es de noche en un piso destartalado de tres habitaciones, en el muelle de Grenelle, cerca del velódromo de invierno. No había luz. De codos en la ventana, mirábamos las idas y venidas del metro aéreo. Mi padre llevaba un batín con unos cuantos agujeros. Me señaló la ciudadela de Passy, en la otra orilla. Con un tono categórico me dijo: «¡Un día tendremos un palacete en Trocadéro!» Mientras tanto, me citaba en el vestíbulo de los hoteles de lujo. Se notaba allí más importante, más apto para llevar a cabo sus proyectos de altas finanzas. ¡Cuántas veces habré ido a esas citas en el Majestic, en el Continental, en el Claridge, en el Astoria... Aquellos lugares de paso encajaban bien con un alma vagabunda y frágil como la suya.

Todas las mañanas me recibía en su «despacho» de la calle de Les Jardins-Saint-Paul. Una habitación muy amplia cuyo mobiliario consistía en una silla de enea y un secreter Imperio. Los paquetes que teníamos que enviar ese mismo día estaban apilados contra las paredes. Tras anotarlos en un registro, especificando los nombres y las direcciones de los destinatarios, celebrábamos una reunión de trabajo. Yo le daba cuenta de los libros que iba a comprar y de los detalles técnicos de las dedicatorias falsas que haría. Tintas, plumas o estilográficas diferentes para cada autor. Repasábamos la contabilidad, leíamos atentamente *Le Courrier des collectionneurs*. Luego bajábamos los paquetes al Talbot y los colocábamos como podíamos en el asiento trasero. Aquel trabajo de descargador de muelle me dejaba agotado.

Mi padre se iba a recorrer las estaciones para enviar la carga. Por la tarde, iría al almacén que tenía en el barrio de Javel y escogería entre aquel batiburrillo una veintena de objetos que pudieran interesar a sus corresponsales, se los llevaría a la calle de Les Jardins-Saint-Paul y los empaquetaría. Después repondría las existencias. Teníamos que atender con la mayor diligencia las exigencias de nuestros clientes. Los empecinados de esa categoría no esperan.

Yo me iba por mi lado, con una maleta en la mano, y rebuscaba hasta que se hacía de noche por una zona restringida de La Bastille, la plaza de La République, los grandes bulevares, la avenida de L'Opéra y el Sena. Esos barrios tienen su encanto. Saint-Paul, donde soñé con que transcurriera mi vejez. Me habría bastado con un comercio, una tiendecita de lo que fuera. A menos que la tuviera en la calle Pavée o en la calle de Le Roi-de-Sicile, ese gueto al que la fatalidad nos hace volver siempre un día. En Le Temple, notaba que se me despertaban los instintos de

314

ropavejero. En el barrio de Le Sentier, ese principado oriental que forman la plaza de Le Caire, la calle de Le Nil, el pasaje Ben-Aïad y la calle de Aboukir, me acordaba de mi pobre padre. Los distritos uno, dos, tres y cuatro se dividen en una multitud de provincias, imbricadas unas en otras, y cuyas fronteras invisibles acabé por conocer. Grenéta, Le Mail, la punta de Saint-Eustache, Les Victoires... Mi última etapa era la librería Petit-Mirioux, en la galería Vivienne. Llegaba a la caída de la tarde. Pasaba revista a las estanterías, con el convencimiento de que encontraría lo que precisaba. La señora Petit-Mirioux conservaba la producción literaria de los cien últimos años. Cuántos autores y cuántos libros injustamente olvidados... Ambos lo comentábamos con tristeza. Aquella gente se había tomado mucho trabajo en vano... Nos consolábamos mutuamente y nos dábamos seguridades de que todavía existían fanáticos de Pierre Hamp o de Jean-José Frappa; de que día llegaría, antes o después, en que los hermanos Fisher saldrían del purgatorio. Nos separábamos tras aquellas palabras reconfortantes. Las otras tiendas de la galería Vivienne parecía que llevaban cerradas desde hacía un siglo. En el escaparate de una editorial de música, tres partituras amarillentas de Offenbach. Me sentaba encima de la maleta. Ni un ruido. El tiempo se había detenido en algún punto entre la monarquía de julio y el Segundo Imperio. Al fondo del pasaje, salía de la librería una luz exhausta, y vislumbraba apenas la silueta de la señora Petit-Mirioux. ¿Hasta cuándo seguiría montando guardia? Pobre centinela anciana.

Más allá, los soportales desiertos de plaza de Le Palais-Royal. Antaño la gente se lo pasaba bien por allí. Ya no. Cruzaba los jardines. Zona de silencio y de penumbra suave donde el recuerdo de los años muertos y las promesas incumplidas nos encoge el corazón. Plaza de Le Théâtre-Français. Las farolas lo aturden a uno. Eres el submarinista que sube de golpe a la superficie. Había quedado con «papá» en el caravasar de Les Champs-Élysées. Cogeríamos el Talbot para recorrer París como solíamos.

Ante mí se abría la avenida de L'Opéra. Anunciaba otras avenidas, otras calles que nos proyectarían dentro de un rato hacia los cuatro puntos cardinales. El corazón me latía algo más fuerte. En medio de tantas incertidumbres, mis únicos puntos de referencia, el único terreno que no se me hurtaba, eran los cruces y las aceras de aquella ciudad donde, sin duda, acabaría por quedarme solo.

Voy a llegar ahora, por muy cuesta arriba que se me haga, al «doloroso episodio del metro George V». Mi padre llevaba semanas muy interesado por el primer cinturón de cercanías, ese ferrocarril que ya no funciona y da la vuelta a París. ¿Estaría pensando en volver a ponerlo en marcha mediante una suscripción? ¿O empréstitos bancarios? Todos los domingos me pedía que fuera con él a los barrios periféricos e íbamos siguiendo a pie esas vías viejas. Las estaciones de la línea estaban abandonadas o convertidas en almacenes. Las malas hierbas tapaban los raíles. De vez en cuando, mi padre se paraba para garabatear una nota o para dibujar un croquis informe en una libretita. ¿En pos de qué sueño iba? A lo mejor estaba esperando un tren que no pasaría nunca.

Aquel domingo 17 de junio habíamos seguido las vías del ferrocarril de circunvalación que cruzan el distrito XII. No sin trabajo. En las inmediaciones de la calle de Montempoivre, empalman con el ferrocarril de Vincennes y, al final, nos hacíamos un lío. Al cabo de tres horas, aturdidos por aquel dédalo ferroviario, tomamos la decisión de volver a casa en metro. Mi padre no parecía satisfecho de la tarde que acababa de transcurrir. Normalmente, cuando regresábamos de esas expediciones, estaba de un humor excelente y me enseñaba las notas que había tomado. Iba a tener, a no mucho tardar –me explicaba–, un dossier «serio» sobre el ferrocarril de circunvalación para presentárselo a los poderes públicos.

–Y ya vería todo el mundo.

¿Qué? No me atrevía a preguntárselo. Pero aquel domingo 17 de junio por la noche se le había esfumado el vehemente entusiasmo. En el vagón de metro de la línea Vincennes-Neuilly le iba arrancando, de una en una, las páginas a la libreta y, sobre la marcha, las rompía en pedacitos, que tiraba como puñados de confeti. Y lo hacía todo con ademanes de sonámbulo y una rabia meticulosa que nunca le había visto. Intenté calmarlo. Le decía que era una pena, la verdad, destruir en un arrebato un trabajo de tanta envergadura, y que yo me fiaba por completo de sus dotes de organizador. Me miraba con ojos vidriosos. Bajamos en la estación Georges V. Estábamos esperando en el andén. Mi padre, enfurruñado, estaba detrás de mí. La estación se iba llenando poco a poco, como en las horas punta. Toda aquella gente volvía de dar un paseo por Les Champs-Élysées o del cine. Estábamos apiñados. Yo estaba en primera fila, al filo del andén. No podía retroceder. Me volví hacia mi padre. El sudor le chorreaba por el rostro. El rugido del metro. En el momento en que entraba en la estación, me dieron un fuerte empujón por la espalda.

Algo después estoy tumbado en uno de los bancos de la estación. Me rodea un grupito de curiosos. Zumban. Uno se inclina para decirme que «de buena me he librado». Otro, con gorra y uniforme (un empleado del metro seguramente), anuncia que va a «llamar a la policía». Mi padre está apartado. Carraspea.

Dos guardias me ayudan a levantarme. Me sujetan por las axilas. Cruzamos la estación. La gente se vuelve cuando pasamos. Mi padre viene detrás, con paso poco resuelto. Subimos al furgón policial que está aparcado en la avenida de George V. Los parroquianos del Fouquet's disfrutan en la terraza del hermoso atardecer de verano.

Vamos sentados juntos. Mi padre sigue con la cabeza gacha. Los dos policías, sentados enfrente, no dicen nada. Nos paramos delante de la comisaría del número 5 de la calle de Clément-Marot. Antes de entrar, mi padre titubea. Separa los labios con un rictus nervioso.

Los agentes cruzan unas cuantas palabras con un hombre alto y flaco. ¿El comisario? Nos pide la documentación. Está claro que mi padre le entrega de mala gana el pasaporte Nansen.

–¿Refugiado? –pregunta el «comisario»...

–Me van a conceder enseguida la nacionalidad –susurra mi padre. Debe de haber preparado de antemano esa respuesta–. Pero mi hijo es francés –y añade en un susurro–: y bachiller...

El comisario se dirige a mí:

–Así que ha estado a punto de atropellarlo el metro.

No digo nada.

–Menos mal que lo sujetó alguien. Si no, estaría usted ahora en muy mal estado.

Sí, alguien me ha salvado la vida agarrándome en el último momento, cuando perdía el equilibrio. Me queda un recuerdo muy borroso de esos minutos.

–¿Y cómo es –sigue diciendo el comisario– que ha gritado usted varias veces ASESINO mientras lo llevaban a un banco de la estación?

Luego se dirige a mi padre:

–¿Padece su hijo manía persecutoria?

No le deja tiempo para que conteste. Se vuelve otra vez hacia mí y me dice a quemarropa:

–Aunque a lo mejor es que alguien lo empujó por la espalda. Piense... No hay prisa.

Un joven, al fondo, escribía a máquina. El comisario, sentado detrás de su escritorio, hojeaba un expediente. Mi padre y yo esperábamos, cada uno en una silla. Creí que se habían olvidado de nosotros, pero el comisario levantó al fin la cabeza:

–Si desea hacer una declaración, no dude en hacerla. Para eso estoy.

De vez en cuando el joven le traía una hoja escrita a máquina y él la corregía con tinta roja. ¿Hasta cuándo nos iban a tener allí? El comisario señaló a mi padre:

–¿Refugiado político o refugiado a secas?

–Refugiado a secas.

–Mejor –dijo el comisario.

Corría el tiempo. A mi padre se le notaba que se estaba poniendo nervioso. Creo incluso que se despellejaba las manos. En resumidas cuentas, estaba a mi merced –y lo sabía–, pues si no, ¿por qué me había lanzado en varias ocasiones miradas ansiosas? Tenía que rendirme a la evidencia: alguien me había empujado para que me cayese a la vía y el metro me hiciera trizas. Y había sido aquel señor de tipo sudamericano que estaba sentado a mi lado. Lo sabía porque noté en el omóplato la sortija de sello que llevaba.

Como si me leyera el pensamiento, el comisario me preguntó con voz distraída:

–¿Se lleva bien con su padre?

(Hay policías que tienen el don de la videncia. Como

por ejemplo aquel inspector de la Dirección Central de Informaciones Generales, quien, al jubilarse, cambió de sexo para poner una consulta y dar consejos «extralúcidos» con el nombre de «Madame Dubail».)

—Nos llevamos muy bien —contesté.

—¿Está seguro?

Me hizo la pregunta con hastío y, acto seguido, bostezó. Yo tenía la seguridad de que se había dado cuenta de todo, pero mi caso no le interesaba. Un muchacho al que empuja su padre para que se caiga a la vía del metro; seguramente había visto montones de casos semejantes. Trabajo rutinario.

—Le repito que, si tiene algo que decirme, lo escucho.

Pero yo sabía que me lo preguntaba por simple cortesía.

Encendió la lámpara del escritorio. El joven seguía escribiendo a máquina. Debía de estar dándose prisa en acabar el trabajo. El martilleo del teclado me acunaba y me costaba mucho seguir con los ojos abiertos. Para luchar contra el sueño, me fijaba en todos los detalles y detallitos de la comisaría. En la pared, un almanaque de Correos y la fotografía del presidente de la República. ¿Doumer? ¿Mac-Mahon? ¿Albert Lebrun? La máquina de escribir era de un modelo antiguo. Decidí que aquel domingo 17 de junio iba a contar en mi vida y me volví imperceptiblemente hacia mi padre. Le corrían por la sien gruesas gotas de sudor. Y el caso es que no tenía cara de asesino.

El comisario se inclina por encima del hombro del joven para comprobar cómo anda el trabajo. Le da unas cuantas indicaciones en voz baja. Tres agentes entran de golpe. A lo mejor nos van a llevar a la cárcel para una detención preventiva. Esa perspectiva me deja indiferente. Pero no es eso. El comisario me mira fijamente:

—¿Y qué? ¿No tiene nada que declarar?

Mi padre suelta un gruñido quejumbroso.

–Está bien, señores, pueden irse...

Fuimos andando al azar. No me atrevía a pedirle a mi padre una explicación. Fue en la plaza de Les Ternes, mirando fijamente el cartel de neón de la Brasserie Lorraine, donde le dije con el tono de voz más neutro que pude:

–En resumidas cuentas, ha querido matarme...

No contestó. Me dio miedo que se espantara, como esas aves a las que se acerca uno demasiado.

–No le guardo rencor, ¿sabe?

Y dije, señalando la terraza del café:

–¿Y si tomamos algo? ¡Esto hay que celebrarlo!

Al oír ese comentario soltó una risita. Cuando nos sentamos, tuvo buen cuidado de no hacerlo enfrente de mí. Se portaba como en el furgón policial: con la espalda encorvada y la cabeza gacha. Le pedí un bourbon doble, porque sabía cuánto le gustaba, y para mí una copa de champán. Chocamos las copas. Pero por cumplir. Después del lamentable incidente del metro, me habría gustado que pusiéramos las cosas en claro. Imposible. Mi padre me oponía una fuerza tal de inercia que preferí no insistir.

En las mesas vecinas, la gente charlaba con animación. Todo el mundo estaba encantado con el buen tiempo que hacía. La gente estaba relajada. Y feliz. Y yo tenía diecisiete años, mi padre había querido tirarme a las vías del metro y a nadie le importaba.

Tomamos la última copa en la avenida de Niel, en Petrissan's, ese bar tan curioso. Entró un hombre mayor haciendo eses. Se sentó en nuestra mesa y me habló del ejército de Wrangel. Creí entender que había pertenecido a él. El recuerdo le resultaba muy penoso, porque se echó a llorar. No quería ya separarse de nosotros. Se me aferraba al brazo. Pringoso y exaltado, como todos los rusos después de las doce de la noche.

Íbamos por la avenida, en dirección a la plaza de Les Ternes, y mi padre caminaba unos cuantos metros por delante de nosotros, como si le diera vergüenza ir en tan lamentable compañía. Apretó el paso y lo vi meterse en la boca de metro. Pensé que no volvería a ver a aquel hombre. De eso estaba seguro.

El excombatiente me apretaba el brazo y me sollozaba encima del hombro. Nos sentamos en un banco, en la avenida de Wagram. Tenía mucho empeño en contarme con todo lujo de detalles el prolongado calvario de los ejércitos blancos que huían hacia Turquía. Al final, aquellos héroes acabaron en Constantinopla con sus uniformes recargados. ¡Qué miseria! Por lo visto el barón Wrangel medía más de dos metros.

No ha cambiado usted tanto. Hace un rato, cuando entró en la bar de Le Clos-Foucré, andaba igual que hace diez años. Se sentó enfrente de mí y estuve a punto de pedirle un bourbon doble, pero me pareció una incongruencia. ¿Me reconocería? Con usted, nunca se sabe. ¿Para qué agarrarlo por los hombros y zarandearlo? ¿Para qué hacerle preguntas? Me pregunto si se merece el interés que siento por usted.

Un día decidí de repente que iba a buscarlo. Estaba bajísimo de ánimos. Debo decir que los acontecimientos iban tomando un giro inquietante y que se olía el desastre en el aire. Vivíamos «una época muy rara». No había nada a que aferrarse. Me acordé de que tenía un padre. Claro está que recordaba muchas veces el «doloroso episodio del metro George V», pero no sentía rencor alguno. Hay algunas personas a quienes se les perdona todo. Habían pasado diez años. ¿Qué había sido de usted? A lo mejor me necesitaba.

Pregunté a camareras de salones de té, a barmans y a conserjes de hotel. Fue François, del Silver-Ring, quien me puso sobre su pista. Iba siempre –por lo visto– con una alegre pandilla de noctámbulos cuyas estrellas eran los señores Murraille y Marcheret. Aunque el apellido de éste no me sonaba de nada, estaba al tanto de la reputación de aquél: un periodista que oscilaba entre el chantaje y los fondos secretos. Una semana después, lo vi entrar en un restaurante de la avenida de Kléber. Disculpe la curiosidad, pero me senté en la mesa de al lado. Me emocionaba volver a verlo y tenía pensado darle una palmada en el hombro, pero desistí al ver a sus amigos. A Murraille lo tenía a la izquierda y, nada más mirarlo, me pareció que vestía con una elegancia sospechosa. Se notaba que quería «resultar elegante». Marcheret decía, sin hablar con nadie en concreto, que «aquel foie-gras no había quien lo tragara». Recuerdo también una pelirroja y un individuo con rizos rubios que rezumaban por todos los poros fealdad espiritual. E incluso a usted, siento decirlo, no lo veía en su mejor momento. (¿Sería por el pelo con brillantina, por la mirada aún más perdida que de costumbre?) Noté algo así como un malestar al ver el grupo que formaban usted y sus «amigos». El de los rizos rubios alardeaba de billetes de banco, la pelirroja increpaba groseramente al maître y Marcheret soltaba bromas obscenas. (He acabado por acostumbrarme.) Murraille mencionó su villa en el campo, donde era «tan agradable pasar algunos fines de semana». Acabé por caer en la cuenta de que todo el grupito coincidía en esa villa todas las semanas. Usted también. No pude resistirme al deseo de encontrarme con ustedes en aquel lugar de descanso tan encantador.

Y ahora que estamos sentados uno frente a otro, como dos pasmarotes, y que puedo mirarlo a gusto, TENGO MIE-DO. ¿Qué hace en este pueblo de Seine-et-Marne con esta gente? ¿Dónde la conoció? La verdad es que mucho debo de quererlo para irlo siguiendo por este camino tan escarpado. ¡Y sin que lo agradezca usted mínimamente! A lo mejor me equivoco, pero su situación me sigue pareciendo muy precaria. Supongo que no ha dejado de ser apátrida, lo que supone muchos inconvenientes en «estos tiempos que corren». Yo también he perdido la documentación, menos ese título al que daba usted tanta importancia y que ya no quiere decir nada hoy en día, ahora que estamos pasando por una «crisis de valores» sin precedentes. Voy a intentar, cueste lo que cueste, conservar la sangre fría.

Marcheret. Le da palmadas en el hombro y lo llama «Chalva, querido gordo». Me dice:

—Buenas noches, señor Alexandre, ¿no le apetece un «americano»?

Y no me queda más remedio que beberme ese líquido repulsivo por temor a ofenderlo. Me gustaría saber qué intereses lo vinculan a este exlegionario. ¿Tráfico de divisas? ¿Operaciones en bolsa como las que hacía antes? «¡Dos americanos más!», le vocea Marcheret a Grève, el maître. Luego se vuelve hacia mí.

—Se toman sin sentir, ¿verdad?

Bebo, aterrado. Pese a ese aspecto jovial, tengo la sospecha de que es extraordinariamente peligroso. Lamento que las relaciones que tenemos usted y yo no vayan más allá del ámbito de la estricta cortesía, porque si no lo pondría en guardia en contra del individuo este. Y en contra de Murraille. Hace mal, «papá», en tratarse con personas así. Acabarán por darle que sentir. ¿Tendré fuerzas para seguir hasta el final con este papel de ángel de la guarda? Pero no me da facilidades. Por mucho que esté al acecho de una mirada, de una demostración de simpatía (aunque no me haya reconocido, la verdad es que podría fijarse algo más en mí), nada altera esa impasibilidad otomana suya. Me pregunto si en realidad pinto algo aquí. De entrada, me estoy arruinando la salud bebiendo todos estos licores. Además este escenario pseudorrústico me deprime a más no poder. Marcheret me anima a probar una «dama rosa», un cóctel cuya sutileza había revelado a «todos sus amigos de Bousbir». Me entra miedo de que vuelva a hablarme de la Legión y del paludismo que padece. Pero no lo hace. Se vuelve hacia usted:

–¿Se lo ha pensado, Chalva?

Con voz casi inaudible, usted le contesta.

–Me lo he pensado, Guy.

–¿Vamos a medias?

–Puede contar conmigo, Guy.

–Tenemos entre manos asuntos muy importantes el barón y yo –me dice Marcheret–. ¿A que sí, Chalva? ¡Hay que celebrarlo! ¡Grève, por favor, tres vermuts!

Brindamos.

–Dentro de poco tendremos que celebrar nuestros primeros mil millones.

Le da a usted una fuerte palmada en la espalda. Deberíamos irnos de aquí cuanto antes. Irnos ¿adónde? A las personas como usted y como yo las pueden detener en todas las esquinas. No pasa día sin redada a la salida de las estaciones, de los cines y de los restaurantes. Hay que evitar sobre todo los sitios públicos. París parece un bosque grande y oscuro, sembrado de trampas. Caminamos por él a tientas. Convendrá conmigo en que se precisan nervios de acero. Y encima hace calor. Nunca vi verano más tórrido. Esta noche, hace una temperatura asfixiante. Para morirse. Marcheret tiene el cuello de la camisa empapado en sudor. Usted ha renunciado a secarse la cara y las gotas le tiemblan un momento en la punta de la barbilla y caen encima de la mesa a intervalos regulares. Las ventanas del bar están cerradas. Ni un soplo de aire. Se me pega la ropa al cuerpo como si me hubiera caído un chaparrón encima. No puedo levantarme. Como haga el mínimo gesto en esta estufa me derretiré del todo. Usted no parece demasiado molesto: supongo que en Egipto soportaba con frecuencia canículas como ésta, ¿verdad? Y Marcheret me afirma que «en comparación con África aquí se muere uno de frío» y me propone otra copa. No, no puedo más, de verdad. Vamos, señor Alexandre, otro «americano» de nada. Me da miedo desmayarme. Ahora es a través de una cortina de vaho como veo que se nos acercan Murraille y Sylviane Quimphe. A menos que se trate de un espejismo. (Me gustaría preguntarle a Marcheret si es así como aparecen los espejismos, a través de un vaho. Pero no tengo fuerzas.) Murraille me alarga la mano.

–¿Qué tal, Serge?

Es la primera vez que me llama por «mi nombre»: no me fío de esas confianzas. Lleva, como suele, un jersey oscuro y un fular alrededor del cuello. A Sylviane Quimphe se le salen en parte los pechos del escote y compruebo que, por el calor, no se ha puesto sostén. Pero, en tal caso ¿por qué sigue con pantalón de montar y botas?

–¿Y si nos sentamos a la mesa? –propone Murraille–. Tengo un hambre canina.

Consigo levantarme pese a todo. Murraille me coge del brazo:

–¿Ha pensado en nuestros proyectos? Le repito que tiene carta blanca. Escriba lo que quiera. ¡Tiene a su disposición las columnas de mi semanario!

Grève nos está esperando en el comedor. Nuestra mesa

326

está exactamente debajo de la lámpara. Todas las ventanas están cerradas, por supuesto. Hace más calor aún que en el bar. Me siento entre Murraille y Sylviane Quimphe. A usted lo tengo sentado enfrente, pero sé de antemano que me rehuirá la mirada. Marcheret pide. Los platos que ha elegido no parecen los más apropiados para la temperatura ambiente: crema de bogavante, carnes en salsa y suflé. Nada de llevarle la contraria. Al parecer, la gastronomía es un terreno que le está reservado.

–¡Empezamos con un burdeos blanco! ¡Y para después Château-Pétrus! ¿De acuerdo?

Restalla la lengua.

–Esta mañana no vino al picadero –me dice Sylviane Quimphe–. ¡Contaba con usted!

Lleva dos días tirándome los tejos de forma cada vez más categórica. Le he caído bien, y me pregunto por qué, desde luego. ¿Será por mi apariencia de joven bien educado? ¿O por mi tez de tuberculoso? ¿O es que quiere fastidiar a Murraille? (Pero ¿es acaso su amante?) Durante un tiempo, pensé que flirteaba con Dédé Wildmer, el exjockey apopléjico que lleva el picadero.

–La próxima vez cumpla la palabra dada. *Tiene* que ganarse el perdón...

Habla con voz de niña y me da miedo que los demás se den cuenta. No. Murraille y Marcheret hablan en un aparte. Usted tiene los ojos perdidos en el vacío. La luz de la lámpara es tan fuerte como la de un proyector. Me pesa en la cabeza como una capa de plomo. Y me sudan tanto las muñecas que me da la impresión de que me he abierto las venas y me estoy desangrando. ¿Cómo voy a poder tomarme esta crema de bogavante ardiendo que acaba de servirnos Grève? Marcheret se pone de pie repentinamente:

–Amigos míos, les anuncio una gran noticia: ¡me caso

327

dentro de tres días! ¡Chalva será mi testigo! ¡A tal señor, tal honor! ¿Algo que objetar, Chalva?

Pone usted sonrisa que es una mueca. Susurra:

—¡Encantado, Guy!

—A la salud de Jean Murraille, mi futuro tío —vocifera Marcheret, sacando pecho.

Alzo la copa, como los demás, pero la vuelvo a dejar en el acto. Si bebiera una sola gota de ese burdeos blanco creo que vomitaría. Tengo que guardar todas las fuerzas para la crema de bogavante.

—Jean, estoy muy orgulloso de casarme con su sobrina —afirma Marcheret—. Tiene la parte baja de la espalda más turbadora de todo París.

Murraille suelta la carcajada.

—¿Conoce a Annie? —me pregunta Sylviane Quimphe—. ¿Quién le gusta más, ella o yo?

Titubeo un momento. Y luego consigo decir: «¡Usted!» ¿Va a durar mucho este coqueteo? Sylviane se me come con los ojos. Y eso que no debo de ser un espectáculo agradable... Me corre el sudor por las mangas. ¿Hasta cuándo va a durar este martirio? Los demás muestran un aguante excepcional. Ni rastro de sudor en las caras de Murraille, de Marcheret y de Sylviane Quimphe. A usted le corren unas cuantas gotas por las sienes, pero nada del otro mundo... Y mete la cuchara en todas las cremas de bogavante que le echen como si estuviéramos en un chalet de alta montaña y en pleno invierno.

—¿Se rinde, señor Alexandre? —exclama Marcheret—. ¡Qué error el suyo! ¡Esta crema es de un suave!

—A nuestro amigo lo hace padecer el calor —dice Murraille—. Espero, Serge, que eso no le impida escribir una buena colaboración... Le advierto que la necesito para la semana que viene. ¿Tiene algo pensado?

Si no me notase en un estado tan crítico, le daría de bofetadas. ¿Cómo puede pensar ese vendido que acepto de buen grado escribir en su semanario, comprometer mi reputación con esa panda de soplones, de delatores y de escritorcillos de mala muerte cuyas firmas figuran desde hace dos años en todas las páginas de *C'est la vie?* ¡Ja! Van a ver lo que es bueno. Cabrones. Basura. Canallas. Chacales. Condenados a muerte aplazada. ¿Acaso no me ha enseñado Murraille las cartas de amenazas que recibía? Tiene miedo.

–Se me está ocurriendo algo –me dice–. ¿Y si me *pare* un cuento?

–¡De acuerdo!

Intenté hablar con el tono más entusiasta que me fue posible.

–Algo sabroso, ¿me entiende?

–A la perfección.

Hace demasiado calor para discutir.

–No claramente pornográfico, pero ligero de cascos..., un poco cochino... ¿Qué le parece, Serge?

–Será un placer.

¡Lo que él diga! Firmaré con mi nombre de prestado. Pero, de entrada, tengo que demostrarle mi buena voluntad. Está esperando que le sugiera algo. ¡Vamos allá!

–Le propongo presentarlo en varios episodios...

–¡Excelente idea!

–Y como si fueran unas «confesiones». Es mucho más interesante. Por ejemplo: *Las confesiones de un chófer de mundo.*

Acababa de acordarme de ese título, que había leído en una revista de antes de la guerra.

–¡Sensacional, Serge, sensacional! *¡Las confesiones de un chófer de mundo!* ¡Es usted un as!

Parecía entusiasmado de verdad.

–¿Para cuándo la primera entrega?

–Dentro de tres días –le dije.

–¿Me dejará que sea la primera en leerlas? –me cuchichea Sylviane Quimphe.

–A mí –declara con tono sentencioso Marcheret– me gustan mucho las historias guarras. ¡Cuento con usted, señor Alexandre!

Grève ha servido las carnes en salsa. Sería por el calor, por la lámpara cuyo resplandor se me metía en la cabeza, por la vista de esos alimentos indigestos que tenía delante, pero me entró un ataque de risa irreprimible al que no tardó en sustituir un estado de abatimiento total. Intenté que se cruzasen la mirada de usted y la mía. Pero no lo conseguí. No me atrevía a volverme ni hacia Murraille ni hacia Marcheret por temor a que me hablasen. Sin saber qué hacer, acabé por concentrarme en el lunar que tenía Sylviane Quimphe en la comisura de los labios. Luego esperé, diciéndome que a lo mejor concluía la pesadilla.

Fue Murraille quien me llamó al orden.

–¿Está pensando en el cuento? ¡No querría que le quitase las ganas de comer!

–Comer y contar, todo es empezar –comentó Marcheret.

Y usted soltó una risita; no debía esperar otra cosa por su parte. Era uña y carne con aquellos golfos y a mí, a la única persona en el mundo que lo quería bien, no me hacía ni caso por sistema.

–Pero pruebe este suflé –me dijo Marcheret–. ¡Se deshace en la boca! ¡Una auténtica maravilla! ¿Verdad, Chalva?

Y usted asiente con un tono de adulación que me consterna. Que lo deje plantado, es todo lo que se merece. Hay ratos, «papá», en que me entran tentaciones de tirar la toalla. Lo sostengo, bien sujeto. ¿Qué sería de usted sin mí? ¿Sin mi fidelidad, si no estuviera alerta como un san bernardo? Si lo soltase, no haría ruido al caer. ¿Quiere que probemos? Tenga cuidado. Noto que ya me está invadiendo un dulce sopor. Sylviane Quimphe se ha desabrochado dos botones de la blusa, se vuelve hacia mí y me enseña a hurtadillas los pechos. ¿Por qué no? Murraille se quita el fular con ademán flojo, Marcheret apoya pensativamente la barbilla en la palma de la mano y lanza una sarta de eructos; no me había fijado en esos mofletes colgantes y grisáceos, de los que dan pinta de bulldog. La conversación me aburre. Las voces de Murraille y de Marcheret parecen salir de un disco que estuviera girando a pocas revoluciones. Se estiran, derrapan, se enviscan en un agua negra. A mi alrededor todo se desenfoca porque las gotas de sudor me llenan los ojos... La luz va bajando, bajando...

–Eh, señor Alexandre, ¿no irá a darle un soponcio?

Marcheret me pasa una servilleta húmeda por la frente y las sienes. Se acabó. Un trastorno pasajero. Ya estaba avisado, «papá». ¿Y si la próxima vez no recupero el conocimiento?

–¿Se encuentra mejor, Serge? –pregunta Murraille.

–Daremos un paseo antes de irnos a dormir –me cuchichea Sylviane Quimphe.

Marcheret ordena, categórico:

–¡Coñac y un café turco! ¡No hay nada mejor para restablecerse! ¡Hágame caso, señor Alexandre!

En resumidas cuentas, usted era el único a quien no le preocupaba mi salud y, al comprobarlo, me sentí aún más apenado. Pese a todo, aguanté hasta el final de la cena. Marcheret pidió un «licor digestivo» y volvió a hablarnos de su boda. Lo tenía preocupado un detalle: ¿quién iba a ser el testigo de Annie? Murraille y él nombraron a varias personas a quienes yo no conocía. Luego se pusieron a confeccionar la lista de invitados. Hacían comentarios de todos y temí que aquella tarea durase hasta el amanecer. Murraille hizo un gesto de cansancio.

–De aquí a entonces ya nos habrán fusilado a todos –dijo.

Miró el reloj.

–¿Y si nos fuéramos a dormir? ¿Qué le parece, Serge?

En el bar sorprendimos a Maud Gallas en compañía de Dédé Wildmer. Los dos estaban repantigados en un sillón. Él la estrechaba con fuerza y ella hacía como que se defendía. Parecía que habían bebido demasiado. Según pasábamos, Wildmer volvió la cabeza y me lanzó una mirada muy rara. No nos caíamos nada simpáticos. Yo incluso notaba un asco instintivo hacia el exjockey.

Me alegró verme al aire libre.

–¿Nos acompaña hasta la villa? –me preguntó Murraille.

Sylviane Quimphe se me cogió del brazo y no pude negarme. Usted andaba, con la espalda encorvada, entre Murraille y Marcheret. Era como si dos policías lo custodiasen, uno de cada lado, y, por el reflejo de la luna en su reloj de pulsera, parecía que iba esposado. Lo habían detenido en una redada. Lo llevaban en detención preventiva. Eso era lo que iba pensando yo. Nada más natural en «estos tiempos que corren».

–Espero *Las confesiones de un chófer de mundo* –me dijo Murraille–. ¡Cuento con usted, Serge!

–¡Escríbanos una historia guarra estupenda! –añadió Marcheret–. Ya le daré consejos, si quiere. Hasta mañana, señor Alexandre. Y tú, Chalva, que sueñes cosas bonitas.

Sylviane Quimphe le cuchicheó a Murraille unas cuantas palabras al oído. (A lo mejor me estaba equivocando, pero tenía la desagradable sensación de que la cosa iba conmigo.) Murraille asintió con la cabeza, con un movimiento casi imperceptible. Abrió la verja y tiró de Marcheret por la manga. Los vi entrar en la villa.

Nos quedamos callados un momento, usted, Sylviane y yo, antes de dar media vuelta, camino de Le Clos-Foucré. Usted iba detrás, rezagado. Sylviane había vuelto a agarrarme del brazo y me apoyaba la cabeza en el hombro. Yo sentía mucho que viera usted aquel espectáculo, pero no quería que ella se enfadase. En nuestra situación, «papá», más vale seguir la corriente. En el cruce, nos dio las «buenas noches» con mucha educación y se fue por el camino de Le Bornage, dejándome solo con Sylviane.

Sylviane Quimphe me propuso dar una vuelta para «disfrutar de la luna llena». Volvimos a pasar otra vez por delante de Villa Mektoub. Había luz en el salón y pensar que Marcheret se estaba tomando a sorbitos la última copa me hizo correr un escalofrío por la espalda. Íbamos por la senda para jinetes que bordea las lindes del bosque. Sylviane Quimphe se desabrochó la blusa. El rumor de los árboles y la penumbra azulada me entumecían. Tras el suplicio de la cena, estaba tan cansado que no decía ni palabra. Hacía esfuerzos sobrehumanos para abrir la boca y no salía sonido alguno. Menos mal que ella se puso a hablar de las complicaciones de su vida sentimental. Era la amante de Murraille, como ya lo suponía yo; pero los dos eran de ideas «amplias». Les gustaban mucho, por ejemplo, las camas redondas. Me preguntó si no me escandalizaba. Le contesté que por supuesto que no. Y yo, ¿había «probado» ya? Todavía no, pero lo haría muy gustoso si se terciaba. Me prometió que en la siguiente ocasión sería «de los suyos». Murraille tenía un piso de doce habitaciones en la avenida de Iéna, en donde celebraban esa clase de veladas. Maud Gallas, por ejemplo, era una de las participantes.

Y Marcheret. Y Annie, la sobrina de Murraille. Y Dédé Wildmer. Y más gente, mucha más gente. En estos momentos se divertía uno en París una barbaridad. Murraille le había explicado que eso era lo que pasaba siempre en víspera de las catástrofes. ¿Qué quería decir? A ella no le interesaba la política. Ni lo que le pudiera pasar al mundo. Sólo pensaba en GOZAR. Mucho y muy deprisa. Tras esta declaración de principios, me hizo confidencias. Había conocido a un joven en el último *party* de la avenida de Iéna. Físicamente era un término medio entre Max Schmeling y Henri Garat. En cuestiones éticas, un listillo. Pertenecía a uno de esos servicios de policía de refuerzo que llevaban unos meses pululando. Tenía la manía de disparar el revólver al buen tuntún. Hazañas así no me asombraban demasiado. ¿No vivíamos acaso en una época en que había que bendecir al cielo a cada instante si no nos alcanzaba alguna bala perdida? Había pasado con él dos días seguidos con sus noches y me daba detalles que yo había dejado de escuchar. Detrás de la alta empalizada, a la derecha, acaba de reconocer la villa «de usted», con la torre en forma de minarete y las ventanas ojivales. Se la veía mejor desde este lado que desde el camino de Le Bornage. Me pareció incluso divisar su silueta en uno de los balcones. Sólo nos separaban unos cincuenta metros y me habría bastado con cruzar aquel jardín que crecía a su aire para ir a reunirme con usted. Titubeé por un momento. Quise llamarlo o hacerle una seña con la mano. No. La voz no me llegaría tan lejos y la parálisis insidiosa que notaba desde el comienzo de la velada me impedía levantar el brazo. ¿Sería por el claro de luna? Aquella villa «suya» estaba sumergida en una luz de noche boreal. Parecía un palacio de cartón piedra que flotaba sin tocar el suelo; y usted, un sultán obeso. La mirada perdida, los labios fláccidos, acodado de cara al bosque. Me acordé de todos los sacrificios que había hecho para llegar hasta usted: no tomarle en cuenta el «doloroso episodio del metro George V»; sumergirme en un ambiente que me minaba los ánimos y la salud; soportar la compañía de individuos tarados; acecharlo días y días sin desfallecer. ¡Y todo eso para aquel espejismo de pacotilla que tenía delante! Pero yo lo seguiría persiguiendo hasta el final. Me interesaba usted, «papá». Uno siempre siente curiosidad por sus orígenes.

Ahora es mayor la oscuridad. Hemos tomado por un atajo que lleva al pueblo. Sylviane me sigue hablando del piso de Murraille, en la avenida de Iéna. Las noches de verano las pasaban en la amplia terraza... Acerca la cara a la mía. Noto su aliento en mi cuello. Cruzamos a tientas el bar de Le Clos-Foucré y me veo en su habitación, como ya había previsto. Una lámpara de pantalla roja encima de la mesilla de noche. Dos sillas y un secreter. Las paredes están tapizadas con un satén de rayas amarillas y verdes. Sylviane Quimphe enciende la radio y oigo la voz de André Claveau, lejana, confusa por culpa de los parásitos. Sylviane Quimphe se echa en la cama, a lo ancho.

–¿Tendría la amabilidad de quitarme las botas?

Obedezco con gestos de sonámbulo. Ella me alarga una petaca. Fumamos. Está visto que todas las habitaciones de Le Clos-Foucré se parecen: muebles Imperio y grabados ingleses que representan escenas de caza. Sylviane Quimphe soba ahora una pistolita con cachas de nácar, y me pregunto si no estoy viviendo el primer capítulo de esas *Confesiones de un chófer de mundo* que le he prometido a Murraille. Bajo la luz cruda de la lámpara, parece mayor de lo que yo suponía. Tiene los rasgos hinchados de cansancio. Una mancha de lápiz de labios le cruza la barbilla.

–Acérquese.

Me siento al borde de la cama. Sylviane Quimphe se apoya en los codos y me mira a los ojos. En ese momento debió de haber un bajón de corriente. Envolvía la habitación un velo amarillo como ese que impregna las fotos antiguas. Ella tenía la cara borrosa y los perfiles de los muebles se difuminaban. Claveau seguía cantando en sordina. Entonces le hice la pregunta que estaba deseando hacer desde el primer momento. Con tono seco:

–Dígame, ¿qué sabe del barón Deyckecaire?

–¿Deyckecaire?

Suspiró y desvió la cabeza hacia la pared. Iban pasando los minutos. Se había olvidado de mí, pero yo volví a la carga.

–Un tipo curioso el Deyckecaire ese, ¿no?

Esperaba. Ninguna reacción por su parte. Repetí, recalcando mucho las sílabas:

–Un-ti-po-cu-rio-so el Dey-cke-cai-re ese, ¿no?...

Ella no se movía ya. En apariencia, se había quedado dormida y yo no iba a conseguir nunca una respuesta. La oí refunfuñar:

–¿Tiene interés por Deyckecaire?

El guiño de un faro en la oscuridad. Tan débil. Añadió con voz lánguida:

–¿Qué quiere usted del individuo ese?

–Nada... ¿Hace mucho que lo conoce?

–¿Al individuo ese?

Decía «individuo» con esa insistencia de los borrachos en repetir siempre la misma palabra.

–Si no he entendido mal –me arriesgué–, es un amigo de Murraille.

–¡Su confidente!

Iba a preguntarle qué entendía por «confidente», pero preferí seguir al acecho. Sylviane Quimphe se iba interminablemente por las ramas, se callaba, susurraba frases confusas. Yo estaba ya acostumbrado a esa forma de andar a tientas, a esos juegos inacabables de la gallina ciega en que, por mucho que alargue uno los brazos, sólo se encuentra el vacío. Intentaba –no sin trabajo– que volviera a lo que importaba. Al cabo de una hora había conseguido al menos sacarle unos cuantos detalles concretos. Sí, era usted efectivamente el «confidente» de Murraille. Lo usaba de testaferro y de factótum en algunos negocios turbios. ¿Mercado negro? ¿Ofertas a domicilio? Al final Sylviane Quimphe me dijo, bostezando:

–Por cierto, que Jean se lo va a quitar de encima en cuanto pueda.

Más claro, imposible. A partir de ese momento hablamos de esto y de lo otro. Fue a buscar un maletín de cuero que estaba en el escritorio y me enseñó las joyas que le había regalado Murraille. Las escogía macizas y con piedras preciosas incrustadas porque, según él, «sería más fácil venderlas si venían mal dadas». Le dije que me parecía una idea muy atinada «en unos tiempos como los que estábamos viviendo». Me preguntó si salía mucho en París. Había montones de cosas estupendas que ver: Roger Duchesne y Billy Bourbon actuaban en el cabaret de Le Club; Sessue Hayakawa volvía a poner *Forfaiture* en el teatro de L'Ambigu y en los tés-aperitivo de Le Chapiteau estaban Michel Parme y la orquesta de Skarjinsky. Yo me acordaba de usted, «papá». Así que era usted un hombre de paja a quien liquidan cuando llega el momento. Su desaparición no metería más ruido que la de una mosca. ¿Quién se acordaría de usted dentro de veinte años?

Sylviane Quimphe corrió las cortinas. Ya no veía más que su cara y su pelo rojo. Recapitulé los sucesos de la velada. La cena interminable, el paseo a la luz de la luna,

Murraille y Marcheret entrando en Villa Mektoub. Y la silueta de usted en la carretera de Le Bornage. Sí, todas esas cosas inconcretas pertenecían al pasado. Yo había ido tiempo arriba para recuperar su rastro y seguirlo. ¿En qué año estábamos? ¿En qué época? ¿En qué vida? ¿Qué prodigio hizo que lo conociera cuando aún no era mi padre? ¿Por qué hice aquellos esfuerzos cuando un humorista contaba un «chiste de judíos» en un cabaret que olía a sombra y a cuero ante una clientela muy peculiar? ¿Por qué quise ser hijo suyo tan pronto? Sylviane Quimphe apagó la lámpara de cabecera. Voces al otro lado del tabique, Maud Gallas y Dédé Wildmer. Se estuvieron insultando un buen rato y luego vinieron suspiros y estertores. En la radio no había ya interferencias. Cuando la orquesta de Fred Adison acabó de tocar una pieza, anunciaron el último parte de noticias radiofónico. Y era aterrador oír a aquel locutor histérico –siempre el mismo– en la oscuridad.

¡Cuánta paciencia necesité! Marcheret me llevaba aparte y se ponía a describirme, casa por casa, el barrio de burdeles de Casablanca, donde –según me decía– había pasado los mejores momentos de su vida. ¡Uno no se olvida de África! Deja huella. Continente sifilítico. Lo dejaba que se pasase las horas muertas divagando acerca de «aquella puta África», haciendo gala de un interés de cortesía. Tenía otro tema de conversación. Su sangre real. Según él, descendía del duque de Maine, hijo bastardo de Luis XIV. Su título de «conde d'Eu» daba fe de ello. Siempre que salía el tema pretendía demostrármelo con pluma y papel. Se ponía entonces a confeccionar un árbol genealógico y la tarea duraba hasta las claras del alba. Se hacía un lío, tachaba nombres, añadía otros, acababa escribiendo con una

338

letra ilegible. Al final, rompía la hoja en trocitos menudos y me fulminaba con la mirada:

—No se lo cree usted, ¿verdad?

Otras noches, volvía a sacar a relucir el paludismo y su boda próxima con Annie Murraille. Los ataques que padecía se iban distanciando, pero no se curaría nunca. Y Annie sólo hacía lo que quería. No se casaba con ella sino por su amistad con Murraille. La cosa no iba a durar ni una semana... Dejar constancia de todo aquello lo volvía amargo. Con la contribución del alcohol, se ponía agresivo, me llamaba «mocoso» y «jovenzuelo». Dédé Wildmer era un «chulo», Murraille un «salido» y mi padre un «judío que iba a ver lo que es bueno». Poco a poco, se iba calmando y me pedía disculpas. ¿Y si nos tomábamos el último vermut? No hay remedio mejor contra el abatimiento.

Murraille, por su parte, me hablaba de su semanario. *C'est la vie* iba a ser más grueso, con 36 páginas, y secciones nuevas en donde podrían decir lo que pensaban los talentos más diversos. Iba a celebrarse pronto su jubileo periodístico: con tal motivo asistirían a un almuerzo la mayoría de sus colegas: Maulaz, Gerbère, Le Houleux, Lestandi... y otros personajes importantes. Me los presentaría. Estaba encantado de ayudarme. Si necesitaba dinero, que no vacilase en decírselo: me daría adelantos a cuenta de mis próximos cuentos. Según iba pasando el tiempo, aquel aplomo y aquel tono protector cedían el sitio a un nerviosismo que iba a más. Recibía a diario —me decía a título de confidencia— un centenar de cartas anónimas. Se la tenían jurada y no le había quedado más remedio que pedir un permiso de armas. En resumidas cuentas, le reprochaban que tomase partido en una época en que la mayoría de las personas «se refocilaban en el oportunismo». Él por lo menos proclamaba sus opiniones. En letra de molde. Hasta ahora estaba del lado donde se partía el bacalao, pero la situación podía evolucionar a lo mejor en un sentido desfavorable para él y sus amigos. Y entonces nadie les iba a perdonar nada. Entretanto, no tenía por qué aguantarle lecciones a nadie. Yo le decía que estaba completamente de acuerdo. Me pasaban por la cabeza ideas curiosas: aquel tipo no desconfiaba de mí (al menos eso me parecía) y habría sido fácil cargárselo. No siempre tiene uno ocasión de vérselas con un «traidor» y un «vendido». Hay que aprovechar la ocasión. Él sonreía. En el fondo, me caía simpático.

–Todo esto, mi querido amigo, no tiene importancia alguna...

Le gustaba vivir peligrosamente. Iba a «mojarse» más aún en su próximo editorial.

Y en cuanto a Sylviane Quimphe, me hacía ir todas las tardes al picadero. Nos cruzábamos con frecuencia, durante el paseo, con un hombre que aparentaba sesenta años y los llevaba con distinción. No me habría fijado en él en particular si no me hubiera llamado la atención la mirada de desprecio que nos lanzaba. Seguramente le parecía escandaloso que alguien pudiera seguir montando a caballo y pensar en divertirse «en una época tan trágica como la nuestra». Íbamos a dejar unos recuerdos espantosos en Seine-et-Marne... La forma en que se comportaba Sylviane Quimphe no era la más indicada para hacernos más populares. Cuando íbamos calle mayor arriba hablaba a voces y se reía a carcajadas.

En mis escasos ratos de soledad escribía las «novelas por entregas» que quería Murraille. *Las confesiones de un chófer de mundo* le parecían de lo más satisfactorias y me había encargado otros tres textos. Ya le había entregado *Las confidencias de un fotógrafo académico* y me quedaban por entregarle *Por el camino de Lesbos* y *La dama de los es-*

tudios, que me esforzaba por escribir con la mayor diligencia posible. A estas penalidades me sometía con la esperanza de establecer algún contacto con usted. Pornógrafo, gigoló, confidente de un alcohólico y de un soplón, ¿hasta dónde iba usted a arrastrarme? ¿Iba a tener que bucear aún más hondo para sacarlo de la cloaca en que estaba?

Pienso ahora en cuán vana era mi empresa. Nos interesamos por un hombre que desapareció hace mucho. Querríamos preguntar cosas a las personas que lo conocieron, pero su rastro se ha borrado junto con el rastro de él. De lo que fue su vida, sólo tenemos indicaciones muy vagas, contradictorias con frecuencia, dos o tres puntos de referencia. ¿Piezas de convicción? Un sello de correos y una Legión de Honor falsa. Así que nada más nos queda ya la imaginación. Cierro los ojos. El bar de Le Clos-Foucré y el salón colonial de Villa Mektoub. Después de tantos años, los muebles están cubiertos de polvo. Se me pone en la garganta un olor a moho. Murraille, Marcheret, Sylviane Quimphe están inmóviles como maniquíes de cera. Y usted está desplomado en un puf con la cara petrificada y los ojos abiertos de par en par.

Vaya idea rara, desde luego, la de remover todas esas cosas muertas.

La boda iba a ser el día siguiente, pero Annie no daba señales de vida. Murraille intentaba desesperadamente localizarla por teléfono. Sylviane Quimphe miraba su agenda y le decía los números de salas de fiestas donde «la idiota esa» podía haberse metido. Chez Tonton, Trinité 87.42; Au Bosphore, Richelieu 94.03; El Garron, Vintimille 30.54; L'Étincelle... Marcheret, taciturno, se bebía de un trago copazos de coñac. Murraille, entre dos telefonazos, le rogaba que no perdiera la paciencia. Acababan de informarlo de que Annie había pasado a eso de las once por Le Monte-Cristo. Con un poco de suerte, la «pescarían» en Djiguite o en L'Armorial. Pero Marcheret había perdido las esperanzas. No, no valía la pena insistir. Y usted, sentado en su puf, ponía cara de consternación. Al final, susurró:

—Vamos a probar en Le Poisson d'Or, Odéon 90.95...

Marcheret alzó la cabeza:

—A ti nadie te ha preguntado nada, Chalva...

Usted contenía el aliento para no llamar la atención. Le habría gustado que se lo tragase la tierra. Murraille, cada vez más febril, seguía telefoneando: Le Doge, Opéra 95.78; Chez Carrère, Balzac 59.60; Les Trois Valses, Vernet 15.27; Au Grand Large...

Usted repitió bajito:

—A lo mejor en Le Poisson d'Or, Odéon 90.95...

Murraille gritó:

—Que te calles, Chalva, ¿está claro?

Enarbolaba el teléfono como una maza y se le ponían blancas las falanges. Marcheret se bebió despacio el coñac y luego dijo:

—¡Como vuelva a oírlo, le corto la lengua con una navaja...! De ti estoy hablando, Chalva...

Aproveché para escurrirme hasta la veranda. Respiré hondo. El silencio, el fresco de la noche. Por fin solo. Miraba fijamente el Talbot de Marcheret, aparcado detrás de la entrada de la verja. La carrocería brillaba a la luz de la luna. Siempre se dejaba las llaves olvidadas en el salpicadero. Ni él ni Murraille habrían oído el ruido del motor. En veinte minutos podía estar en París. Volvía a mi cuartito del bulevar de Gouvion-Saint-Cyr. No me movía de él en espera de tiempos mejores. Dejaba de meterme en lo que no me importaba y de correr peligros inútiles. Y usted ya se las apañaría. Cada cual que se ocupase de sí mismo. Pero la perspectiva de dejarlo solo con ellos me causó una contracción dolorosa en el lado izquierdo del pecho. No, no era momento para dejarlo abandonado.

Detrás de mí, alguien empujaba la puerta cristalera y se sentaba en uno de los sillones de la veranda. Me volví y reconocí su silueta en la semipenumbra. La verdad era que no me esperaba que se viniese aquí conmigo. Me acerqué con cuidado, igual que un cazador de mariposas se acerca a un ejemplar raro que puede salir volando de un momento a otro. Fui yo quien rompió el silencio:

–¿Qué? ¿Ya han encontrado a Annie?

–Todavía no.

Soltó una risita ahogada. Yo veía por el cristal a Murraille de pie, con el auricular del teléfono entre la mejilla y el hombro. Sylviane estaba poniendo un disco en el fonógrafo. Marcheret se servía algo de beber con gesto de autómata.

–Vaya amigos curiosos que tiene –comenté.

–No son amigos míos, sino... relaciones de negocios.

Buscaba con qué encender un cigarrillo y me permití alargarle el mechero de platino que me había regalado Sylviane Quimphe.

–¿Está usted metido en negocios?

–A ver qué remedio.

Otra vez esa risa ahogada.

–¿Trabaja con Murraille?

Una pausa y un titubeo:

–Sí.

–¿Y va bien la cosa?

–Regular.

Teníamos la noche por delante para explicarnos. Aquella «toma de contacto» que llevaba yo esperando tanto tiem-

343

po iba a ocurrir por fin. Estaba seguro. Del salón me llegaba la voz sorda de un cantante de tangos.

A la luz del candil...

—¿Y si estirásemos un poco las piernas?
—¿Por qué no? —me contestó usted.
Le lancé una última mirada a la puerta cristalera. Los cristales estaban empañados y ya no divisaba más que tres manchas grandes ahogadas en una niebla amarilla. A lo mejor se habían quedado dormidos...

A la luz del candil...

Aquella canción, de la que me llegaban aún retazos hasta la parte de abajo del paseo, me tenía perplejo. ¿Estábamos de verdad en Seine-et-Marne o en algún país tropical? ¿San Salvador? ¿Bahía Blanca? Abrí la verja, acaricié el techo del Talbot. No lo necesitábamos. Con una simple zancada, con un único *grand écart,* habríamos podido llegar a París. Íbamos por la calle mayor en estado de ingravidez.

—¿Y si se dan cuenta de que les ha dado esquinazo?
—No tiene ninguna importancia.
Esa respuesta me extrañó en usted, usted siempre tan medroso, tan servil con ellos... Por primera vez, parecía relajado. Nos encaminamos hacia Le Bornage. Iba usted silbando entre dientes e incluso esbozó un paso de tango; y yo dejaba que me invadiera una euforia sospechosa. Me dijo: «Venga a ver mi villa» como si fuera lo más natural.

A partir de ese momento sé que estoy soñando y evito hacer gestos demasiado bruscos para no despertarme. Cruzamos el jardín, que crecía a su aire, entramos en el vestíbulo y cierra la puerta con dos vueltas de llave. Me indica varios abrigos apilados en el suelo.

–Abríguese, que aquí se queda uno helado.

Es cierto. Me castañetean los dientes. No está usted aún muy acostumbrado a la casa porque le cuesta dar con la llave de la luz. Un sofá, unas poltronas, unos sillones con fundas. A la lámpara del techo le faltan unas cuantas bombillas. Encima de una cómoda, entre las dos ventanas, un ramo de flores secas. Intuyo que normalmente evita entrar en esta habitación, pero que esta noche ha querido hacerme los honores del salón. Nos quedamos quietos, igual de apurados los dos. Por fin, me dice:

–Siéntese. Voy a hacer un poco de té.

Me acomodo en una de las poltronas. Lo latoso de las fundas es que hay que sentarse bien adentro para no escurrirse. Delante de mí, tres grabados representan escenas campestres al gusto del siglo XVIII. Veo mal los detalles porque los cristales están llenos de polvo. Espero y este escenario marchito me recuerda el salón de un dentista de la calle de Penthièvre donde me refugié huyendo de un control de documentación. Los muebles también tenían fundas, como éstos. Desde la ventana veía cómo cortaban la calle los policías, y el furgón policial aparcado algo más allá. Ni el dentista ni la anciana que me había abierto la puerta daban señales de vida. A eso de las once de la noche me marché, de puntillas, y me fui a toda prisa por la calle desierta.

Ahora estamos sentados uno frente a otro y me está sirviendo una taza de té.

–Earl Grey –me dice en un susurro.

Tenemos una pinta rarísima con estos abrigos. El mío es algo así como un caftán de pelo de camello, que me está anchísimo. En la solapa del suyo me llama la atención la roseta de la Legión de Honor. Debía de ser del dueño de la casa.

—¿Le apetecen unas galletas? Creo que todavía quedan.

Abre uno de los cajones de la cómoda.

—Ya verá qué buenas...

Unos gofres de crema que se llaman Ploum-Plouvier. Le gustaban con locura estos dulces repugnantes y los comprábamos con regularidad en una panadería de la calle de Vivienne. En el fondo no ha cambiado nada. Recuerde. A veces pasábamos juntos largas veladas en locales tan tristes como éste. El «living» del número 64 de la avenida de Félix-Faure con sus muebles de cerezo...

—¿Un poco más de té?

—Con mucho gusto.

—Tendrá que disculparme, pero no tengo limón. ¿Otra Ploum?

Es una lástima que, enfundados en aquellos abrigos gigantescos, adoptásemos el tono de la conversación mundana. ¡Habríamos tenido tanto que decirnos! ¿Qué ha estado haciendo, «papá», estos últimos diez años? Sabrá que yo no tuve una vida fácil. Estuve aún cierto tiempo haciendo dedicatorias falsas. Hasta el día en que el cliente a quien estaba ofreciendo una carta de amor de Abel Bonnard a Henry Bordeaux se olió la superchería y quiso llevarme ante el tribunal correccional. Preferí esfumarme, por supuesto. Un puesto de vigilante de alumnos en un internado de Sarthe. Monotonía. Mezquindades de mis colegas. Clases de adolescentes cabezotas y burlones. Por la noche, recorrido de las tabernas con el profesor de gimnasia, que intentaba convertirme al hebertismo y me contaba los Juegos Olímpicos de Berlín...

¿Y usted? ¿Siguió enviando paquetes a los coleccionistas de Francia y de ultramar? Varias veces, allá en el rincón más remoto de provincias, quise escribirle. Pero ¿a qué dirección?

Parecíamos dos ladrones de palanqueta. Me imagino la sorpresa de los dueños si nos vieran tomando el té en su salón. Le pregunto:

—¿Ha comprado esta casa?

—Estaba... abandonada. —Me mira usted de reojo—. Los dueños prefirieron irse debido a... los acontecimientos.

Eso era lo que me suponía. Están esperando en Suiza o en Portugal días mejores y, cuando regresen, ya no estaremos aquí, por desgracia, para recibirlos. Las cosas habrán recobrado el aspecto habitual. ¿Se darán cuenta de nuestro paso? Ni siquiera. Somos discretos como ratas. A menos que unas migajas, una taza olvidada... Abre usted la licorera con timidez, como si temiera que alguien lo pillase.

—¿Un poco de Poire William?

Claro que sí. Aprovechemos la ocasión. Esta noche la casa nos pertenece. No le quito ojo a su roseta y no tengo nada que envidiarle: yo también luzco en la solapa del abrigo una cintita rosa y oro, algún Mérito Militar seguramente. Hablemos de cosas tranquilizadoras, ¿quiere? Del jardín, al que habrá que quitarle las malas hierbas; y de ese bronce de Barbedienne tan hermoso a la luz de las lámparas. Dirige usted una explotación forestal y yo soy su hijo, oficial en activo. Acabo de pasar un permiso en nuestra casa tan querida y antigua. Recupero en ella los aromas familiares. Mi cuarto no ha cambiado. Al fondo del armario empotrado, la radio de galena, los soldados de plomo y el Mecano de antaño. Mamá y Geneviève suben a acostarse. Nosotros nos quedamos en el salón, entre hombres. Me gustan esos momentos. Bebemos a sorbitos el aguardiente de pera. Luego llenaremos las pipas con gesto idéntico. Nos parecemos, papá. Dos aldeanos, dos bretones cerriles, como usted dice. Están corridas las cortinas y el fuego crepita quedamente. Charlemos como viejos cómplices.

—¿Hace mucho que tiene relación con Murraille y Marcheret?

—Desde el año pasado.

—¿Y se entiende bien con ellos?

Hizo como si no se enterase. Carraspeaba. Volví a la carga.

—Yo creo que no hay que fiarse de esa gente.

Seguía impasible, con los ojos guiñados. A lo mejor me tomaba por un agente provocador. Me acerqué a usted.

—Discúlpeme si me meto en lo que no me importa, pero me da la impresión de que quieren hacerle daño.

—A mí también —contestó.

Creo que de repente se sentía usted a gusto. ¿Me reconocía? Llenó las dos copas.

—Podríamos brindar —dije.

—Con mucho gusto.

—¡A su salud, señor barón!

—¡A la suya, señor... Alexandre! Vivimos unos tiempos muy difíciles, señor Alexandre.

Repitió esa frase dos o tres veces, a modo de preámbulo, y luego me explicó su caso. Lo oía mal, como si me hablase por teléfono. Un hilillo de voz que sofocaban la distancia y los años. De vez en cuando, captaba un retazo: «Irme»... «Cruzar las fronteras»... «Oro y divisas»... Y bastaba para reconstruir su historia. Murraille, que estaba al tanto de su talento de corredor y agente, lo había colocado al frente de una supuesta Sociedad Francesa de Compras, cuyo cometido consistía en almacenar los productos más diversos y darles salida con el precio más alto. Se quedaba con las tres cuartas partes de los beneficios. Al principio todo iba bien y a usted le gustaba estar en un despacho grande

348

de la calle de Lord-Byron; pero, desde hacía poco, Murraille ya no precisaba sus servicios y usted le parecía un estorbo. Nada más fácil, en aquella época, que librarse de un individuo como usted. Apátrida, sin razón social ni domicilio fijo, tenía mucho en contra. Bastaba con avisar a los celosos inspectores de las Brigadas especiales... Usted no tenía recurso alguno... salvo un portero de noche, llamado «Titiko». Estaba dispuesto a presentarle a uno de sus «conocidos» que le haría cruzar la frontera belga. La cita era para dentro de tres días. No se llevaría usted más viático que 1.500 dólares, un brillante rosa y unas plaquitas de oro con forma de tarjeta de visita que eran fáciles de esconder.

Me da la impresión de estar escribiendo una «novela de aventuras» mala, pero no me estoy inventando nada. No, inventar no es esto... Seguramente existen pruebas, alguien que lo conoció hace tiempo, y que podría dar fe de todo esto. Qué más da. Estoy con usted y con usted voy a quedarme hasta el final del libro. Lanzaba miradas medrosas hacia la puerta de entrada.

—No se preocupe —le dije—. No vendrán.

Se iba usted relajando poco a poco. Le repito que me quedaré con usted hasta el final de este libro, el último que se refiere a mi otra vida. No crea que lo escribo por gusto, pero no tenía otra posibilidad.

—Qué curioso, señor Alexandre, que estemos juntos en este salón.

El reloj dio doce campanadas. Una pieza maciza, encima de la chimenea, con un corzo de bronce a cada lado de la esfera.

—Al dueño le debían de gustar los relojes. Hasta hay uno en el rellano de la primera planta que imita el carillón de Westminster.

Y soltó la risa. Yo estaba acostumbrado a esos ataques

de hilaridad. Cuando vivíamos en la glorieta de Villaret-de-Joyeuse y todo nos iba mal, lo oía reír de noche, del otro lado del tabique de mi cuarto. O volvía con un fajo de acciones polvorientas debajo del brazo. Lo soltaba y me decía con voz adusta: «Nunca cotizaré en bolsa.» Se quedaba quieto mirando aquel botín disperso por el entarimado. Y le daba el ataque de repente. Se le movían los hombros con una risa que iba creciendo. Ya no podía pararse.

–Y usted, señor Alexandre, ¿a qué se dedica en la vida?

¿Qué podía contestarle? ¿Mi vida? Tan movida como la suya, «papá». Dieciocho meses en Sarthe, como vigilante de alumnos, ya se lo dije. Y también vigilante en Rennes, en Limoges, en Clermont-Ferrand. Escojo centros escolares religiosos. Está uno más resguardado. Ese trabajo tan casero me proporciona la paz del alma. Uno de mis colegas, a quien le apasiona el movimiento scout, acaba de fundar un campamento juvenil en el bosque de Seillon. Anda buscando monitores y me contrata. Heme aquí con pantalón de golf azul marino y polainas de cuero leonado. Nos levantamos a las seis. Dividimos el día entre la educación deportiva y los trabajos manuales. Cantamos a coro por las noches, en la velada. Todo un folclore enternecedor: Montcalm, Bayard, Lamoricière, «*Adieu, belle Françoise*», garlopa, buril, mentalidad de cazador. Allí me quedé tres años. Un escondite seguro y muy cómodo para hacerse olvidar. Por desgracia mis viciosos instintos prevalecieron. Huí de aquel oasis y me encontré en la estación del Este antes de que me diera tiempo a quitarme la boina y los distintivos.

Recorro París buscando trabajo estable, alguna causa a la que entregarme. Búsqueda vana. La niebla no levanta, el pavimento está resbaladizo. Me aquejan pérdidas de equilibrio cada vez más frecuentes. En mis pesadillas, repto incansablemente para dar con mi columna vertebral. El sotabanco donde vivo, en el bulevar de Magenta, lo usó de estudio el pintor Domergue cuando aún no había conquistado la gloria. Me esfuerzo por ver en ello un buen augurio.

De mis actividades de aquella época no me queda sino un recuerdo muy vago. Me parece que fui «ayudante» de un tal doctor S., que buscaba a sus clientes entre los drogadictos y les daba recetas a precio de oro. Creo que me usaba de ojeador. Tengo también la impresión de que oficié de «secretario» de una poetisa inglesa fanática de Dante Gabriel Rossetti. Detalles sin importancia.

Sólo se me han quedado en la memoria mi deambular por París y aquel centro de gravedad, aquel imán con el que siempre iba a dar: la jefatura de policía. Por mucho que me alejase de allí, al cabo de unas cuantas horas allí volvían a llevarme los pasos. Una noche en que me sentía más desanimado que de costumbre, estuve a punto de pedir a quienes custodiaban la puerta principal, en el bulevar de Le Palais, que me permitieran entrar. No acababa de entender aquella atracción que sentía por la policía. Pensé, de entrada, que se trababa del vértigo que notamos cuando nos asomamos al parapeto de un puente, pero había algo más. Para los muchachos sin rumbo como yo la policía es la representación de algo firme y que impone. Yo soñaba con ser policía. Se lo conté a Sieffer, un inspector de la brigada antidroga a quien había tenido la suerte de conocer. Me escuchó con sonrisa irónica, pero paternalmente solícito, y tuvo a bien tomarme a su servicio. Estuve varios meses vigilando a gente, como voluntario. Tenía que seguir a las personas más variopintas y tomar nota de cuanto hacían. Cuántos secretos enternecedores descubrí en esos paseos... Notarios había que ejercían en la Plaine Monceau y a quienes sorprendías en Pigalle con peluca rubia y vestidos de raso. Vi a seres insignificantes convertirse en un abrir y cerrar de ojos en criaturas de pesadilla o en héroes de tragedia. En los últimos tiempos, creí que iba a volverme loco. Me identificaba con todos esos desconocidos. A quien acosaba sin tregua era a *mí*. Yo era el anciano con gabardina o la mujer con traje sastre beige. Se lo comenté a Sieffer.

–No merece la pena seguir insistiendo. Es usted un aficionado, hijito.

Me acompañó hasta la puerta de su despacho.

–No se preocupe. Volveremos a vernos.

Añadió, con voz sorda:

–Antes o después, por desgracia, acabamos todos por encontrarnos en prisión preventiva...

Yo le tenía auténtico afecto a aquel hombre y me sentía a gusto con él. Cuando le contaba mis estados de ánimo, me arropaba en una mirada triste y cálida. ¿Qué habrá sido de él? ¿A lo mejor podía ayudarnos ahora? Aquel intermedio policíaco no me subió el ánimo. Ya no me atrevía a salir de mi habitación del bulevar de Magenta. Alguna amenaza andaba planeando. Me acordaba de usted. Tenía el presentimiento de que estaba en peligro en algún sitio. Todas las noches, me pedía usted socorro entre las tres y las cuatro de la mañana. Poco a poco se me fue imponiendo la idea de que tenía que buscarlo.

No es que me hubiera quedado un recuerdo estupendo de usted, pero las cosas, transcurridos diez años, pierden importancia, y no le guardaba ya rencor alguno por el «doloroso episodio del metro George V». Vamos a sacar a colación ese tema una vez más y será la última. Caben dos posibilidades: 1. Estoy equivocado al sospechar de usted. En tal caso, tenga la bondad de aceptar mis disculpas y achacar ese error a mis delirios. 2. Si quiso tirarme al metro, le concedo de buen grado circunstancias atenuantes.

¡No, no hay nada excepcional en su caso! Que un padre intente matar a su hijo o librarse de él me parece por completo sintomático del trastorno en los valores que estamos viviendo. Antaño, sucedía el fenómeno inverso: los hijos mataban a los padres para demostrarse que eran fuertes. Pero ahora ¿a quién atacar? Como huérfanos que somos, estamos condenados a perseguir a un fantasma para conseguir un reconocimiento de paternidad. Y es imposible alcanzarlo. Siempre escurre el bulto. Qué cansancio, muchacho. No sé si contarle cuánto he tenido que forzar la imaginación. Esta noche lo tengo delante, con los ojos fuera de las órbitas. Tiene pinta de traficante de mercado negro acosado y su título de «barón» no puede engañar a nadie. Supongo que lo eligió con la esperanza de que le proporcionase aplomo y respetabilidad. Ese teatro sobra entre nosotros. Hace ya demasiado que lo conozco. Acuérdese, barón, de nuestros paseos de los domingos. Desde el centro de París, una corriente misteriosa nos desviaba hasta los paseos de circunvalación. Allí donde la ciudad arroja sus desperdicios y sus aluviones. Soult, Masséna, Davout, Kellermann. ¿Por qué les pusieron nombres de vencedores a esos lugares inciertos? Ahí estaba nuestra patria.

No ha cambiado nada. Pasados diez años, me lo encuentro igual a usted mismo: acechando la puerta de entrada del salón como una rata espantada. Y yo me agarro al brazo del sofá porque la funda resbala. Por mucho que hagamos, nunca sabremos del descanso, de la dulce inmovilidad de las cosas. Andaremos hasta el final por arenas movedizas. Está sudando de miedo. Recóbrese, hombre. Estoy con usted, le agarro la mano en la oscuridad. Pase lo que pase, compartiré su suerte. Mientras tanto, vamos a visitar la casa. Por la puerta de la izquierda, se llega a una habitación pequeña. Sillones de cuero, como los que me

353

gustan. Escritorio de madera oscura. ¿Ha registrado los cajones? Nos iríamos metiendo poco a poco en la intimidad de los dueños, tendríamos la sensación de ser de la familia. ¿Hay en las plantas superiores más cajones, cómodas, bolsillos que podríamos explorar? Tenemos por delante algunas horas de respiro. Esta habitación es más agradable que el salón. Huele a tweed y a tabaco holandés. En las estanterías, libros bien colocados: las obras completas de Anatole France y la colección de «Le Masque», que se reconoce por las tapas amarillas. Siéntese al escritorio. Erguido. No nos está prohibido soñar con el derrotero que tomarían nuestras vidas en un escenario así. Días enteros leyendo o charlando. Un pastor alemán montaría guardia y desanimaría a las eventuales visitas. Por las noches, jugaríamos a la manilla con mi prometida.

El timbre del teléfono. Se levanta usted de un brinco, con la cara descompuesta. Debo decir que ese cascabeleo trémulo en plena noche no es como para dar ánimos. Alguien se está asegurando de que está aquí para venir a detenerlo de madrugada. Y colgará antes de que le dé tiempo a contestar. Sieffer recurría muchas veces a procedimientos de ésos. Subimos las escaleras de cuatro en cuatro peldaños, tropezamos, nos caemos uno encima de otro, nos levantamos. Hay que cruzar por una hilera de habitaciones y no sabe usted dónde están las llaves de la luz. Tropiezo con un mueble, usted busca a tientas el auricular del aparato. Es Marcheret. Murraille y él se estaban preguntando por qué habíamos desaparecido.

Su voz suena de forma rara en la oscuridad. Acaban de hablar con Annie, en Le Grand Ermitage Moscovite de la calle de Caumartin. Estaba borracha, pero, pese a todo, ha prometido estar mañana a las tres en punto delante del ayuntamiento.

Cuando intercambiaron las alianzas, Annie cogió la suya y se la tiró a la cara a Marcheret. El alcalde hizo como que no había visto nada. Guy intentó minimizarlo echándose a reír.

Boda apresurada e improvisada. Es posible que puedan hallarse en la prensa de la época algunas reseñas breves. Yo recuerdo que Annie Murraille llevaba un abrigo de pieles y que aquel atuendo en pleno mes de agosto incrementaba la sensación de malestar.

Según volvíamos, no cruzaron palabra. Annie iba del brazo de su testigo, Lucien Remy, «artista de variedades» (eso fue lo que oí cuando leyeron la partida de matrimonio); y usted, el testigo de Marcheret, figuraba en ella con la siguiente mención: «Barón Chalva Henri Deyckecaire, industrial.»

Murraille iba de Marcheret a su sobrina, bromeando para quitarle tensión al ambiente. En vano. Acabó por cansarse y por no decir palabra. Usted y yo cerrábamos esta peculiar comitiva.

Esta previsto un lunch en Le Clos-Foucré. A eso de las cinco, varias amistades íntimas, que habían venido exprofeso de París, coincidieron ante unas copas de champán. Grève había colocado el bufé en medio del jardín.

Usted y yo estábamos un tanto apartados. Y yo observaba. Han pasado muchos años, pero los rostros, los gestos, las inflexiones de las voces se me han quedado grabados en la memoria. Estaba Georges Lestandi, que esparcía todas las semanas, en la primera página del semanario de Murraille, sus «ecos de sociedad» venenosos y sus denuncias. Obeso, hablando a voces con un toque de acento de Burdeos, Robert Delvale, director del Théâtre de l'Avenue, de pelo plateado y sesenta años muy tiesos, se jactaba de ser «ciudadano» de Montmartre, cuyo folclore cultivaba. François Gerbère. También estaba otro colaborador de Murraille, especialista en editoriales exaltados y en exhortaciones al asesinato. Gerbère pertenecía a esa categoría de muchachos ultranerviosos que cecean y juegan de buen grado a ser pasionarias o fascistas de primera línea. Se adueñó de él el virus de la política al salir de la Escuela Normal Superior. Seguía fiel a la mentalidad –muy de provincias– de la calle de Ulm y extrañaba que aquel alumno de la Escuela pudiera, con treinta y ocho años, ser tan feroz.

Lucien Remy, el testigo de la novia. En lo físico, un golfo atractivo, dientes blancos, pelo reluciente de brillantina Bakerfixe. Se lo oía cantar a veces en Radio-Paris. Andaba por la frontera entre el hampa y el *music-hall*. Y, por último, se nos unió Monique Joyce. Veintiséis años, morena, con cara de ingenua de pega. Estaba empezando en el teatro y no dejó en él grandes recuerdos. Murraille sentía por ella cierta debilidad y su foto salía con frecuencia en la portada de *C'est la vie*. Le dedicaba reportajes. Uno de esos reportajes nos la presentaba como «la parisina más elegante de la Costa Azul». También estaban presentes, por descontado, Sylviane Quimphe, Maud Gallas y Wildmer.

Al encontrarse con toda esa gente, Annie Murraille recobró el buen humor. Le dio un beso a Marcheret, le pidió perdón y le puso la alianza con ademán ceremonioso. Aplausos. Las copas de champán chocaron unas con otras. Todos se saludaban y se fueron formando grupos. Lestandi, Delvale y Gerbère le daban la enhorabuena al novio. Murraille, en un rincón, charlaba con Monique Joyce. Lucien Remy tenía mucho éxito con las mujeres a juzgar por las miradas de Sylviane Quimphe. Pero le reservaba las sonrisas a Annie Murraille, que se arrimaba a él de forma insistente. Se intuía que había entre ellos gran intimidad. Maud Gallas y el apopléjico Wildmer repartían bebidas y pastas ejerciendo de amos de casa. Tengo aquí, en un cartera pequeña, todas las fotos de la ceremonia y las he mirado mil veces hasta que se me ponía en los ojos un velo de cansancio y de lágrimas.

Se habían olvidado de nosotros dos. Estábamos quietos, apartados, sin que nadie nos hiciera el menor caso. Pensé que nos habíamos metido por equivocación en aquel extraño *garden-party*. Usted parecía tan desvalido como yo. Habríamos debido salir por pies lo antes posible y aún no consigo explicarme qué vértigo se adueñó de mí. Lo dejé plantado y fui hacia ellos con paso mecánico.

Alguien me empujaba por la espalda. Era Murraille. Me arrastraba consigo y me encontré delante de Gerbère y de Lestandi. Murraille me presentó como «un joven periodista a quien acababa de contratar». En el acto, Lestandi, con tono entre protector e irónico, me obsequió con un «encantado, mi querido colega».

—¿Y qué maravillas escribe usted? —me preguntó Gerbère.

—Cuentos.

—Están muy bien los cuentos —comentó Lestandi—. No lo comprometen a uno. Terreno neutral. ¿Qué le parece, François?

Murraille se había esfumado. Me habría gustado hacer lo mismo.

—Entre nosotros —dijo Gerbère—, ¿cree usted que vivimos en una época en que aún se pueden escribir cuentos? Yo no tengo ni pizca de imaginación.

—¡Pero sí mucha causticidad! —protestó Lestandi.

—Porque no le busco tres pies al gato. Vocifero y punto.

—Y te queda estupendo, François, muchacho. Dime, ¿qué nos estás preparando para el próximo editorial?

Gerbère se quitó las gafas con montura de concha gruesa. Limpiaba los cristales muy despacio con un pañuelo. Estaba seguro de que iba a impresionar.

—Algo muy sabroso. Se llama: «¿Quiere jugar al tenis judío?» Cuento el reglamento a tres columnas.

—¿Y en qué consiste ese «tenis judío» tuyo? —preguntó Lestandi, muerto de risa.

Gerbère entró entonces en detalles. Por lo que me pareció entender, se jugaba entre dos durante un paseo, o sentados en la terraza de un café. El primero que localizaba a un judío tenía que decirlo. Y se llevaba quince puntos. Si el contrincante veía a otro judío, los dos tenían quince puntos. Y así consecutivamente. Ganaba el que localizaba más judíos. Los puntos se contaban como en el tenis. Nada mejor, según Gerbère, para educarles a los franceses los reflejos.

—Sabréis —añadió con expresión pensativa— que no necesito verles las caras. ¡LOS reconozco de espaldas, lo juro!

Cruzaron otros cuantos comentarios. Había algo que sublevaba a Lestandi: que esos «cabrones» pudieran todavía pegarse la vida padre en la Costa Azul y beberse a sorbitos el aperitivo en los «Cintra» de Cannes, Niza o Marsella. Estaba preparando unos cuantos «ecos» al respecto. Pensaba dar nombres. Era un deber avisar a las autoridades competentes. Volví la cabeza. No se había movido usted del sitio. Quise hacerle un gesto amistoso. Pero corría el riesgo de que lo notasen y me preguntasen quién era aquel señor grueso que estaba al fondo del jardín.

—Vengo de Niza —dijo Lestandi—. Ni un rostro humano. Sólo gente que se llama Bolch y Hirschfeld. Dan ganas de vomitar...

–En resumidas cuentas –sugirió Gerbère–, bastaría con decirle a la policía qué números de habitación tienen en el Ruhl... Eso le facilitaría el trabajo...

Se iban animando y entusiasmando. Y yo los oía muy formal. Debo decir que me aburrían. Dos hombres muy vulgares de estatura media, como hay millones por la calle. Lestandi llevaba tirantes. Otro los habría callado seguramente. Pero yo soy cobarde.

Tomamos varias copas de champán. Lestandi nos estaba hablando ahora de un tal Schlossblau, un productor de cine, «un judío espantoso, tirando a pelirrojo y amoratado», a quien había reconocido en el Paseo de los Ingleses. Ése no se le iba a escapar, lo juraba. La tarde iba cayendo. Toda la concurrencia pasó del jardín al bar de la hospedería. Usted se sumó a ese desplazamiento y vino a sentarse a mi lado... Entonces, como si un fluido eléctrico repentino cruzase por todos y cada uno de nosotros, el ambiente se animó. Un júbilo nervioso. A petición de Marcheret, Delvale imitó a Aristide Bruant. Pero Montmartre no era su única fuente de inspiración. Había aprendido las enseñanzas del teatro de bulevar y nos agobiaba con calambures y dichos ingeniosos. Vuelvo a ver aquella cabeza de perro de aguas, aquellos bigotes finos. Estaba a la espera de las risas del auditorio con una avidez que me daba náuseas. Cuando daba en el blanco, se encogía de hombros, con cara de no darle importancia alguna.

Luego le llegó el turno a Lucien Remy de interpretarnos una canción suave que se oía mucho aquel año: *Je n'en connais pas la fin*. Annie Murraille y Sylviane Quimphe se lo comían con los ojos. Y yo también le pasaba revista atentamente. Lo que más miedo me daba era la parte de debajo de la cara. Se le veía en ella una cobardía fuera de lo común. Tuve el presentimiento de que era aún más

peligroso que los demás. No hay que fiarse de esos individuos peinados con brillantina que aparecen con frecuencia
en «las épocas turbias». Nos tocó luego un número de Lestandi, dentro de la tradición de esos a quienes llamaban
por entonces «cantantes de cabaret». Lestandi estaba muy
orgulloso de poder demostrarnos que se sabía de memoria
el repertorio de *La Lune rousse* y de *Les Deux Ânes*. Todo
el mundo tiene sus coqueterías y sus violines de Ingres.

Dédé Wildmer se subió a una silla para brindar a la
salud de los novios. Annie Murraille apoyaba la mejilla en
el hombro de Lucien Remy y Marcheret no ponía el grito
en el cielo. En cuanto a Sylviane Quimphe, intentaba por
todos los medios que el «cantante melódico» se fijase en
ella. Maud Gallas también. Junto a la barra, Delvale charlaba con Monique Joyce. Cada vez estaba más insistente y
la llamaba «nenita». Ella recibía aquellas insinuaciones con
risas guturales y sacudía la melena como si estuviera ensa-
yando un papel ante una cámara invisible. Murraille, Gerbère y Lestandi estaban enfrascados en una conversación a
la que prestaba animación el alcohol. Trataban de la organización de un mitin en la sala Wagram en el que habla-
rían los principales colaboradores de *C'est la vie*. Murraille
sugería su tema favorito: «No somos unos achantados»,
pero Lestandi lo corregía con buen humor: «No somos
unos enjudiados.»

La tarde era tormentosa y el trueno retumbaba en sordos aludes a lo lejos. Ahora estas personas se han esfumado o las fusilaron. Supongo que ya no le interesan a nadie.
¿Tengo yo la culpa de seguir preso de mis recuerdos?

Pero cuando Marcheret se nos acercó y le tiró a usted
una copa de champán a la cara creí que iba a perder la
sangre fría. Usted retrocedió. Y él le dijo con voz cortante:

–Con esto se refrescan las ideas, ¿eh, Chalva?

Lo teníamos delante, cruzado de brazos.

—Mucho mejor que un chaparrón —dijo Wildmer, recalcando la erre parisina—. ¡Tiene burbujas!

Usted buscaba un pañuelo para secarse. Delvale y Lucien Remy le soltaron unos cuantos comentarios irónicos que hicieron reír a las señoras; Lestandi y Gerbère lo miraban de una forma muy rara y caí en la cuenta de que aquella noche no les resultaba usted persona grata.

—Una ducha por sorpresa, ¿eh, Chalva? —dijo Marcheret, dándole palmaditas en la nuca como si acariciase el cuello a un perro.

Usted hizo una sonrisa infeliz que era una mueca.

—Sí, menuda ducha... —susurró.

Y lo más triste era que parecía que se estaba disculpando.

Siguieron con sus charlas. Bebían. Se reían. ¿Por qué casualidad oí, entre el barullo general, esta frase de Lestandi: «Disculpadme, voy a hacer un rato de footing»? Antes incluso de que saliera del bar, ya estaba yo en la escalera de la fachada de la hospedería. Y allí nos encontramos. Cuando me contó el proyecto de ir a estirar un poco las piernas, le pregunté con toda la naturalidad de que fui capaz si podía ir con él.

Fuimos por la senda para jinetes. Y, luego, nos internamos en el bosque, bajo las elevadas hayas por entre las que el sol derramaba, en la tarde que iba acabando, la luz nostálgica de los cuadros de Claude Lorrain. Lestandi me dijo que hacíamos bien en salir a tomar el aire. Le gustaba mucho el bosque de Fontainebleau. Hablamos de todo un poco. Del hondo silencio y de la hermosura de los árboles.

—¡Los bosques de elevados troncos...! Estos árboles tienen alrededor de ciento veinte años. —Se rió—. Le apuesto lo que quiera a que no llegaré a esa edad...

—Nunca se sabe.

Me señaló una ardilla que cruzaba el paseo ante nosotros, a unos veinte metros. Yo tenía las manos sudorosas. Le dije que me agradaba leer sus «ecos» semanales en *C'est la vie* y que, en mi opinión, iba en pos de una loable y valiente empresa de salud pública. Me contestó que, ¡bah!, no tenía ningún mérito. Sencillamente, no le gustaban los judíos y la publicación de Murraille le permitía manifestar sin rodeos lo que opinaba al respecto. Era un cambio agradable después de la prensa podrida de antes de la guerra. Claro que Murraille tenía tendencia al mercantilismo y a la facilidad y seguramente era «judío a medias», pero no tardarían en «eliminarlo» para dar paso a un equipo de «gente pura». Gente como Alin-Laubreaux, Zeitschel, Sayzille, Darquier y él, Lestandi. Y, sobre todo, Gerbère, el que más dotes tenía de todos ellos. Camaradas de lucha.

—¿Y a usted le interesa la política?

Dije que sí y que estábamos necesitando dar un buen barrido.

—¡Darles con una buena porra, querrá decir!

Y, para ponerme un ejemplo, me volvió a mencionar a ese Schlossblau que mancillaba el Paseo de los Ingleses. Ahora bien, el tal Schlossblau había regresado a París y estaba metido como en una madriguera en un piso cuyas señas sabía él, Lestandi. Bastaba con un «eco» y unos cuantos militantes robustos llamarían a su puerta. Se congratulaba de antemano de aquella buena acción.

Anochecía. Decidí precipitar los acontecimientos. Le eché la última mirada a Lestandi. Estaba gordo. Seguramente era un gastrónomo. Me lo imaginaba sentado ante una brandada de bacalao. Y me acordaba de Gerbère también, de su ceceo de alumno de la Escuela Normal y de sus nalgas fluctuantes. Ninguno de los dos era un aguerrido capitán y no debía dejar que me intimidasen.

Íbamos por sotos cada vez más cerrados.

–¿Por qué andar persiguiendo a Schlossblau si tenemos judíos a mano? –le dije.

No me entendía y me lanzó una mirada interrogadora.

–Ese señor a quien le han tirado hace un rato una copa de champán en toda la jeta... ¿Se acuerda?

Se echó a reír.

–Pues claro... Si ya nos parecía a Gerbère y a mí que tenía cara de mercachifle.

–¡Un judío! ¡Me extraña que no lo adivinase!

–Pero ¿qué pinta entre nosotros?

–Eso me gustaría saber a mí...

–¡Vamos a pedirle la documentación a ese cabrón!

–No hace falta.

–¿Lo conoce?

Respiré hondo.

–ES MI PADRE.

Le apreté el cuello y me dolían los pulgares. Pensaba en usted para darme ánimos. Dejó de resistirse.

En el fondo es una estupidez haber matado al gordinflón este.

Volví con ellos, al bar de la hospedería. Al entrar, me tropecé con Gerbère.

–No habrá visto a Lestandi.

–Pues no –contesté distraídamente.

–¿Dónde se habrá metido?

Me miraba con insistencia y me cortaba el paso.

–Ya volverá –dije con voz de falsete, cuya alteración enmendé en el acto carraspeando–. Ha debido de dar un paseo por el bosque.

–¿Usted cree?

Los demás estaban agrupados junto a la barra; y usted, sentado en el sillón, al lado de la chimenea. Lo veía mal porque estaba todo medio a oscuras. No había más que una lámpara encendida, en el otro extremo de la estancia.

–¿Qué opina usted de Lestandi?

–Me parece muy bien –contesté.

Tenía a Gerbère pegado a mí. No podía evitar ya aquel contacto viscoso.

–Le tengo mucho cariño a Lestandi. Es todo un carácter, un alma de «cacique», como decíamos en la Escuela Normal.

Yo asentía con breves inclinaciones de cabeza.

–¡No es que se ande con sutilezas, pero me importa un rábano! ¡Ahora mismo necesitamos camorristas!

Hablaba cada vez más deprisa.

–¡Le hemos dado demasiada importancia a los matices y al arte de buscarle tres pies al gato! ¡Lo que necesitamos ahora son bárbaros jóvenes que pisoteen los arriates!

Le vibraban todos los nervios.

–¡Ya ha llegado el tiempo de los asesinos! ¡Les doy la bienvenida!

Había pronunciado estas últimas palabras con un tono de rabia provocativa.

Dejó clavados los ojos en mí. Notaba que quería decirme algo, pero que no se atrevía. Por fin dijo:

–Es tremendo lo que se parece a Albert Préjean... –Se iba adueñando de él algo así como una languidez–. ¿Nunca le han dicho que se parecía a Albert Préjean?

Se le quebraba la voz en un cuchicheo suave, casi inaudible.

–También me recuerda a mi mejor amigo de la Escuela, un muchacho espléndido. Murió en el 36, en las filas de los franquistas.

Me costaba reconocerlo. Se iba poniendo cada vez más flojo. Seguramente me iba a dejar caer la cabeza en el hombro.

–Me gustaría volver a verlo en París. Podrá ser, ¿verdad? ¿Qué me dice?

Me envolvía en una gasa húmeda.

–Tengo que irme a escribir ese camelo mío... Ya sabe... Lo del «tenis judío»... Dígale a Lestandi que no he podido esperarlo más...

Lo acompañé hasta el automóvil. Se me aferraba al brazo, me decía cosas incoherentes. Yo estaba aún impresionado con aquella metamorfosis que lo había convertido en pocos segundos en una señora anciana.

Lo ayudé a ponerse al volante. Bajó la ventanilla:

–Tiene que venir a cenar, mi casa, en la calle de Rataud... Tendía hacia mí una cara implorante, abotagada.

–Que no se le olvide, ¿eh, hijito?... Me siento tan solo... Y luego arrancó a toda velocidad.

Usted siguió en el mismo sitio. Un bulto negro pegado al respaldo del sillón: la mala luz podía inducir a equivocación. ¿Era aquello un ser humano o un montón de abrigos? Los demás hacían caso omiso de su presencia. Temeroso de desviar la atención de ellos hacia usted, preferí no acercarme a usted sino a ellos.

Maud Gallas estaba explicando que había tenido que meter en la cama a Wildmer borracho como una cuba. Era algo que sucedía al menos tres veces por semana. Aquel hombre se estaba destrozando la salud. Lucien Remy lo había conocido en los tiempos en que ganaba todos los grandes premios. Un día, en Auteuil, el público del césped se le echó encima para sacarlo a hombros. Lo llamaban «el Centauro». En aquellos tiempos sólo bebía agua.

–Todos esos tipos se ponen neurasténicos en cuanto dejan la competición –comentó Marcheret.

Y puso de ejemplo a exdeportistas como Villaplane Toto Grassin y Lou Brouillard...

Murraille se encogía de hombros:

–Pues, mira, también nosotros vamos a dejar la competición dentro de poco. Con el artículo 75 y doce balas en el cuerpo.

Era que habían estado oyendo el último parte de las noticias radiofónicas y las noticias eran «todavía más alarmantes que de costumbre».

–Si lo he entendido bien –dijo Delvale–, hay que ir preparando las frases que diremos delante del pelotón...

Estuvieron casi una hora jugando a eso. Delvale opinaba que un «¡Viva la Francia católica, caramba!» causaría un efecto estupendo. Marcheret se prometía gritar: «¡No me estropeéis la jeta! Disparad al corazón y apuntad bien porque lo tengo muy en su sitio!» Remy pensaba cantar *Le Petit Souper aux chandelles* y, si le daba tiempo, *Lorsque tout est fini...* Murraille no se dejaría vendar los ojos y diría que quería «presenciar la comedia hasta el final».

–Siento hablar de estas bobadas el día de la boda de Annie... –dijo para concluir.

Y Marcheret, para quitarle tensión al ambiente, sacó a relucir su broma ritual, a saber, que «los pechos de Maud Gallas eran los más emocionantes de Seine-et-Marne». Ya le estaba desabrochando la blusa. Ella seguía de codos en la barra y no le oponía resistencia.

–¡Fíjense, vamos, fíjense en estas maravillas!

Los sobaba, los sacaba del sostén.

–No tiene usted nada que envidiarle –le susurraba Delvale a Monique Joyce–. Nada en absoluto, hijita. ¡Nada en absoluto!

También él se esforzaba en meterle la mano por el escote de la blusa camisera, pero Monique Joyce se lo impedía con risitas nerviosas. Annie Murraille, muy excitada, se había ido levantando poco a poco el vestido, con lo que Lucien Remy podía acariciarle los muslos. Sylviane Quimphe me daba con el pie. Murraille nos ponía de beber y dejaba constancia, con voz cansada, que, para ser unos futuros fusilados, no andábamos nada mal de salud.

–Pero ¿han visto qué par de tetas? –repetía Marcheret.

Al cambiarse de sitio para ponerse al lado de Maud Gallas, detrás de la barra, tiró la lámpara. Exclamaciones. Suspiros. Todo el mundo aprovechaba la oscuridad. Por fin alguien sugirió –Murraille si no me traiciona la memoria– que estaríamos mucho más cómodos en las habitaciones.

Encontré una llave de la luz. El resplandor de los apliques me deslumbró. Ya no quedaba nadie, sólo usted y yo. Las paredes forradas de maderas recargadas, los sillones de cuero y los vasos desperdigados por la barra me dieron una sensación ruinosa. Se oía la radio en sordina:

Bei mir bist du schön...

Y usted se había quedado dormido.

Que quiere decir...

Con la cabeza caída y la boca abierta.

Es usted para mí...

Entre los dedos, un puro apagado.

Toda la vida.

367

Le di unos golpecitos suaves en el hombro.

–¿Y si nos fuéramos?

El Talbot estaba aparcado delante de la puerta de la verja de Villa Mektoub y Marcheret, como solía, se había dejado las llaves puestas.

Llegué a la nacional. La aguja del velocímetro marcaba 130. Usted cerraba los ojos porque íbamos tan deprisa. Siempre tuvo miedo en coche y, para darle ánimos, le ofrecí mi caja de caramelos. Cruzábamos por pueblos abandonados. Chailly-en-Bière, Perthes, Saint-Sauveur. Iba usted encogido en el asiento, a mi lado. Me habría gustado tranquilizarlo, pero, pasado Ponthierry, me di cuenta de que nuestra situación era de lo más precaria; ninguno de los dos llevábamos documentación e íbamos en un coche robado.

Corbeil, Ris-Orangis, L'Haÿ-les-Roses. Por fin, las luces amortiguadas de Porte d'Italie.

Hasta ese momento, no habíamos cruzado ni una palabra. Se volvió hacia mí y me dijo que podríamos llamar por teléfono a «Titiko», el hombre que tenía intención de hacerle cruzar la frontera belga. Le había dado un número para una emergencia.

–No se fíe; ese individuo es un chivato –dije con voz átona.

No me oyó. Le repetí la frase una vez más, sin éxito.

Nos paramos en el bulevar de Jourdan, a la altura de un café. Vi cómo la señora de la barra le daba una ficha de teléfono. Unos cuantos clientes se demoraban en las mesas de la terraza. Muy cerca, la estación del metropolitano y el parque. Ese barrio de Montsouris me recordó las noches que pasábamos en la casa de citas de la avenida de Reille. ¿Existía aún la segunda de a bordo egipcia? ¿Se acordaba de usted? ¿Seguía envuelta en el mismo perfume? Cuando volvía, sonreía satisfecho: «Titiko» cumplía con lo prometido y nos esperaba a las once y media en punto en el vestíbulo del Hotel Tuileries-Wagram, en la plaza de Les Pyramides. Estaba visto que era imposible cambiar el curso de los acontecimientos.

¿Se ha fijado, barón, en qué callado está París esta noche? Vamos deslizándonos por avenidas vacías. Los árboles se estremecen y sus frondas forman una bóveda protectora por encima de nosotros. De trecho en trecho, una ventana encendida en la fachada de un edificio. La gente se ha ido olvidándose de apagar la luz. Andando el tiempo, caminaré por esta ciudad y me parecerá tan ausente como hoy. Me perderé por el dédalo de las calles buscando la sombra de usted. Hasta confundirme con ella.

Plaza de Le Châtelet. Me explica que lleva los dólares y el brillante rosa cosidos en el forro de la chaqueta. Nada de maletas; es una recomendación de «Titiko». Así es más fácil cruzar las fronteras. Dejamos abandonado el Talbot en el cruce de la calle de Rivoli y la de Alger. Llegamos con media hora de adelanto y le propongo que demos una vuelta por el parque de Les Tuileries. Estábamos dando la vuelta al estanque grande cuando oímos aplausos. Había una representación en el teatro al aire libre. Una obra con trajes de época. Algo de Marivaux, creo. Los actores saludaban bajo una luz azul. Nos mezclamos con los grupos que se dirigían al bar. Unas guirnaldas iban de árbol en árbol. En el piano vertical, junto a la barra, un anciano soñoliento tocaba *Pedro*. Pidió usted un café y encendió un puro. Nos quedamos callados los dos. En noches de verano como éstas, a veces nos sentábamos en la terraza de un café. Mirábamos las caras que nos rodeaban, los coches que pasaban por el bulevar y no recuerdo que cruzásemos una pala-

369

bra, salvo el día en que me tiró usted al metro... Debe de ser que un padre y un hijo no tienen gran cosa que decirse.

El pianista empezó a tocar *Manoir de mes rêves*. Usted se palpaba el forro de la chaqueta. Ya era la hora.

Vuelvo a verlo en el vestíbulo del Hotel Tuileries-Wagram, sentado en un sillón con tapicería escocesa. El portero de noche lee una revista. Ni siquiera alzó la vista cuando entramos. Mira usted el reloj de pulsera. Un vestíbulo de hotel parecido a todos en los que me citaba, Astoria, Majestic, Terminus. ¿Se acuerda, barón? Tenía ese mismo aspecto de viajero de paso que espera un paquebote o un tren que no llegarán nunca.

No los ha oído acercarse. Son cuatro. El más alto, el que lleva gabardina, le pide la documentación.

—¿Así que queríamos largarnos a Bélgica sin avisarnos?

Le descose de un tirón el forro de la chaqueta, cuenta los billetes con esmero y se los mete en el bolsillo. El brillante rosa ha rodado por la alfombra. El de la gabardina se agacha para recogerlo.

—¿Y esto dónde lo has robado?

Le da una bofetada.

Está usted de pie, en mangas de camisa. Lívido. *Y me doy cuenta de que del principio a ahora ha envejecido treinta años.*

Estoy al fondo del vestíbulo, junto al ascensor, y no se han fijado en mi presencia. Podría pulsar el botón y subir. Esperar. Pero voy hacia ellos y me acerco al individuo de la gabardina.

—ES MI PADRE.

Nos mira a los dos, encogiéndose de hombros. Me abofetea también a mí, indolentemente, como si fuera un requisito y les suelta a los demás:

—Llevaos a esta gentuza.

370

Trastabillamos en la puerta giratoria, que han impulsado con mucha fuerza.

El furgón está aparcado algo más allá, en la calle de Rivoli. Ya estamos en los asientos corridos de madera, uno al lado del otro. Está tan oscuro que no puedo darme cuenta de adónde vamos. ¿Calle de Les Saussaies? ¿Drancy? ¿Villa Triste? Fuere como fuere, pienso acompañarlo hasta el final.

En las curvas, tropezamos uno con otro, pero apenas si lo veo. ¿Quién es? Por mucho que lo haya ido siguiendo durante días y días no sé nada de usted. Una silueta intuida a la luz de una lamparilla.

Hace un rato, al subir al furgón, nos zurraron un poco. Menuda pinta debemos de tener. Como aquellos dos payasos del circo Médrano.

Es, desde luego, uno de los pueblos más bonitos de Seine-et-Marne, y uno de los que tienen mejor situación: en las lindes del bosque de Fontainebleau. En el siglo pasado fue refugio de un grupo de pintores. Ahora vienen a visitarlo los turistas y unos cuantos parisinos tienen aquí casas de campo.

Al final de la calle mayor, se yergue la fachada anglonormanda de la hospedería de Le Clos-Foucré. Ambiente refinado y de sencillez rústica. Clientela distinguida. A eso de las doce de la noche puede uno encontrarse a solas con el barman, que está ordenando las botellas y vaciando los ceniceros. Se llama Grève. Lleva treinta años en el mismo puesto. Es un hombre que no gusta de hablar, pero si le caes bien y lo invitas a un aguardiente de ciruelas del Mosa, consiente pese a todo en sacar a relucir unos cuantos recuerdos. Sí, conoció a esas personas cuyos nombres le digo. Pero yo, tan joven, ¿cómo es que le hablo de esas personas? «Bueno, yo...» Vacía los ceniceros en una caja de cartón rectangular. Sí, aquella camarilla andaba por la hospedería hace mucho. Maud Gallas, Sylviane Quimphe... Se pregunta qué habrá sido de ellas. Con esas mujeres nunca se sabe. Si hasta ha conservado una foto. Mire, éste, el alto y delgado, es Murraille. Dirigía un semanario. Lo fusilaron. El otro de detrás, que saca pecho y tiene una orquídea entre el pulgar y el índice: Guy de Marcheret; lo llamaban el señor conde. Un exlegionario. A lo mejor se volvió a las colonias. Bueno, es verdad que ya no existen... El más grueso, el que está sentado en el sillón, delante de ellos, desapareció un buen día, el «barón» de algo...

Los ha visto así por decenas, que se ponían de codos en la barra, soñadores, y luego desaparecieron. No puede acordarse de las caras de todos. Bien pensado..., sí, me da esta foto si la quiero. Pero soy joven, dice, y más me valdría pensar en el futuro.

ÍNDICE

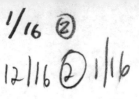

1/16 ②
12/16 ② 1/16